초코
쉐이크

초코쉐이크 2

초판 1쇄 찍은 날 | 2014년 05월 13일
초판 1쇄 펴낸 날 | 2014년 05월 20일

지은이 | 차해성
펴낸이 | 서경석

편 집 장 | 권태완
편집책임 | 손수화
편　　집 | 장미연
디 자 인 | 신현아

펴낸곳 | 도서출판 청어람
등록번호 | 제387-1999-000006호
등록일자 | 1999. 5. 31
어람번호 | 제5-0373호

주소 | 경기도 부천시 원미구 부일로 483번길 40 서경B/D 3F (우) 420-822
전화 | 032-656-4452 팩스 | 032-656-4453
http://www.chungeoram.com
E-mail | chungeorambook@daum.net

ⓒ 차해성, 2014

ISBN 979-11-316-9018-5 04810
ISBN 979-11-316-9016-1 (SET)

Chungeoram romance novel 2

초코쉐이크

ChocolateShake

차해성 장편 소설

도서출판 청어람

conTentS

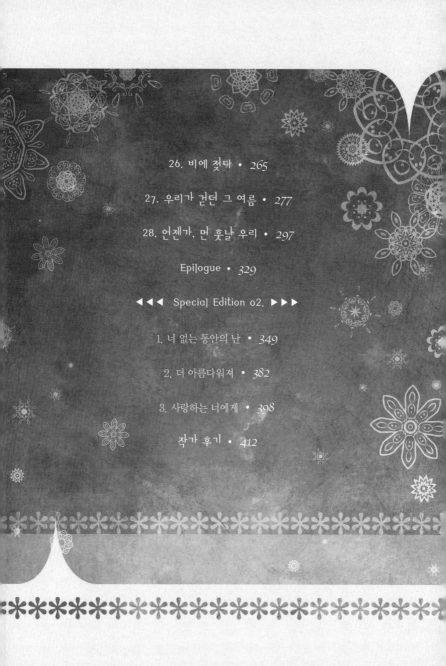

※ 본문 중 「 」는 영어로 진행되는 대사입니다.

Hot Fun In The Summertime

제주도로 출발하는 날, 다행히도 세림의 컨디션은 좋아 보였다. 감기가 여전히 떨어지지 않은 것 빼고는 좋은 정도가 아니라 맑음. 표정도 한결 밝아졌다. 미영이, 유정이, 그리고 김현아와도 아무렇지 않게 이야기를 나눌 정도이니 이 정도면 걱정은 덜었다. 강한 여름빛 아침 햇살이 쏟아져 내리는 로딩 브릿지를 걸으며 화사하게 웃는 세림을 보았다. 왠지 그 모습이 대견해 세림의 둥그스름한 이마에 다정히 입 맞추고 싶단 생각이 든다.

"병원 갔다 왔어? 감기가 그렇게 안 떨어지는데, 말도 안 듣고."

시준은 티켓과 세림의 화장품 파우치, 지갑 등이 든 가방을 기내 선반에 올려두고 자리에 앉았다. 창가에 앉아 창밖 풍경을 바라보던 세림이 시준을 돌아봤다. 좌석에 앉은 그가 기다란 다리를 꼰다.

"어제 갔다 왔어. 너 걱정할까 봐."

아무런 기대 없이 물어본 건데 대답이 무척이나 예쁘다. 시준은 한쪽 입꼬리를 말아 올리고는 세림의 보얀 뺨을 손등으로 매만졌다.

"우리 세림이 말 잘 듣네. 병원에서 뭐래? 주사는 놔줬어?"

"주사는 무슨. 약 받아왔어. 냉방병이래. 너 때문이잖아. 네가 급하게 휴가 스케줄 잡는 바람에 애들 보충수업 해주느라고 3일 동안 에어컨 바람 안에서 여섯 시간 내내 떨고."

"감기는 그전에 걸렸잖아."

"어, 어쨌든!"

원망스레 타박하던 세림이 얼굴을 붉혔다. 시준은 두 눈썹을 슬쩍 들어 올렸다. 주인을 할퀴려고 덤벼드는 새침한 고양이 같다. 사실 시준에겐 그마저도 귀여운 애교로밖에 보이지 않지만.

"그게 효과가 없었나?"

"뭐가?"

"우리 찐하게 키스했잖아. 엄청 오래. 감기 안 옮았나 봐. 난 아직도 쌩쌩해."

장난기 넘치는 표정으로 능글맞게 말하는 시준을 보며 세림은 또다시 얼굴이 새빨갛게 달아올랐다.

그날의 일이 생각하기도 부끄러울 만큼 선명하게 머릿속에 떠오른다. 아직까지도 생생한 그 기분을 잊으려야 잊을 수가 없다. 손바닥 끝에서부터 팔꿈치 안까지 밀려오던 간질거림과 뜨거운 숨결, 거친 입맞춤까지도. 심장이 단번에 쿵쾅거린다.

"그, 그런 게 될 리가 없잖아, 바보야! 어디서 이상한 것만 주워들어서……."

"근거 있는 얘기야. 키스를 하면 못해도 수백 개의 세균이 서로의 입안을 침투해. 각자의 세균을 공유하는 거지. 피치 못하게 교류한 타액은 바이러스성 간염이나 유행성 감기 같은 걸 쉽게 옮겨. 서로를 향한 흥분도 잠깐, 알고 보면 병을 옮기는 수단이라니까."

세림이 믿을 수 없다는 듯 시준을 말끄러미 쳐다보았다.

"진…… 짜?"

"진짜. 되게 오래 했는데 왜 안 옮았지? 마지막에 졸랐잖아. 더 해달라고……."

여전히 장난기 서린 눈동자를 거두지 않고 시준은 말끝을 길게 끌었다. 그가 검지로 입술을 쓸어 보인다. 예쁘기도 예쁜, 그 붉은 입술을 보며 세림은 마른침을 삼켰다.

갑자기 더워진다. 그땐 정말 자기도 모르게 시준에게 매달렸다. 아니, 사실은 떨치지 못한 우울감 때문에 어리광이 부리고 싶었다. 취한 것처럼 몽롱한 정신으로. 와인은 한 방울도 입에 안 댔는데 어떻게 그럴 수가 있지? 부끄러워서 얼굴을 들 수가 없다. 분위기에 취하든 우울감에 취하든 술에 취하든 공통점이 있다. 지나고 나면 후회막심하게 창피하다는 것. 그런데 그런 기억하기도 창피한 일을 이놈은 뻔뻔하게도 말한다 이거지?

세림이 얄밉다는 얼굴로 한껏 그를 쏘아보았다.

"기회 봐서 한 번 더? 그날처럼."

아랫입술이 새하얘질 정도로 깨물며 시준을 노려보던 세림이 더 이상 참을 수 없다는 듯 등 뒤에 기대어두었던 쿠션으로 그를 퍽퍽 때리기 시작했다. 기어이 화를 부르는구나!

"필요 없어! 너나 해, 너나! 자꾸 그렇게 놀릴 거야! 어?"

"아야, 아! 알았어, 알았어."

시준이 쿡쿡 웃으며 잔뜩 뿔이 날 대로 난 세림을 진정시켰다. 그녀가 씩씩거리며 눈이 찢어지도록 시준을 노려본다. 시준은 사랑스러워 어쩔 줄 모르겠다는 눈빛이다. 그 눈동자에 세림은 맥이 풀리고야 만다.

이젠 화도 못 내겠어.

"은세림, 그거 알아?"

반대편 팔걸이에 팔꿈치를 대고 있던 시준이 자세를 고쳐 앉았다.

"뭐?"

"너 가끔 사람 안달 나게 해."

"……그, 그건 또 무슨 말이야?"

"생긴 건 순한 똥강아진데 행동하는 건 영락없는 고양이야."

"……?"

시준은 앞좌석 밴드에 꽂힌 신문을 꺼내 펴 들며 심상히 말을 이었다.

"태현이네 집에 고양이 한 마리가 있어. 처음 봤을 때 귀여워서 쓰다듬어 주려고 했더니 피하는 거야. 좀처럼 못 만지게 하더라고. 그런데 어느 날은 자기가 오더니 먼저 무릎에 앉아, 새침하게. 자식, 뻔뻔하더라니까. 그리고 또 얼마 지나서는 무릎에 앉는 것도 모자라 쓰다듬어 달라고 머리까지 갖다 대고. 기분 좋은 날은 자기가 먼저 애교도 피우고."

"……."

"그런데 다음번에 갔더니 또 피해. 한 번 쓱 보고 마는 거야."

세림은 이해를 못하겠다는 표정이다. 도대체 무슨 말이 하고 싶은 거냐고…….

"너 은세림, 네가 그렇다고."

"내, 내가?"

"그래."

무슨 뜻이야? 그러니까 내가 자기를 헷갈리게 한다는 건가? 곰곰이 시준의 말을 되새겨 본다. 잘못하고 있는 건가? 이 애는 가끔 말을 아리송하게 한다.

금세 풀 죽은 표정으로 고민에 빠진 세림을 보며 시준은 곤란하게 미소 지었다.

네 얼굴에 그런 표정 짓게 하려고 한 말은 아닌데.

그가 다시 무릎 위에 둔 신문에 눈길을 둔다.

"사랑스럽다는 뜻이었어."

"어?"

"그런 모습도 사랑스럽다고. 그러니까……."

세림은 그의 눈치를 살피며 다음에 나올 말을 기다린다. 긴장이 되는 건 어쩔 수 없다.

"그러니까, 그렇게 귀여운 표정 짓지 마. 자꾸 키스하고 싶어지니까."

공기를 가르는 그 달콤한 말에 두 볼에 열꽃이 피어오르고야 만다. 팔에 소름이 돋는다. 고개를 돌리며 손을 가볍게 쥐었다. 앞좌석에 앉아 있던 승범이 '이시준, 너 엄청 느끼해!' 하고 뒤돌아 나무라자, 시준은 그가 앉은 자리를 발로 뻥 차버렸다.

햇살 속에 담긴 김포공항이 하얀 구름에 가려 보이지 않게 됐을 때에도 시준의 음색은 지워지지 않고 더욱 또렷해져만 갔다.

❖　❖　❖

　서울 김포공항을 출발한 비행기가 여름 햇살의 열기로 달아오른 제주국제공항 활주로에 바퀴를 내리며 안착했다. 바다를 닮은 제주도 하늘은 회색빛 구름에 겹겹이 가려져 있었지만, 여름 태양의 기세는 꺾지 못한 듯 사방이 눈부셨다. 솟아오르는 지열이 육안으로 확인되는 걸 보니 꽤 더운 날씨인 것 같다.

　네 커플이 공항 밖으로 빠져나오니 더운 열기와 습기 머금은 후덥지근한 바람이 그들을 먼저 반긴다. 공항 밖에서 가장 처음 눈에 띈 건 그 앞을 가득 메운 야자수 나무들이었다. 가느다란 잎이 풍성하게 늘어진 야자수 나무는 육지에서 볼 수 없는 이국적 분위기를 풍겼다.

　세상에, 한국에도 이런 곳이 있구나.

　그 생경함에 세림이 입을 다물지 못하고 빙 둘러진 야자수 나무들을 올려다보는 사이, 한 남자가 기다렸다는 듯 태현의 앞으로 걸어왔다. 태종대학교 제주도병원 건강증진센터에서 보내온 사람으로, 네 커플이 2박 3일 동안 사용할 두 대의 차량을 인도하러 온 것이다. 차키는 각각 태현과 시준에게 건네졌다. 태현이 운전하는 차에는 영우와 현아가, 시준이 운전하는 차 안에는 승범과 유정이 함께했다.

　두 대의 차량은 막힘없이 뚫려 있는 도로 위를 시원스레 내달렸다. 시준이 창문을 내리자 바다 냄새가 가득 밴 바람이 차 안으로 물씬 밀려들어 왔다. 양쪽 창에서 들어오는 맞바람에 세림의 머리칼이 공중에서 크게 물결친다. 상쾌함이 스며든 듯 그녀의 얼굴이 환하다. 구름이 엷게 낀 하늘 사이로 태양빛이 하얗게 떨어진다.

출발하기 전날까지만 해도 제주도에 연일 비가 와 걱정이었는데, 도착하고 보니 맑지는 않아도 그나마 개어서 다행이었다.

중문 시내 입구에서 차로 2킬로미터 정도를 더 달리자 한가로운 도로 길 가장 끝자락에 위치한 전통음식점이 단아한 모습을 드러냈다.

세로로 세워진 커다란 돌담에는 진해원(眞海院)이라는 글자가 나무판에 멋스럽게 새겨져 있었다. 다른 음식점들과 달리 도로 한가운데 위치해 장사가 잘될까 싶었지만, 주차장은 거의 만차였다. 복층의 음식점은 색이 고운 황톳빛 나무 기둥과 돌담이 유독 인상적이었고, 크게 난 창은 실내, 외를 동시에 꾸밈없이 보여주었다. 지붕은 전통식 팔작지붕으로 유서 깊은 사찰이나 고궁을 떠올리게 할 만큼 고고한 기풍이 엿보인다. 처마 끝에 달린 풍경이 연이은 바람결에 공명한다. 청명한 울림에 음식점이라고 보기 어려운 미관이 한층 더 고풍스럽게 느껴진다.

주차장에 차를 세우고 식당 안으로 들어선 네 커플은 카운터에서 여종업원의 안내를 받아 북적이는 홀을 지나 안쪽 온돌방으로 향했다. 방 안에는 이미 테이블 세팅이 완벽하게 되어 있었다. 각각의 자리에는 사기로 된 수저받침과 은수저가 가지런히 놓여 있고, 앞접시며 자기로 된 새하얀 물컵도 일행을 기다렸다. 일행이 자리에 앉자 준비된 음식들이 차례로 서빙 되었다.

초간장을 얹은 연두부, 푸른 연잎무침과 화전, 인삼 특유의 향이 일품인 전복인삼초, 톡 쏘는 겨자 냄새와 싱싱하게 어우러진 해파리냉채. 그 밖에 보기도 아삭한 배추김치와 간장게장, 한 접시 가득한 각가지 해산물 등 밑반찬이 사기그릇에 얌전히 담겨 테이블에 놓였다. 마지막으로 갈치, 고등어 뚝배기 조림이 돌솥영양밥과 함께 각자의 자리에 놓인다. 한상 가득 차려진 음식에 세림은 동그란 눈으로 입맛을 다시며 침을 삼켰다. 시준이 빙긋 웃으며 세림 앞의 돌솥 뚜껑을 열었다. 익숙한 손놀림으로 사기그릇에 밥을 푸고 돌솥에는 주전자에 담긴 따끈한 물을 붓는다.

"누룽지. 밥 다 먹고 먹으면 진짜 끝내줘."

시준이 엄지손가락을 들어 올리자 세림이 코를 훌쩍거리며 고개를 끄덕거린다. 그런 건 아무래도 좋다. 세림은 눈앞에 있는 음식에 현혹되어 정신이 없었다. 당장에라도 한입에 먹어치울 기세다. 다른 아이들이 하나둘 수저를 들자 세림도 먹기 좋게 영양밥을 한술 떴다. 김이 모락모락 나는 따끈한 밥을 입안으로 밀어 넣으니 꼬들꼬들한 밥과 잘 익은 밤이 입안 가득 부드럽게 씹힌다.

"이것도 먹어봐."

시준은 노릇하게 구워진 연어구이 살점을 젓가락으로 집어 입에 넣어주었다. 세림이 부끄러운 듯 얼굴을 살짝 붉힌다. 시준은 맛있게 먹는 세림을 보는 것만으로도 좋다는 얼굴이다.

달콤한 소스가 곁들어진 연어구이는 담백하고 입안 넘김이 부드러웠다.

"맛있어."

동그랗게 뜬 눈으로 감탄하는 세림을 보며 시준이 입가에 흐뭇한 웃음을 걸친다. 음식은 깔끔하고 간이 적당해 아주 맛이 좋았다. 네 커플은 정신없이 식사를 했다. 맛좋은 음식도 한몫했지만, 아침부터 거의 먹지 못해서 그런지 음식은 더할 나위 없이 식욕을 자극했다. 식사를 하는 중간에도 반찬은 끊임없이 새로 다시 채워졌다.

접시에 담긴 반찬과 뚝배기에 끓고 있는 갈치, 고등어조림도 어느새 반이나 줄었다. 세림은 밥 한 공기를 뚝딱 해치운 것도 모자라 누룽지까지 긁어 마셨다. 따끈한 누룽지 덕분에 감기로 칼칼하게 잠긴 목이 풀리는 기분이다. 반대로 코가 막히고 콧물이 흐르는 바람에 이리저리 정신없는 건 매한가지였지만 그것만 빼면 아주 좋았다.

식사가 거의 끝나갈 무렵, 다시 문이 열리며 후식이 한 상 나왔다. 여자들 앞에는 쑥, 현미, 잣 등이 어우러진 영양 찰떡빙수가 모란꽃이 단아하게 그려진 그릇에 예쁘게 담겨 나왔고, 남자들 앞에는 노란 잣을 띄운 진한 감색의 매실수정과가 놓였다.

"어라?"

승범이 정색한 얼굴로 여자들 앞에 놓인 찰떡빙수와 자신 앞의 매실수정과를 번갈아 보며 말했다.

"이게 뭐야? 이런 차별이 어디 있어? 와, 너무하시네. 누구는 빙수, 누구는 수정과가 뭐냐고!"

"너 어차피 단것 별로 좋아하지도 않잖아. 매실, 소화에도 좋고 센스 있는 후식인데."

태현이 수정과를 한 모금 마셨다. 입안에 달짝지근하면서도 화한 향과 매실 특유의 달큼한 맛이 묘하게 퍼진다.

"난 빙수보다 수정과가 더 싫어! 도대체 수정과는 무슨 맛으로 먹는 거냐?"

"새큼하면서도 시원한 맛?"

시준의 말에 방 안에 있는 모두가 일제히 웃음을 터뜨렸다. 승범이 눈을 부릅뜨고는 시준을 쏘아본다.

"고모님도 참, 너무 건전한 후식 준비해 주셨네. 아니, 혈기 좋은 남자애들한테는 정력 솟는 복분자주가 최고인 걸 모르시나?"

승범의 말에 남자들은 손을 들어 올려 환호하고, 여자들은 야유하였다.

껄껄 웃던 시준이 세림을 바라본다. 그녀는 빙수를 야무지게 먹으며 살짝 인상을 썼다.

"빙수 맛있어?"

"응."

입안에서 오독오독 얼음 씹히는 소리가 시원하다. 세림은 동글동글한 눈동자를 반짝이며 고개를 끄덕였다. 감기 기운에도 찬 빙수를 참 잘도 먹는다.

빙수는 찰떡 외에도 여름 과일과 블루베리 아이스크림이 올려져 있었다. 세림은 빙수를 먹음직스럽게 버무리며 다시 한 수저 떠 입으로 가져갔다. 달콤하고 차가운 맛이 목구멍을 타고 부은 편도를 잠시나마 식혀주었다.

"나도 먹을래."

"단것 안 좋아하잖아."

"그래도 줘봐."

시준의 말에 입술을 샐쭉 내밀며 들고 있던 스푼을 그에게 건네었다. 하지만 시준은 스푼이 아니라 세림의 손을 움켜쥐고는 빙수를 떠 입안으로 넣는다. 얼굴이 발갛게 달아오른다. 가슴이 또다시 두근거린다.

"맛있어?"

조심스레 물으며 그를 살핀다. 하지만 시준은 한쪽 눈썹을 들어 올리며 기묘한 표정을 지었다.

"먹을 만해."

"그게 뭐야."

세림이 어이없다는 듯 작게 웃음을 터뜨렸다.

"그냥, 너 웃는 얼굴 보고 싶어서."

시준의 눈길이 부드럽게 세림을 향해 떨어졌다. 세림의 입가에 웃음이 걸렸다. 태현과 영우가 무어라 이야기를 나누고, 미영과 유정, 그리고 현아가 유쾌하게 웃었다. 네 커플이 웅성거리는 소리는 벽을 타고 방 안 가득 퍼져 갔다. 하지만 그 소리 모두를 뒤덮을 만큼 시준의 짙고 낮은 음성은 달고 감미로웠다.

화장실에서 나와 홀을 가로지르던 세림은 당황하고 말았다. 머리를 묶고 있던 얇은 밴드가 툭 소리를 내며 끊어져 버린 것이다. 머리칼이 한꺼번에 물결치며 어깨로 쏟아졌다. 그녀는 머리를 한 손에 모아 잡으며 바닥으로 떨어진 머리 밴드를 찾았다.

"이런 고무줄도 괜찮아요?"

낯선 여성의 음성에 세림이 고개를 들었다. 한 중년 여성이 옅게 웃으며 노란 고무줄을 건넸다. 세림은 웃음 지으며 감사하다 인사하고 건네받은 고무줄로 머리를 묶었다.

"음식은 입에 맞았어요? 괜찮던가요?"

"네? 예, 맛있게 먹었어요."

잔머리가 삐져 나왔는지 머리를 매만지던 세림은 중년 여성의 뜬 금없는 질문에 잠시 의아해하다 웃으며 대답했다. 중년 여성은 산수화가 곱게 수놓인 감청색 명주 치마에 목덜미를 부드럽게 감싼 살구색 저고리의 개량한복을 갖춰 입어 무척이나 고상하였다. 50대 초반쯤 됐을까. 대체적으로 환하고 인자해 보이는 인상이었다.

"맛있게 먹었다니 다행이네. ……시준이 여자친구죠? 나 걔 고모."

"아, 안녕하세요! 처음 뵙겠습니다. 은세림이라고 합니다. 아, 오늘 식사 정말 맛있게 했습니다. 고무줄도 감사합니다."

세림은 작게 놀라며 재차 감사하다 인사하였다. 그러고 보니 식사하는 동안 미영이와 태현, 승범이가 시준이 고모네 식당이라며 이야기하던 것도 생각났다.

"그래요, 반가워. 아까 애들이랑 들어오는 거 봤거든. 오늘 가게에 중요한 손님들이 많이 와서 얼굴 보러 갈 시간이 없었어요. 애들은 나갈 때 인사했는데, 아가씨는 화장실 갔다고 해서 인사를 못했네."

"늦게라도 봬서 다행이에요. 저도 반갑습니다."

세림이 웃으며 싹싹하게 대꾸하자 그녀가 흐뭇해한다.

"어머, 그래요. 아가씨 웃는 게 상냥하니 예쁘다. 예의도 바르고."

"칭찬 감사합니다."

"있는 그대로를 얘기한 건데, 뭘. 애들 기다리겠다. 나가요."

"정말 잘 먹었습니다."

"그래요, 맛있게 먹었다니 내가 다 뿌듯하네. 조심히, 재미있게 여행하고 서울 가기 전에 시간 되면 한 번 더 와요. 맛있는 거 더 많이 해줄게."

가게 밖에 서 있던 시준은 뒤에서 들려오는 세림과 이 사장의 음성에 몸을 돌렸다. 세림이 이 사장에게 인사하고 있었다. 이 사장이 돌아선 시준을 보며 웃는다.

"가자, 세림아. 갈게요, 고모."

이러다 또 무슨 소리 들을까 시준은 세림의 팔을 잡으며 발길을 돌렸다. 그런데 이 사장이 시준아 잠깐만, 하며 그를 잡는다. 시준이 세림에게 먼저 가 있으라 한다.

"왜요?"

이 사장은 시준의 물음에 대답 없이 뜸 들이며 앞에 가고 있는 세림의 뒷모습을 빤히 바라보았다. 그 눈길을 따라 시준도 눈동자를 돌렸다. 눈빛이 심상치 않다 싶었더니 아까 홀에서부터 궁금해하시던 걸 기어이 물으려는 거다.

"저 아가씨가 네 여자친구라며? 잡아뗄 생각 마. 잠깐 인사했는데 애가 아주 예의 바르고 참한 것 같더라."

시준은 작게 한숨을 내쉬었다. 사모들은 조그만 일에도 어지간히 관심이 많다. 오랜만에 제주도 내려온 김에 얼굴도 뵐 겸 들렀는데 괜한 짓을 했나 싶다.

"네 엄마 아시니? 언니 아시면 좋아하겠네. 아들 셋 중에 가장 망나니 같은 놈이 이제 좀 제대로 된 애를 만나니 얼마나 좋으니. 어느 집안 애니?"

"......"

멀리 애들과 이야기를 나누는 세림을 보며 이 사장이 흐뭇해하는 얼굴로 물어온다. 시준은 미간을 보일 듯 말 듯 세우며 세림에게 시선을 고정시켰다.

시준이 줄곧 입을 다물며 대답 없자 이 사장은 자신보다 훌쩍 큰 키의 조카를 흘깃 올려다보았다. 작년 음력 설 때 보고 꼭 1년 반 만이다. 작년에 봤을 때도 무척이나 크게 느껴졌는데 남자애라 그런지 1년 만에 더 큰 모양이다. 마냥 사고만 치는 어린애인 줄 알았더니 조카인 시준이는 어느새 이렇게나 늠름해졌다.

"얘, 어느 집안 애냐니까?"

"어느 집안 애면 예쁜 얼굴이 더 예뻐 보일 것 같아요?"

"원, 얘도. 미리부터 물밑 작업 해야지. 나중에 너 싫다고 도망가면 어떻게 하니? 언니한테 말해서 도망 못 가게 해놔야 할 거 아냐. 집안만 좋으면 금상첨화인데. 웃는 얼굴이 아주 예뻐. 집안이야 좀 모자라도 저 정도면 네 아버지도 싫다 하진 않겠지."

"내가 반했을 정도니까. 예뻐서 눈을 뗄 수가 없어. 그리고 내가 좋다는데 어딜 도망가? 절대 도망 못 가지."

"패기는 좋다만 그게 어디 네 마음대로 되는 일이니? 너보다 더 좋은 놈 나타나 봐라. 홀랑 가버리지."

"나보다 더 좋은 놈이 어디 있다고. 없어요. 그건 내가 단언한다. 그리고 쟤는 귀소본능도 없는 똥강아지라 나 아니면 안 돼요. 만날 길 잃고 헤매기만 할걸."

이 사장이 다시 시준을 올려다보았다. 겉모습만 큰 줄 알았더니 이제는 사랑에도 욕심 낼 줄 아는 남자가 됐나 보다. 그 모습이 그저 재미나 조용히 웃었다.

"얘, 내 귀에는 네가 저 아가씨 없으면 안 된다는 소리로 들린다."

시준이 낮게 웃었다. 오후의 뙤약볕 아래 세림이 빛나고 있다.

"좌우간 이 바닥에서 스무 살만 넘으면 미리부터 물밑 작업들 하잖니. 좀 있으면 약혼하자고 여기저기서 찔러볼 텐데, 네 성격에 아무하고 하지는 않을 거고. 저렇게 괜찮은 애 있으면 미리 잡아놔야지. 아니다. 재상그룹 둘째 딸이 있었나? 아유, 난 걔 여우 같아서 영 별로더라. 걔 들어오면 집 시끄러워질 거다. 쟤가 좋은 것 같아."

"고모, 조카며느리 빨리 보고 싶은 건 알겠는데, 그러다 할머니 소리도 일찍 들어요. 나 결혼 전에 애부터 만들 거야. 이제 나이 오십에 할머니 소리 듣는 거 억울하지 않겠어요?"

"나보단 네 엄마가 억울하겠구나. 그 미모에 어디 할머니가 가당키나 하니."

"뒷목 잡을지도 모르지."

시준의 말에 이번엔 이 사장이 소리 내어 웃었다.

녀석, 말하는 본새는 여전하다.

"알았다, 알았어. 네 엄마 뒷목 안 잡게 하려면 천천히 해야겠다. 대신에 좋은 소식 생기면 꼭 고모한테 연락해 줘야 한다? 그때 한번 데리고 오고. 맛난 거 해줄게."

마지막에 덕담까지 잊지 않는 이 사장이다. 시준은 너털웃음을 흘렸다. 그는 이 사장과 안부 몇 마디를 더 주고받고 일행이 기다리는 차에 올랐다. 일행이 탄 차가 주차장을 벗어나 도로에 들어설 때까지 그녀는 아이들에게 손을 흔들며 배웅하였다.

❖　❖　❖

전날까지 비가 온 탓인지 폭포까지 올라가는 나무숲 길에는 희미한 물안개가 끼어 있었다. 오후의 짙은 햇살은 스며드는 듯하고, 안개에 촉촉하게 젖은 나무숲 길은 어느 때보다 더 싱그러운 자연의 냄새를 가득 피워냈다. 묽게 번진 전경이 정제되고 유려한 한 폭의 수묵산수화 같다. 세림은 난간을 붙잡고 길게 늘어진 나뭇가지를 잡아끌었다. 연둣빛 잎에서 싱그러운 풀내가 난다. 가끔 들리는 이름 모를 새의 지저귐과 멀리서 쏟아지고 있는 어렴풋한 폭포 소리. 바람을 만난 잎들의 빗소리와 닮은 움직임.

고요하고 다정스러운 평온함.

시준이 고개를 기울여 세림의 여린 입술을 찾았다. 입술로 주고받는 무언의 속삭임. 한줄기 바람처럼 스치듯 간질거리는 입맞춤. 한 번 더 입을 맞추고 또다시 입을 맞추고. 입맞춤은 짙어지지만 거칠지 않았다. 세림의 얼굴을 다정히 감싼 시준이 그녀의 입술을 어르듯 조심스레 베어 물었다. 숲길에서 불어오는 차갑고 서늘한 미풍이 세림의 뺨에 달라붙듯 훑고 지나간다. 상쾌하면서도 맑은 숲 냄새가 머릿속을 가득 메우고는 등줄기를 따라 온몸 전체로 퍼졌다.

중문 일대를 둘러본 네 커플은 피곤한 몸을 이끌고 숙소로 향하였다. 하늘을 덮고 있던 두꺼운 뭉실구름이 어느새 멀리 밀려나 있다. 햇살은 한낮을 뒤로하고 길게 가로로 늘어져 진한 주홍빛을 내었다. 네 커플이 태현이네 제주도 집에 도착한 건 오후 5시가 넘어서였다. 차는 양쪽으로 풀밭과 초록 잎으로 우거진 나무들이 줄 서 있는 이 차선 도로를 달렸다. 한참을 달리니 돌담이 시작되었고, 어느샌가 위압적으로 버티고 있는 검은 철제문 앞에 멈춰 섰다. 세림은 동그란 눈을 더없이 크게 떴다.

입구는 큰 원으로 낸 화단을 중심으로 바닥에 검은 디딤돌이 깔려 있었다. 디딤돌이 깔린 길 양옆으로는 복사뼈까지 닿을 것 같은 푸른 잔디밭이 펼쳐졌고, 그 위로 간간이 나무들과 조명등도 잔디밭에 멋스럽게 자리했다.

네 커플은 그들을 맞이하는 관리인의 안내에 따라 집으로 향했다. 세림은 말할 것도 없고 영우와 현아 역시 적잖이 놀람을 감추지 못하였다. 집으로 향하는 돌담길이 길기도 하다. 세림은 입을 다물지 못하고 고아하게 조경된 안뜰에 시선을 빼앗겼다. 그녀의 어깨 위에 시준이 팔을 걸쳤다.

"입 벌어질 만큼 좋아?"

"무슨 드라마나 영화에서 보던 집 같아. 태현이네 이렇게 부자였어?"

세림이 입가에 손을 대고 소곤거리며 시준에게 물었다.

"이렇게 부자였나?"

이번에는 시준이 입가에 손을 대고 속삭였다. 귓가를 간질이는 그의 입김에 절로 어깨가 움츠러든다. 어쨌든 엄청 멋진 집이다.

밖에서도 넓고 커 보이던 집은 외관과 마찬가지로 내부도 상당했다. 우윳빛 대리석 벽면과 바닥, 그리고 감각적인 원목 가구들, 천장에 커다란 샹들리에와 곳곳에 조명등이 흰 실내를 더욱 밝게 하였다.

1층과 2층을 잇는 계단은 집 중앙에서 부드러운 곡선을 그리며 늘어뜨려졌다. 더블베드가 있는 1층의 두 방은 각각 영우와 승범이네가 사용하였고, 트윈베드가 있는 2층 방은 세림과 미영, 시준과 태현이 쓰게 되었다. 세림은 방 둘러보기에 정신이 없었지만 시준은 여행까지 와서 남자하고 한 방을 쓰게 됐다며 어지간히도 툴툴댔다.

저녁은 피곤에 지친 네 커플을 위해 제주도 집 관리인 김 여사가 대접하였다. 김 여사는 얼마 전 담근 오이소박이가 그렇게 맛좋다며 큰 접시에 한가득 담아 올렸다. 피곤해하던 아이들의 눈에 금세 생기가 돌았다. 그리고는 신났다고 술부터 오픈한다. 제주도 집에 오기 전 마트에 들러 궤짝에 담아 사 온 소주와 집에 있는 위스키까지 준비해 놓으니 마음이 들뜬다.

세림 역시 오늘만큼은 취하도록 마시고 싶었다. 머릿속을 어지럽히던 지난 며칠간의 일들이 알코올에 섞여 희석되어 간다. 코를 훌쩍거리며 술잔에 담긴 소주를 단숨에 넘겼다. 감기는 나을 생각 없이 점점 더 심해지는 것 같고 머리는 지끈거렸다.

그날 네 커플 중 누구 하나 정신 멀쩡한 이 없이 술판은 밤새도록 이어졌다.

깊고도 아득한 수면에 빠져 있던 세림은 숨을 급하게 들이쉬며 잠에서 깨어났다. 그녀의 눈가에 눈물이 맺혀 있다.

꿈을 꿨다. 까만 어둠 속에서 아른거리던 영상들이 뇌리에 박혀 지워지지 않는다. 심장이 두방망이질하듯 세차게 뛰어올랐다. 호흡을 고르며 다시 눈을 천천히 감았다 떴다. 커튼으로 가려놓은 두 개의 창문 아래 노란 아침 햇살이 사정없이 새어들어 왔다. 방안은 커튼을 투과해 둥실 떠다니는 하얀 빛 무리로 가득했다. 금방까지 머릿속을 덮치고 있던 불유쾌한 기억을 지워 버릴 만큼 따뜻한 아침이다. 기분 좋게 바스락거리는 푹신한 침대 시트와 무게

감이 거의 느껴지지 않는 가볍고 부드러운 이불, 그리고 이시준.

이시준?

단숨에 정신이 들었다. 자신의 옆자리에 누운 시준이 얼굴을 베개에 묻은 채로 곤히 잠들어 있었다. 눈동자가 놀란 토끼처럼 커졌다. 뭐야, 얘가 왜 여기 있어? 두 개의 싱글 침대가 있는 이 방은 분명 자신과 미영이 같이 쓰기로 했다. 그런데 미영이가 아니라 왜 얘가, 그것도 이 침대에 누워 있는 거야!

지난밤 네 커플은 거의 늦은 새벽까지 정신없이 술을 마셔댔다. 세림은 이미 2시부터 흐릿해지려는 정신을 겨우 붙잡으며 방으로 먼저 올라왔었다. 그 뒤로 기절하듯 잠이 들었고, 그 이후의 기억은 당연히 없다. 중간에 화장실이 가고 싶어서 잠이 깨긴 했는데, 그때 시준이 있었는지도 알 리 없다.

이불을 가슴까지 끌어 올리며 자리에서 벌떡 일어나 앉았다. 눈동자를 굴리며 덮고 있는 이불을 슬쩍 들춰본다. 다행히 옷은 제대로 입고 있다. 그제야 안도의 숨을 고르고 미간을 좁혔다. 아침부터 사람을 놀라게 해놓고 세상모르고 잠들어 있는 시준이 왠지 얄밉다. 그를 깨우기 위해 팔을 쑥 뻗다가 그대로 멈췄다. 시준의 어깨 부근까지 간 손을 내린다. 순간적으로 머릿속을 빠르게 스치는 어떤 영상.

그건 뭘 의미하는 걸까.

무릎을 모아 세워 머리를 가누었다. 흐트러짐 없이 반듯한 얼굴. 평소의 의젓한 표정은 온데간데없고 지금은 그저 순하기만 한 스무한 살의 이시준 얼굴이다. 옆머리에 가려 얼굴이 잘 안 보인다. 가만히 손을 들어 시준의 옆머리를 귀 뒤로 넘겨주었다. 훨씬 인물이 산다. 깊이 숨을 고르며 잠들어 있는 그를 보고 있자니 마음에 평온이 스미는 듯한 기분이다.

씻기 위해 이불을 걷어내는데 왼쪽 손목에 묵직한 힘이 더해진다. 돌아보니 시준이 눈을 감은 채로 손목을 거머쥐고 있다.

"잘 잤어?"

잠이 묻어 있는 나른한 목소리. 다음 순간 그는 세림의 손목을 자신 쪽으로 끌어당겼다. 그 바람에 세림이 시준의 품에 힘없이 안겨 버렸다.

시준의 심장 소리와 뜨거운 체온이 뺨 위로 느껴졌다. 부끄러움에 뺨이 잘 익은 자두처럼 달아오른다.

"이, 이거 놔!"

"어딜 가려고."

"나 세수할 거야!"

"좀 더 누워 있다가 씻어. 어차피 애들도 다 자고 있을 텐데."

시준의 품에서 벗어나기 위해 그를 있는 힘껏 밀어냈지만 아무 소용이 없다. 오히려 밀어낼수록 시준은 더욱 놓아주지 않는다. 가슴 가득 울려 퍼지는 심장의 고동 때문에 견딜 수가 없다.

애는 아침부터 왜 이러는 거야!

"좀……!"

"아침부터 힘 빼지 마. 네가 아무리 버둥대 봤자 나 못 이겨. 조금만 이러고 있자."

불그스레하게 달아올랐던 뺨은 이제 자신도 느낄 수 있을 정도로 뜨거워져 있었다. 쿵쿵 크게 울리는 심장 소리가 너무나 창피해 눈을 질끈 감았다. 심장 소리가 점점 더 커지는 것 같더니 쿵

쿵, 쿵쿵, 이중창으로 울리기 시작한다. 하나는 자기 건 줄 알겠는데 다른 하나는…….

질끈 감은 눈을 천천히 떴다. 바로 눈앞에서 또 다른 심장 소리가 들린다.

뭐야, 잘난 척하더니.

세림은 다시 눈을 감으며 빙긋 웃었다. 연신 부스럭거리던 세림이 포기한 듯 조용해지자 시준이 등을 토닥여 준다. '말 잘 듣네' 하며 그가 나직이 중얼거린다.

"그나저나 너 왜 이 방에서 자고 있는 거야?"

"어제 태현이가 미영이 안고 들어가는 바람에 내가 여기로 왔지, 뭘."

"그럼 저쪽 침대에서 잘 것이지 여기 있으면 어떡해?"

"처음엔 저쪽에서 자고 있었지."

"그런데?"

두런두런 들려오는 세림의 말소리가 깃털처럼 시준의 귓가에 내려앉는다. 감기에 목이 잠기긴 했지만 여전히 구름만큼 보드라운 음성이다. 눈을 감고 그 음성을 음미하던 시준은 팔베개한 손으로 세림의 머리칼을 만지작거렸다.

"새벽에 화장실 갔다가 침대를 잘못 찾았나?"

시준이 나지막이 웃었다. 하여간 정말이지, 뻔뻔해! 어이가 없어 낮게 한숨을 내뱉는다. 그리고는 입을 비죽거리며 시준의 품에서 벗어났다.

세림이 자리에서 일어나자 팔이 허전해진 시준은 나른하게 감았던 눈을 떴다. 미간을 잠시 좁히다가 이불을 걷어내는 세림의 손목을 다시 잡았다.

"이제 그만 좀 하라니까……!"

이번에야말로 네 마음대로 하게 둘까 보냐 하며 세림은 그의 손을 뿌리쳤다. 그 순간, 그만 균형을 잃으며 미끄러지고 말았다.

시준이 아차 하며 그녀의 팔을 잡았지만, 그 역시 시트에서 미끄러져 균형을 잃었다. 쿵 하는 큰 소리와 함께 두 사람이 침대 밑 바닥으로 곤두박질쳤다.

"으……."

세림은 작은 신음 소리를 내뱉으며 인상을 썼다. 그나마 머리가 아닌 등부터 떨어진 게 다행이었지만, 등 전체로 퍼지는 고통 때문에 기침이 터져 나왔다. 혼이라도 빠진 것처럼 멍하니 천장만 보고 있던 세림은 문득 자신의 머리가 무언가에 받쳐졌다는 걸 깨달았다. 뿐만 아니라 가슴 위로도 무게가 느껴진다.

"괜찮아?"

세림이 눈을 번쩍 떴다.

바로 눈앞에 시준의 목울대와 쇄골이 보인다. 정신을 차리려는 듯 두 눈을 깜빡거렸다.

"큰일 날 뻔했잖아."

심장이 멎을 것처럼 튀어 올랐다. 얼굴이 새빨갛게 물들었다. 그걸 숨기기라도 하듯 시준의 가슴팍을 거칠게 밀쳐 냈다.

"이 바보야, 좀 비켜!"

또다시 쿵 소리가 났다.

새벽까지 정신없이 술을 퍼부어대던 네 커플은 아침부터 저마다 숙취를 호소하며 주방으로 들어섰다. 김 여사는 그럴 줄 알았다며 웃는 얼굴로 속을 시원하게 풀어줄 북엇국을 준비해 줬다. 주방에서 풍기는 맛있는 반찬 냄새와 전기밥솥에서 모락모락 피어오르는 밥 냄새가 입맛을 자극한다. 위장으로 술을 쏟아붓듯 마신 승범은 자리에 앉자마자 북엇국을 한 술 떠 입안으로 밀어 넣었다. 뭉쳐 쓰린 위장이 따뜻한 국물 한 수저에 금방 개운해진 것 같아 보인다. 그는 고개를 설레설레 저으며 전날 마신 술처럼 국도 정신없이 떠 마셨다. 나머지 사람들 역시 마찬가지다. 밥은 한 술도 못 뜰 것 같던 세림도 부드럽게 위를 적셔주는 북엇국은 계속 떠 마시게 되었다.

"세림아, 괜찮아?"

미영이 세림을 조심스레 살피며 물었다. 북엇국 한 수저를 입안으로 밀어 넣던 세림은 옅게 웃으며 괜찮다고 하려다 얼굴을 붉혔다.

갑자기 침대에서 떨어지던 상황이 머릿속을 재빠르게 스치더니 시준의 단단하게 파인 쇄골이 눈앞에 확 하고 멈췄다.

뭐야, 변태같이!

세림이 고개를 잘게 젓고는 당황함을 감추려는 듯 목소리를 높였다.

"괘, 괜찮아! 아침에 조금 놀란 거만…… 빼면."

"미안, 미안. 어제 내가 정신을 놓는 바람에……. 아니, 솔직히 정신을 놓는 건 문제가 아니지. 이 짐승이 자기 방으로 데리고 가 버리는 바람에!"

이번에는 미영이 옆자리에 앉은 태현을 째려보았다. 태현은 눈을 크게 뜨고 '내가 뭘?' 하는 표정이다. 미영이 고양이 같은 눈동자를 더 크게 부릅뜨자 태현은 할 말이 없다는 듯 눈길을 피했다.

"왜? 세림이 무슨 일 있었어?"

유정이가 세림과 미영의 말에 호기심을 드러내며 물어왔다. 세림은 그 물음에 슬쩍 눈동자를 굴리며 시준을 쳐다보았다. 세림이 바라보길 기다렸다는 듯 시준의 말간 눈이 그녀를 향하고 있다. 당황한 세림이 후다닥 시선을 거둔다.

뭐지? 무어라 한 소리 쏘아댈 줄 알았던 세림이 외려 꼬리 내린 강아지처럼 눈길을 슬금슬금 피하니 시준은 그저 의아해할 뿐이다.

세림이 아침부터 놀란 이유에 대해선 미영이 설명했다. 지난밤 술에 취한 자신을 태현이 끌고 들어가는 바람에 시준이 세림과 한 방에서 자게 되었다. 여기까진 어쩔 수 없이 벌어난 일이라 치자. 그런데 문제는 시준이 세림의 침대로 무단 침입을 했다는 거다. 물론 세림은 바닥에 떨어져 시준의 밑에 깔린 이야긴 절대 하지 않았다.

미영의 설명에 유정과 현아가 못 말리겠다는 듯이 웃으며 고개를 저었다. 사실 미영은 시준을 나무라기보다 그 밤 정신없이 취해 있는 자신을 방으로 안고 들어간 태현을 험담하고 싶었다.

"정말 못 말린다니까. 이시준을 믿은 내가 바보야. 아니, 김태현을 믿은 내가 바보지, 뭐. 그래도 혹시나 했는데 역시나! 하여간 이 두 짐승 때문에 내가 한시도 편하게 못 취해."

"짐승이 어디 둘뿐이야? 여기 하나 추가. 아마 거기 둘에 비하면 여기 있는 짐승이 덤벼드는 건 감당도 안 될걸?"

이번엔 유정이 한가득 원망을 담은 눈으로 승범을 흘겨보았다.

"어, 뭐야? 왜 불똥이 여기로 튀는 건데?"

"내 말이 틀려, 이 산짐승아?"

산짐승이란 말에 네 커플의 웃음소리가 주방에 울려 퍼졌다.

"그럼 여기도 짐승 추가."

이번엔 현아다. 영우가 놀란 얼굴로 현아를 보다가 저도 모르게 세림과 눈이 마주쳤다. 영우는 당황한 듯 무슨 말을 하려다가 사레가 들렸는지 캑캑거린다. 그 바람에 또 식탁이 웃음바다다.

"야, 난 왜……."

"너도 가끔 폭주하잖아."

물을 마시며 사레를 진정시키던 영우는 차마 말을 잇지 못하였다. 현아는 재미있다는 듯 여우 같은 표정으로 새침하게 대꾸할 뿐이다.

"아, 진짜 무슨 대화가 아침부터 이러냐. 짐승이니 폭주니. 우리 좀 우아하게 아침 먹자."

"우아 찾는 인간이 술 취한 사람을 그렇게 안고 들어가?"

"그야…… 네가 너무 예쁘니까. 누가 술에 취한 거까지 예쁘래?"

"이 변태가 뭐라는 거야? 그냥 자기가 하고 싶었던 거면서."

"알았어, 알았어. 내가 잘못했어. 미안해, 세림아. 미안해. 다 내 잘못이다. 야, 이시준. 너는 지금 밥이 넘어가냐?"

두 손 두 발 들었다는 얼굴로 태현이 사과하자, 여자들이 작게 웃음을 터뜨렸다. 하지만 태현은 거기서 마무리 짓는 게 못내 못마땅했는지 조용히 식사만 하고 있는 시준에게 화살을 돌렸다.

"밥도 못 넘길 만큼 중차대한 문제야?"

"너 때문에 불거져서 여기저기 불똥 다 튀고 있는 거 아냐, 자식아!"

"나 참, 야……."

"맞아. 김태현, 너 말 한번 잘했다. 이시준, 네가 아침부터 조용했으면 이런 일 없었잖아? 박영우, 너도 한마디 해. 너도 피해자잖아!"

시준이 뭐라 말하려는 찰나 승범이 불쑥 끼어들었다. 유정에게 한 소리 듣고 아무 말도 못하고 있는데, 화살 돌릴 곳을 제대로 찾자 신난 듯 거들었다. 식탁에 앉은 모두의 시선이 영우에게 집중되었다.

"이 부담스러운 시선들은 뭐야?"

"너도 시원하게 한마디 해. 이시준 때문에 아침부터 남자애들이 여자애들한테 바가지 긁혀야겠냐? 것도 단체로."

어지간히도 억울했는지 승범의 불만 섞인 목소리가 제일 높다. 시준은 어이가 없다는 듯 짧은 한숨을 토해냈다.

세림은 남자들의 불만세례를 받는 시준이 좀 안쓰럽기도 했지만, 어쩐지 고소해서 남몰래 웃기만 했다.

"박승범, 네가 왕 먹어라. 넌 건수만 생기면 물고 늘어지냐."

"뭐야? 너 확실히 해! 지금 이시준 편에 붙겠다는 거지?"

정말 가지가지 한다. 테이블 위로 여자애들이 비웃는 소리가 깔린다.

"이런, 유치한 놈……."

말을 내뱉는 와중 영우의 눈동자가 무의식적으로 대각선상으로 앉아 있는 세림에게 향했다. 두 사람의 눈이 공중에서 맞부딪쳤다.

세림은 반사적으로 눈길을 피했다. 그러다 너무 대놓고 행동했나 싶어 슬그머니 다시 영우를 쳐다보았다. 그가 눈길 없이 미소만 짓고 있다. 세림도 어색하게 웃다가 아무렇지 않은 척 밥알을 센다.

사실 속으로 시준이 더 골탕 먹었으면 하는 바람이 있었지만.

힐끗 시준을 올려다보았다. 이번엔 시준이 쳐다보고 있다. 깜짝이야. 잘못한 것도 없는데 괜히 뜨끔하다. 시준이 한쪽 눈썹을 묘하게 들어 올린다. '왜 쳐다보는데?' 하고 새침하게 그 눈길을 되받아쳤다.

영우가 바람 빠지는 소리를 내며 피식 웃었다. 그 바람에 발끈하는 건 승범이다.

"웃기냐? 내가 우습게 보인다 이거지? 그래, 나 유치하다! 그래서 넌 배신을 선택하겠다고?"

"아, 성질 급한 새끼. 한국말은 끝까지 들어봐야 한다는 말도 몰라? 이번엔 어째 좀 건전하게 사귀나 했더니 역시나라는 거지."

"야, 박영우! 역시 날 실망시키지 않아!"

모두의 기대를 넘어선 대답이었다. 식탁 위에 또 한 번 폭소가 터져 나왔고, 승범은 좋다고 손가락을 교차시키며 딱 소리를 냈다.

"이것들이 진짜. 박영우 너까지 쓸데없는 소리 할래? 그래, 그래, 내 잘못이다. 여자친구가 미치도록 예뻐서 본능을 거스르지 못한 내 죄!"

시준이 세림에게 눈길을 고정시키며 말했다. 세림은 짐짓 모르는 척 국물을 떠서 호호 불어댄다. 식탁 위는 웃음이 멈추지 않았다.

"이제 시원하냐, 박승범? 물귀신 같은 자식. 고문이 따로 없어."

"날 너무 원망하지 마. 그리고 건전한 사귐에는 늘 고문이 따르게 마련이다."

통쾌하다는 듯 승범이 장난꾸러기 같은 꼬마의 얼굴을 하고 신나했다. 식탁 위는 웃음기 배인 목소리가 한참이나 오가며 즐거운 식사가 이어졌다. 세림이 조심스럽게 시준을 올려다보자 그는 조금 삐친 얼굴을 하고 있다.

침대에 숨어들어 온 벌치고는 너무 심했나.

세림의 눈길에 젓가락질을 하려던 시준이 그녀를 바라본다.

"뭐?"

"화났어?"

얼굴이 뾰로통하다. 왠지 모르게 이런 표정은 시준과 어울리지 않았다. 늘 자신만만하고 능청스러운 표정만 짓다가 이렇게 토라진 모습도 새롭다. 웃음이 난다.

"웃겨?"

"응."

"통쾌하지?"

"어."

세림이 맑은 미소를 입에 걸치며 고개를 끄덕였다. 아, 얄밉다. 시준은 눈을 가늘게 떴다. 붉은 세림의 입술을 먹고 싶다. 싫다는 혀 넣기도 절대 빼지 못하게 휘감아 맛봐줄 텐데. 작은 복수를 생각하며 물컵을 들어 입으로 가져갔다.

"미안해."

"됐어."

"진짜?"

"……."

시준은 대답 없이 젓가락으로 밥을 떠 입으로 가져갔다. 세림이 재빠르게 구운 연어 살점을 집어 그의 밥그릇 위에 얹어주었다. 시준이 조금 놀란 듯 세림을 바라보았다.

"뭐야?"

"뭐긴, 반찬이지. 밥 먹고 나면 반찬 먹는 거잖아."

세림다운 귀여운 대답에 무표정하던 시준이 이내 피식 웃고 만다.

"그래서 이거 먹으라고 얹어준 거야?"

"응. 맛있겠지?"

"별로 맛없어 보이는데?"

"……그럼 다른 걸로 줄까?"

"다른 것도 별로 맛없을 것 같아."

세림이 입술을 비죽 내밀며 풀죽는다. 조금은 미안한가 보다.

"직접 먹여줘 봐. 그러면 맛있을지도 모르지."

씨익 짓궂음을 입가에 걸치고 세림의 반응을 기대한다. 잠시 머뭇거리는 듯 세림의 눈동자가 동그래진다. 그럴 줄 알았다. 당황하는 세림은 무척이나 귀엽다. 아마 또 새침한 얼굴로 '먹기 싫음 말고'라거나, '넌 손이 없어?'라고 톡 쏘겠지. 이렇게 애들 많은 데서 연인에게 사랑스러운 행동을 할 수 있을 만큼 여유가 아니다. 그렇게 생각하며 능청스레 그다음 행동을 기대하고 있는데 세림이 입가로 불쑥 연어 살점을 들이민다. 그 바람에 놀라 눈을 동그랗게 떴다.

"먹여달라며? 자."

세림이 조금 더 반찬을 들이밀자 얼결에 입을 벌려 반찬을 받아

먹었다. 세림의 입술과 타액이 닿았던 젓가락. 그것이 입안으로 들어오자 묘하게 자극적인 기분이 든다. 온 신경이 젓가락에 쏠린다. 입술을 반쯤 다물자 젓가락이 혀에, 치아와 안쪽 입술에 닿는다. 키스를 셀 수 없이 해왔음에도 작은 자극에 몸이 먼저 반응한다.

미치겠네.

"맛있어?"

"글쎄."

"뭐야, 먹여주면 맛있을 것 같다더니."

세림이 새침하게 입술을 내밀며 작게 투덜거린다. 시준의 눈이 부드럽게 휘어졌다. 주방 창을 통해 들어오는 하얀 햇살이 눈가에 담긴다.

"맛있어."

이윽고 그 낮고도 다정스런 음색이 시준의 입술을 통해 공기 중으로 흘렀다.

기억에 머무르다

숙취로 오전 내내 게으름을 떨던 네 커플은 해수욕장으로 향했다. 여행의 별미라고 하면 역시 쨍쨍한 햇볕이 내리쬐는 바다에서의 물놀이. 청명하고도 새파란 하늘과 그 위를 둥둥 떠가는 목화송이 같은 구름, 바다 냄새가 스며든 바람까지 날씨는 무척이나 화창하였다. 멀지 않은 바다에는 그 위를 달리는 수상스키와 서핑보드를 즐기는 사람들이 간혹 보인다. 흥분을 감추지 못할 만큼 그 역동적인 모습에 남자들은 벌써부터 흥이 나 있었다.

슬리퍼를 벗고 백사장 위에 맨발로 서 있던 세림은 발가락을 꼼지락거렸다. 파도에 떠밀려 온 적갈색 모래가 발등 군데군데를 덮는다. 간지러운 느낌이다. 물에 젖은 모래가 햇살을 받아 유리알처럼 반짝였다. 고개를 숙이고 부들부들한 모래로 발장난을 한다.

세림의 얼굴에 어린아이 같은 생기가 돈다.

"재미있어?"

살이 타는 걸 막기 위해 몸에 선크림을 바르던 시준이 세림의 곁으로 다가왔다. 시준이 세림의 팔을 잡고 손에 남아 있는 크림을 부드럽게 발라준다. 그의 입매가 사선으로 밀린다. 새까만 선글라스에 세림이 비쳤다. 시준과 커플로 맞춘 듯 보이는 세림의 반소매 셔츠와 그 넥 라인에 역시 마찬가지로 커플로 맞춘 듯한 선글라스가 살짝 걸쳐져 있었다. 두 사람은 어딜 봐도 휴가를 즐기러 온 모습이다.

"나 아까 발랐어."

"그래도 발라. 살 타면 따가워."

커다란 이시준의 손이 가는 팔을 쓰다듬는 자리마다 세포들이 반응한다. 어루만지는 것 같은 그 손길이 다정스럽다. 옅은 바람이 불어와 그의 머리칼을 가로로 날렸다.

"어차피 긴팔 걸치고 있을 건데."

괜스레 부끄러워져 부러 퉁명하게 말하였다. 훌쩍거리는 콧소리가 바삭하게 갈라진다. 시준이 한쪽 눈을 찡그리며 선글라스를 벗었다.

"왜?"

"감기 왜 안 낫지? 열은 없어? 아까 약 먹었고? 아, 돌아버리겠네."

혼잣말하듯 중얼거리며 시준은 세림의 이마에 손을 얹었다.

정말 못 말려. 살포시 웃음 지으며 그의 손을 잡아 내린다.

"오버하지 마, 바보야."

가늘게 뜬 눈으로 시준의 손을 그러쥐었다. 제주도 여름의 짙은 햇살을 받고 서 있는 시준이 따스하게 웃으며 한 손으로 세림의 뒷머리를 어루만진다. 하얀 거품을 일으키며 바로 아래까지 밀려드는 시원한 파도, 입술에 닿는 짠맛의 바람. 한가로운 해변에 사람들이 신나게 웃고 떠드는 말소리가 겹치는가 싶더니 그 사이로 자지러지는 소리가 들린다.

세림과 시준이 고개를 돌리자 파라솔 아래 비치베드에 앉아 선크림을 바르고 있던 승범이 유정을 안아 들고 바닷물로 뛰어들고 있었다. 이에 질세라 태현과 영우도 차례로 미영과 현아를 안아 들고는 새파란 바다에 뛰어든다. 풍덩 물에 빠지는 소리가 경쾌하다.

머리끝까지 젖은 미영과 현아가 두 손으로 얼굴을 쓸다가 빙글빙글 웃고 있는 남자들 얼굴을 향해 바닷물을 튕긴다. 세 커플의 모습을 재미있겠다는 듯 쳐다보는 세림을 보며 시준이 그녀를 번쩍 안아 들었다. 세림이 짧은 비명을 내지르며 얼결에 그의 어깨와 가슴팍에 손을 얹었다.

"너도 던져 줄까?"

"미쳤어? 하면 죽어? 빨리 내려놔!"

"싫어."

시준이 세림을 안고는 제자리에서 빙글빙글 돌았다. 세림은 어지러움을 느끼는지 작은 비명을 지르며 발버둥 쳤다. 몇 번의 실랑이 끝에 시준은 복사뼈까지 올라오는 야트막한 물에 그녀를 내려놓았다. 자신만 당한 게 억울했는지 세림은 시준의 양어깨를 잡아 그를 넘어뜨렸다. 시준의 어깨가 반쯤 바닷물에 잠긴다. 세림이 아이처럼 천진난만한 웃음을 터뜨렸다.

그렇게나 좋아? 그 웃음에 반하기라도 한 듯 시준은 입가의 미소를 지우지 못했다. 심장이 터질 것만 같다.

시준은 손가락에 물을 묻혀 세림에게 튕겨냈다. 세림이 '하지 마' 하며 손바닥을 펴 막아낸다. 두 사람은 아이들처럼 물장난을 치다 입을 맞췄다. 짧지만 무척이나 짜릿한.

귓가에 젖어드는 파도 소리가 쾌청하다.

❖　❖　❖

감기가 심해져 바다에 들어갈 수 없는 세림은 시준과 백사장 그 늘에 앉아 모래 장난을 하였다. 바다에서 물장난하던 세 커플은 백사장으로 나와 구명조끼를 입고 수상스키를 즐기러 갔다. 놀다 오라고 친구들을 기분 좋게 보내긴 했지만 시준의 눈빛이 영 아쉬 워하는 듯 보인다. 활동적인 것에 무척이나 열광하는 시준은 운동 신경은 말할 것도 없고 스포츠를 보는 것도, 하는 것도 굉장히 좋 아했다. 그걸 모를 리 없는 세림이니 왠지 모르게 미안해져 가서 놀다 오라고 그의 등을 떠밀었다. 물론 됐다고 하는 시준이긴 하 지만 마음이 조금 흔들린 건 숨길 수가 없는 눈치였다.

다시 그를 부추기자 시준은 '그럼 조금만 타고 올게' 하며 분주 하게 구명조끼를 챙겨 들었다. 구명조끼를 챙겨 드는 그의 눈빛이 즐거움으로 반짝인다. 언제나 또래보다 어른스럽고 쉽게 다가갈 수 없는 특유의 분위기가 있지만, 이럴 때 보면 또 마냥 어린애 같 기도 하다. 기다란 다리로 모래사장을 성큼성큼 걷는 시준을 보며 웃음 지었다.

시준을 보내고 파라솔 아래 혼자 남은 세림은 모래사장에서 놀 고 있는 사람들을 바라보다 그 너머 짙푸른 바다를 바라보았다.

멀리 에메랄드빛 푸른 바다가 햇살을 받아 보석처럼 반짝반짝 눈부시게 빛난다. 이글거리는 강렬한 태양 볕은 공기 중 아지랑이를 그렸다.

아침에 눈 뜨기 전 꿈을 꾸었다. 캄캄한 어둠 사이로 하얀 불빛이 비추는 동네 공원 벤치에 그날처럼 자신과 영우가 앉아 있었다. 꿈이지만 꼭 현실과도 같았던 꿈. 불규칙적으로 뛰는 심장을 진정시키며 영우를 올려다보았다. 영우는 그 어느 때보다도 더 따듯하게 웃고 있었다. 바람도 없는 밤이었다. 서로는 말없이 그냥 앉아만 있었다. 시간 안에 갇힌 것 같다고 생각했다. 그가 자리에서 일어났다. 더럭 겁이 났다. 어딜 가느냐고 부르려 하는데 목소리가 나오지 않았다. 몸이 벤치에 얼어붙은 듯했다. 이름을 부르려던 그때, 우뚝 멈춰 선 그가 뒤를 돌아보았다. 그러나 뒤를 돌아본 사람은 영우 아닌 시준. 이시준이었다. 무척이나 슬픈 눈으로 시준은 자신을 보고 있었다.

너무 놀라 그대로 잠에서 깨어났다. 기막힌 꿈. 일어나고 나서도 한동안 심장이 덜컹거렸다. 시준을 내려다본 그때 밀려드는 미안함은 가슴에 통증을 불러일으켰다. 스스럼없이 건네주던 물냉면의 반쪽 달걀이 갑자기 떠올랐다. 새삼스레 그런 꿈을 꾼 이유조차 모르겠다. 영우가 자신을 좋아했단 얘기를 듣고 갑작스레 그리워진 것도 아니다. 혹시나 꿈속에서 물어본다 한들 부질없는 일이란 걸 잘 알고 있다. 어쨌든 신경이 쓰였던 것 같다.

생각의 늪으로 빨려들어 가는 양 눈동자가 생기를 잃었다. 지난 며칠을 생각해 본다. 흔들리는 자신을 시준이 알았다면 상처받았을지도 모를 일이다. 아니, 자신만을 순수하게 좋아해 주는 시준이 상처받지 않을 리 없다. 꿈속에서처럼.

현아에게 그런 얘기를 듣고도 모른 척해주었어. 그때, 시준의 기분을 도저히 가늠할 수가 없다.

생일 파티 이후 김포공항에서 영우를 처음 봤다. 그리고 어젯밤, 오늘 아침. 모두 새삼스럽게 가슴이 두근거렸다. 하지만 그것은 이전과 또 다른 두근거림. 조금은 알 수 있었다. 시준과는 완전히 다른 느낌. 아마 그건 어떤 반짝이는 추억에 대한 동경과 그리움이 묻어나는 두근거림. 알싸한, 그리고 아련함을 포함하는 그런 것.

순수한 학창 시절의 잊을 수 없는 기억.

누구에게도 말하지 못하고 혼자서 아파한 상처를 치유해 주던 기억.

따뜻함에 위로가 되었던 기억.

가슴의 울림이라는 게 모양이 다를 수 있다는 걸 다시금 깨달았다. 참 이상하단 생각이 들었다.

세림은 무릎을 세우고 팔을 받쳐 든 채 머리를 쓸어내렸다. 풍성한 머리카락이 쓸리는 대로 따라 힘없이 미끄러져 내린다.

"은세림."

낮은 목소리에 세림은 고개를 들었다.

영우다. 생각지도 않은 그의 등장에 세림은 심장이 멎을 뻔했다. 젖은 몸인 그가 구명조끼를 벗어 던진다. 몸에서 물기가 뚝뚝 떨어진다.

"몸이 많이 안 좋아? 괜찮아?"

"어? 어…… 좀처럼 감기가 안 떨어져서."

"병원은 가봤어? 얼굴 안 좋아 보이는데, 무리해서 여행 온 거 아니야?"

그가 타월을 들어 올리며 자연스레 옆에 앉았다. 심장이 느릿하면서도 깊게 뛰어오른다.

"아니야. 여름휴가, 나도 오고 싶었어. 거기다…… 공짜 여행이잖아."

"은세림, 공짜 좋아하다 대머리 된다."

타월을 크게 펼쳐 몸을 감싼 영우가 자기 쪽 바닥의 모래를 발로 헤집었다. 대충 던지는 말에 저도 모르게 웃음이 터져 나왔다.

"뭐니?"

"뭐긴, 너 웃기려고 한 재미없는 농담이지."

타월에 얼굴을 묻으며 그가 씨익 눈웃음을 지었다. 들릴 듯 말듯 세림의 입술에서 짧은 한숨이 비집고 흘렀다.

가슴이 잔물결을 일으키며 울려왔다. 그게 뭐야.

"아침에 당황스러웠지? 승범이가 원래 그렇게 짓궂어. 악의는 없어."

"알아. 재미있었어."

"……우리 이렇게 이야기해 보는 거 되게 오랜만인 것 같네."

"……그러게."

거의 2년 만에 처음으로 영우와 시선을 제대로 마주했다. 더없이 곧고 깊은 눈동자. 따뜻하고 온화하다. 시준과는 또 다른 따뜻함이다. 자신을 바라보는 시준은 언제나 부드러웠지만, 먼 곳을 볼 때는 왠지 모를 차가움이 서려 있었다. 적어도 영우와 친해지고부터는 그의 눈에서 차가움이나 건조함 같은 걸 본 적이 거의 없었다.

"시준이 좋은 녀석이지?"

"응? 응……. 잘해줘. 좋은…… 애야."

"다행이네. 시준이 남자가 보기에도 괜찮은 놈이야. 잘됐다."

잘됐다. 그 한마디에 괜히 샐쭉해졌다. 영우를 곤란하게 만들어 주고 싶다는 생각이 괜히 든다.

세림은 특유의 새침한 표정을 지었다.

"……정말 괜찮은 놈 맞아? 바람둥이 아니고?"

노골적으로 물어오는 세림의 말에 영우는 잠시 당황한 표정이 되었다.

"어…… 아니야. 좋아하는 사람을 못 만나서 그랬던 거야. 지금 보니까 너 엄청 좋아하는 것 같더라. 옛날의 이시준이 아니지."

마지막 말을 덧붙이며 영우가 묘하게 웃었다. 세림은 '그래?' 하며 눈을 가늘게 떴다.

전처럼 말장난을 하고 싶은 순수한 마음이 들었다.

"옛날의 이시준은 어땠는데?"

"글쎄."

"솔직히 말해봐."

"뭘?"

"네가 이시준 알고부터 걔가 만난 여자애가 몇 명이야?"

"그런 건 시준이한테 물어봐야지."

"못 물어보겠으니까 너한테 물어보잖아."

말장난으로 시작한 화제는 어느새 진지해졌다.

"물어볼 필요도 없는 문제야. 정말 너 말고 좋아한 사람은 없었던 것 같아."

"나 말고 좋아한 사람이 없었다면, 지금껏 만난 여자들은 좋아하지도 않았는데 사귀었다는 거야?"

"……."

좋아서 사귄 것보다 즐긴 거였지.

영우는 그 말은 하지 않았다. 오히려 그 말이 더 문제가 될 수도
있다. 이 이상 친구의 치부를 밝혔다가는 시준의 목숨이 위태로워
질지도 모른다. 세림은 평소 다소 까칠하고 새침데기인 구석이 있
지만 몇 번 구슬리면 금세 말 잘 듣는 강아지가 되기도 했다. 하지
만 한 번 화나면 수습하기가 곤란할 정도로 떼쟁이인 걸 누구보다
잘 알고 있으니 시준이 괜한 원망을 사게 할 수는 없었다.

"대답 없지? 이시준, 가만 안 둬."

토라진 얼굴로 세림이 입술을 비죽 내밀었다. 변함없이 귀여움
을 간직하고 있다. 영우는 조용히 입매를 밀었다. 옛날로 돌아간
기분이다. 아무것도 심각하게 생각하지 않고 장난을 칠 수 있던
그 시절로.

그건 세림도 마찬가지였다. 아무런 감정에도 휘둘리지 않고 영
우랑 이야기하는 것은 역시 즐거운 일이었다.

잠시 바람이 불며 두 사람 사이에 침묵이 밀려들었다. 소금기
밴 바람에는 비릿한 바다 냄새도 함께였다.

"영우야……."

"응?"

"고등학교 때……."

"……."

"정말 즐거웠어. 고마웠고. 우리 1학년 때…… 너하고 좋은 추
억, 많이 만들었던 것 같아. 정말 나 그때 재미있었어. 언니 일도

의지가 됐고."

세림은 지금까지 하고 싶었던 말을 조심스럽게 풀어냈다. 다시는 할 수 없을지도 모를, 그러나 어떻게든 지난 시간이 영우와 함께여서 즐거웠다는 마음을 전하고 싶었다. 이제는 정말 옛날처럼 스스럼없이 웃고 떠들고 싶으니까. 아무런 거리낌 없이.

그러니까 잠시만, 아주 잠시만 꿈속에서 보았던 그날로 돌아가서. 열일곱 살의 자신으로 돌아가 열아홉 추웠던 겨울의 끝 무렵 기억이 더 이상 아프지 않게 이제껏 담아온 말을 모두 전하고 싶었다. 고맙다고, 즐거웠다고……. 그 정도의 인사는 할 수 있는 거니까.

"……나도, 나도 정말 즐거웠어."

공명하듯 들려오는 대답에 눈시울이 뜨거워졌다. 가슴에 왠지 모를 아련함이 물든다. 눈물이 나올지도 모른다는 생각에 고개를 떨어뜨렸다.

"……응, 고마워."

고마워. 그렇게 말해줘서…….

감정의 잔해가 목구멍까지 밀려들었다. 눈썹 끝에 간신히 매달려 있던 눈물이 바닥으로 툭 떨어졌다.

영우는 그저 옛날처럼 세림을 달래주고 싶었다. 하지만 차마 그러기가 어렵다. 그저 다만 손을 들어 세림의 머리를 가만히 쓰다듬어 주었다.

그래, 이 정도면 된 거야.

바람이 분다. 스산하게 불어 가슴을 굳어버리게 만들던 그날의 바람이 오늘은 무척이나 따듯했다.

발이 땅에 붙은 듯 자리에서 한 걸음도 움직일 수가 없었다.

멀리 보이는 파라솔 아래 세림과 영우 두 사람이 앉아 있었다. 장난치던 두 사람의 분위기가 점점 진지해지는가 싶더니 세림이 결국 고개를 떨어뜨렸다. 그리고 그녀의 머리 위로 영우의 손이 얹히는 걸 보며 시준의 눈동자는 더할 수 없이 차갑게 변했다. 가볍게 쥔 손은 새하얘질 정도로 주먹을 꽉 쥐었다. 시준의 주변으로 터질 듯 가열된 공기가 떠돈다. 그의 뒤로 현아가 천천히 걸어왔다.

시준의 어깨 너머로 보이는 세림과 영우를 보며 피식 웃음을 흘린다. 놀던 시준이 친구들에게 먼저 가보겠다며 무리에서 빠져나갔다. 영우도 없겠다, 단둘이 파라솔로 돌아가는 시간을 놓치고 싶지 않았다. 기회는 잡는 사람에게만 오는 거니까. 그런데 자신이 무엇을 하지 않아도 일은 무척이나 재미있게 돌아가고 있었다.

"어머, 쟤네 분위기 좋다."

현아가 입매에 미소를 걸치며 느릿하게 말을 끌었다. 시준이 뒤돌아보듯 고개를 돌렸다. 두 사람의 시선이 무심결에 마주한다. 현아가 싱긋 미소 지으며 그의 가까이로 다가왔다.

"둘이 도대체 무슨 얘기를 하고 있는 중일까?"

시준은 숨을 고르며 입을 꾹 다물었다. 여름 뙤약볕보다 따가운 미소가 김현아의 입가에 조용히 번진다. 그는 눈살을 찌푸리며 그녀를 지나쳐 무작정 걷기 시작했다.

고개 숙인 세림은 지우려고 해도 지워지지 않았다. 도대체 왜 영우 앞에서 그런 모습을 하고 있던 거냐고, 울고 있던 거냐는 분노 섞인 말이 입안을 마구 헤집었다. 차마 내뱉지 못하고 애써 삼킨 말은 새카만 뭉치가 되어 속에서 날뛰었다. 들릴 듯 말 듯 숨을 깊게 내쉬며 마음을 가라앉혔다. 핸들을 쥔 손이 하얗게 질려만 간다.

날 선 공기가 위압적으로 시준을 감싼다. 여전히 익숙지 않은 시준의 모습에 옆자리에 앉은 세림은 당황스럽기만 하다.

바다에서 놀다 온 후 시준은 내내 저 얼굴을 하고 있었다. 재미있게 놀다 왔느냐고 묻는 말에도 건성으로 대답하고는 빤히 쳐다보기만 했다. 자신을 보는 그의 낯빛이 좋지 않아 무슨 일이 있었느냐고 재차 물었지만 아무런 대꾸도 하지 않았다.

갑자기 무슨 일이 있던 거지?

차나무의 푸른 잎이 끝없이 펼쳐진 녹차 밭을 구경하는 내내 시준은 세림의 손을 꼭 잡고 걸었다. 잃어버리면 큰일이 나기라도 하는 사람처럼 시준은 느슨해진 세림의 손을 몇 번이고 힘주어 고쳐 잡았다. 맞잡은 두 사람의 손에 땀이 흥건히 배어 질척였다. 세림이 슬쩍 손을 빼려고 하면 시준은 빼내지 못하도록 다시 힘주었다.

세림은 당황스러울 수밖에 없었다. 왜 이러는 건데……. 앞서 가는 시준의 뒷모습을 보며 작은 한숨을 내쉰다. 크고 믿음직스러울 정도로 단단해 보이던 그의 등이 왜 이렇게 아슬아슬하게 느껴지는 건지 알 수가 없었다.

바람도 통하지 않게 잡은 두 사람의 손은 어느새 땀으로 진득해졌다. 몹시 좋지 못한 기분이다.

❖　❖　❖

저녁은 제주 흑돼지와 각종 해산물, 소시지, 야채를 그릴에 구운 바비큐였다. 제주 흑돼지라니. 격한 스포츠를 즐긴 후의 후유증과 원기 회복에 충분한 메뉴다.

정원 한쪽 디딤돌 길 근처 잔디밭에는 참나무 숯이 담긴 그릴과 흰 천으로 덮인 테이블이 세팅되었다. 잔디밭 곳곳에 심어진 조명등과 일정한 간격으로 놓인 흰 가로등은 정원을 어둡지 않게 밝혔다. 얇은 잎을 가진 키 작은 나무들이 가로등의 불빛을 받아 바닥에 긴 그림자를 드리운다.

승범은 꼬치에 꽂힌 고기를 밀어내 작게 잘라서 하나는 자신의 입으로 넣고 또 하나는 유정의 입으로 넣어준다. 승범이 '맛있어?' 하고 묻자 유정이 '맛있어' 하고 작게 웃는다. 유정은 서비스라는 듯 승범의 입술에 쪽 하고 짧게 입을 맞췄다. 주방에서 김 여사가 만든 반찬을 미영과 현아가 내오면 유정과 세림은 테이블에 보기 좋게 차려놓았다. 한 시간쯤 전부터 거실 소파에 앉아 위스키를 오픈해 마시던 시준도 밖으로 나와 테이블 의자를 빼 자리를 잡았다. 시준은 아이스도 섞지 않은 술을 단번에 마셔댔다.

타는 듯 뜨거운 알코올이 목구멍을 이리저리 휘젓는다. 술은 마시는 만큼 기분 좋아지게 했다. 종일 머릿속을 헤집어놓던 불쾌한 기억 따위들이 어지럽게 묽어져 간다.

"저 자식은 왜 또 밥 먹기 전부터 저러고 있어? 야, 저 새끼 혼자 한 병을 다 비웠어. 완전 미친놈이네."

고기를 굽던 승범은 눈을 동그랗게 떴다. 태현의 시선이 시준에게 향했다. 취기가 오른 듯 시준은 약간 풀린 눈으로 세림을 바라보았다. 시준이 손을 뻗어 반찬을 얌전히 차리는 세림에게 장난친다. 세림이 귀찮다는 듯 무어라 핀잔을 주어도 계속 장난질이다. 테이블 위에는 어느새 술병이 두 개나 놓여 있었다. 하나는 이미 온전히 비워져 있고 다른 하나는 3분의 1 정도 비워져 있다.

아까부터 표정이 좋지 못한 걸 보니 무슨 일이 있었던 것 같은 데, 말할 녀석이 아니다. 무슨 일이 있었는지 모르지만 화가 단단히 나 꾹꾹 눌러 담고 있는 건 분명했다.

세림에게 장난을 치던 시준은 그녀의 팔을 잡고 끌어당겼다. 갑작스레 무게중심을 잃고 세림이 짧은 비명을 질렀다. 시준은 아랑곳 않고 자신의 다리 사이에 그녀를 가두었다.

"뭐, 뭐 하는 거야?"

시준은 대답 없이 나른하게 웃음 지었다. 동공이 풀린 눈은 무척 위험하게 느껴진다. 그 눈빛에 사로잡혀 정신이 아찔해질 것 같단 생각이 불현듯 들었다. 빠르게 두 눈을 깜빡이며 시선을 피했다. 시준이 한숨 같은 웃음소리를 내며 손목 안쪽에 입을 맞췄다. 화들짝 놀라 손을 후다닥 빼낸다. 시준은 연신 빙글빙글 웃기만 한다.

이상해.

시준은 세림의 허리를 잡고 다리 위에 그녀를 앉혔다. 세림이 싫다는 듯 자리에서 일어서려 하자, 그가 허리를 잡은 손에 힘을 줘 못 일어서게 하였다.

"그만해! 애들 앞에서 민망해……."

"민망해? 뭐가? 사귀는 사람과의 스킨십이 민망한 일인가? 아니면…… 누가 신경 쓰이기라도 해?"

"그게 무슨 뜻이야?"

"아니면 말고."

지나가는 것처럼 아무렇지 않게 대답했지만 그의 입가에는 분명히 비웃음이 스치듯 걸렸었다. 이상하다. 지금의 시준은 확실히 이상했다. 그에게서 느껴지는 껄끄러움이 몹시 낯설다.

"야야, 이시준! 짝짓기를 하려거든 안에 들어가서 하든가. 일은 도와줄 생각도 않고 술이나 처마시고 있고!"

승범이 불만 섞인 목소리를 내며 고기 집게를 공중에서 휘이휘이 내저었다.

"그렇게 할까?"

시준이 나른하게 말을 끌었다. 세림은 미간을 좁히며 그의 어깨를 주먹으로 내려쳤다.

"됐네요, 장난하지 마!"

"좀 추운 것 같은데."

그는 팔을 둘러 세림의 허리를 껴안으며 가슴에 머리를 기대었다. 가슴팍에 시준의 이마가 닿자 세림이 당황해 어쩔 줄 몰라 하며 그를 밀어냈다.

"그럼 옷 입어!"

"가지러 가기 귀찮아. 같이 가."

"그래, 세림아. 너도 옷 얇게 입었는데 같이 가서 따듯한 거 걸치고 와."

어느새 테이블 세팅을 끝내고 미영과 현아, 유정은 자리를 잡고 앉았다. 드레싱이 버무려진 샐러드에 고기를 얹으며 유정이 웃는 얼굴로 걱정해 준다. 여름이긴 했지만 그것이 무색할 정도로 제주도의 밤바람은 찼다. 때문에 세림은 반소매 셔츠 위에 여름 카디건을 걸쳤어도 몸이 으슬으슬 떨렸다. 잠시 고민하던 세림은 결국 알겠노라고 고개를 끄덕이며 시준을 따라 별장 안으로 들어갔다.

시준이 지금 왜 이러는지 얘기를 나눠봐야 할 것 같았다.

키스는 갑작스러웠다.

시준은 방문을 닫으며 세림을 뒤로 몰아붙였다. 두 팔로 세림을 가둬두고 급히 입술을 찾는다. 갑작스러운 키스에 세림은 두 눈을 질끈 감았다.

지독한 알코올로 물든 타액과 잔향이 입안으로 사정없이 들이쳤다. 숨이 막히고 속은 울렁거렸다. 시준의 혀는 무자비하게 입 속을 헤집었다. 저항할 틈도 없이 거칠고 저돌적으로 달려든다. 시준은 한 손으로 턱을 움직이지 않게 잡고, 다른 손으로는 허리를 감쌌다. 커다란 손이 급하게 옷 속을 파고든다. 갑작스런 감촉에 세림은 눈을 번쩍 떴다. 맨살 위로 시준의 직접적인 체온이 닿았다.

"자, 잠깐!"

시준의 가슴팍을 움켜쥐던 그녀가 손을 끌어 내리려 하였다. 그러나 시준은 다른 손으로 세림이 거부할 수 없도록 재빨리 손을 잡아채 뒤로 비틀었다.

"이…… 시준!"

고개를 위로 젖히며 그의 입술을 피하자, 시준은 그대로 턱 밑 여린 살에 대고 키스했다. 극도로 이상한 감각이 뒷목에서 정수리까지 타고 올라온다. 정신이 느슨해지는 것 같은 그 기분이 싫어 다시 고개를 돌렸다.

시준은 멈추지 않고 세림이 고개를 돌린 대로 귓불과 목덜미에 뜨거운 입김을 내쉬며 키스하였다. 세림이 그의 어깨를 밀쳐 냈지만 힘으로 당해내기에는 역부족이다.

"그만……! 그만해!"

잔뜩 겁이 서린 목소리다. 그럼에도 시준은 멈출 생각이 없는 듯 그녀를 놓아주지 않았다. 그는 세림의 입술, 목덜미, 쇄골의 피부 맛을 깊게 음미하였다. 옷 속으로 집어넣은 손은 등줄기를 따라 점차 위로 올라왔다. 그의 손길이 지나간 자리마다 열꽃이 피어오른다.

"제발! 하지 마……!"

세림은 다시 쥐어짜듯 간절하게 외쳤다. 시준이 그제야 한여름 폭염처럼 잔인하고도 일방적인 행위를 멈추었다. 그가 매끈하게 파인 쇄골에서 입술을 떼어내며 세림을 내려다보았다. 세림은 뜨겁게 달아오른 자신의 목을 두 손으로 감쌌다.

맥이 쉼 없이 뜀박질했다. 가쁜 숨을 몰아쉬며 부르르 떨리는 몸을 가눈다.

"왜…… 왜 이러는 거야, 갑자기?"

새카만 어둠 속에서 달빛이 하얗게 비춰 들어오는 창을 등진 채 서 있는 시준은 소름 돋을 만큼 무섭고 차가웠다.

시준은 화가 났다.

처음에는 몰랐지만 화가 난 거다. 그 화는 고스란히 자신을 향해 있었다.

"내가 왜 이러는 것 같아?"

차분하고도 서늘한 음색.

"몰라. 모르겠어. 네가 왜 이러는지 모르겠어……."

"도발에 넘어가 주고 있잖아. 이런 순진함도 계산에 포함된 행동이야?"

가슴이 푹 꺼지며 질린 한숨이 입술 새에서 파르르 새어 나온다. 굳어진 눈빛으로 시준을 올려다보았다. 무서울 정도로 푸르게 변해 버린 눈동자, 그와 달리 다정한 어조. 냉각된 피가 가슴께에서 뭉쳐 오그라들었다. 신음조차 뱉지 못할 정도로 괴롭다.

시준은 반쯤 내리감은 눈으로 다시 목덜미에 천천히 입술을 갖다 댔다. 그의 입술보다 뜨거운 숨결이 먼저 닿는다. 세림은 한순간에 소름이 끼쳐 몸을 잔뜩 움츠렸다. 시준의 입술은 세림의 목덜미를 찾다가 움푹 파인 쇄골에 입을 맞추고는 반소매 셔츠 위의 봉긋한 가슴으로 천천히 향했다.

심장이 뜨거워져 가슴이 가득 터질 것만 같이 부풀어 올랐다.

하지 마. 싫어. 제발 그만해!

"싫…… 어!"

견디기 힘들 만큼 예민하게 부풀어 오른 긴장감이 억눌린 방 안에 세림의 목소리가 균열을 일으키듯 울렸다. 다시 세림을 내려다보는 그의 눈엔 감정이 없다. 그래서 더 냉혹하게 느껴진다.

"뭐가 싫다는 건데?"

"이런 거…… 싫어. 하지 마. 무서워……."

공포로 몸을 떠는 세림의 목소리가 울먹임으로 변했다. 시준이 조롱 섞인 숨을 내뱉는다.

"이런 게 싫고 무서운 게 아니라, 나라서 싫고 무서운 거겠지."

"무슨 소리야?"

"말해봐. 도대체 널 알 수가 없어. 나를 쥐고 흔드는 이유가 뭐야? 사랑스럽게 웃어주다, 애교 한번 부려주다, 지옥으로 떨어뜨려? 내가 네 손에서 놀아나는 꼴이 볼만해? 우스워? 재미있냐고!"

시준은 말끝에 고함을 쳤다. 어두운 방 안을 휘젓던 고함 소리가 세림의 가슴에 날카롭게 내리꽂혔다.

몸이 굳고 만다. 터질 것처럼 긴장된 공기에 숨을 쉴 수가 없다. 이렇게 화를 내는 시준을 보는 건 처음이다. 무섭다. 자신을 바라보는 시준의 눈에 짐작할 수 없는 원망이 가득하였다. 영문을 모르겠다. 시준이 이렇게 화내는 이유도, 이런 말을 하는 이유조차도. 이해할 수가 없다. 당황스럽기만 하다.

"아니면, 내 옆에 붙어 있으면 그 잘난 박영우랑 엮이게 될지도 모르니까 싫어도 붙어 있는 건가?"

세림의 눈빛이 흔들렸다.

"말해. 그 자식이랑 무슨 얘길 했는지! 무슨 얘길 했기에 빌어먹을 눈물까지 쏟으면서 애틋해했는지 말하라고!"

세림의 눈동자가 더할 수 없이 커졌다. 누군가에게 뺨을 맞은 것 같았다. 그런데 뺨이 아니라 가슴이 아프다. 가슴을 크게 들썩이며 급한 숨을 들이쉰다.

그거 때문이었어?

감정이 없는 게 아니었다. 이렇게 자세히 들여다보면 시준의 눈은 상처로 얼룩져 있었다. 꿈속에서 본 가슴을 아프게 했던 그 눈.

"박영우가 그렇게 좋냐? 이제 와서 눈물까지 흘릴 만큼 그렇게 좋아 죽겠어?"

"미안해. 나는…… 나는 그게 아니라……."

"미안해? 왜, 내가 너랑 헤어지기라도 할까 봐 걱정돼? 걱정하지 마. 네가 걱정 안 해도 난 너랑 헤어질 생각 추호도 없어. 실컷 즐기고 질려 버릴 때까지 놔줄 생각 조금도 없다고! 그러니까 너도 반항하지 마. 네가 갖고 싶은 거 가지려면 내가 갖고 싶은 거 정도는 줘야 하잖아."

시준의 마지막 말에 세림은 급속도로 무기력해지고 말았다.

허탈하다.

그게 아니라 나는……. 목구멍까지 메는 말이 들이쉬는 숨에 뭉개져 버렸다. 세림이 간절한 눈으로 시준을 올려다본다.

"오해야. 아까 영우랑은……."

"입 다물어. 내 앞에서 딴 남자 이름 올릴 생각도 하지 마."

시리도록 차가운 말투, 낯선 눈동자가 심장을 깊숙이 찌른다.

시준은 그대로 다시 세림의 입술을 삼켰다. 세림의 숨결을, 타액을, 온기를 모조리 자기만 먹고 싶었다. 자기만 독점하고 싶었다. 그가 양손으로 세림의 맨 허리를 더듬다가 보드라운 등에 매어 있는 브래지어 호크를 푼다. 세림은 움찔 놀랐지만 그 어떤 저항도 하지 않았다.

"뭐 하는 거야?"

시준이 한쪽 눈썹을 치켜떴다. 생기를 잃은 세림의 눈동자에서 굵은 눈물방울이 떨어져 내린다.

"……."

"뭐 하는 거냐고 묻잖아."

세림은 잔뜩 상처 입은 눈으로 애써 눈물을 삼키며 사력을 다해 입을 열었다. 새파랗게 질린 입술이 파르르 떨린다.

"네가…… 아무 반항도 하지 말라며. 네가 원한 게 이거 아니었어? 왜, 비명이라도 질러줄까? 그렇게 해줘?"

작게 들썩이는 세림은 터져 나오는 눈물을 참듯 목젖을 심하게 떨었다.

시준의 심장이 바닥으로 곤두박질친다. 여린 눈을 더 이상 마주할 수가 없다. 눈을 감으며 참아내지 못한 치졸한 욕망을 삼켜냈다. 세림의 몸에서 손을 뗐다.

"재미없다, 이런 거."

방을 나간 시준의 뒤로 마지막 말이 공허하게 공간을 떠돌다가 사라졌다. 세림은 쓰러지듯 자리에 풀썩 주저앉았다. 옥죄고 있던 긴장이 풀리자 사시나무 떨듯 몸이 떨려왔다. 눈물이 났다. 전하지 못한 말이 눈물로 남아 입 밖으로 새어 나오려는 걸 그녀는 간신히 틀어막았다.

울지 마.

바보야, 울지 마.

세림은 두 눈을 감으며 소리 없이 흐느꼈다. 달빛에 비친 어슴푸레한 나무 그림자가 세림을 위로하듯 웅크린 그녀의 몸을 감싸 안았다.

❖   ❖   ❖

주방으로 들어선 시준은 냉장고 문을 거칠게 열어 물병을 꺼내 들었다. 컵에 따라 마실 생각도 않고 그대로 입에 대고 들이켰다. 목울대가 사정없이 위아래로 움직였다.

가눌 수 없이 타오르던 분노는 한순간에 밑바닥에서 재가 되었다. 물병을 떼어내며 손등으로 입술을 쓸어낸다. 세림의 적막한 눈동자가 심장에 통증을 불러일으켰다. 물병을 늘어뜨리듯 잡고 있는 손에 떨릴 정도로 힘이 들어갔다. 처음이다. 여자애 하나 때문에 주체할 수 없을 정도로 화를 내보기는.

등 뒤로 슬리퍼 끄는 소리가 들렸다. 슬리퍼는 자리에 멈춰 선 듯 기척을 내지 않았다. 곧이어 냉장고 문이 열리고, 그릇을 꺼내는 소리가 뒤따른다. 슬리퍼 주인은 자신의 행동을 타인의 머릿속에 그려 넣으려는 듯 움직임에 소리를 동반시켰다.

"세림이랑 뭐가 잘 안 됐나 봐? 얼굴색이 안 좋네."

항상 매끄럽게 말끝을 끄는 버릇. 그 말투가 시준은 무척 거슬렸다. 잿더미 사이 아직 꺼지지 않은 불씨가 되살아나려 한다.

"세림이가 싫다고 그래? 왜 그럴까? 만약 정말 좋아한다면 남자친구의 욕구쯤 이해해 줘야 하는 거 아닌가? 마냥 참게만 하는 것도 능사는 아닌데."

현아는 시준이 서 있는 식탁으로 다가와 들고 있던 샐러드 그릇을 올려놓았다.

"나라면 절대 너 화나게 안 해."

시준은 눈썹을 찌푸렸다.

"너 뭐야?"

"뭐가?"

"난 너 같은 애들을 보면 소름이 돋아."

감정이라곤 찾아볼 수 없는 메마른 어조. 현아는 눈가를 일그러뜨리다가 빙긋 웃음 지었다.

"왜? 네 속을 너무 잘 알아서?"

"나한테 이러는 이유가 뭐야?"

"정말 몰라서 묻는 말은 아닐 테고?"

김현아는 비웃듯 한쪽 입가에 미끈한 웃음을 걸쳤다. 그녀가 시준의 팔에 우유 빛깔처럼 뽀얀 손가락 얹는다. 두 개의 손가락 끝이 걸음을 옮기듯 손등에 미세하게 돋아난 푸른 실핏줄을 천천히 타고 올라갔다. 눈빛을 유혹적으로 반짝이던 그녀가 이내 시준의 팔을 휘감았다. 시준은 팔을 뿌리치며 거칠게 손목을 잡아챘다.

"너…… 미쳤어? 제정신 아니야."

"미친 건 나뿐만이 아니지. 은세림도 제정신 아니긴 마찬가지야. 난 단지 그 애가 원하는 대로 해주고 싶을 뿐이고. 그 덕분에 난 내가 원하는 거 얻는 거고. 어때, 이 기회에 질리도록 순진한 척하는 은세림이랑 헤어지고 나랑 사귀는 건? 난…… 네가 원하는 건 뭐든…… 해줄 자신이 있는데……."

"뭘 해줄 수 있는데?"

"네가 원하는 건 뭐든. 사실 놓고 보자면 은세림보다 내 쪽이 더 낫잖아? 여러모로."

어깨를 으쓱하며 현아가 여유롭게 웃음 짓는다. 시준은 조롱 같은 웃음을 차갑게 터뜨리며 잡고 있는 그녀의 손목을 거세게 비틀었다. 그 힘에 현아의 눈살이 절로 찌푸려졌다.

"네가 나한테 뭔가 해줄 수 있다고 생각해? 넘치도록 많은 걸 가진, 나한테?"

"……."

"넌 나한테 해줄 수 있는 게 아무것도 없어. 아, 몸으로 위로해

줄 작정이었나? 좋아, 네 얼굴도, 몸도 무척이나 자극적이야. 그런데 중요한 건, 마음만 먹으면 너 같은 애들 수십하고 아쉽지 않게 잘 수 있다는 거야."

시준은 비웃음이 담긴 눈빛을 번뜩이며 거추장스럽다는 듯 현아의 손목을 뿌리쳐 냈다.

"정신 차려, 김현아. 내가 원하는 건 누군가와의 하룻밤이 아냐. 그냥 은세림 그 애 하나야."

"세림이는 되고 나는 안 되는 이유가 뭐니?"

"넌 박영우가 있잖아?"

"단지 그뿐이야?"

"대답할 필요 없을 것 같은데."

"은세림, 너 좋아하는 거 아니야. 단지 기낼 곳이 필요해서 너랑 사귀는 거라고. 널 정말 좋아한다면 왜 5년이나 지난 빛바랜 감정을 아직까지 정리하지 못하는 걸까? 걘 앞으로도 그럴 거야. 난 누구처럼 미련 뚝뚝 떨어지는 멍청한 행동은 안 해."

"김현아!"

시준은 부릅뜬 눈으로 현아를 잡아먹을 듯 노려보았다. 현아는 시준의 곁으로 다가와 눈을 마주했다. 그녀의 눈동자가 알 수 없을 만큼 도도하게 빛난다. 지려 하지 않는 그 눈빛에 곧이어 시준은 멸시 섞인 웃음을 매끄럽게 지어 보였다.

"그만 까불어. 난 너 같은 애들 가루가 되도록 까버리는 것쯤 일도 아니야. 나한테는 애들 장난도 안 된다고. 그런데 내가 왜 가만있는 줄 알아? 까는 재미가 없어. 시시하다고. 넌 나한테 까일 맛도 안 나는 그런 레벨이야. 까일 주제도 못 되는 고작 그 정도 수준의 계집애야, 너."

자존심을 짓뭉개는 시준의 노골적인 발언에 현아는 극도의 모멸감을 뒤집어썼다. 차디찬 그의 눈동자에는 분노조차 담겨 있지 않았다.

"날 어쩌고 싶어? 그럼 내가 봐줄 만한 레벨까지 와. 그땐 좀 상대해 주다 제대로 까줄 테니까. 그때에도 넌 항상 내 발끝에 있겠지만."

마지막 말에 현아는 파르르 떨며 매섭게 따귀를 올려붙였다. 손바닥이 얼굴에 감기는 소리가 사납다. 금세 발갛게 부은 시준의 뺨을 보면서도 굴욕적인 기분은 가시지 않았다. 날 세운 긴장감이 주방을 채운다.

"두 사람, 왜 그래?"

잔뜩 고조된 공기를 비집고 제3의 목소리가 끼어들었다. 영우다. 주방 입구에 영우가 서 있다. 영우를 쳐다보던 시준은 현아를 지나쳐 발길을 돌렸다. 주방을 나가려던 그의 팔을 영우가 잡았다.

"뭔데? 두 사람 분위기가 왜 이래?"

"등신아, 너 남자 은세림이냐?"

"뭐? 이시준!"

영우는 시준이 무슨 말을 하는지 이해할 수 없었다. 하지만 말투에 공연한 트집이 담겨 있다는 건 분명히 알 수 있었다. 적의를 가득 뿜어내며 영우를 쳐다보던 시준은 붙잡힌 팔이 귀찮다는 듯 떨궈내며 주방을 빠져나갔다.

"무슨 일이야? 저 자식하고 왜 그런 건데?"

"……."

현아는 아무런 대답이 없다. 그런 현아를 보며 영우는 짙은 한숨을 내쉬다가 식탁으로 다가왔다.

"현아야."

그가 걱정 서린 말간 눈으로 현아를 쳐다보았다.

상처받은 얼굴로 눈물을 억지로 삼키고 있다. 자존심 높은 현아다. 시준과 무슨 일이 있었는지 모르겠지만, 눈물을 보일 정도면 어지간한 말싸움은 아니었겠지.

"내가 나중에 가서 한 소리 할게."

그가 가만히 현아를 끌어다 품에 안았다. 현아의 눈에 차오른 눈물 한 방울이 뚝 떨어져 영우의 어깨를 적신다. 그녀는 신경질적으로 영우를 밀치며 주방을 나갔다. 영우는 그런 현아를 잡으려다 이내 포기하고 만다. 식탁 위 샐러드 그릇을 내려다보다 몸을 돌려 싱크대 그릇 꾸러미에서 흰색의 큰 접시 두 개를 집었다. 스쿠프로 샐러드를 덜어내던 영우는 짙은 한숨을 내쉬었다.

요 근래 현아와 물린 바퀴가 자꾸 어긋나고 있었다.

18.

그대가 보인다

"태현아! 시준아! 좀 일어나 봐!"

문을 다급하게 두드리는 소리가 어둠이 내린 방 안에 울렸다. 침대에 엎드린 채로 잠들어 있던 시준은 감은 눈을 느릿하게 떴다. 미영의 목소리에는 기다릴 여유가 조금도 없는 것 같았다. 그에 응하듯 태현이 서둘러 일어나 방문을 열었다. 시준은 손을 뻗어 머리맡에 놓아둔 휴대전화를 찾았다. 폴더를 열어 시각을 확인해 보니 새벽 1시가 넘어 있다. 몸이 피곤을 호소한다.

잠든 지 한 시간이 채 되지 못했다. 저녁부터 절 만큼 술을 마셔대 침대에 몸이 엉겨 붙은 것만 같았다.

"왜 그래? 무슨 일 있어?"

"시준이는? 세림이가, 세림이가 열이 심해!"

시준은 정신이 번쩍 들었다. 반사적으로 몸을 일으켜 태현과 미영이 서 있는 문가를 지나쳤다.

상태가 어떠냐고 물어볼 생각조차 들지 않았다. 성큼성큼 다급한 발걸음을 옮겨 세림이 있는 방 안으로 들어섰다. 불빛이 환하게 켜진 방 안, 세림의 침대 위의 돌돌 말려진 하얀 이불 속에서 앓는 소리가 샌다. 급한 손길로 싸맨 이불을 들췄다. 세림이 온몸을 웅크린 채로 경련 일으키듯 바들바들 떨고 있었다. 식은땀을 잔뜩 흘리고 있는 얼굴은 하얗게 질리다 못해 창백했다. 새파랗게 질릴 정도로 꽉 깨문 입술 사이로 고통스러운 신음이 흐른다. 눈앞에 펼쳐진 참담한 광경에 주먹을 꾹 쥐었다. 더 볼 것도 없이 세림의 이마에 손을 대다가 쇄골 부위에 얹는다. 손바닥이 데일 듯 뜨겁다.

"뭐야, 언제부터 이런 거야!"

시준은 침대에 걸터앉아 열에 달떠 신음하는 세림을 보며 버럭 소리 질렀다. 미영이 찬물을 적신 수건을 세림의 이마에 얹는다. 그사이 태현이 다가와 세림의 귀에 체온계를 대었다.

"모르겠어. 나 들어올 때까시만 해도 괜찮았던 것 같은데, 짐결에 앓는 소리가 들리잖아. 무슨 일인가 하고 깨웠더니 열이 이렇게 심해. 어떻게 해?"

"38.6. 열이 꽤 높아. 병원에 데리고 가야 해."

태현이 확인한 체온계를 시준에게 넘긴다. 굳이 눈으로 확인하지 않아도 디지털 체온계 숫자는 더할 것도 덜할 것도 없이 정확히 38.6도에서 변하지 않았다. 시준은 세림의 볼을 손등으로 살짝살짝 때리며 의식을 확인하였다.

"세림아! 은세림! 눈 좀 떠봐!"

한껏 웅크리고 누워 있는 세림은 힘겹게 눈을 떴다. 그녀는 숨을 가쁘게 내쉬며 간신히 목소리를 짜낸다.

"이…… 이시…… 준."

"그래, 나야! 정신이 들어?"

세림은 뜨거운 숨을 입김처럼 내쉬며 고개를 작게 끄덕이는가 싶더니 그대로 정신을 잃는 듯하였다. 식은땀에 전 호흡은 거칠고, 경련 일으키듯 떨고 있는 몸은 지나치게 뜨거웠다.

"안 되겠다. 얼음 팩하고 주머니 만들어 와야겠어."

"내가 도와줄게."

태현이 말하며 자리에서 일어나자 옆에 있던 미영도 거든다. 그러나 시준은 그대로 세림을 안아 들고는 어디론가 밤길을 움직였다.

"어디 가?"

세림을 안아 든 시준은 2층에 위치한 욕실로 다급히 걸음을 옮겼다. 그가 일 초의 망설임도 없이 샤워 부스 문을 연다. 뒤따라온 태현과 미영은 심각한 얼굴로 욕실 문 앞에 섰다.

"저렇게 해서 열이 내려?"

미영은 시준이 세림을 샤워 부스 벽에 기대도록 내려놓고 샤워기를 트는 것을 보며 걱정스레 태현에게 물었다.

"어쩌면 얼음주머니로 일일이 식히는 것보다 빠를 거야. 저대로 병원 간다고 해도 어차피 고생할 거고."

시준은 한 손으로 샤워기를 잡고 다른 손으로는 온도기를 조절했다. 쏴 하는 소리와 함께 샤워기에서 뿜어져 나오는 물줄기가 세림의 발끝에 잠시 동안 머문다. 그녀는 발끝에 닿는 물의 감촉에 몸을 바르르 떨었다. 열로 뜨겁게 달아오른 몸은 미지근한 물도 차갑게만 느껴질 것이다. 시준은 세림의 열을 내리기 위해 동맥이 지나는 발등과 복사뼈 부근부터 샤워기를 대었다. 세림은 살갗이 찔리기라도 하는 듯 몸을 움츠렸다. 고통 서린 신음을 힘겹게 뱉어낸다.

"시, 싫어…… 추…… 워."

세림은 축 늘어진 손을 간신히 들며 샤워기를 밀어내기 위해 안간힘을 썼다. 샤워기 끝에서 흐르는 물방울이 시준의 주변으로 힘없이 떨어져 내린다.

"바보야, 가만히 좀 있어! 열이 내려야 할 거 아니야!"

"추워……. 너무 추……."

샤워 부스 벽에 기댄 세림은 몸을 잔뜩 웅크렸다. 떨리던 목소리는 점점 흐느낌으로 바뀌었다. 감은 눈가에 서러운 눈물이 맺힌다. 심장에서 가장 먼 곳부터 서서히 몸을 식혀가던 시준은 도무지 그녀를 바라볼 수가 없다. 그는 세림을 품에 안고 샤워기에서 쏟아지는 물줄기를 같이 맞았다. 금세 젖기 시작한 머리칼 끝에 하나둘 맺힌 물방울이 바닥으로 뚝뚝 떨어진다.

"추워도 조금만 참아. 조금만……. 금방 병원 데리갈 테니까 조금만 참아, 세림아."

흐느낌이 잦아들 때쯤 시준은 물을 잠그고 그녀를 안아 자리에서 일어났다. 바로 옆에 있던 미영이 준비해 둔 비치 타월을 크게 펼쳐 흠뻑 젖은 세림의 몸에 감았다. 시준은 세림이 추위를 느끼지 않도록 타월을 꽁꽁 감싸주었다. 머리부터 발끝까지 물을 뒤집어쓴 건 시준도 마찬가지다.

"시준아, 너도 엄청 젖었어. 감기 걸리겠다."

미영이 걱정스러운 얼굴로 선반에서 타월 한 개를 더 꺼내 그의 어깨를 덮어주었다. 그사이 앰뷸런스를 부른 태현이 손에 휴대전화를 들고 다가왔다. 방으로 향하는 시준의 걸음걸음을 따라 몸에서 떨어진 물방울이 바닥에 흔적을 남겼다.

"앰뷸런스 불렀어. 옷 갈아입고 같이 타고 가."

"병원, 내가 운전해서 가."

"너 아까 술 얼마나 마셨는지 기억 안 나?"

"다 깼어."

"말 좀 들어, 인마! 너만 걱정돼?"

"……이미영, 세림이 옷 갈아입히게 여벌 옷하고 속옷 좀 찾아줘."

시준은 대꾸 없이 미영에게 말했다. 세림을 침대에 눕힌 그는 이미 반쯤 정신 나가 있었다. 그가 흥건히 젖은 세림의 트레이닝복 재킷 지퍼를 망설임 없이 끌어 내린다.

"시준아, 내가 할게."

누군가 제지하지 않으면 멈추지 않을 시준의 손을 미영이 잡았다. 서늘함이 감도는 미영의 손이 손등에 닿자 시준은 그제야 정신을 차렸다. 앞머리에서 물기가 뚝뚝 떨어져 침대 시트를 적신다. 그는 호흡을 가다듬으며 머리를 쓸었다. 폭풍이라도 휩쓸고 간 듯 세림을 보는 눈동자에 괴로움이 맺혀 있다.

미영은 옅은 미소를 머금고 평소보다 한층 부드러운 음색으로 입을 열었다.

"정신 좀 챙겨. 평소 같지 않게 왜 이렇게 흥분하니?"

"……"

"나가 있어. 내가 갈아입힐게. 너도 옷 갈아입고."

시준은 수습하지 못한 표정으로 방을 빠져나왔다. 문에 기대선 그가 버릇처럼 이마를 문지르며 자리에 주저앉았다.

젠장!

몸이 좋지 않다는 걸 알면서도 세림을 몰아붙였다. 불과 몇 시간 전의 상황이 눈앞에 파노라마처럼 휘감겼다. 미칠 것만 같다. 그까짓 분 하나 제 뜻대로 다루지 못한 자신이 한심해 견딜 수가 없다.

❖   ❖   ❖

꿈을 꾼 것 같다. 아니, 꿈 같은 순간이었나. 새벽 무렵, 다급히 자신을 부르는 시준의 목소리를 들었던 것 같다. 이마에 닿았던 미영의 서늘한 손길이 닿았던 것 같기도 하고, 귓가에 딱딱한 플라스틱 체온계가 들어왔다 나간 것 같기도 하고, 차가운 물줄기에 흠뻑 젖었던 것 같기도 하다. 온전한 기억은 아니지만 소리 없는 장면들이 필름 조각처럼 오버랩되듯 이어졌다. 한 가지 분명하게 알 수 있었던 건 시준의 크고 단단했던 품. 그 품이 너무나 나스해 자기도 모르게 정신을 잃었다.

사방에 어둠이 내리고 모든 소리가 사라졌다고 생각하던 순간, 덮인 눈꺼풀 위로 하얀 불빛이 느껴졌다. 고막이 확장된 것처럼 웅웅 뭉개지던 소리도 점차 명확해지기 시작했다. 가장 먼저 들린 건 환자 감시 장치의 규칙적인 기계음. 그 사이로 환자들의 앓는 소리와 슬리퍼 끄는 소리와 구두 굽 소리, 간호사들이 작게 말하며 버릇처럼 볼펜을 딸각거리는 소리가 어느 때보다 생생히 들렸다.

낮고도 깊게 숨을 들이쉰다. 병원 특유의 소독약 냄새가 난다. 병원 냄새는 코끝을 자극시키며 입천장에 닿았다. 어린 시절 쓴

가루약을 물에 타 먹었던 기억이 떠오른다.

세림은 천 근처럼 내려앉은 눈꺼풀을 들어 올렸다. 하얀 천장에 위치한 형광등이 가장 먼저 보였다. 그 아래로 소음 섞인 공간을 분리시킨 아이보리색 커튼이 눈에 들어왔다.

병원이다.

머릿속이 안개 낀 듯 자욱한 기분이다. 무겁게 가라앉은 몸 역시 자신의 것이 아닌 것만 같다. 팔다리가 제대로 붙어 있는지 의문이 들 정도이다. 망연히 병원 천장만 바라보던 세림은 반투명의 링거 줄을 발견한다. 그 줄을 따라 천천히 눈동자를 움직여 보니 링거대 끝에 매달린 두 개의 링거 주사가 보인다. 하나는 작은 병이고 하나는 투명한 팩이다. 투명한 팩에 든 링거 주사는 이미 절반 이상 들어가 있다.

손끝을 움직여 보았다. 그리고는 그제야 누군가가 자신의 손을 꼭 잡고 있다는 걸 알아챘다. 그건 다름 아닌 시준, 이시준이다. 자신의 손을 잡고 있는 시준은 팔꿈치를 침대에 걸쳐 놓은 채 머리를 받치고 잠들어 있었다. 잠이 든 그의 얼굴에 피곤한 기색이 역력하다. 얼마 지나지 않아 시준이 눈을 떴다. 잠결인지 그가 한참 동안 멍하니 바라만 보다 입을 열었다.

"정신이 들어?"

"……응."

"다행이다. 몸은 좀 어때? 괜찮아?"

"모르겠어. 어지럽고…… 멍해……."

세림은 아직 제대로 가누지 못하는 정신으로 느릿하게 눈을 깜박였다. 시준이 자리에서 일어나 세림의 이마에 손을 대보고 팔꿈치 안쪽에 꽂힌 바늘과 떨어지는 링거액을 확인했다.

주사는 6초당 한 방울로 적절히 떨어졌고, 피도 역류하지 않았다. 다만 항생제가 센 탓인지 바늘이 꽂힌 부근이 조금 부어 있었다. 미간을 좁힌다. 자세히 보니 파랗게 멍이 올라오고 있다. 검지와 중지로 세림의 손목을 집고 손목시계를 확인하며 맥박 수를 잰다. 분당 86회. 체온 상승으로 높은 편이지만 정상이다.

"멍 올라오는데, 안 아파?"

"응······ 나, 목말라."

세림이 갈증을 호소하자 시준은 미리 준비해 둔 물병을 땄다. 그는 침대 시트에 살짝 걸터앉아 세림이 마시기 편하게 뒷목을 받치고 입에 물병을 대주었다. 세림은 이제 막 태어난 강아지처럼 조금씩 물을 넘긴다.

미지근한 물이 마른 목을 적신다.

물을 몇 모금 마시던 세림은 물병을 조심스럽게 밀어냈다.

"이제 됐어? 더 안 마셔도 될 것 같아?"

"응."

세림의 대답에 시준은 뚜껑을 덮으며 물병을 침대 아래에 놓았다. 그가 받쳐 든 세림의 머리를 조심스럽게 누인다. 열이 온전히 내린 건 아니지만 이만하길 다행이다. 시준은 긴 한숨을 내쉬며 세림의 볼에 손등을 댔다. 피부는 수분이 말라 가칠하였고 입술도 갈라져 있다.

누운 채로 시준을 올려다보던 세림의 눈가에 괜히 눈물이 맺혔다. 다정한 시준이다. 평소처럼 다정한. 차갑게 얼었던 가슴의 응어리가 단숨에 녹아 눈자위에 뜨겁게 맺힌다.

"울지 마. 열 오른다."

옆으로 떨어지는 눈물을 닦아주며 시준이 엷게 미소 지었다. 온화함이 느껴지는 시준의 음성에 감정이 부풀기 시작한다. 숨을 깊이 들이쉬며 진정해 보려 하지만 잘 되지 않는다. 그는 달래주듯 흐트러진 머리를 귀 뒤로 넘겨주고, 부드럽게 볼을 어루만져 주었다.

"화내서 미안해. 잘못했어."

세림은 기어이 울음이 터지고 만다. 최대한 소리를 내지 않으려고 숨을 참는다. 시준이 그런 세림을 품에 안으며 등을 토닥여 준다.

"소리 지르고 못된 말 한 거 반성해. 앞으로 화내지 않을게. 약속해. 그러니까 울지 마. 울지 마라, 세림아……."

세림은 시준의 왼쪽 가슴에 얼굴을 묻은 채 눈물을 흘렸다. 가쁜 숨을 진정시키며 시준의 품에 파고든다. 단단하고 넓은 그의 품은 한없이 따뜻해 안심이 된다. 시준의 옷자락을 꼭 붙잡는다. 이제는 잃어버리지 않겠다고 다짐하는 아이처럼.

힘없이 들썩이는 세림의 여린 어깨를 시준은 큰 손으로 감싸며 꼭 끌어안았다.

울음이 잦아들 때쯤 약기운 때문인지 세림은 다시 잠들었다. 그의 품에 얼굴을 묻은 채로 그 어느 때보다도 깊고 아득한 잠에. 숨소리가 고르게 될 때쯤 시준은 눈물 자국이 번진 세림의 얼굴을 닦으며 여린 볼에, 눈물을 흘린 눈가와 눈꺼풀에 그리고 동그란 이마에 길게 입 맞추었다.

❖   ❖   ❖

눈을 떴을 때 시준의 품이 바로 앞에 보였다. 그에게 안긴 채로 눈동자만을 돌려보니 어느새 제주도 집의 침대 위다. 시준의 단단한 어깨 너머로 회색빛 짙은 새벽이 보인다. 이제 날이 밝아오려는 듯하다.

졸리다.

눈을 감았다.

다시 정신이 들었을 때에는 바로 앞이 허전했다.

눈을 떠본다. 시준이 없다.

어디 갔지?

다시 나른하게 눈을 감았다 뜨며 하늘이 보이는 창 너머를 바라본다. 무겁게 내려앉은 우중충한 하늘과 스산한 바람에 맥없이 흔들리는 창가의 나무. 나뭇가지에 매달린 초록 잎이 바르르 떠는 것만 같다.

비라도 올 모양이다.

창밖에 하염없이 시선을 두고 있는데 나직한 바람이 등 뒤에서 불어오며 조심스럽게 발걸음을 미는 슬리퍼 소리가 들린다. 느릿하게 등을 돌렸다.

시준이다.

"일어났어? 몸은 어때?"

"……괜찮아."

잠겨 제대로 나오지 않는 세림의 목소리에 시준이 빙긋 웃는다. 물컵과 약, 죽 그릇과 반찬 몇 가지가 담긴 쟁반이 그의 손에 들려 있다. 곁으로 다가온 그가 침대에 걸터앉는다. 무릎 위에 쟁반을 올려두고 손을 들어 세림의 이마를 짚어본다. 어느새 옷을 갈아입었는지 흰 반소매 셔츠와 면바지를 입은 시준은 말끔한 모습이다.

"아직 미열 있다. 뭐 좀 먹자. 어제저녁부터 아무것도 못 먹었잖아. 죽 만들어 왔어."

"배…… 안 고픈데."

"그래도 약 먹으려면 먹어야 해. 어제부터 아무것도 못 먹어서 기운이 하나도 없잖아."

시준이 무릎 위에 올려둔 쟁반을 잠시 침대에 두고 자리에서 일어났다. 그가 세림을 부축해 일으켰다.

"먹어봐. 내가 만들어서 맛있어."

다시 자리에 앉은 시준이 쟁반을 무릎 위에 올려둔다. 쟁반에 엎어둔 수저를 들고 그릇에 담긴 죽을 휘휘 젓자 뜨거운 김이 모락모락 피어올랐다. 묽은 흰죽 검은색과 황토색 깨, 잘게 다진 파와 보기만 해도 부들부들해 보이는 해산물이 섞여 있다. 담백해 보이는 모습에 세림은 어느새 식욕이 돋는 것 같았다.

아픈 와중에도 배가 고프다는 걸 느끼다니. 연약한 여자친구 흉내는 내지도 못하겠다.

"이걸 정말 네가 만들었어? 밖에서 사온 거 아니고?"

"우리 은세림 먹이려고 내가 만들었지. 나 요리 잘해. 자, 아, 해."

수저의 3분의 1 정도 죽을 뜬 시준이 호호 불어 세림에게 내밀었다. 세림이 어찌지 못하고 쳐다보고만 있자 그가 어서 먹어보라는 듯 부드러운 미소를 걸친다. 잠시 눈만 끔벅이던 세림은 한 번 더 죽을 식힌 다음 조심스레 입안으로 넘겼다.

가족이 아닌 누군가가 먹여주는 음식은 어쩐지 부끄러워 고개를 낮게 숙인다.

"어때? 입맛에 맞아?"

"응······ 좋아."

"정말?"

"응."

"입이 써서 아무 맛도 안 느껴질 텐데?"

시준이 고개를 갸웃하고 장난스럽게 물으며 빙긋 웃었다. 잠시 당황한다. 사실 그의 말이 맞았다. 아무 맛도 느끼지 못했지만 자신을 위해 정성 들여 죽을 만들었을 그를 생각하니 도저히 솔직하게 말하기 어려웠다. 그래도 힘없이 웃는다. 자신을 위해 밤새 고생했을 남자친구를 위해.

"정말 맛있어."

시준의 얼굴에 기분 좋은 웃음이 걸린다.

세림은 죽을 절반밖에 비우지 못했다. 더 먹고 싶었지만 입맛이 나질 않아 도저히 넘길 수가 없었다.

시준이 만들어준 죽을 먹고,

시준이 챙겨준 약도 먹고,

세림은 또다시 깊은 잠에 빠졌다.

다시 정신이 들었을 때에도 바로 앞에서 느껴진 건 시준의 품이었다. 그가 입고 있는 셔츠에서는 그만이 가진 은은한 체취가 한숨이 나올 만큼 코끝을 자극시켰다. 자꾸만 고개를 파묻고 싶을 만큼 넓고 안심이 되는 품이다. 숨이 나가고 들어가는 소리가 그의 가슴께에서 들려온다.

고개를 가누며 그의 얼굴을 올려다보았다. 반듯한 얼굴로 잠들어 있는 시준은 평화로워 보인다. 이 순간의 고요를 호흡하며 천천히 몸을 일으켰다. 그때 갑자기 눈앞에 검은 소용돌이가 몰아쳤다. 균형을 잃으며 저도 모르게 시준의 어깨를 짚어 몸을 지탱했다.

잠들어 있던 시준은 어깨 위로 느껴지는 무게에 감은 눈을 떴다. 세림이 한 손을 이마에 대고 숨을 고르고 있다. 누워 있던 그가 바로 몸을 일으켰다.

"왜 그래? 어지러워? 열 오르는 것 같아?"

"어, 아니…… 일어나려고 하는데 갑자기 눈앞이 어지러워서."

"괜찮아?"

"괜찮아. 나 때문에 잠 깼지? 피곤할 텐데……."

"아니야. 어차피 일어나려고 했어. 조금 더 누워 있지."

"누워 있는 게 답답해서……. 어, 비 온다."

시준의 뒤로 보이는 창문에 무심코 시선을 던진 세림은 반쯤 뜬 눈으로 멍하니 중얼거렸다. 시준이 뒤를 돌아본다.

진회색 구름이 무겁게 낀 하늘이 보인다. 창으로 굵은 빗방울이 소리 없이 부딪친다. 창가 근처에 보이는 초록 나뭇잎은 빗물에 젖어 평소보다 더 짙은 녹색으로 물들어 있었다.

"아까부터 내리고 있었어."

"오늘…… 서울 올라가는 날이잖아. 비행기 탈 수 있을까?"

"오후에는 그친대."

"애들은? 오늘 다른 데 더 둘러본다고 했잖아."

"귀찮다고 빈둥거리다가 한 시간 전쯤에 드라이브 나갔어."

피곤한 듯 눈을 깊게 감았다 뜨며 시준은 침대에 다시 벌렁 누웠다. 그가 가만히 바라봐 온다. 세림은 잠시 경직된 얼굴로 생각에 잠겼다.

그럼 집에 둘만 있는 거야?

무슨 생각을 하는지 훤히 보인다는 듯 그의 입가에 엷은 웃음이 밴다.

두 사람은 한참 동안이나 시선을 마주했다. 결국 세림이 먼저 부끄러워 창밖으로 시선을 돌렸다. 무거운 빗방울이 떨어질 때마다 나뭇잎이 기우뚱 맥없이 중심을 잃는다. 나뭇잎 위에 잠시 머물던 빗방울은 그대로 밑으로 툭툭 떨어진다. 세림도 어느새 자신의 팔을 끌어당기는 시준 때문에 몸의 균형을 잃었다. 몸이 쏠리며 순간적으로 두 사람의 입술이 부딪친다. 거칠게 튼 세림의 입술 위로 시준의 부드러운 숨이 닿았다. 놀란 세림이 입술을 떼자 시준은 고개를 들어 다시 입을 맞춰왔다. 세림은 얼른 입술에 손등을 갖다 댔다. 얼굴이 붉게 달아오른다.

"하지 마. 감기 옮아."

"상관없어. 그래도 좋아. 예뻐."

시준은 세림의 손목을 잡으며 다시 입을 맞췄다. 세림이 기어코 고개를 돌리자 시준은 피식 웃는다. 그는 세림을 자신의 품에 기대게 했다. 세림의 얼굴이 붉어진다.

열이 오르는 것만 같다. 두근거리는 두 사람의 심장박동이 한쪽 귀에서 나직이 뛰었다. 부끄럽지만 한편으로는 마음이 편해져 오는 순간이다. 수줍게 뛰던 심장이 어느새 고른 소리를 낸다.

창밖에서 얼핏 들리는 빗소리 외에 방 안은 두 사람의 숨소리도 들리지 않을 만큼 고요했다. 세림이 망연히 빗방울 떨어지는 창밖을 응시했다.

"시준아……."

"응."

"내가…… 정말 좋아?"

눈을 감고 세림의 머리를 쓰다듬던 시준은 뜬금없는 질문에 의아하다는 듯 눈을 떴다. 그가 이내 낮게 웃으며 다시 눈을 감는다.

"그럼. 당연한 소리를 묻고 있네."

"어디가? 나…… 만날 네 말도 안 듣고, 속 썩이고, 이렇게 힘들게 하는데…… 어디가 좋아?"

"전부 다 좋아. 만날 내 말도 안 듣고, 속 썩이고, 이렇게 힘들게 하는데, 그래도 너라서 좋아. 너라서 전부 예뻐 보여."

세림은 눈가가 뜨거워졌다.

"……거짓말."

"참말. 그렇지 않고서는 이렇게 말 안 듣는 똥강아지, 좋아 죽겠어서 속 썩는 일 없겠지."

"똥강아지?"

"그래, 똥강아지. 말은 더럽게 안 듣지, 기분이 좋았다가 나빴다가 변덕스럽지, 덕분에 미치는 건 나지. 도저히 그 마력에서 헤어나질 못하겠다니까."

"원래…… 예쁜 똥강아지일수록 길들이기 힘들어."

시준이 기분 좋게 웃음을 터뜨렸다. 그의 웃음소리가 그의 가슴께에서 낮고 굵게 울렸다. 심장이 희미하게 두근거린다.

"언제부터였어?"

"뭐가?"

"내가 예뻤던 거."

"처음 본 순간부터."

"……."

"네 다이어리 봤을 땐 웬 바보가 시대에 동떨어진 신파를 찍나 궁금했거든."

"뭐야?"

세림은 저도 모르게 까칠한 목소리를 냈다. 시준이 쿡쿡 웃으며 가슴팍에 얹어둔 세림의 작은 손을 꼭 쥔다.

"그런데 처음 카페에서 널 본 순간부터 눈을 뗄 수가 없었어. 너만 보였어. 작고 하얀 게 종종걸음으로 걸어오는데 꼭 강아지 같아서 그 자리에서 키스해 버리고 싶었어."

"변태 같아."

"말했잖아, 나 변태라고. 이 새침한 성격도 예뻐. 카페에 앉아서 음악 듣고 있는 너도 예쁘고, 또……."

시준은 잠시 말을 멈추고 눈을 떴다. 아이보리색 천장에 비 내리는 창문의 그림자가 어른어른하다.

귀를 대고 있는 가슴팍에서 들리던 시준의 목소리가 더 이상 이어지지 않았다. 세림이 그의 손을 바라보았다.

"또 바보스러울 정도로 영우만 바라보는 너도 예뻤어. 그 모습까지 내가 커버할 수 있었거든."

세림이 들릴 듯 말 듯 낮은 한숨을 쉬었다. 그녀가 지나가는 투로 새침하게 말한다.

"웬 자신감?"

"몰라? 나 자신감 빼면 시체잖아."

두 사람이 '푸흐흐' 하고 낮게 웃었다. 시준은 세림의 어깨를 손으로 감쌌다.

손끝에서 그의 체온이 전해져 온다.

"사귀고 나서는 똥강아지처럼 하나하나 챙겨주고, 뒤치다꺼리 해주는 것에 빠져 버리고."

"그거…… 좀 이상한 취미야. 이해가 안 돼."

시준이 또다시 낮게 웃었다.

세림을 처음 만났던 날, 순정적인 여자 놀음 하냐며 독설을 뱉어냈던 게 생각났다. 말끝에 덧붙였지. 그거 좀 이상한 취미잖아. 이해가 안 되네.

"맞아, 좀 이상한 취미야. 그런데 머리부터 발끝까지 안 예쁜 데가 없어서 그렇게 하지 않으면 못 배기겠어. 미칠 것 같아."

"……."

"그러니까…… 네 마음에 담긴 사랑, 이제는 나한테만 쏟아, 세림아. 귀소본능도 없는 게 만날 헤매기만 하니까 심술 난다."

짙도록 낮은 음성으로 시준은 한마디 한마디 천천히 말했다. 그가 희미한 날숨을 쉬어냈다.

"욕심쟁이라고 해도 좋아. 옆에 있기만 해도 마냥 좋을 줄 알았는데 더 많은 걸 바라서. 그런데 세림아, 난 그래. 네가 나만 바라봐 줬으면 좋겠고, 날 욕심내 줬으면 좋겠어. 네 마음에…… 나만 가득했으면 좋겠다."

세림의 눈동자에 뜨거운 김이 서린다. 눈물이 날 것 같다.

좋아해. 사실은 널 좋아해. 눈물이 날 만큼 좋아해.

입안에서 간절히 그 말이 떠돈다. 조금만 용기를 내면 되는데 무거운 한숨이 가로막아 버린다.

어떻게 말하면 좋을까? 널 좋아한다고.

서툰 마음을 어떻게 전달해야 할까.

"생각해…… 볼게."

"응?"

"말 잘 들으면 생각해 보고 쏟아줄래."

세림은 천천히 몸을 일으켰다. 시준이 그런 세림을 올려다본다.

세림의 눈동자가 물빛으로 빛나는 것 같다. 그 눈빛이 무언가를 간절히 말하는 듯하다. 너무나 간절한 눈동자라 자신의 눈가도 뜨거워지려 한다. 고개를 비틀며 손을 들어 세림의 얼굴을 다정히 어루만진다. 그녀의 눈가에 일렁이던 눈물이 손등으로 뚝 떨어졌다.

"천천히."

"……."

"조금씩 천천히 쏟아줄 거야. 한꺼번에 다 쏟아서 빨리 도망가 버리면 슬프니까. 슬퍼서 견딜 수 없으니까. 도망 못 가게 조금씩 주면서 옆에 둘 거야. 그러니까 한꺼번에 안 줘. 받고 싶으면 계속 옆에 있던가."

시준은 눈을 고쳐 뜨다 희미하게 웃었다. 평소보다 더 다정하고 사랑이 담긴 얼굴로.

이건 분명 고백이다. 느리고 서툴기만 한 세림의 고백. 이 말 뒤에는 자신이 바라는 말이 숨겨져 있겠지.

투명한 세림의 눈동자에 자신이 보인다. 이제야 겨우. 그것을 확인하자 열망으로 비어 있던 가슴이 차오른다. 세림을 품에 안았다. 길고 풍성한 머리칼이 턱 밑에 닿는다.

"안 가. 도망가지 않아. 옆에 꼭 붙어서 안 놔줄 거야. 약속해. 약속한다, 세림아."

세림의 눈가에 맺힌 눈물이 쉼 없이 시준의 가슴을 적신다.

"말 잘 들을 테니까…… 조금씩 쏟아줘."

❖   ❖   ❖

새파랗기만 하던 하늘이 금세 회색빛으로 변했다. 사방을 뜨겁게 달구던 강렬한 여름 태양 볕도 묵직한 구름 뒤로 숨어버렸다. 그리고는 잠깐 사이 빗방울이 하나둘 떨어지는가 싶더니 후드득, 쏴아, 하는 소리를 내며 사방이 하얀 소나기에 갇혀 버렸다. 길거리를 걷던 사람들이 갑작스레 쏟아지는 빗줄기에 우왕좌왕하다 손으로 머리를 감싸며 너나 할 것 없이 뛰기 시작했다. 두 손을 맞잡고 데이트를 즐기던 세림과 시준도 순식간에 떨어지는 빗줄기에 당황하다가 근처 카페 앞으로 몸을 피했다. 하루 종일 비 소식은 없을 거라던 일기예보 기상 캐스터의 말이 보기 좋게 빗나간 순간이다.

초록색 차양이 드리워진 카페 앞에 선 세림이 하늘을 올려다본다.

세차게 쏟아지는 빗줄기 사이로 어느새 모습을 드러낸 태양빛이 얄밉기만 하다. 하루 종일 더운 햇살에 맑기만 할 거라더니 순 거짓말쟁이. 덕분에 새로 산 시폰 원피스가 보기 좋게 젖어버렸잖아.

입을 샐쭉대던 세림이 시준에게로 시선을 돌렸다. 시준은 임시 방편으로 머리에 걸치고 온 세림의 카디건을 툭툭 털고 있다. 빨간색 카디건을 털던 시준이 세림의 시선을 느꼈는지 고개를 돌렸다. 두 사람의 눈동자가 서로를 깊이 응시한다. 얼굴에 옅은 미소가 피어오른다. 세림은 손을 들어 젖은 시준의 머리를 가지런히 정리해 주었다. 부드러운 손짓을 시준은 더없이 사랑스럽다는 눈으로 쳐다보았다.

그의 눈길에 심장이 은밀하게 떨려온다. 손목이 그의 이마에 미세하게 닿을 때마다 감각이 예민해진다.

시준은 세림의 가는 손을 잡아 내리고는 몸을 숙여왔다. 비에 젖은 촉촉한 입술과 입술이 닿으며 세림은 천천히 눈을 감았다. 입술에서 전해지는 온기만으로 애정을 느낄 수 있는 달콤함. 마치 어린 날 아무 생각 없이 나누던 장난처럼. 그 어느 때보다도 산뜻하고 순수한 숨결의 교환.

입술을 맞댄 두 사람은 활짝 웃었다. 입가에 옅은 웃음기를 머금고 다시 입술을 모으며 서로의 온기를 재확인한다.

잦아드는 빗소리가 감미로운 음악 같기만 하다.

Say You Love Me

My heart is gladder than all these,

Because my love is come to me.

내 심장이 이들보다 더 설레는 까닭은,

내 사랑이 내게 오기 때문입니다.

———크리스티나 로제티(Christina Rossetti) 『생일날(A Birthday)』

따뜻하다.

하루 종일 차가운 에어컨 바람에 앉아 있다 학원 빌딩 밖으로 나오니 따뜻하다는 생각밖에 들지 않는다. 세림은 후덥지근한 오후의 태양열을 받으며 빌딩 앞에 가만히 섰다. 직사광선으로 쏟아지는 뙤약볕이지만 지금은 여름날 그 어느 때보다도 더 따사롭다.

에너지 절약을 부르짖는 요즘, 에어컨을 빵빵하게 틀어대다 못해 추워서 오들오들 떨게 하다니.

세림이 작게 미간을 모으며 빌딩을 돌아보았다. 나았던 감기가 다시 살을 파고드는 것만 같은 기분이다. 반소매 셔츠 밑으로 드러난 팔에는 이미 작은 소름이 돋아 있다. 오후 12시부터 2시까지, 강하게 쏟아진 불볕 덕분에 공기는 이글이글 익어 그대로 열을 분출하고 있었다. 달구어진 공기가 찜질방의 열기처럼 후끈했지만, 지금의 세림에겐 몸에 두른 이불과도 다름없다. 여름의 온기는 차갑게 굳은 몸속 혈액을 서서히 녹여갔다.

그대로 서서 눈을 감았다. 델 듯 뜨거운 햇살이 감은 눈꺼풀 위로 내려앉는다. 하얗고 동그란 이마에 어느새 땀방울이 송골송골 맺힌다. 덥다고 느끼는 사이 감은 눈 위로 금방 서늘한 어둠이 드리워졌다. 슬그머니 눈꺼풀을 밀어 올려다본다. 작열하는 태양빛을 등지고 누군가가 서 있다. 빛 조절을 위해 잠시 눈을 지그시 뜨고 보니 시준이다. 시준이 자신 앞에서 미소 짓고 있다.

세림이 눈을 동그랗게 뜬다.

"왜 여기에 있어?"

"은세림 보고 싶어서."

"그런 말이 아니잖아."

"은세림 생일 전야 축하하러."

"그게 뭐야. 축제도 아니고."

질문에 대한 실없는 대답에 세림은 웃고 말았다.

"축제보다 훨씬 더 중요하지. 일 년 중 가장 중요한 날이야, 나한테는."

"……."

나른하면서도 확고함이 두드러지는 말투. 시준의 버릇이다. 강조하고 싶은 대목에서는 음색이 좀 더 짙어진다. 다정함을 곁들이는 것 또한 잊지 않으며. 이런 목소리 들을 때마다 이상한 감각이 발끝에서부터 타고 오르는 기분이다. 그 사이로 바늘 같은 어떤 것이 전신을 은근히 자극시킨다.

　알 수 없는 이 감각이 왠지 모르게 부끄럽다.

　"그럼 오늘 일하러 안 간 거야?"

　세림은 부러 시선을 조금 비껴내며 물었다.

　"조퇴했어. 여기서 뭐 하고 있어?"

　"추워서. 일광욕."

　"추워?"

　시준은 금세 표정이 굳어 세림의 팔에 커다란 손을 대었다.

　서늘한 감촉이 기분 나쁘다. 몸살 때문에 고생한 지 얼마나 됐다고. 다시 감기라도 들면 어쩌려고.

　그 생각이 고스란히 표정에 드러났는지 세림의 입가에 생긋 옅은 미소가 번졌다.

　"몸이 왜 이렇게 차?"

　"학원에서 에어컨을 너무 세게 틀어주잖아. 나, 얼어 죽는 줄 알았어."

　세림은 어리광이라도 피우듯 입을 샐쭉하니 귀엽게 내밀었다. 잠시 한숨을 내쉬던 시준이 와락 세림을 품에 안는다. 갑작스런 그의 행동에 세림은 머릿속이 새하얘지는 것만 같았다.

　시준이 즐겨 뿌리는 페라리블랙의 향이 코끝에 아득히 전해져 오자 현기증이 나 눈을 꼭 감아버리고 만다. 맞닿은 몸과 시준이 손으로 감싼 등에 여름의 열기로 뜨겁게 달아오른 체온이 단숨에 살 속으로 파고들었다. 몸이 빠른 속도로 풀어진다. 그대로 정신을 놓아버릴 것처럼 힘이 빠진다.

"시준아, 이제 그만……."

한동안 눈을 감은 채로 그의 품에 온전히 몸을 내맡기다 천천히 그를 밀어냈다. 정신을 차리고 보니 부끄럽다. 덕분에 얼굴이 금세 훅 달아오른다. 모기만큼 작아지는 목소리에도 시준은 더욱 꼭 끌어안았다. 맞닿은 살에 시준의 체온이 고스란히 전해진다. 늘 생각하는 거지만 시준의 몸은 지나칠 정도로 뜨겁다.

말할 수 없을 정도로 더워지기 시작했다.

"숨 막힌다니까……."

"싫어."

"하, 학원 앞이야. 애들이 보기라도 하면 나 창피하단 말이야. 그러니까 빨리 놔줘."

너를 곤란하게 할 순 없지.

수줍어하는 세림의 목소리에 시준은 그제야 그녀를 놓아주었다. 세림의 얼굴이 자두처럼 붉어져 있다.

키스, 하고 싶다고 시준은 생각했다.

"가자."

"어딜?"

시준이 세림의 팔을 끌다가 그녀의 손을 맞잡았다.

"밥 먹으러."

인도 근처에 세워둔 차 문을 열며 시준이 세림을 먼저 태웠다. 그리고는 곧 자신도 운전석에 오른다. 그의 차가 도로에 진입하자마자 방향을 틀었다. 차는 후미에 따라붙은 따가운 오후의 여름 볕을 받으며 도로 위를 여유롭게 달리기 시작했다.

❖ ❖ ❖

오늘의 시준은 왠지 기분이 좋아 보였다. 점심을 먹으러 간 레스토랑에서는 세림에게 줄곧 시선을 떼지 않고 식사를 하는 둥 마는 둥 연신 빙글빙글 웃기만 하고, 카페에서도 커피가 맛있다는 둥 직원이 착한 것 같다는 둥 평소답지 않게 후한 칭찬을 하질 않나. 그런 시준을 보고 세림은 의아할 뿐이다.

카페를 나와서는 갈 곳이 있다며 세림을 무작정 끌고 말도 없이 차를 몰았다. 그의 차를 타고 십 분 정도 달려간 곳은 다름 아닌 대치동 어디쯤. 주차장에 차를 세우고 엘리베이터 앞에 도착할 때까지도 세림의 머릿속에는 어딜 가는 것인지에 대한 물음표가 끊이지 않았다. 결국 궁금증을 참지 못하고 시준에게 물어보지만, 그는 대답 없이 한쪽 입꼬리만 비스듬하게 올릴 뿐이다. 그리고는 뭐가 그리도 즐거운지 콧노래까지 부른다.

시준은 엘리베이터에 오르자마자 망설임 없이 4층 버튼을 눌렀다. 세림이 엘리베이터 안쪽에 붙여진 안내판으로 눈길을 돌려보니 4층과 5층은 음악학원이다.

"음악학원? 음악학원엔 왜?"

"좋은 거 보여주려고."

시준의 행동은 점점 더 알 수 없어진다.

엘리베이터 문이 4층에서 열리자, 핸디 코트로 된 벽이 가장 먼저 보였다. 그 위에는 은은한 조명을 받으며 붙여진 아크릴 간판이 눈에 들어왔고, 바로 왼쪽에는 안내 데스크가 위치해 있었다.

"오늘 4시에 연습실 예약한 이시준인데요."

"아, 이시준 씨. 네, 원장 선생님께 말씀 전해 들었어요. 안쪽 313호 연습실 사용하시면 됩니다."

안내데스크 직원이 시준에게 열쇠를 건네주었다. 세림은 여전히 아리송한 얼굴로 고개를 갸웃거렸다. 그러다 문득 조각 같은 기억 하나를 머릿속에서 찾아내고야 만다.

"은세림아, 나도 피아노 칠 줄 알거든?"

"이래 봬도 명곡집에 작품곡까지 거의 마스터한 베테랑입니다, 은세림 씨."

오늘 내내 즐거워 보이던 이유가 이거였어? 설마 정말로?

눈을 동그랗게 뜬 세림은 자신의 손을 끌고 연습실로 향하는 시준의 뒷모습을 보았다.

저도 모르게 웃음이 났다. 커다랗게 큰 키와 다부진 골격, 넓은 어깨, 그리고 성인 남자의 믿음직스럽고 흔들림 없는 등을 가진 이 애는 가끔 사소한 데서 즐거워한다. 그건 어린아이 같은 천진함과 비슷해 때론 사랑스럽다.

연습실 문을 열자 창을 통해 쏟아져 들어온 하얀 햇살이 공간에 넘치듯 부유하고 있었다. 열린 문을 통해 한 무리의 햇살이 빠져나갔을 때쯤 고혹적인 자태로 서 있는 검정색 그랜드피아노가 모습을 드러냈다. 세림은 검정색 광택을 고상하게 발하는 피아노에

홀린 듯 다가섰다. 이전에 보지 못했던 새롭고 기이한 물건이라도 본 것처럼.

피아노 위에 손을 가만히 얹는다. 미끈한 감촉이 손끝에서 느껴진다.

그녀의 옆으로 다가온 시준이 뚜껑을 열어 올리니 하얗고 검은 건반이 바른 모습으로 자리에 누워 있다. 그가 가는 손가락으로 피아노 건반을 누르자 '딩' 하는 맑고 진중한 음이 연습실을 울린다. 마치 세상에 태어나 처음 들어보는 건반 소리라도 되는 양 세림의 얼굴은 어린아이처럼 해맑아졌다. 그런 세림을 내려다보는 시준의 눈매가 깊다.

"신기해?"

세림은 대답 없이 방긋 웃어 보였다. 세림의 뒷머리를 어루만지던 시준은 연습실을 둘러보았다. 연습실 가운데 원형 테이블에 둘러진 의자 중 하나를 꺼내 세림을 앉힌다. 그리고는 자신도 피아노 의자를 빼 앉는다. 그가 심호흡을 하며 잠시 두 손을 쥐었다 펴고는 건반 위에 걸치듯 가볍게 올렸다.

처음은 '나비야'로 장난스럽게 시작되었다. 세림이 쿡쿡 웃자 시준은 능청스러운 얼굴로 열심히 치는 시늉을 한다. 그다음에는 '바둑이 방울', 그리고 가벼운 발걸음으로 피아노 건반을 누빌 것만 같은 고양이를 위한 '고양이 왈츠'가 이어지다가 뚝 끊긴다.

"이제부터가 진짜야."

말이 끝나자마자 시준의 기다란 손가락이 건반 위에서 매끄럽게 움직였다.

산뜻하면서도 자유로운 분위기가 경쾌한, 세림이 좋아하는 류

이치 사카모토의 Say You Love Me, 나를 사랑한다 말해요.

부드럽던 손가락의 움직임은 곧 리듬을 타며 다채로운 소리를 만들어냈다. 그의 손가락이 건반 위에서 가볍게 통통 튀어 올랐다. 강약으로 튀어 오르는 꾸밈음은 시준만큼이나 매력적이다. 여유로우면서도 리드미컬한 음색. 연주에 빠져든 시준은 어딘가 즐거워 보인다. 입가에 옅은 미소를 머금은 채로 간혹 마주치는 그의 눈엔 다정함도 담겨 있다.

재즈라 주로 엇박자로 이어지는 선율은 밝고 경쾌했으며, 절정으로 갈수록 활기참을 더했다. 연습실에 퍼지는 풍성한 멜로디가 세림의 가슴을 두근거리게 만들었다. 초콜릿처럼 귓가를 달콤하게 녹이는 연주다.

시종 밝은 음이 역동적으로 이어지던 곡은 마무리에서 호흡을 가다듬으며 부드럽게 끝맺었다. 공간에 다채로운 색감을 그려내던 선율도 가사의 여운처럼 공기 중에 스며들었다.

곡이 끝나자마자 세림이 즐거운 듯 손뼉을 친다.

"아직 감동받긴 이르지."

그리고 시작된 다음 곡은 이사오 사사키의 Always In A Heart.

나직이 떨어지는 봄 햇살처럼 곡은 조용히 시작되었다. 흥분으로 설레던 심장을 달래주듯 주변 공기도 잔잔함에 물든다. 창으로 밀려들어 오는 여름 볕이 그의 주변을 감싸듯 몰려들었다.

눈을 감는다. 하얗고 검은 건반을 섬세하게 다루는 시준은 보지 않아도 망막에 선명히 맺혔다. 그려본다. 언젠가 시준과 함께 손잡고 걷게 될 가로수 길을, 시리도록 차가운 한겨울을 이겨낸 벗

나무에서 만개한 꽃잎이 눈처럼 떨어지는 모습을. 두 사람은 그 어느 때보다도 따사로운 봄길을 여유롭게 걷고 있겠지.

잔영은 하얗게 사그라지며 눈앞의 시준과 오버랩되었다. 흰 반소매 셔츠를 걸친 시준의 등 위로 보드라운 햇살이 스민다. 손의 움직임에 따라 기다란 팔이, 넓은 어깨가 느릿한 영상처럼 움직인다. 그가 연주하는 이사오 사사키의 곡은 이제껏 들어온 원곡보다 깊은 따뜻함이 묻어 있었다. 낮게 울리는 심장 소리와 시준의 고운 피아노 선율이 뒤섞인다.

설렘은 한 움큼 심장에 다가선다.

곡은 처음 시작했을 때와 같이 감미롭게 끝났다.

어느새 시준의 곁으로 다가선 세림이 그의 어깨에 살며시 손을 얹었다. 두 사람의 눈동자가 잠시 동안 진노란 햇살을 사이에 두고 얽혀들었다. 세림은 앞머리 내린 그의 이마에 입 맞추고, 콧등에, 마지막으로 입술에 숨결을 불어넣듯 포갰다. 시준은 웃음을 머금은 채 좀 더 고개를 들며 세림의 허리에 양손을 얹었다.

미치도록 달콤한 서로의 숨결을 느끼며 두 사람의 키스는 늘어지는 태양빛처럼 깊어져만 갔다.

And if you'd only say you love me darling,

things would really work out fine.

날 사랑한다 말하기만 하면 정말 모든 것이 좋아질 거야.

—Patti Avstin 『Say You Love Me』

❖　❖　❖

프랑스어로 '등대'라는 뜻을 가진 프렌치 레스토랑 겸 카페는 세림의 생일 저녁을 축하해 주기 알맞은 장소였다. 전체적으로 화이트로 인테리어 된 지하 레스토랑에는 주홍색 계열과 흰색의 조명등이 어우러져 은은하게 실내를 비추었다. 실내는 이에 화사함을 곁들이듯 각 테이블의 화병에는 파스텔 계열의 꽃들이 장식되어 자리하였다.

세림과 시준은 밤 풍경이 보이는 테라스 쪽에 자리 잡았다. 직접 자리를 안내해 준 지배인은 시준에게만 메뉴판을 건네었다. 세림이 어리둥절한 표정을 짓자 시준이 슬쩍 윙크하고는 지배인에게 이것저것 음식을 주문하기 시작했다.

하여간 멋있어 보이는 건 혼자 다 하려고 해.

세림이 샐쭉 입을 오므린다. 시준은 언제나 그러하듯 몸에 밴듯 능숙하고 자연스럽게 주문하였다. 메인은 평소와 다름없이 코스요리가 선택되어졌다. 다만 샐러드나 요리에 사용될 소스는 세림의 취향에 맞게 추천받고, 아페르티프로 백색의 과일 향이 풍부해 생일 축하를 받는 숙녀에게 어울리는 샴페인을, 식사와 곁들여 마실 테이블 와인은 미리 준비해 둔 것을 부탁하는 등, 평소보다 한층 더 세심하게 오더를 내렸다.

지배인은 주문한 내용을 다시 확인하고는 두 사람에게 가벼운 미소를 보이며 자리를 떴다.

"비싸겠다."

시준과 지배인의 대화를 조금 긴장한 기색으로 듣고 있던 세림이 낮게 말한다. 그녀의 말에 시준은 별거 아니라는 듯 피식 웃었다.

"하나도 안 비싸."

"거짓말."

"참말. 너 부담스러워할까 봐 비싼 데 안 왔어. 그리고 널 위해서라면 돈 쓰는 거 하나도 아깝지 않으니까 걱정하지 마."

그의 말에 가슴이 두근두근 작게 튀어 올랐다. 시준은 여유롭게 웃으며 자세를 고쳐 앉았다. 기다란 다리가 테이블 밖으로 모습을 드러낸다.

오늘의 시준은 보기만 해도 설렐 정도로 근사했다. 포멀한 블랙 슈트에 네이비블루 와이셔츠로 멋을 낸 스타일은 평소와 다른 분위기를 내면서도 그에게 잘 어울렸다. 덕분에 레스토랑에 들어섰을 때부터 하나둘 모여들던 사람들의 시선은 어쩔 수 없는 일이었다. 아까 데리러 왔을 때 자신도 한동안 정신없이 쳐다볼 정도였는데 다른 사람들이라고 별수 있으랴. 나름대로 특별한 날이라고 하지만 옷 하나로 이렇게 더 멋있어질 수 있는 거야?

세림은 오로지 자신에게만 시선을 고정시키고 무어라 말하는 시준을 몰래몰래 살폈다. 그리고는 곧 자신이 얼마나 바보 같은지 깨닫는다.

사귀는 사이면서 몰래 쳐다볼 게 뭐 있어? 당당하게 보면 되잖아. 내 남자친군데.

그렇게 생각하며 이번에는 시준을 뚫어지게 본다. 꼭 화가 난 사람처럼.

"왜, 뭐가 마음에 안 들어?"

그러나 시준은 느긋한 얼굴로 의아하다는 듯 물어온다. 또다시 자신만 바보가 된 기분이다.

"그런 거 아니야."

단호하게 대답하며 목이 타 글라스에 든 물을 들이켜고는 멈칫한다. 그리고 반문해 본다. 자신이 언제부터 이렇게 이시준 앞에서 긴장하게 된 건지. 귓가로 쿡쿡거리는 시준의 웃음소리가 들린다. 부러 눈길을 옆으로 피하다가 다시 슬쩍 그를 올려다보았다. 앞머리를 단정히 내린 이마와 정직하게 자신만을 향하는 깊은 눈동자, 우뚝 솟은 콧대, 듣기 좋을 정도로 매력적인 저음에 새삼스럽게 가슴이 뛴다. 숨 쉬기 곤란할 정도로. 원래도 눈길이 자연스럽게 갈 만큼 멋진 건 알고 있었지만 오늘은 한층 더해 괜히 긴장된다.

"내가 그렇게 멋있어? 왜 자꾸 힐끔힐끔 봐?"

허, 황당해. 아니, 속내를 숨기지 못하고 들켜 버린 게 당황스러워 금세 눈을 뾰로통하게 떴다. 그리고는 머리를 굴리며 되받아칠 말을 찾는데 도저히 뭐라고 맞대꾸해 줘야 할지 모르겠다.

"남자친군데 뭘 그렇게 부끄러워하는 눈으로 쳐다보고 있는지 모르겠네. 실컷 봐도 뭐라고 안 할 테니까, 자, 당당하게 봐."

시준은 팔짱을 끼고 테이블 앞으로 몸을 기대며 사선으로 고개를 치켜들었다. 그의 눈매가 부드럽게 휘어지며 웃음이 한껏 걸쳐진다. 세림은 졌다는 듯 웃음을 참지 못하고 두 손으로 얼굴을 감쌌다.

하여간 저 근거 없이 밑도 끝도 없는 자신감이며 능청스러움. 오히려 이상하게도 잘 어울려서 더 얄밉다.

시준은 세림의 생일을 축하하는 의미로 샴페인이 담긴 크리스털잔을 들었다. 두 사람의 잔이 부딪치며 그윽한 울림을 만들어낸다. 고결할 정도로 기품 있는 황금빛이다. 가볍게 한 모금 넘기니 최고급 샴페인이란 명성에 걸맞게 섬세하고 우아한 맛이 혀끝에서 부드럽게 퍼졌다. 병에 새겨진 꽃문양처럼 순백색의 향이 입안 가득 여운을 남긴다. 세림은 이 아름다운 맛에 최대한 예우하듯 음미하였다.

샴페인이 가진 뜻과 같이 '아름다운 시절(La Belle Epoque)'의 한 순간이다.

컬리플라워 수프를 시작으로 애피타이저인 달팽이와 홍합, 캐비아로 맛의 조화를 이룬 샐러드가 세팅되어 나왔다. 영화에서나 봤을 법한 달팽이 요리를 보고 세림은 미간부터 모았다. '이거 진짜 먹을 수 있어?' 하는 눈으로 시준을 보자, 그가 웃으며 포크로 달팽이에 캐비아와 푸릇한 야채를 얹어 세림의 입에 넣어주었다. 먹기 싫은 한약을 먹듯 몇 번 오물거리던 세림은 저도 모르게 감탄하고 말았다. 부드러운 소스가 어우러진 달팽이와 캐비아는 입안에서 불편함 없이 씹혔다. 담백하였고, 비린내는 전혀 나지 않았다. 마지막으로 야채가 아삭아삭하게 씹히며 상큼한 향을 남긴다. 맛있었다.

그 뒤로 본 요리가 차례대로 서빙되었다. 로브스타며 담백한 맛이 나는 크림소스 봉골레파스타도, 고기의 육질이 부드럽게 씹히는 스테이크도, 프랑스 중동부에서 오랜 시간을 보낸 테이블 와인도 모두 맛이 좋았다. 즐거운 저녁 식사였다.

디저트로 초콜릿 조각 케이크와 레몬티, 카페 아메리카노가 나왔다. 진한 향의 카페 아메리카노를 한 모금 마시고, 시준은 옆자리에 둔 쇼핑백에서 상자 하나를 꺼내 세림 앞으로 내밀었다. 감색의 정사각형의 상자는 어딘지 모르게 묵직한 느낌이다.

"이거……."

"선물, 생일선물."

세림은 말간 눈동자로 응시하듯 상자를 바라보았다. 이미 차에서 가지고 내릴 때부터 자신의 선물일 것이란 건 눈치챘지만, 실제로 받으니 기쁘면서도 조금은 부담스러운 느낌도 떨칠 수 없다.

"열어봐."

그가 커피잔을 입으로 가져갔다. 코끝에서 퍼지는 커피 향을 음미하며 옅게 웃었다. 세림은 문장의 의미를 곰곰이 되새기는 것 같은 표정을 짓다가 상자를 조심스레 열어보았다. 그녀의 눈동자가 놀란 듯 금세 커진다. 상자에 가 있던 눈동자가 시준에게 향하였다.

"시준아."

"어때, 마음에 들어?"

세림의 시선이 다시 상자로 옮겨진다.

시계다.

색깔은 다르지만 모양은 비슷한, 쌍으로 맞춘 듯 보이는 커플 시계. 메탈 벨트에 분홍빛 숫자판을 가진 작은 시계는 세림의 것으로 보였고, 검정색 숫자판이 조금 커 보이는 시계는 시준의 것 같았다. 그녀는 벅찬 감정을 모조리 빼앗긴 사람처럼 아무런 말도 하지 못했다. 시준이 자리에서 일어나 세림에게 다가갔다. 그가 세림의 옆에 서서 팔을 뻗어 상자에 놓인 시계를 집어 들었다. 그리고는 한쪽 무릎을 굽혀 앉으며 자신의 것은 세림에게 주고, 분홍빛 나는 작은 시계는 손수 세림의 손목에 채워준다.

역시 시준의 눈썰미가 맞았다. 헐렁할 것 같아서 주문할 때 벨트 조율을 부탁했는데 딱 맞는다. 은은히 뒤섞인 조명을 받은 시계가 가느다란 세림의 손목에서 우아하게 빛을 발한다.

"역시 예쁘네."

세림은 망연히 자신의 손목에 채워진 시계를 내려다보기만 했다.

예쁘다. 무어라 말할 수 없이 예쁘다.

물기 고인 눈동자가 다시 시준을 향했다. 흔들리는 눈빛에 깊은 아련함이 배어 있다.

"표정이 왜 그래? 별로야?"

시준의 물음에 세림은 도리질 쳤다.

"아니! 이거 되게 비싼 거 아니야?"

세림다운 질문이다. 시준이 피식 웃으며 그녀의 따뜻한 볼을 손등으로 살며시 비볐다.

"하나도 안 비싸, 통강아지야. 네가 또 환불하라고 할까 봐 적정수준 맞췄어. 쓸데없는 걱정하면 나 화낸다? 내 손목에도 채워줘야지."

시준이 불쑥 내민 왼손에 세림도 시계를 채운다.

자신의 것보다 커다란 시계가 어쩐지 근사하리만큼 시준에게, 또 그가 입고 있는 슈트에 잘 어울렸다.

"시계 옆에 버튼 보이지? 하나, 둘, 셋 하면 눌러서 서로 작동시켜 주는 거야."

시준은 손목에 채워진 시계를 가리켰다. 두 사람이 차고 있는 시계의 시침과 분침은 같은 방향을 가리키고 있었다. 초침만 움직이면 완벽하게 한 쌍으로 작동될 것이다. 시준은 세림의 시계에, 세림은 시준의 시계 버튼에 손가락을 갖다 대었다.

시준의 손목에 채워진 시계를 잡은 세림이 손을 덜덜 떤다. 그 모습을 보며 시준은 웃어버리고 말았다.

"왜 이렇게 떨어?"

"몰라. 떨려! 그냥 각자 누르면 되지 꼭 이래야 해?"

"각자 눌러서 돌아가는 시계는 의미가 없잖아."

"……."

"우리 손목에서 동시에 바늘이 돌아가야지 의미가 있는 거야."

가볍게 쥔 세림의 손을 매만지며 시준이 나직이 말하였다. 세림은 호흡을 가다듬었다.

"하나, 둘, 셋 하면 누른다?"

"응."

"하나, 둘……."

시준이 힐끗 세림을 올려다본다. 자신의 목소리에 귀 기울인 그녀의 표정이 내심 비장하다.

"셋."

톡 소리와 함께 멈춰 있던 시계 초침이 동시에 시간을 새겨 나가기 시작했다. 함께 돌아가는 초침을 보며 긴장으로 잠시 굳어졌던 세림의 얼굴이 환하게 밝아졌다.

"이제부터 우리 두 사람, 같은 시간 속에서 같은 시간 공유하며 살아가는 거야. 네 시간 속에 내가 있고, 내 시간 속에 네가 존재하면서. 우리가 공유하는 시간은 멈추지 않을 거야, 세림아."

"······."

"겁내지 마. 걱정하지 마. 시계가 멈추지 않는 한 우리는 함께할
거고, 우리가 함께하는 이상 시계도, 시간도 멈추지 않아. 절대 헤
어지지 않아. 말했지? 네가 싫어하게 되더라도 절대 놓지 못한다
고. 그러니까 불안해하지 마. 날 믿어."

세림의 눈가에 투명한 물빛이 어렸다. 시준이 자리에서 일어나
세림의 이마를 한 번 쓸고는 조심스레 입 맞추었다.

눈물이 난다. 시준의 말이 마법 같은 힘을 지닌 것 같아. 아니,
이제는 정말 시준을 좋아할 수밖에 없어서. 그가 너무 좋아서, 지
금의 현재가 믿어지지 않을 만큼 달콤하고 행복해서 눈물이 날 것
같았다.

들려? 너를 좋아한다는 내 심장 소리가.
닿았으면 좋겠어. 가슴속에서 메아리치는 이 말이.
좋아해.
너를 너무 좋아해, 시준아.
내일은 너에게 말할 수 있기를.

❖　❖　❖

의과대 도서관 책들은 지루하기 짝이 없었다. 특히 바로 앞 책
꽂이에 꽂힌 책들은 더욱. 의학 이론이 어쩌니 CIBA 원색도해의
학총서니 알 수 없는 한문에, 원어 제목이 그대로 쓰인 책이니, 보
기만 해도 멀미날 만큼 눈앞이 어지럽다. 잠시 숨을 고르다 힐끔

옆에 있는 시준을 올려다보았다. 이상한 제목의 책들 속에서 초연한 건 시준뿐이다. 아까부터 책을 이것저것 열심히 뒤지던 시준은 페이지를 접어 표시해 놓고 옆에 쌓아두었다. 그리고는 책꽂이에서 또 다른 책을 펴 들고 아예 그 자리에서 정독한다. 도대체 뭘 그렇게 열심히 읽고 있는지 슬쩍 고개를 기울여 제목을 확인한다.

사이코소셜…… 뭐? 슬쩍 두 볼에 바람을 넣으며 미간을 찌푸렸다. 지금 보고 있는 거 원선데 읽을 수 있기나 해?

오랜 따분함을 이기지 못한 세림은 결국 들릴 듯 말 듯 긴 한숨을 내쉬었다. 그녀는 왼손에 채워진 시계를 내려다보며 시각을 확인하였다. 오후 4시 10분. 학교 도서관에 온 지도 벌써 한 시간이 훌쩍 지났다.

어쩐지 슬슬 출출해지기 시작한다고 생각하며 시선은 여전히 시계에서 떼지 못한다. 볼수록 예쁘단 말이야. 만면에 푸릇한 미소를 지으며 미끈한 메탈 벨트에 오른손 검지를 갖다 댄다.

세림은 생일 이후부터 집에 있을 때를 제외하고 줄곧 시계를 자신의 일부인 것처럼 차고 다녔다. 시계를 몸에 지니고 있을 때면 시준과 떨어져 있어도 같은 시간을 보내고 있다는 생각이 그녀를 행복하게 했다. 시준과 만날 때면 말없이 그의 손목을 확인하는 것도 잊지 않았다. 시준의 손목에 채워진 비슷한 시계를 보고 같은 시간이 흐르고 있는지 확인하고 나면 어쩐지 안심이 돼 저도 모르게 웃었다.

지금도 두 사람의 손목에 차인 시계는 그들만의 시간을 하나도 빼놓지 않고 이 순간을 새겨갔다.

세림은 고개를 돌려 주위를 둘러보았다. 방학 중의 학교 도서관은 사람이 거의 없었다. 도서관은 적당히 따사롭고 적당히 조용하다. 둘만의 세상에 있는 기분에 어떤 장난을 치고 싶단 생각을 하며 시준의 어깨를 손가락으로 톡톡 두드린다. 시준이 '무슨 일?' 하는 눈으로 보니 세림이 할 말이 있다는 듯 귀를 대보라고 손짓하였다.

시준이 허리를 옆으로 굽혀 세림의 키에 맞추는 순간, 장밋빛 입술이 귓가가 아닌 볼에 닿았다. 세림의 갑작스러운 행동에 시준이 놀란 듯 얼굴을 돌리자 이번엔 쪽 하고 입술에 뽀뽀한다. 그러고는 모른 척 책 고르는 시늉이다. 그 새침함에 시준은 웃고야 말았다.

요 새침 덩어리 똥강아지, 사랑스러운 애교에 어떻게 보답해 줄까.

시준이 빙글빙글 웃으며 팔짱 끼고는 자신보다 한참이나 작은 세림을 뚫어져라 쳐다보았다. 세림은 옆얼굴로 집요하게 떨어지는 눈길을 애써 모른 척했지만 달아오르는 열기 때문에 의연함을 가장할 수가 없다. 결국 부끄럼을 견디다 못해 곱지 않은 눈으로 시준을 올려다본다. 입술은 비죽 내밀고 '뭐?' 하고 한 자나 나온 입술이 불만스럽게 움직인다. 그가 은은하게 입꼬리를 밀어 올리며 세림의 잔머리를 귀 뒤로 쓸어 넘긴다. 그의 손길은 그대로 귓바퀴를 따라 내려오다가 귓불을 살살 문질렀다. 소름이 돋을 만큼 자극적인 감촉에 세림은 반사적으로 어깨를 움츠렸다. 심장 소리가 턱 밑에서 느껴진다. 긴장한 공기가 세림을 숨죽이게 한다. 시준은 느릿하게 세림의 볼을 어루만지다가 그녀의 턱을 살며시 잡아 들었다. 반쯤 열린 세림의 입술 사이로 긴장된 숨이 새어 나온다.

창을 등지고 있는 시준의 뒤로 오후의 따사로운 햇살이 떨어졌다. 시준을 볼 수가 없다. 입술이 닿는 순간 깊은 잠에 빠지듯 눈을 감았다. 코끝에 순간적으로 와 닿는 시준의 체향과 향수의 잔향, 그리고 부드럽도록 세심한 손길은 언제나처럼 자신을 가만가만 아득하게 만들었다.

가벼운 입맞춤은 물들 듯 곧 진한 키스로 이어졌다. 농익은 시준의 입술은 그 어느 때보다 새삼스러울 만큼 맛있었다. 시럽을 잔뜩 뿌린 딸기처럼 달고 자꾸 베어 물게 할 만큼 말랑한. 시준이 입술이 이렇게 달았나? 눈을 감은 채로 생각해 본다.

열려진 창문 틈새로 느긋하게 불어오는 미풍이 머리칼을 하나로 깡총하게 묶어 드러난 세림의 목덜미를 휘감듯 훑고 지나갔다. 손끝에 말리는 저릿함을 어찌할 수 없어 세림은 시준의 손을 더듬더듬 찾아 꼭 잡았다.

연인들

"헤어져."

매끈한 현아의 붉은 입술은 여전히 고집스러운 말을 툭 내뱉었다.

커피를 마시던 영우는 조명에 빛나는 꽃밭을 가만히 바라보았다. 노란 조명에 비친 꽃잎이 원래의 색을 가늠할 수 없을 정도로 환하게 빛나고 있다.

"왜 헤어지고 싶은데? 헤어지고 싶은 이유, 있을 거 아냐."

"……그런 이유 없어. 그냥 헤어져. 헤어지고 싶어."

"그럼 못 헤어져."

"박영우!"

담담한 대답에 현아는 눈동자에 잔뜩 날을 세웠다. 다시 입가에 캔을 댔다. 딱히 커피를 가려 마신 건 아닌데 살찐다고 아메리카노만 마시던 현아의 입맛에 어느새 물들어 버렸다.

"그러니까 얘기해."

"나 열흘 뒤에…… 영국 가."

"……뭐?"

"거기서 일 년 동안 어학연수로 보낼지, 아니면 더 오래 있을지는 몰라. 그런데 여기 학교는 자퇴하고 갈 거야."

"너…… 지금 네가 무슨 말을 하고 있는지 알고 있어?"

"의대 공부, 나한테 안 맞아. 어차피 고등학교 2학년 때까지 계속 미대 갈까 고민했고, 의대는 너 때문에 따라온 거니까. 거기 가서 의상 공부 다시 할래. 전에 알던 오빠가 몸만 오래. 집도 차도 학비도 자기가 대주겠다고. 그 오빠 진짜 잘살아. 그러니까 집이나 차야 진짜 대주겠지만 학비는……."

"김현아!"

영우는 버럭 소리를 질렀다. 기막힌 이야기를 술술 잘도 읊어대는 현아의 말허리를 자르며. 안 그랬으면 손이 먼저 나갈 뻔했다. 다리 위에 올려둔 주먹을 꾹 쥐고 거친 한숨을 터뜨린다. 기가 막히고 황당해서 무슨 말을 해야 할지도 모르겠다. 장미의 가시처럼 현아는 간혹 타인에게 잔인하게 들릴 말을 아무렇지도 않게 하곤 했다. 하지만 자신에게는 그렇지 않을 거라고 믿어왔다.

여름 밤바람이 두 사람의 사이를 차갑게 휘젓고 지나갔다.

"정말 끝까지……! 현아야, 내가 너한테 이것밖에 안 돼? 그런 말을 어떻게 이렇게 쉽게 할 수 있는 거냐?"

"이렇게? 그럼 어떻게 해야 되는데?"

"네가 미술 공부를 하고 싶다는 건 그렇다 쳐. 그런데 그런 어이 없는 말, 해선 안 되잖아. 최소한 이런 일을 벌이기 전에 나한테 상의는 했어야지! 만약 상의하지 못한다 하더라도 말은 했어야 할 거 아니야! 우리 지난 1년 반 동안 폼으로 사귄 거였어?"

"내 탓 하지 마!"

영우의 말끝에 현아가 기어이 언성을 높였다. 순간적으로 북받친 듯 목소리가 급격히 떨렸다. 감정을 이기지 못하고 현아는 자신의 가방을 들어 영우의 어깨를 몇 번이고 내려쳤다.

"너는 나한테 어떻게 했는데? 다 너 때문이야, 너 때문! 은세림 같은 게 뭐라고! 네가 애초부터 걔, 제대로 잘라냈으면 다시 볼 일 노 없었을 서고! 내가, 내가 니 때문에 그런 병신 같은 짓도 안 했어!"

"현아야……!"

"걔는 눈치가 없다니? 좋아했던 남자애 친구랑 사귀는 건 도대체 어떤 정신머리야? 그딴 멍청한 계집애한테 이시준이 가당키나 한 줄 알아? 도대체 이시준이랑 사귀게 해서 주변에 뱅뱅 돌게 만든 거, 어쩔 거냐구! 다 너 때문이야!"

"현아야, 제발……!"

도대체 자기가 무어라고 내뱉는지도 모를 만큼 흥분해 있는 현아를 영우는 자신의 품에 담았다. 크게 들썩이는 현아의 어깨를 영우는 어르듯 교차된 팔로 감쌌다. 뼈대가 느껴질 만큼 마르고 그녀만큼 고집스러운 어깨다.

"아니라고, 아니라고 예전부터 말했잖아. 그래, 세림이 좋아했던 건 사실이야. 그런데 거기까지였어. 은세림에 대한 감정, 겨우 거기까지밖에 아니었다고. 좋아서 사귀고 싶어 죽을 정도의 마음이 아니었단 말이야. 그때 네가 아닌 다른 애가 사귀자고 했어도 그랬을 거야. 아니, 다른 여자애가 아니었더라도 나한테 세림은 아니었어. 이제 와서 어떻게 하고 싶은 마음도 없다고, 현아야."

현아의 눈에서 떨어지는 뜨거운 눈물이 영우의 어깨를 적셨다.

"만약 내가 이제까지 세림이 때문에 너 힘들게 한 거라면 사과할게. 미안해. 너 불안하게 만들고 힘들게 한 거라면 더 잘할게. 그러니까 우리 더 이상 이렇게 쓸데없는 소모전 하지 말자. 내가 더 잘할 테니까⋯⋯."

숨을 고르며 현아가 영우를 밀어냈다.

"아니⋯⋯ 아니, 그래. 나 솔직히 이제 그런 거 상관없게 된 지 오래야. 그런 거 핑계 대는 것도 질려. 그냥, 그냥 이제 그만 사귀고 싶어. 더 이상 너를 예전처럼 순수하게 사랑할 수가 없어."

현아의 말에 영우의 눈동자가 맥없이 무너진다.

올봄부터 알고 있었다. 두 사람은 함께 있어도 예전 같은 애틋함이나 설렘을 느낄 수가 없었다. 서로 비워가는 마음을 채우기 위해 몸을 섞어도 그 후에는 말할 수 없는 허무함이 밀려왔다. 부어도 부어도 새기만 하는 유리병처럼 서로에 대한 갈증은 해소되지 않았다. 그때쯤부터 현아는 이미 다른 곳을 바라보고 있었고, 자신 역시 은세림과 함께였다면 이런 허무한 마음을 어쩌면 느끼지 않았을 것이라는 가당치 않은 생각을 종종 했다.

의미 없는, 단지 의미 없는 후회일 뿐이었다.

"너 좋아. 사랑해. 이제껏 사귄 남자 중에 제일⋯⋯ 제일 좋았어. 멋있었고 나 배려하는 마음 가장 크고. 그런데 너한테 세림이가 아니듯 나도 네가 아닌 것 같아. 나는⋯⋯ 누구나 흔히 가질 수 있는 브랜드보다 명품이 더 갖고 싶어. 아주 잠깐이라도 길거리 떡볶이 같은 건 먹고 싶지도 않아. 사람들에 치여 타는 지하철보다 남자친구가 끄는 자가용 타고 다니고 싶고. 그런 나에게 맞추려고 너 아르바이트 늘리는 것도 싫고, 무엇보다도……."

시준이나 태현이를 볼 때마다 비교되는 네가 자꾸만 싫어져.

마지막 말은 차마 내뱉을 수 없어 삼켰다. 그건 정말 해서는 안 되는 말이었으니까. 더 이상 영우에게 상처를 줘선 안 된다는 걸 누구보다 자신이 잘 알고 있었다.

사랑하면서도 헤어질 수밖에 없다는 어느 드라마를 보며 비웃었다. 그런데 이제는 이해가 된다. 상황은 다르겠지만 자신의 미래는 영우와 함께할 수 없었다. 하다못해 멍청한 박승범과 사귀는 유정이가 부러워지는 자신이 가장 견딜 수 없었다.

"너랑 같이 보냈던 시간들, 잊을 수 없겠지. 힘들기도 할 거야. 그런데 이렇게 네 앞에서 자꾸 무너지는 것보다 훨씬 견딜 만할 거야. 나, 내가 나쁜 년인 거 알아. 알면서도 그게 고쳐지지가 않아. 고치고 싶은 생각도 없어. 난 세림이처럼 못해. 안 돼, 영우야. 그렇게 정말 천진난만하게 아무것도 모르고 소박한 삶에 만족할 수 없어. 그게 너무 싫어, 영우야."

냉정하게 눌러 담고 있던 감정이 두 뺨 위로 사정없이 흘러내렸다.

울고 있는 현아를 보며 영우는 더 이상 안고 위로해 줄 수가 없었다. 붙잡을 수도 없다. 자신은 더 이상 현아에게 그 어떤 것도 해줄 게 없었다. 아니야. 그래도 이렇게 끝내서는 안 돼. 손을 들어보지만 현아의 어깨가 너무나 멀리 느껴진다.

힘이 빠졌다. 한 여자도 제대로 사랑해 주지 못하는 자신의 무능력함이 이토록 한심스럽다니. 이미 뭐라고 자신이 뭐라고 변명한다고 해서, 사과한다고 해서 해결되는 수준을 넘어선 것 같았다. 현아를 위해 해줄 수 있는 게 아무것도 없다. 그 사실에 이제껏 한계까지 밀어붙인 체력이 방전되는 것 같다.

그런데 눈앞에 보이는 이별의 문을 여는 것이 쉽지가 않다. 대답은 정해져 있는데, 길은 정해져 있는데 무엇을 망설이는 걸까. 지난 1년 반의 시간을 되뇌고 있는 것일까. 아니면 춥기만 했던 그 겨울, 하얀 눈이 내리던 명동 한복판에서의 키스로 수줍은 연애를 시작한 그날을 추억하고 있는 것일까.

말없이 앉아 있는 두 사람처럼 시간도 소리 없이 흘렀다.

바람이 잦아들 듯 이어지기를 반복했다. 낮의 열기가 가시지 못한 바람이 눈물 젖은 현아의 얼굴에 달라붙었다.

"미안해, 현아야."

"……."

"여기까지…… 몰아붙여서 미안해."

현아의 눈에서 다시 굵은 눈물방울이 흘렀다. 그것을 참으려는 듯 입술을 앙다문다.

"헤어지자, 우리."

결국 현아는 엉엉 소리 내어 울어버리고 만다.

많은 남자들과 연애를 해봤지만 이렇게 이별이 가슴 아팠던 적은 이번이 처음이다.

자신은 정말 영우를 좋아했던 건지도 모르겠다.

현아를 집까지 데려다 주고 와서 영우는 공원 벤치에 망연히 앉아 검푸른 하늘을 올려다보았다. 달은 더없이 밝았다. 자리에서 일어나 공원을 산책하다가 다시 벤치에 앉았다. 잠을 이룰 수 없을 정도로 더운 여름밤, 공원에는 가족을 동반한 사람들이 많았다.

밤은 점점 깊어지고, 가로등의 선홍빛 불도 더욱 짙어졌다. 간간이 울려대는 귀뚜라미 소리가 순식간에 멈췄다. 사람들은 이미 주위에 없었고, 바람도 없이 세상에 동떨어진 것만 같다는 생각을 할 때쯤, 영우는 눈물을 흘렸다.

❖ ❖ ❖

아르바이트를 마치고 시내로 가는 버스에 오른 영우의 얼굴에 피곤이 잔뜩 덮였다. 퇴근길 도로에 늘어선 차들 만큼 버스에도 사람들이 가득 차 있다. 빌 디딜 틈은 조금도 없다.

최대로 틀어놓은 에어컨에서 강한 바람이 뿜어져 나온다. 에어컨 바람과 사람들에게 밴 특유의 진득하면서도 쉰 땀내가 뒤섞여 비릿한 공기를 만든다. 맡고 싶지 않은 그 냄새는 절로 얼굴을 찌푸리게 만들었다. 창가에 앉은 몇몇의 사람들은 창문을 조금 열어놓았다. 차창 너머로 청록의 어둠이 내려앉은 도심이 보인다. 도심 빌딩과 도로에 켜진 울긋불긋한 불빛이 마치 유리 조각 같다.

올 겨울까지 현아와 함께 버스를 타며 이런 장면들을 몇 번이나 보았는지. 영우의 손에 깍지 낀 현아는 함께 있기만 해도 좋다며 특유의 예쁘고 화려한 웃음을 지었다. 하지만 현아는 퇴근길 버스를 타는 건 죽어도 싫어했다. 냄새나는 아저씨들도 많고, 이상한 할아버지며 자리 양보해 달라며 주책 떠는 아줌마도 싫다고 종종 짜증 내기도 했다. 그럴 때면 영우는 현아가 편히 서서 갈 수 있도록 그녀의 뒤에서 공간을 만들어주었다. 그러면 있는 대로 짜증이 나 입술을 비죽이던 현아도 금세 활짝 웃으며 영우의 가슴팍에 고개를 묻었었다.

기억 속의 현아를 보며 힘없이 웃는다. 그러다 곧 허탈해지고 만다.

"은세림 같은 게 뭐라고!"

문득 현아가 날카롭게 내뱉던 그 말이 떠올랐다.

글쎄.

올 늦봄, 술자리에서 세림과 시준을 만났던 일이 새삼스럽게 떠오른다. 그때 두 사람이 사귄다는 소리를 들었을 때, 당황스러울 수밖에 없었다. 시준인 남자가 보기에도 좋은 녀석이지만 사실 위험한 감이 없지 않은 놈이다. 만약 동생이 있다면 좋아하게 내버려 둘 수 없는 종류의 친구 같은 거 말이다. 지금이야 정말 세림이를 좋아해서 마음잡고 있는 것 같지만, 불과 3개월 전까지만 해도 그는 좀 위험한 남자군에 속해 있었다. 세림이가 생각도 하지 못할 만큼. 그래서 신경이 쓰였다. 더 이상 세림에게 아무런 감정이 없었지만, 단지 그 이유에서 신경이 쓰인 건 사실이었다.

멍하니 차창 너머를 바라보며 세림의 존재에 대해 새삼 생각해 본다. 무어라 표현할 수 있을까. 처음에는 동생과 너무 닮은 웃음과 천진함에 눈을 뗄 수가 없었다. 세림과 함께 있는 시간은 익숙한 공기를 떠올리게 해서 좋았고, 익숙한 아픔을 떠올리게 했기에 옆에 있어주고 싶었다. 그냥 옆에 두고 싶었고, 자신이 느끼던 불안함이나 초조함에 짓눌리게 하고 싶지 않았다. 그뿐이었다. 세림은 자신에게 있어 기억의 매개체 그 이상도 이하도 아니었다. 그 당시에는.

세림이를 애초에 연애 대상에서 빼놓은 건 단순히 동생과 닮아서 뿐만이 아니었다. 그에게 세림은 차마 건드릴 수 없는 때 묻지 않은 순수함이었다. 아마 세림이 학창 시절 그 당시 남자애들의 머릿속을 들여다봤다면 몸서리칠 만큼 혐오를 느꼈을 것이다. 2차 성징이 한창인 고등학교 남학생들에게 성은 호기심 이상의 제어 불가능한 본능이었다. 그런 남학생에 대해 세림이는 얼마나 알았을까? 그리고 영우 자신이 어떤 사람인지 알고 있었을까?

좋아하는 사람과 손잡고 뽀뽀하는 것 정도가 전부인 세림 앞에서 영우는 지나치게 호기심 강한 보통 또래의 남학생이었다. 세림을 연애 대상으로 삼을 수 없는 결정적인 것은 그 점에서였다. 지나친 순수함, 천진함. 그것들은 때로 사람들을 곤혹스럽게 만든다. 마찬가지였다. 세림의 순수성은 그 당시의 영우에게 감당할 수 없는 부담스러움이었다. 영우가 가진 본능은 호기심을 넘어선 욕구 충족이었으니까. 자신은 그런 세림이를 옆에 두고 참을 수 있을 만큼 당시에 인내심이 강한 남자가 아니었다. 어쩌면 지금이라면 그런 욕망을 배제하고 세림을 대할 수 있을지도 모르겠지만.

현아는, 그 시기의 남자들이 얼마나 많은 호기심과 욕구에 사로잡혀 휘둘리는지 아주 잘 알고 있었다. 그런 의미에서 현아는 편했다. 간혹 자신을 들켰을 때에도 현아는 웃으며, 날이 갈수록 어쩌지 못해하는 자신을 그대로 받아들이고 사랑해 주었다.

그런 현아를 영우는 사랑할 수밖에 없었다.

현아가 어쩔 수 없는 여자라는 것도 누구보다 잘 알았다. 지나치게 욕심이 많은 것도, 지나치게 허영이 강하다는 것도 전부 다 알고 있었다. 3년을 알아왔고, 1년 반을 사귀었다. 현아의 강한 성격을 모르려야 모를 수가 없었다. 그래서 노력했다. 함께하는 동안 그 애가 자신으로 인해 행복하길. 지나치게 욕심이 많은 것보다, 지나치게 허영이 강한 것보다 현아의 그 고집스러운 눈매가 자신을 향하는 그 모습을 더 많이 사랑했으니까. 품에 가득 안고 입 맞추고 함께 웃고 싶을 만큼 사랑했으니까. 조금만 더 현아에게 충실했다면 그 애는 욕심을 버릴 수 있었을까. 우리는 조금 더 사랑할 수 있었을까. 이제 와 생각하면 모두 부질없는 후회일 뿐인데 헤어지고 나니 못해주었던 일만 자꾸 떠오른다. 후회라는 게 바로 그런 것이겠지.

❖　❖　❖

세림은 요사이 자신이 어딘가 이상해졌음을 느꼈다. 시준과 시간을 보내고 돌아서는 순간이면 하루 종일 얼굴을 마주했는데도 금방 보고 싶은 생각이 들었다. 심지어는 시준과 함께 있을 때 설렘으로 충만했던 가슴 한쪽이 허전해질 때면 어떻게 할 수 없이 기분이 유쾌하지 못했다. 지금도 거실 소파에 앉아 10분에 한 번씩 휴대전화를 확인한 게 벌써 한 시간. 시준과 어젯밤 10시쯤 통화하고 그 이후로 계속 연락하지 못한 상태이다. 아침에 일어나 휴대전화를 확인해 보니 새벽 3시가 넘어서 집에 들어간다는 문자만이 왔을 뿐이다.

시준의 얼굴이 눈앞에 퐁, 퐁, 퐁, 떠오른다. 자신을 보고 부드럽게 웃음 짓는 시준, 어린애처럼 유치한 장난을 치는 시준, 먼 곳을 보며 생각에 잠긴 시준, 단 걸 뻔히 알면서도 초코쉐이크를 마시고 미간을 모으는 이시준. 눈을 감으면 그의 영상 하나하나가 선명하게 망막에 맺혀 금세 시무룩해진다.

쿠션을 끌어안으며 벌렁 소파에 눕는다.

이시준, 보고 싶다.

다시 휴대전화를 집어 폴더를 연다. 오후 12시가 훌쩍 넘어 있다. 어제 남자애들끼리 술을 그렇게 많이 마셨나? 팔을 교차해 쿠션을 품에 담았다. 가죽 쿠션에서 바람 빠지는 소리가 난다. 한숨처럼. 옆으로 돌아누워 눈을 감았다. 느릿하게 울어대는 매미 울음소리와 아이들이 천진무구하게 웃으며 뛰노는 소리가 베란다 창을 통해 슬그머니 고개를 들이밀었다.

세림만 홀로 남겨진 조용한 집안에 살금살금 들어온 소리들이 마음을 울린다.

보고 싶어.

목소리도 듣고 싶고.

습관적으로 폴더를 접었다 폈다 하던 세림은 손가락으로 더듬더듬 번호판을 찾았다. 1번을 길게 누르면 바로 시준과 연결될 것이다. 손가락이 번호판 위에서 머뭇머뭇 망설이는 사이 가슴 설레는 왈츠 음악이 금방 휴대전화에서 흘러나왔다. 눈을 번쩍 뜨고 액정을 확인해 본다. '변태 남친' 시준이다. 자리에서 벌떡 일어나 앉은 세림의 얼굴이 금세 활짝 펴졌다. 그러다가 이내 전화를 받을까 말까 고민하는 표정으로 바뀌었다.

왜 이렇게 늦게 전화한 거야? 괜히 심술이 난다.

세림은 가는 눈으로 휴대전화 액정을 한참 동안 노려본다. 벨이 두 번, 세 번, 네 번쯤 울릴 때까지 가만있다가 끊길까 봐 후다닥 통화버튼을 눌러 귀에 대었다.

〈굿모닝.〉

웃음기 배인 느긋한 음성이 수화기를 타고 귓가에 흘렀다. 마음에 평온함이 깃드는 기분 좋은 목소리다. 하지만 괜히 심통이 나 오히려 샐쭉해진다.

"지금 정확히 오후 12시 37분인데요?"

〈그래도 난 일어난 지 얼마 안 됐으니까 굿모닝이야.〉

"그래도 난 안 굿모닝."

새침한 목소리로 대꾸하는 세림 덕분에 시준이 한참을 웃었다. 그의 낮은 음성에 세림의 심장이 다시 선명하게 요동쳐 오기 시작했다.

〈왜 또 이렇게 토라진 거야?〉

"별로."

세림은 부끄러운 듯 입술을 모으며 퉁명스레 대답하였다.

본인이 생각해도 정말 귀염성 없는 여자친구다. 그러나 시준은 그런 것에 아랑곳 않고 그저 웃기만 한다. 시준의 웃음을 향해 속으로 말한다.

그만 웃어, 바보야.

〈뭐 하고 있었어?〉

뭐 하고 있었냐고? 지극히 일상적인 물음에 자신이 방금까지 뭘 했는지 찬찬히 되짚어보았다. 뭐 하긴…… 하며 찬찬히 기억을 더듬는데, 오늘 일어남과 동시에 종일 시준만 생각한 자신을 발견하고 만다. 양치하고 세수하는 동안에도 생각하고, 밥 먹을 때도 생각하고, 소파에 누워 천장을 보면서도, 심심해 TV를 켰을 때에도 생각했다. 그러다 지루함을 참지 못하고 계속 휴대전화를 만지작만지작.

나 오늘 종일 이시준만 생각한 거야? 기분이 울적해지는 건 어쩔 수 없다.

〈여보세요? 왜 대답이 없어? 무슨 일 있었어?〉

무슨 일 있긴, 바보야! 오늘 종일 너만 생각했잖아!

무거운 한숨을 내쉬며 미간을 잔뜩 모았다.

"아무 일도 없.었.어! 넌 뭐 했어? 지금 일어난 거야?"

〈아니, 아까 한 시간쯤 전에 일어나서 샤워하고 지금 나가는 중.〉

"나가? 어딜? 오늘 약속 있어?"

〈어.〉

"누구랑?"

세림의 눈이 금세 동그래지고 목소리 톤이 반쯤 높아졌다.

〈끝내주게 예쁜 여자랑.〉

"뭐?"

흥분해 저도 모르게 어조를 높이자 시준이 유쾌한 웃음을 터뜨렸다. 민망해 잠시 얼굴을 붉히다 다시 눈을 부릅뜬다.

〈은세림이라고, 새침 덩어리 똥강아지 있어.〉

멈칫 꿀 먹은 벙어리처럼 입을 다물고 말았다. 이럴 땐 뭐라고 받아쳐야 하는 거야? 당황스러움에 얼굴이 사과처럼 발그레해진다.

얘는 도대체 왜 이렇게 여유로운 거야? 얄밉게.

생각하는 것과 달리 부끄러운 얼굴을 하고는 무릎을 모아 세워 가슴에 바짝 끌어당겼다. 눈앞에 푸른 핏줄이 보이는 발등을 괜히 손으로 문지른다.

〈보고 싶다. 하루도 안 된 것 같은데 왜 이렇게 보고 싶은지 모르겠어.〉

세림은 속으로 '나도' 하고 웅얼거리며 수줍게 웃었다.

〈지금 가고 있는 중이야. 한 시간 좀 안 돼서 도착할 것 같으니까 준비하고 나와. 배고프다. 맛있는 거 먹으러 가자.〉

"아직 밥 안 먹었어?"

〈어.〉

"그러다 속 버리면 어쩌려고. 너 어제 술 많이 마셨을 거 아냐."

〈은세림 본다는 데 그깟 속이 대수야? 보고 싶어서 참을 수가 있어야지. 밤새 꿈에도 안 나타나고 말이야. 어디에 숨어 있었던 거야?〉

하여간 못 말린다. 결국 참고 있던 웃음이 터지고 말았다.

세림의 두 뺨이 사랑에 빠진 소녀처럼 붉게 생기를 띠었다.

〈도착하면 전화할게.〉

"응, 알았어."

그리고 말끝에 속으로 덧붙인다.

빨리 와.

세림은 귀에서 휴대전화를 뗴었다. 통화를 하며 열이 오른 휴대전화 때문에 귓가가 땀으로 젖었다. 그녀는 손바닥으로 무심하게 땀을 닦으며 가만히 시준의 목소리를 되새겼다.

행복한 웃음이 절로 난다. 자리에서 일어나 후다닥 방으로 들어간다. 샤워도 하고 입을 옷도 챙겨놔야겠다. 원피스를 입을까, 스키니에 반소매 셔츠를 입을까?

심장이 두근두근 은근히 달음막질친다.

❖   ❖   ❖

"뭐?"

목소리를 날카롭게 높이고 말았다. 물속에 잠겨 있다 수면에 올라온 것만 같다. 귓가에 들리는 커피숍 음악도, 방금 시준이 한 말도 생소하게만 들렸다. 아니, 생소하다기보다 놀람에 가깝다.

커피숍 창가에 나란히 앉은 두 사람 앞으로 한여름의 작열하는 태양빛이 떨어졌다. 커피숍 직원이 창가 끝으로 다가와 블라인드를 3분의 1쯤 내리고 갔다. 시준은 아이스아메리카노가 담긴 플라스틱 컵을 집어 들었다.

"올봄부터 둘이 계속 안 좋았다나 봐. 최근 들어서는 계속 싸우기만 하고. 그래서 헤어졌다는 것 같아."

"왜?"

"내가 아나."

시준이 무심하게 대답을 흘리며 플라스틱 컵을 테이블에 내려놓았다. 컵의 표면에 물방울이 방울방울 맺혔다. 그중 한 방울이 또르르 표면을 타고 내려와 가로로 뭉개진다. 물방울에 비친 세림의 눈시울이 붉다. 영우와 현아 두 사람은 보기만 해도 잘 어울리는 커플이었다. 올봄 학교 도서관 앞에서 그렇게 예쁜 모습이었는데. 자신의 일도 아니면서 세림은 잔뜩 속이 상하였다.

테이블에 얹어놓은 왼손을 살짝 쥐며 생각에 빠졌다. 자신 때문인가? 자신이 영우를 너무 오래 좋아해서 그렇게 돼버린 건가? 오만 가지 생각이 머릿속에서 엉키며 왠지 모르게 양심의 가책이 느껴진다. 그러고 보니 영우의 생일 파티 날 현아가 했던 이야기가 떠올랐다. 현아는 쭉 세림 자신과 영우 사이에 자신이 끼어 있는 것 같다는 말을 했다. 그리고 이미 현아와 사귀기 전부터 영우가 자신을 좋아했다는 말도. 무거운 한숨이 내쉬어진다. 진작 영우에 대한 감정을 빨리 정리해야 했다. 질척이다 결국 현아에게 상처를 준 것만 같다.

심란해하는 세림을 보고 시준은 자신의 턱 밑에 손가락을 갖다 대며 쓱 한 바퀴 돌렸다.

"속상해?"

"당연하지."

"왜, 영우가 마음에 걸려?"

눈을 동그랗게 뜨며 무슨 말을 하는 거냐고 물으려는데, 시준이 심드렁하게 커피숍 창밖을 보고 있다. 문득 뇌리에 지난 여행에서의 일이 빠르게 스쳤다. 영우 때문에 시준이 화를 내던 그날, 상처입은 눈으로 쳐다보던 시준. 또 다른 안타까움에 잠시 혀를 깨물었다. 자신의 무신경함에 금세 또 시준에게 미안해진다.

"나는, 그러니까, 그게 아니고, 그냥 안타까워서 그래. 두 사람 정말 잘 어울렸단 말이야. 영우는…… 아니, 것보다 현아가 영우랑 사귀기 전에 엄청 좋아했어. 그런데, 그렇게 좋아했는데 헤어졌다고 하니까 너무 갑작스럽고 믿기지 않아서. 보름 전까지만 해도 사이좋아 보였는데 그게 아니었나 하는 생각도 들고. 그리고 영우 좋아했던 현아 마음 내가 가장 잘 알았으니까. 그러니까, 그래서 걱정된 거지 다른 거 없어."

필사적으로 변명하는 세림이 귀여워 시준은 저도 모르게 피식 웃었다.

"하긴, 한 남자를 둔 연적 사이였으니."

"아니야. 우리 둘은 그런 거 아니었어. 그런 사이이기 전에 친구였다고. 서로 힘들어하지 말자고 다독이고 도와줬단 말이야."

"도와줘? 누가 누구를?"

"현아랑 나랑. 서로."

순진한 얼굴로 참 자랑스럽게도 말한다. 그저 '허허' 하고 어이없는 웃음을 흘린다. 세림은 정말 현아를 도와줬을지 몰라도 현아는 아니었을 거다. 네가 그러니까 영우를 현아한테 뺏긴 거야, 이 순진아. 속으로 중얼거린다. 하긴, 영우랑 김현아가 사귄 게 지금으로는 무척 다행인 일이지만.

"우리 영우 좋아하면서 친해진 거야."

"그러셔?"

시큰둥하게 커피를 한 모금 마시던 시준이 '오늘 커피 맛 왜 이러냐' 하며 손가락으로 톡 컵을 밀쳐 냈다. 세림이 아차 하며 시준의 눈치를 살폈다.

어떻게 하지? 이제는 정말 그런 거 아닌데.

"화났어? 나 이제 정말 그런 거 아니야."

"그러시겠지."

세림은 안절부절못하며 어떻게 해야 할지 답답하기만 하다.

이미 지나간 일이고, 자신이 정말 걱정하는 것은 영우가 아니었다. 하지만 시준의 입장에서는 당연히 그렇게 생각하지 않겠지.

생각의 소용돌이에 빠진 세림이 귀여워 시준은 부러 장난치고 싶어졌다.

"뽀뽀해 줘."

"어?"

"나 기분 풀어주려면 뽀뽀해 달라고."

"여, 여기서? 사람 많은데?"

시준은 말없이 고개만 끄덕였다. 세림이 곤란한 얼굴로 주위를 두리번거린다.

커플이거나, 일행과 함께 왔거나, 혼자서 공부를 하거나 사람들은 저마다 자기 일에 집중하고 있었다. 그래도 어쩐지 신경 쓰인다. 이런 거 싫은데. 다시 시준을 올려다본다. 그가 '안 해줘?' 하는 표정을 하고 있다. 오른쪽으로 눈동자를 굴리고, 왼쪽으로 굴리고, 잠시 숨을 고르다 쪽 하고 재빨리 입을 맞췄다.

그녀가 민망하다는 표정으로 앞머리를 두어 번 쓸어내린다.

"다시."

"어?"

"다시. 성의가 없어."

세림이 눈꺼풀을 빠르게 깜박였다. 자신이 얼마나 용기를 냈는지도 모르고 시준은 짓궂게도 당황스러운 말을 잘도 했다. 왠지 모르게 시준에게 휘말리는 것 같다는 생각을 한순간, 장난임을 눈치챈 세림의 눈꼬리가 고양이처럼 치켜 올라갔다.

"싫어. 안 해!"

"어, 이렇게 버틸 때가 아닐 텐데?"

"몰라! 화내든 말든, 마음대로 해. 내 마음은 그런 거 아니니까."

"어떤데?"

"뭐?"

"네 마음…… 어떤데."

"그야 당연히……."

좋아하지.

그러나 마지막 말은 마른침과 함께 목구멍 속으로 쏙 들어가 버리고 말았다. 말끝을 흐리며 힐끗 시준을 살핀다. 시준은 굳은 얼굴로 다음 말을 기다리고 있었다. 하지만 세림의 입술은 달라붙기라도 한 것처럼 도통 움직일 기미를 보이지 않았다. 두 사람은 오랫동안 말없이 서로의 눈을 들여다보았다. 무슨 생각을 하는지 알아내기 위함인 듯. 결국 시준의 시선이 부담스러웠던 세림이 먼저 눈길을 피해 버렸다. 아직까지 쉽사리 나오지 않는 그 말이, 시준이 괜스레 야속해 세림은 아랫입술을 잘근 깨물었다.

"네 마음 어떠냐고 물었어."

마치 꼭 들어야 할 말이라는 듯 낮게 깔린 그의 목소리가 세림을 한층 긴장시켰다.

시준의 괜한 집요함과 쓸데없는 오기는 일종의 반항과도 같았다. 그는 세림이 자신을 좋아한다는 사실을 누구보다 잘 알고 있다.

요즘의 세림은 헤어지기 싫을 정도로 사랑스러웠고, 모든 순간 자신에게만 집중하고 있었으니까. 그런데 사람의 욕심이란 게 그렇다. 하나를 쥐어주면 두 개를 가지고 싶고, 두 개를 쥐어주면 다음번에는 세 개를 갖고 싶듯 세림이 자신에게 집중하면 집중할수록 좋아한다는 직접적인 한마디가 욕심이 났다. 언제나 탐하고 싶게 만드는 예쁜 입술로 해줄 좋아한다는 그 말. 그래야지만 세림이 정말 자신의 손에 있다고 느낄 것 같았다. 영우에 대한 유치한 질투심이라고 놀려도 할 수 없다. 복잡한 감정이 뒤섞인 얼굴로 세림을 바라본다.

세림은 여전히 망설이는 눈동자로 어찌해야 할지 모르고 있다. 시준의 긴 침묵이 그녀를 힘겹게 만들었다. 심호흡하던 세림은 결심이라도 한 듯 마음을 다잡으며 슬쩍 고개를 들었다. 한 치의 흔들림도 없는 눈으로 시준이 자신을 보고 있다. 주먹을 꾹 쥐었다.

용기를 내야 할 것 같았다.

하지만 용기란 것은 왜 그렇게 많은 결심과 마음의 힘이 필요한 건지. 입 밖으로 쉽사리 나오지 않는다. '좋아해'라는 말 한마디를 내뱉는 것이 이렇게 어려운 일이었던가?

시간이, 주변의 공기가 느릿한 걸음으로 공간을 에워싼다.

시준은 긴 한숨을 내쉬며 창밖으로 고개를 돌렸다. 세림을 곤란하게 하지 않겠다고 했던 자신이 아이러니하게 느껴졌다. 좋아하는 마음이 클수록 많은 걸 바라게 되고, 그녀를 손에 쥐고 싶은 욕심이 더욱 커진다. 자신에게 스스럼없이 애정을 표현해 주는 것만

으로도 그녀의 마음이 어떤지 잘 알고 있는데 자꾸만 몰아붙이고
만다.

그깟 말 한마디가 뭐가 중요하다고.

"좋아해."

조급해하지 말자고 자신을 다스리는 사이, 세림이 여린 입술로
떨듯 간신히 읊조렸다. 고백은 달콤하고 따뜻하게 피어오르는 꽃
잎과도 같이 수줍었다.

세림의 얼굴이 너무나 자신 없는 부끄러움으로 붉게 물들었다.
그녀의 눈가가 파르르 떨린다. 눈길은 무릎 위에 얹어 있는 시준
의 손을 향한 채였다. 그의 손목에 채워진 시계가 태양빛을 받아
반짝였다.

"정말…… 정말 많이 좋아해, 시준아."

시를 낭독하듯 세림은 더없이 정성 들여 말했다. 연약하지만 포
근함이 담겨 있는 목소리에 심장이 부풀고 가슴이 벅차올랐다. 고
백을 음미하기라도 하듯 한참 동안 말없이 세림이 작은 손을 만지
작거린다.

하오의 햇빛을 받은 시준의 눈동자는 다정하고 깊었다. 세림의
머리칼을 귀 뒤로 넘겨주고, 손등으로 달아오른 볼을 문지르는 시
준의 손길에는 애정이 서려 있었다. 그가 세림의 뒷목에 손을 넣
어 천천히 자신 쪽으로 끌어당겼다. 세림의 귓가에 델 듯이 뜨거
운 시준의 입술이 밀착됐다. 그 강렬한 느낌에 세림은 절로 목이
움츠러들었다.

"나도 네가 너무 좋다, 세림아."

그 어느 때보다도 감미로운 속삭임이다. 시준은 은밀히 세림의

입술을 찾았다. 아주 조심스럽고 부드럽게 입술과 입술이 닿는다.

맞잡은 손과, 서로를 향한 숨결과, 촉촉한 입술의 감촉과, 두근거리는 심장의 박동까지, 이 모든 것은 오로지 처음 고백을 나눈 연인들만의 순수한 감각이었다. 주변을 맴도는 공기는 목화송이처럼 따스하고 쏟아지는 여름빛 햇살은 하얗다.

두 사람은 아주 조금 동안만, 그 햇살을 나누어 먹었다.

21.
너를 알게 된다는 것

커피숍 벽에 걸린 메뉴판을 보며 아이스라떼를 마실까, 여느 때와 마찬가지로 쉐이크를 마실까 고민하던 세림은 익숙한 목소리에 고개를 돌렸다. 카운터 앞에 낯익은 얼굴의 여자가 커피숍 직원에게 주문하고 있었다. 날씬하게 쭉 뻗은 다리에 매력적인 스키니가 누구보다 잘 어울리고, 무지 반소매 셔츠를 걸친 몸매에도 절로 눈이 가는, 풍성한 긴 머리와 화려한 웃음이 무엇보다 예쁜 현아였다.

너무 예뻐 보는 순간 누군가 싶었다. 동네에서 보는 건 오랜만이었다. 그러고 보니 영우와 헤어졌다는 이야기를 듣고도 처음이다.

현아 역시 옆에서 느껴지는 시선에 고개를 돌렸다. 누가 멍청히 서서 자신을 보나 했더니 은세림이다.

"친구들이랑…… 같이 왔나 보네?"

세림이 먼저 조심스럽게 말을 건넸다.

"뭐, 보다시피. 넌? 시준이랑 같이 왔어?"

"아니, 혼자 왔어. 책이나 보려고."

"그래?"

되묻듯 말미를 끌어올린 현아의 대답을 끝으로 두 사람 사이에 침묵이 돌았다. 원두 향이 잔뜩 묻어 있는 카페 음악이 두 사람 사이를 채우듯 흘러들었다. 세림의 입술이 반쯤 열리다가 꾹 닫힌다.

묻고 싶은 말도, 하고 싶은 말도 많았지만 할 수가 없다. 괜한 오지랖인 것 같기도 하고, 자신이 물어봐도 되는 말인지 확신할 수 없었다. 말이란 한 번 내뱉으면 주워 담을 수 없는 것이기에 신중히 해야 한다는 걸 잘 알고 있다. 자칫 상대에게 원치 않는 상처를 줄 수 있으니까.

"묻고 싶은 얘기가 많은 얼굴이네?"

하지만 현아는 마치 세림의 생각을 읽기라도 한 듯 날카롭기만 하다. 조금 놀란 세림이 반쯤 입술을 삼키며 쓰게 웃었다.

"얘기 좀 할까? 하고 싶은 말도 있고."

"무슨……?"

"음료 주문하고 있어. 친구들한테 얘기 좀 하고 올 테니까."

세림은 잠시 호흡을 고르다 카운터 앞에 섰다. 결국은 늘 먹던 초코쉐이크를 주문한다. 다시 입구 쪽 테이블로 시선을 돌리는데 현아가 보이질 않는다. 의아하게 커피숍을 돌아보자, 테이블에 이미 자리를 잡고 앉아 있는 그녀의 뒷모습이 보인다. 채광이 옅게 쏟아지는 안쪽 테이블이다.

테이블에는 각자의 음료가 놓여 있다. 두 사람은 아무런 말이 없었다. 고등학교 때는 종종 같이 놀러 다니곤 했는데 오랜만에 마주 앉아 있으려니 어딘가 어색하다. 세림은 자신 앞에 놓인 빨대 꽂힌 초코쉐이크를 한 모금 짧게 들이마셨다. 잘게 부서진 차가운 얼음 알갱이와 달콤한 초코우유가 더운 여름 세림의 목을 시원하게 적셨다.

"시준이한테 들었지? 나랑 영우 헤어진 거."

현아의 말에 세림은 마시던 쉐이크를 테이블 위로 내려놓았다. 팔짱을 낀 채 현아는 담담한 어조로 말하였다.

"……응."

"얼굴에 다 쓰여 있어. 둘이 헤어진 거, 도대체 어떻게 된 건지 너무 궁금한데 차마 못 물어보겠다는 얼굴. 영우가 걱정됐니? 차이기라도 했을까 봐?"

"무슨 말이야? 그런 말이 어디 있어?"

"너는 옛날부터 그랬어. 네가 하는 생각은 보기만 해도 다 알 정도로 티가 났어."

당황스러워 얼굴이 후끈 달아올랐다. 영우 때문에 물어보고 싶었던 건 아니지만 그렇게 티가 났나. 조금 창피한 기분도 든다.

"시준이 앞에서도 그랬니? 여자친구가 정말 예의 없네. 영우가 차였을까 봐 속상했어?"

"현아야, 나 영우 때문에 물어보고 싶었던 게 아니라 너희 둘 다 걱정됐어. 아까…… 그래, 네 말대로 물어보고 싶긴 했지만 내가 물을 말도 아니라고 생각했고. 그래서 쉽게 말 못 꺼냈던 거고. 정말이야."

"퍽이나."

눈살이 저도 모르게 찌푸려졌다. 그러나 현아가 오해할 수 있기 때문이라고 생각하며 마음을 가다듬는다.

"네가 오해할 수 있다고 생각해. 우리, 아니, 너 영우랑 사귀기 전에 혼자 좋아하면서 많이 힘들어했잖아. 그렇게 힘들어하고 영우랑 사귀게 된 거였고. 그런데 이렇게 되니까 마음이 편치만은 않았어. 네가 영우랑 사귀기 전에 좋아했던 마음, 누구보다도 잘 아는 사람이 나니까. 그래서 너 괜찮은 건가, 또 네가 영우 생일 파티 때 속상하다고 해서…… 이것저것 마음에 좀 걸렸어. 그랬던 것뿐이야. 정말 다른 의도는 없어."

"꽤 눈물 나는 위로네. 그런데 그거 알고 있니? 너 좀 눈치 없는 거?"

"뭐?"

"그래, 영우 생일날 내가 말했지. 영우가 너 좋아하는 거 알면서도 사귄 거라고. 그거 내가 영우 뺏은 거라고 알려준 거야. 알고 있어? 그래도 내가 걱정이 되디? 도대체 눈치가 없는 거니, 멍청한 거니. 아니면 순진한 척하는 거야? 난 그게 궁금하다?"

세림은 아랫입술을 보이지 않게 깨물었다. 굳어지려는 얼굴을 애써 참는다.

"그래, 알아. 네가 영우 뺏은 거, 아니, 영우가 날 좋아하는 거 알면서도 네가 사귀었다는 거. 그날 알았어. 좋게 말하면 알면서도 어쩔 수 없이 사귀게 된 거고, 나쁘게 말하면 네가 영우 뺏은 거고."

"잘 알고 있네."

"그런데? 그게 뭐? 어쨌든 영우는 널 선택한 거잖아. 날 더 좋아했다면 네가 아닌 나랑 사귀었겠지. 뺏기고 자시고 할 것도 없었다고 생각해. 어차피 영우가 나랑 될 사이였다면 네가 어떻게 했어도 됐을 거야. 사실은 원망스럽기도 했어. 도대체 네가 왜 그렇게까지 하면서 영우랑 사귀었던 걸까. 그런데 네가 영우 옆에 있고 싶은 마음이 나보다 더 컸기 때문에 그랬던 거라고……. 내가 영우 옆에 있고 싶었다면 더 노력해야 했던 건데, 그런 후회도 있었어. 아무튼 나 이제는 그런 것도 잊어버렸어. 다만 내가 화났던 건 굳이 몰랐던 일을 말해서 속상하게 만든 거였어. 말하지 말려거든 끝까지 하지 말지. 그런데 너도 속상했으니까 말했을 거라고 이해해. 이해해서 화 안 내는 거야! 순진한 척, 멍청한 게 아니라! 그러려니, 하고 널 이해한 거라고!"

"아, 이해? 여기 천사 하나 납셨네?"

"너 진짜! 나랑 지금 싸우자는 거야? 지금 네가 하는 말, 분명히 시비조로밖에 안 들려! 내가 너 걱정한 게 오지랖이었나 보다!"

"맞아. 나 걱정한 거 오지랖이었어. 나 영우랑 헤어진 거 아무렇지도 않아."

현아는 태연한 얼굴로 말하며 자신 앞에 놓인 아이스커피를 마셨다. 기가 막히다. 말 한마디를 해도 상냥했던 현아가 오늘은 전혀 다른 사람 같다. 영우랑 헤어진 게 아무렇지도 않다고? 목이 타 음료를 집어 들었다. 그래, 본인은 정말 아무렇지 않을지도 모르겠다. 사람마다 이별의 방법은 다르니까.

하지만 세림이 이해할 수 없는 건 현아의 눈동자. 적의, 그것은 적의였다. 현아의 눈동자와 말에서 느껴지는 것은 온통 적의였다.

도대체 왜?

"내가 먼저 영우한테 헤어지자고 했던 건 아니?"

입에서 짙은 한숨이 새어 나왔다. 시준은 말하지 않았지만 어느 정도 그랬을 거라 예상은 했다.

"왜 그랬을 것 같아?"

"너희 둘 문제니까 내가 모르는 사정이 있겠지."

"아무도 모르는 사정이 있긴 하지. 그래, 고등학교 땐 나도 너처럼 영우만 보였어. 영우가 제일 멋있었고, 영우랑 사귀게 된다면 세상에서 제일 행복할 줄 알았어. 알잖아. 영우 또래에 비해 어른스럽고, 차분하고, 남자애치고 따뜻하고. 그런 애 없지. 그래, 없었어."

"……."

"그런데 대학에 오니까 세상이 달라 보이더라. 이제껏 내가 지냈던 세계가 너무 비좁았단 생각이 들었어. 다양한 친구, 선배들 만났고, 무엇보다 영우보다 괜찮았던 애들도 있었고……. 이를테면……."

시선을 멍하니 아래쪽으로 두었던 현아의 눈길이 곧게 세림을 향했다.

"시준이 같은 애."

세림의 눈동자와 낯빛이 동시에 굳어졌다. 그녀는 손끝이 미세하게 떨려 저도 모르게 주먹을 쥐고 말았다.

"너……!"

"처음에는 뭐 저런 애가 있나 싶었어. 비주얼만으로는 눈길 끄는데 말도 없고, 분위기란 분위기는 혼자 다 잡고, 말하는 것도 재수 없어서 신경도 안 쓰였어. 그런데…… 알고 보니까 성적 우수 학생에……."

현아는 붉은빛 도는 입술로 한마디 한마디 느릿하게 말을 끌었다. 마치 세림의 반응을 기대하기라도 하는 것처럼.

"한남, 한울백화점 이재환 회장…… 셋째 아들. 돈 많기는, 우리나라 10대 기업 안에 드는 재벌……."

눈살을 찌푸린 채 한참 동안 현아를 쳐다보던 세림은 눈동자를 한 번 깜빡였다. 커피숍 창가 근처에만 쏟아지던 햇빛이 길게 드리워졌다. 눈앞이 하얗게 부셔 자기도 모르게 눈을 깊이 감았다 떴다. 갑자기 머리가 지끈 아팠다.

그러니까 지금 그 말은…….

생각은 거기까지 미쳤다. 혹시 자신이 이해한 말이 맞는지 확인하듯 눈을 또렷이 뜨고 현아를 보았다. 그녀는 대답 없이 입술 끝 자락에 묘한 미소만 걸쳤다. 차갑게 쏟아지는 에어컨 때문인지 팔에 소름이 일었다.

❖ ❖ ❖

"태현아."

태현이네 본가에는 김 원장 외에 세 남매가 따로 편하게 쓸 수 있는 서재가 있었다. 서재 한쪽 벽에는 책꽂이와 그곳에 여유 있게 꽂힌 책들이 공간을 채우고, 그 앞쪽에는 컴퓨터 책상이 위치해 있었다. 컴퓨터 책상 앞 의자에 대충 걸터앉은 미영이 턱을 괴고 모니터를 멍하니 바라보고 있다.

"응."

컴퓨터 책상 앞 소파에 앉은 태현이 미영의 부름에 심상히 응하였다. 테이블 위에 놓아둔 노트북으로 무언가 열심히 타이핑을 하는 그의 주변으로 논문이며 의학 서적들이 낮게 깔려 있었다.

"시준이 앞으로 어떻게 할 생각인 걸까? 합격된 학교들 포기하는 건 그렇다 치더라도, 세림이랑 앞으로 오래 만날 생각이면 자기 얘기 해야 되는 거 아닌가?"

"……."

"시준이 세림이한테 말 안 할 거래?"

태현은 가타부타 대답이 없다. 미영이 모니터에서 눈을 떼고 고개만 쏙 내밀었다.

"듣고 있어? 관심이 있는 거야, 없는 거야?"

"내 여자친구냐, 이시준 여자친구지?"

"우리 세림이랑 친구잖아."

"그건 그거고. 그 문제에 대해서는 시준이가 알아서 해야 할 부분이잖아. 우리가 나설 일이 아니야. 그리고 의논해야 하거나 세림이한테 털어놓을 만큼 중요한 얘기라면 시준이가 알아서 하겠지. 괜히 쓸데없이 신경 쓰이게만 할 얘기라면 안 할 거고."

"너나 시준이나 가끔 냉정한 데가 있어."

"그래도 할 수 없어."

미영은 줄곧 뒤도 돌아보지 않고 무심하게 대답하는 태현에게 심통 난 입술을 부, 내밀었다. 태현은 타이핑 작업에만 골몰하고 있다. 미영이 다시 모니터에 시선을 고정시켰다.

"이시준은 항상 뭘 하든 상상 이상인 것 같아. 엇나가는 것도 상상 이상이었고, 공부도 그렇고, 심지어 사랑까지. 나는 처음에 시준이가 장난하는 줄 알았어. 저러다가 한 달, 길어야 두 달 열 올리고 말겠지…… 했지."

"……."

"너도 알잖아. 시준이 그때 이후로 누굴 진지하게 생각하면서 만난 적 있어? 단순한 호기심 같은 거라고 생각했고. 유정이도 그러더라, 세림이 이제껏 만나본 캐릭터하고 다르니까 그냥 재미있고 흥미가 갔을 거라고."

미영은 말을 끊으며 컴퓨터 마우스에서 손을 뗐다. 의자 깊숙이 몸을 늘어지게 기대며 여전히 멍한 얼굴로 모니터만을 바라본다. 다음 말을 기다리던 태현이 반쯤 고개를 돌렸다. 여름 오후의 뜨거운 햇살이 창을 통해 길게 내려와 그녀의 발끝에서 머문다.

"그런데 나 요새 깜짝깜짝 놀라. 시준이가 누구 땜에 그렇게 화내고, 누가 아프다고 해서 정신 못 차릴 정도로 흐트러지는 애였나 싶은 게. 그럴 때면 놀라기도 하고 웃음도 나고 그러더라."

"……."

"사람 하나 때문에 진심으로 동요하는 거 쉽지 않은 일이잖아. 다시는 그런 모습 못 볼 줄 알았는데. 4년 동안 정말 아무것도 관심 갖지 않았던 애가 그러니까 좀 신기하기도 하고, 한편으로는 마음이 놓였어."

"그 녀석 진심이야. 아마 당분간은 쭉 변함없을걸."

"응, 정말 그래 보여. 두 사람 어떻게 해? 세림이도 표현을 잘 못해서 그렇지 시준이 정말 많이 좋아하는 것 같던데……."

태현이 들릴 듯 말 듯 한숨을 내쉰다. 손에 든 논문 자료를 무심히 넘기고 있다.

서재에 침묵이 이어졌다. 미세한 먼지 입자들이 떠돌 듯 공중을 돌아다녔다. 공간에 종이 넘기는 소리와 마우스를 클릭하는 소리만이 무심히 울린다.

"어?"

마냥 생각 없이 자신의 미니홈피를 확인하던 미영이 눈을 똑바로 뜬 채 고개를 앞으로 내밀었다. 미영의 눌린 목소리에 태현이 몸을 돌렸다.

"왜?"

미영은 심각한 표정으로 모니터를 뚫어지게 보고 있었다. 태현이 의아한 듯 잠시 시선을 돌리다가 다시 미영을 보았다.

"왜 그래? 무슨 일인데?"

"큰일 났어, 태현아."

❖   ❖   ❖

점점 말도 안 되는 얘기라는 듯, 납득이 가지 않는 얘기라는 듯 미간을 한껏 모아 세우며 생각에 잠겼다. 시준이가, 시준이네 아버지가 한남 이재환이라고? 신문, 뉴스에 만날 나오는 한남의 이재환 회장? TV 광고에 만날 나오는 한남자동차의 한남? 도저히 믿어지지가 않는다.

그녀는 말없이 손만 들어 입을 가렸다.

"몰랐니? 정말 모르는 척하는 거니? 걔 옷 봐. 신발, 가방 보라고. 온통 명품이야. 키톤, 디올, 이브생로랑, 발렌시아가. 이시준, 그런 거 아니면 쳐다보지도 않는 애야."

"……."

"하긴 네가 그런 걸 봤어야 알지. 시준이 없는 거 없이 다 가진 재벌집 아들이야. 다시 말해줘? 한남 그거…… 시준이네 거라고."

더 이상 더할 것도, 뺄 것도 없는 간결한 현아의 정리에 세림은 눈앞이 노래졌다.

한남이라면 당연히 아주 잘 알고 있다. 뉴스며 신문에서 한남에 관한 소식은 하루도 빠지는 날 없이 접하니. 심지어는 길을 가다가도 눈만 돌리면 한남에서 나온 자동차를 보는 건 어려운 일이 아니었다. 뿐만 아니라 백화점, 호텔도 유명하지 않은가.

세림은 퍼뜩 정신이 들었다. 시준과 함께 종종 갔던 압구정 한울백화점, 영우 생일날 묵었던 호텔 한울(Hotel Hanul). 새삼 떠오르는 기억에 두 눈을 감고 만다. 심장이 크게 뛰고 숨소리가 불규칙적이다. 기막히다.

"실감이 안 나지? 하긴 현실감 없는 남자긴 해. 친한 친구들 외에는 모르기도 하고. 뭐, 친구들도 빵빵하니까 굳이 대외적으로 알릴 필요가 없지."

"……."

"태현이도, 미영이도, 박승범도 그쪽 집안과 관련돼 있어. 태현인 태종대학교 병원장 아들, 미영인 그 병원 외과과장 딸, 박승범은 한남건설 부사장 아들. 재밌지?"

더 이상 어떤 말을 해야 할까. 시준이만으로도 충격이 가시질 않는데 태현이, 미영이, 승범이까지 연속으로 자신을 놀라게 한다. 그러고 보니 클래식 공연을 보러 갔을 때 태현이 아버님을 우연히 만났다. 그땐 그냥 교수님이라고만 하더니. 아랫입술을 바싹 깨물었다. 제주도에 갔을 때에도 눈치채면 얼마든지 챌 수 있는 일이었다.

"아무튼 시준이고 태현이고 주변에서 쉽게 볼 수 있는 애들은 아니지. 그 애들이랑 같이 있다가 영우를 보니까 상대적으로 너무 초라해 보이더라. 옆에 있으면 있을수록 볼품없이 보이는 건 영우가 아니라 나였어. 그게 견딜 수 없었어."

한참 충격에 빠진 세림은 현아의 말에 이제는 진저리가 났다.

"너희 둘, 정말 잘 헤어진 것 같다. 어떻게 그런 말을 할 수 있어? 영우 그렇게 좋아했으면서 어떻게 그런 생각을 할 수 있는지 난 모르겠어."

"왜? 왜 하면 안 되는데? 대한민국 여자들 백이면 백 다 데리고 와 봐. 그런 상류층 남자가 주변에 있는데 딴생각 같은 거 한 번쯤 안 드나. 네가 몰라서 그러지 시준이나 태현이 같은 애들 만나기 힘들다? 집에 돈도 많은데다 똑똑하고 행동까지 세련된 남자애들 만나기 힘들어. 부모 가진 거 믿고 자기 인생 어떻게 사는지 모르는 애들이 더 많다고. 그런 남자를 만났는데 어떤 여자가 안 반할까? 너도 결국 시준이랑 사귀게 됐잖아."

"아무 데나 갖다 붙이지 마. 난 시준이 그런 앤 줄도 몰랐어."

"시준이, 그런 것만 빼고 보더라도 충분히 여자애들 동경의 대상이야. 거기에 배경 하나 더 붙는다고 달라지지 않지. 오히려 그런 거 보고 더 달라붙겠지."

"시준이 그렇게 말하지 마!"

"그렇게…… 말하지 말라고?"

현아가 피식 웃으며 세림의 왼쪽 손목에 시선을 두었다.

아까부터 신경이 쓰인다 했더니 롤렉스다. 자신의 손목에 채워진 시계가 얼마짜린지도 모르는 계집애는 도대체 어떤 앤가 우스울 뿐이다.

"너 손목에 채워진 시계, 얼마짜린지 알기나 해?"

"……."

"그 모델, 못해도 몇백이야. 것도 천 단위에 가까운. 그런데 그거 알아? 시준인 그거보다 더한 시계 차고 다녀. 몇천만 원 호가하는 시계도 아무렇지 않게 차고 다닌다고. 걔한테 몇백? 겨우 구두 한 켤레 값 정도 하나?"

"넌 구두 한 켤레를 몇백 주고 사니?"

"내가 아니라 이시준, 걔한테는 그렇지. 그게 이시준이야. 그렇게 말하는 게 아니고 그렇게 말할 수밖에 없는 삶을 사는 애라고."

세림은 제 의식과 상관없이 떨리는 손을 들어 다시 입가로 가져갔다.

"너하고 영우 정말 닮았어. 세상에 욕심 없이 소소한 데서 만족느끼고 행복해하는 거. 둘이 참 잘 어울리는데……. 내가 아니었으면 둘이 사귈 수 있었겠지? 그래도 어떻게 보면 네가 승자야. 영우 주위 뱅뱅 돌다가 그런 대어 낚았으니까."

"김현아!"

"왜?"

"이건 진짜 아닌 것 같아. 어떻게 그런 말을 해? 승자라느니 대어라느니 그런 말이 어디 있어! 그래, 너 성격 몰랐던 거 아니야. 고집 세고, 지지 않으려고 하고, 본의 아니게 가시 같은 말 내뱉는 거 알고 있었어. 그런데 이건 해도 너무하잖아. 왜 이렇게까지 해야 해? 난 이해가 안 돼!"

"얘가 나를 아주 바닥으로 모네. 걱정하지 마. 아직 거기까진 안 갔어. 거기까지 갔다면 내가 이시준이 아니라 박승범을 꼬셨겠지."

또다시 기막힌 말을 아무렇지 않게 뱉어내는 현아를 보며 세림은 힘이 쭉 빠지고 말았다.

"그러니까 시준이가 너 좋아해 주는 거 감사하게 생각하고 사겨. 너희 둘도 그리 오래갈지 모르겠다만."

"그건…… 또 무슨 소리야?"

❖ ❖ ❖

모니터에 얼굴을 가까이 댄 미영의 주변으로 심상치 않은 분위기가 감돌았다. 태현이 고개를 반쯤 비틀며 그녀의 표정을 살폈다.

"무슨 큰일인데?"

"하은이가……."

태현이 소파에서 일어서려는데 미영의 입에서 익숙한 이름이 한숨처럼 뱉어졌다. 멈칫 굳은 채로 미영의 다음 말을 차분히 기다렸다.

"하은이가 미니홈피에 글을 남겼는데."

"임하은? 그런데?"

"내일 아침 10시 도착 비행기로 한국…… 들어온대."

"뭐?"

"해준 오빠도 같이……."

태현의 얼굴이 점점 굳어지는가 싶더니 재빨리 미영이 있는 곳으로 걸어갔다. 그리고는 모니터 한쪽에 떠 있는 글귀를 읽기 시작했다. 발랄한 인사로 시작한 방명록의 글은 오늘 밤 비행기로 출발할 거라는 말과 놀라게 하기 위해 미영 외에는 아무에게도 입국 소식을 알리지 않았다는 내용이었다. 방명록의 글을 읽고 난 후 태현은 미간을 모으며 허리를 곧게 폈다. 표정이 굳어 있다.

"어떡해? 시준이한테 말해야겠지?"

"타이밍도 좋게 오네."

"우리가…… 아니, 시준이가 너무 쉽게 생각했나?"

태현은 입술을 외로 비틀며 소파로 가 자신의 휴대전화를 집어 들었다.

"시준이한테 전화하게?"

"……."

"태현아."

"이 자식은 왜 전활 안 받아?"

"지금 근무 시간이잖아. 집에서 나오는 대신에 방학 때마다 백화점에서 나와 일하기로 이사님이랑 약속했던 거."

슬라이드를 밀어내리며 태현은 다시 모니터를 뚫어지게 쳐다보았다. 일이 복잡해질 것 같다는 생각을 하며 깊은 숨을 들이마신다.

컴퓨터 본체에서 돌아가는 팬 소리가 서재에 요란하게 울렸다.

❖ ❖ ❖

플라스틱 컵 속의 얼음이 처음과는 다르게 잘게 녹아 있었다. 거의 바닥을 드러낸 음료는 녹아버린 얼음과 함께 뿌연 갈색을 띠었다. 현아가 커피숍을 나간 지 10분이나 지났지만 세림은 여전히 맥없이 의자에 앉아 일어설 생각조차 못하고 있었다. 현아가 가고 난 뒤의 테이블은 한차례 폭풍이라도 지나간 듯 어수선하였다.

맞은편 나무 의자를 말없이 응시하였다. 현아는 이미 자리에 없었지만 머릿속에 남은 영상이 마치 재생되기라도 하듯 그녀를 선명히 그려냈다. 마지막 현아의 말에 더 이상 어떤 대꾸도 할 수 없었다. 충격적이어서가 아니라 그럴 기운이 모두 소진됐기 때문이었다.

"말 그대로야. 그냥 내 눈에 훤히 그려지는 예상 가능한 앞일들…… 그런 거. 사람 앞일이 어디 생각대로만 되겠니. 이대로 쭉 아무 일 없이 사귈 수 있으리란 보장 없잖아?"

"그건 우리가 알아서 할 문제야. 우리 일까지 신경 써주는 거, 너야말로 오지랖인 것 같다."

"그래, 그렇게 생각해야 정신 건강에 좋지. 아무튼 내가 하고 싶은 말은 여기까지야. 그러니까 주제를 알고 잘해."

세림은 아예 포기하고 망연자실했다. 이렇게 변한 현아가 낯설다. 아니, 사람이 쉽게 바뀔 리 없다. 도대체 현아와의 관계가 어디에서부터 어긋난 걸까?

현아가 자리에서 일어났다. 세림도 따라 일어섰다.

"현아야!"

"……또 뭐?"

"나 물어보고 싶은 게 있어."

"……"

"너…… 영우랑 사귀는 동안 행복했어? 이별의 이유 빼고 사귀는 동안에는 그래도 행복했던 거지?"

현아의 눈꺼풀이 파르르 빠르게 움직였다.

"그게 궁금해? 대답해야 할 이유 있는 거니?"

"……"

"……사람이 욕심은 많아져도 마음 변하는 건 쉽지 않더라."

세림의 눈에 물기가 서렸다. 현아의 눈시울 역시 조금은 붉은 것 같다고 세림은 생각했다.

기운이 쭉 빠졌다. 가방 속에 넣어둔 휴대전화를 꺼내 들어 1번을 꾹 누른다. 무력해진 몸과 달리 심장이 초조함으로 빠르게 뛰었다. 당장에라도 시준의 목소리를 듣지 못하면 불안으로 미칠 것 같았다. 사실도 확인하고 싶었다.

두 번 정도 착신음이 들리고 시준과 연결되었다.

〈어, 나야.〉

"어디야?"

〈일하고 있지. 보고 싶어서 전화한 거야?〉

부드러운 시준의 음색에 달뜬 심장이 뜨겁게 부풀었다. 잠기려는 목을 애써 가다듬는다.

"만나. 내가 거기로 갈 테니까 좀 만날 수 있어?"

〈왜 그래? 무슨 일 있어?〉

"……"

〈세림아.〉

발바닥 밑에서부터 넝쿨처럼 몸을 휘감고 올라오는 것 같은 공포감이 엄습해 왔다. 이대로 숨이 막혀 죽을 수도 있겠단 생각이 들어 주먹을 꾹 쥐며 호흡했다. 커피숍을 메우는 음악이 심장 소리에 눌려 어그러진다.

❖　❖　❖

시준은 엘리베이터에서 나와 복도를 걸으며 시계가 채워진 손을 들었다. 세림의 분홍빛 작은 시계가 여성스러운 이미지를 물씬 풍긴다면 검정색 다이얼 판이 유난히 투박한 그의 시계는 매혹적인 남성의 이미지를 떠올리게 한다.

오늘도 자신과 같은 시계를 보며 같은 시간을 보낼 세림을 생각하니 웃음이 났다. 시계 바늘은 정확히 오후 3시를 알려왔다. 세림이 퇴근을 하고 한창 뭘 할지 궁리할 때다. 사무실에 들어가는 대로 메시지를 넣어봐야겠단 생각을 하며 경영지원실 문을 연다.

"어어! 잠깐만, 잠깐만!"

뒤에서 들리는 다급한 목소리에 시준은 긴 팔로 닫히려는 문을 밀었다.

"나이스 타이밍! 어머, 시준 씨구나? 난 누가 이렇게 매너가 좋은가 했네. 어디 갔다 와?"

평소 시원시원한 성격으로 알려진 같은 사무실 총무부서 김은영 사원이다. 그녀가 열린 문 안으로 쏙 들어오며 시준에게 물었다. 시준이 손에 들린 결재판을 들어 보인다.

"홍보실에. 실장님께서 부탁하신 서명 받아가지고 오는 길이에요."

"아, 그렇구나? 실장님 금방 외근 나가셨는데. 그건 그렇고, 시준 씨는 오늘도 멋져? 참, 시준 씨, 미안한데 여기 월별 매출표 복사해서 원본은 실장님 자리에 두고 복사본은 나 좀 갖다 주라. 부탁해?"

그녀가 웃으며 시준의 어깨를 툭툭 치고는 자신의 자리로 총총걸음을 옮긴다. 은영은 급하게 자리에 앉으며 호들갑스러운 목소리로 옆에 있는 박윤경 사원을 불러댔다.

매번 느끼는 거지만 시원시원한 성격임과 동시에 정신없는 사람이다. 시준은 그녀가 건넨 다른 결재판을 들고 복사기 앞에 섰다. 사무실에 어딘가 모르는 어수선한 공기가 흐른다.

"윤경 씨, 그거 알아? 나 방금 인사과 갔다 왔는데, 이번에 기획팀 팀장 새로 들어온대."

"진짜요? 누가 승진한 거예요? 그렇지 않아도 7월 중순부터 계속 공석이었다면서요."

"승진은 아니고. 그게 글쎄, 우리 회사 회장 장남이라던데?"

"어, 정말요?"

복사기 앞에서 월별 매출표를 눈으로 훑던 시준은 은영의 말에 고개를 돌렸다. 그녀들은 늘 그러하듯 사무실 안에서 누가 듣건 말건 신나게 대화를 이어나갔다. 회사에서 일어나는 모든 일에 대해 줄기차게 떠들어대는 건 그녀들의 소소한 즐거움이었다.

"응. 그래서 경영기획팀 지금 사무실 정리하고 난리 났대. 그런데 웃긴 게 그 팀 여사원들 들떠서 분위기 장난 아니래."

"아, 왜 그런지 알 것 같다. 회장 장남이 우리랑 비슷한 또래라면서요? 와, 누구는 부모 잘 둬서 스물일곱에 팀장 하고 누구는 말단 사원이고. 그런데 그 사람 MBA는 준비 안 한대요? 지금쯤이면 한창 그거 준비할 때 아닌가?"

"전임 팀장 올 때까지만 잠깐 맡을 거라는 얘기가 있어. 이번 달만 하고 다시 돌아간다는 것 같기도 하고."

"아, 그 팀은 당분간 일할 맛 나겠어요. 인터넷에서 찾아보니까 진짜 잘생겼던데."

"내 말이…… 어, 이게 무슨 소리야?"

윤경과의 대화에 한참 빠져 있던 은영은 '웅' 하고 책상 울리는 소리에 놀라 주위를 두리번거렸다.

"휴대전화 진동 소리 같아요. 아까부터 계속 울리던데. 시준 씨, 이시준 씨! 아까부터 진동 울리는 것 같은데 자기 거 아니야?"

윤경의 물음에 시준은 실장의 책상에 결재판을 가지런히 놓고 윤경의 바로 앞에 있는 책상으로 걸어갔다. 윤경 옆에 앉은 은영에게 복사본을 건네고 책상에 놓인 자신의 휴대전화를 들어 확인하였다.

부재중 통화가 다섯 개가 와 있다. 다름 아닌 태현에게서.

시준은 한쪽 눈썹을 들어 올리며 입구 쪽으로 몸을 돌렸다.

"그래도 경영지원실은 이시준 씨가 살리지. 저 얼굴에, 저 기럭지에. 어쩜 스물한 살짜리가 슈트가 저렇게 잘 어울린대? 플러스알파로 풋풋함까지. 정말 그레이트라니까. 어리다는 이유 하나가 아쉽다."

"제 말이요. 아, 5년만 늦게 태어나는 건데."

사무실 문을 조심스럽게 밀고 나가는 시준의 뒷머리에 대고 윤경과 은영은 아쉬움 섞인 목소리를 주거니 받거니 한다. 화제는 다시 기획팀에 새로 들어오는 팀장에 관한 것으로 바뀌고, 연이어 지난 주말 밤 드라마 내용으로 자연스럽게 흘렀다.

❖   ❖   ❖

한낮의 여름 태양빛은 유난히도 짙었다. 복도 바닥에 수직으로 떨어지는 오후의 햇살을 옆에 두고 시준은 휴대전화 통화 목록을 확인하였다.

뭐가 그렇게도 급한 건지. 무슨 일이라도 생겼나 싶어 통화버튼을 누르려는 사이, 휴대전화가 다시 진동한다. 액정에 떠오르는 이름은 태현이 아닌 세림이다. 입매가 부드럽게 밀린다.

"어, 나야."

〈어디야?〉

귓가에 세림의 여린 목소리가 나직이 스민다. 창밖으로 보이는 도심 풍경에 시선을 고정시켰다. 한결 깊어진 눈동자에 오후의 햇살이 담긴다.

"일하고 있지. 보고 싶어서 전화한 거야?"

〈만나. 내가 거기로 갈 테니까 좀 만날 수 있어?〉

세림의 목소리는 평소와 다르게 가라앉아 있었다. 시준의 얼굴에도 금세 표정이 지워졌다.

"왜 그래? 무슨 일 있어?"

〈……〉

"세림아."

〈……〉

수화기 너머 세림은 침묵을 지킬 뿐이다. 서서히 미간을 좁혔다. 이건 세림에게 무슨 일이 생겼다는 일종의 신호. 그것도 아주 좋지 않은 일이란 예감이 든다. 예전 술자리에서 있던 일과 영우의 생일 다음날이 불현듯 머릿속을 스친다.

"와. 무슨 일인지 모르겠지만 와, 세림아. 백화점에 도착하면 전화하고, 11층에 커피숍 있으니까 거기서 기다리고 있어."

〈알았어.〉

전화를 끊고 시준은 생각에 잠겼다. 세림의 기분이 이렇게 저조할 원인에 대해 짐작 가는 곳이 없다. 영우와 현아의 일에 대해서는 이미 한바탕 자신 앞에서 속상해했으니 아닐 거고. 학원에서 무슨 일이라도 있었나?

"시준 씨, 기획회의 들어갈 건데 태훈 씨랑 같이 준비 좀 해줄래요?"

시준은 등 뒤에서 들리는 소리에 몸을 돌렸다. 같은 부서 사원이 고개만 내밀고 그를 보고 있다.

"예, 알겠습니다. 들어갈게요."

세림 성격에 전화까지 했으니 그래도 기특하다. 사무실로 발걸음을 돌리려는데, 다시 휴대전화 진동이 울린다. 이번엔 태현이다. 잠시 숨을 고르며 전화를 받는다.

"마누라, 우리 각자 갈길 가기로 했잖아. 무슨 전화를 이렇게 해대? 사랑스럽지도 않은 놈이."

〈넌 왜 그렇게 연락이 안 돼?〉

"너처럼 한가하지 않고 더럽게 바쁘신 몸이라 그래. 무슨 일이야."

〈일이 좀 생길 것 같아.〉

이번엔 태현의 목소리가 심상치 않다. 오늘 무슨 날도 아니고. 벽에 등을 기대며 피곤한 눈을 감았다. 그리고 태현이 말하는 일이 무엇인지 어느 정도 짐작해 본다. 아마도 자신이 생각하는 것과 같겠지. 두 눈썹 부근을 손으로 누르며 낮은 숨을 뱉어냈다.

"말해."

〈내일 오전 비행기로 해준이 형 들어온대.〉

"형 들어오는 건 알고 있어. 우리 부서 여사원들이 한바탕 난리를 피웠거든. 내일 들어오는 건 너한테 처음 듣는 얘기고. 할 말이 그거야? 무슨 큰일이라고 전화를 다섯 통씩 해? 끊어. 바쁘다."

〈이시준.〉

"심각해하지 마. 큰일 아니야. 어차피 형, 한 번쯤은 들어올 거라고 생각했어. 설마 내가 잡혀가기라도 할까 봐 그러는 거면 걱정 안 해도 되고."

⟨하은이도…… 같이 들어올 거야.⟩

반쯤 뜬 시준의 눈동자가 경직되었다. 그 익숙한 이름에 잊고 싶은 기억들이 단숨에 수면 위로 모습을 드러낸다. 눈가가 슬며시 구겨졌다.

"임하은이…… 들어온다고? 혼자?"

⟨형하고 임하은만. 그리고 너, 학교 포기하는 건 아무래도 회장 님하고 제대로 얘기해야 할 것 같아. 단순히 안 간다고 버텨서 해결되는 문제가 아니야. 세림이하고는 어떻게 할 거야?⟩

"끊어. 이따 다시 통화해."

⟨인마!⟩

"걱정하지 마. 말 안 해도 생각 중이야. 노친네가 쓸데없는 것에 빨라. 일단 끊어. 일하는 중이라 바빠."

시준은 소리 나게 폴더를 접었다. 안 간다 말했다고 노친네가 쉽게 포기할 거란 생각은 하지 않았다. 그전에 어떻게 해서든 먼저 움직일 수밖에 없게끔 만들어놓을 거라고. 하긴 벌써 8월이다. 휴대전화를 쥔 손에 힘이 들어갔다. 빌어먹을. 멍청하게도 지나치게 긴장을 풀고 있었다.

❖ ❖ ❖

짙은 먹구름이 새파란 하늘을 드문드문 가리는가 싶더니 갑자기 빗줄기가 사방을 내둘렀다. 요 며칠 가만히만 있어도 덥고 습한 공기가 온몸을 잔뜩 죄는 것 같았는데, 기어이 비가 내리고 만

것이다. 갑작스레 퍼붓는 빗줄기는 늘 당황스럽다. 정류장에서 버스를 기다리던 사람들은 황급히 몸을 움츠리며 안쪽으로 피했다. 세림은 정류장 의자에 앉아 줄기차게 내리는 빗줄기를 마냥 넋 놓고 바라보기만 했다. 마치 비가 올 것을 알고 있었기라도 하듯 감정의 동요 없이 마른 얼굴이다.

시준에게 간다고 한 지 벌써 얼마나 지났더라.

그럼에도 세림은 앉은 자리에서 석상처럼 굳어 움직이지 않고 있었다. 거칠거칠한 시멘트 바닥 위로 떨어지는 빗줄기가 슬로모션 같다.

"한남, 한울백화점 이재환 회장······ 셋째 아들. 돈 많기는, 우리나라 10대 기업 안에 드는 재벌······."

"시준이 없는 거 없이 다 가진 재벌집 아들이야. 다시 말해줘? 한남 그거····· 시준이네 거라고."

현아와 커피숍에서 나눈 대화가 머릿속에서 불꽃 터지듯 선명히 튀어 올랐다. 그녀의 말처럼 실감 나지 않는다. 아니, 도저히 연결되지 않았다. 눈앞에서 애정의 말을 속삭이던 그 애가, 애정이 담긴 손길로 어루만지던 그 애가 매일 TV에 나오는, 그것도······.

살짝 주먹을 쥐고 있던 손에 자신도 모르게 힘이 들어갔다. 고개 숙여 두 손을 펴본다. 어느새 손에 밴 땀이 진득하게 말라 있다. 압구정으로 가려면 버스가 아닌 지하철을 타야 한다.

세림은 머리에 가방을 살짝 얹으며 쏟아지는 빗속으로 뛰어들었다.

막 출발하려는 지하철에 급한 걸음으로 올라 숨을 고르며 젖은 잔머리의 물기를 털어냈다. 지하철 문이 닫히며 차창에 자신의 모습이 불투명하게 비친다. 곧 어두운 터널에 진입, 생기를 잃은 표정이 숨김없이 비쳐졌다. 시준이 봤다면 금방이라도 커다란 손으로 어루만져 줄 것만 같은 얼굴. 시선이 문득 차창에 비친 왼쪽 손목을 향한다. 번개라도 본 양 눈동자가 굳어진다. 천 단위에 가까운 몇백만 원짜리 시계라니. 생각만으로도 당황스럽다. 단지 보기만 해도 자신을 행복하게 만들던 시계가 느닷없이 황송해지고 만다. 다급히 시계를 끌러 가방 속에 집어넣어 버렸다.

몇백? 몇십도 아니고 천에 가까운 몇백이라고? 도대체 무슨 생각으로 이렇게 비싼 시계를 산 거야? 하나도 안 비싸다며? 적정 수준 맞췄다며? 너한테 적정 수준은 몇백이니?

"시준인 그거보다 더한 시계 차고 다녀. 몇천만 원 호가하는 시계도 아무렇지 않게 차고 다닌다고. 걔한테 몇백? 겨우 구두 한 켤레 값 정도 하나?"

"그게 이시준이야. 그렇게 말하는 게 아니고 그렇게 말할 수밖에 없는 삶을 사는 애라고."

그게 이시준이라니. 그렇게 말할 수밖에 없는 삶을 사는 애라니. 구두 한 켤레 값이 무려 몇백이라니. 몇천만 원을 호가하는 시계라니.

한때 언니인 세아의 병원비가 달에 몇천을 훌쩍 뛰어넘은 적이 있다. 세아의 치료약들이 보험이 안 되는 비싼 것들이라 아빠는 그 돈을 벌기 위해 지방으로, 해외로 출장을 다니셨다. 그런데 시준은 몇천만 원을 호가하는 시계를 차고 다닌다고 했다. 그 순간 시준이 먼 사람처럼 느껴졌다. 그 거리가 비로소 실감이 난다. 한때 달에 몇천이 필요해 바둥거렸던 부모님, 시준은 그만한 돈으로 시계를 산다는 거. 그럼 걔는 도대체 한 달에 얼마를 쓰는 걸까? 아니, 그런 건 아무래도 좋다. 왜 말하지 않은 걸까? 이별을 고할 때 자신이 헤어지지 못한다고 매달리기라도 할까 봐? 아니면 아무것도 모르니까 쉽게 데리고 놀다 쉽게 버리려고?

아니야. 그럴 리 없잖아.

자신에게 좋아한다고 속삭이던 시준의 음색, 숨결, 입맞춤. 진하디진한 애정. 그것들은 결코 가벼운 감정이 아님을 잘 알고 있다. 그럼에도 저 밑에서 침전되는 앙금이 가슴을 날카롭게 할퀴는 걸 막을 수가 없다.

사실을 말하는 건 또 별개의 문제니까.

본인에 대한 이야기를 모두 하지 않는 건 그럴 필요가 없음에서다. 친하지 않은 사람에게 자신의 이야기를 많이 하지 않는 것과 마찬가지다. 깊은 애정을 가지고 있지만 잠깐 사귀고 헤어질 사이라 판단해 말하지 않은 거라면 그를 탓할 수 없다. 굳이 시준이 말할 필요가 없는 문제니까. 계약 기간을 명시하는 것과 같은 이치다.

그러니까 상처받을 필요 없어. 예상 못했던 거 아니잖아.

스스로 위안을 해봐도 두렵고 무서운 기분이 손등에서부터 어깨까지 섬뜩하게 몰려온다. 어느 날 갑자기 시준이 이별을 고하는 건 아닐까. 그런 시준을 이제는 아무렇지 않게 보내지 못할 것 같다. 예전이라면 몰라도 이제는 시준이 없는 일상은 상상조차 하고 싶지 않다. 맞잡던 손에서 뛰던 맥박, 품에서 느껴지던 그만의 체취, 다정한 말투, 자신만 바라보는 눈동자. 그것들이 연기처럼 사라진다. 숨 막히도록 시린 냉기가 혈관을 따라 전신으로 스며들었다.

이 초조하고 불안한 마음을 부디 시준이 다스려 주길 바라며 평소보다 느린 지하철에 세림의 심정은 더욱 간절해져만 갔다.

❖　❖　❖

백화점 앞에 도착했을 때, 세차게 쏟아지던 비는 어느새 그쳐 있었다. 짙은 비구름이 가리고 있던 자리의 하늘은 바다를 옮겨다 놓은 것처럼 맑고 깨끗한 파랑이었다. 햇볕은 여전히 따가웠지만 옥죄어오던 습기는 모두 사라지고 산뜻한 바람이 가로수 사이로 미끄러지듯 불어왔다. 세림은 한 걸음 발을 내디뎠다. 작은 물웅덩이 위로 그녀의 긴장된 모습이 비친다.

유럽 고성을 모티브로 한 걸물 외관이 고급스러운 위용을 자랑한다. 한울(Hanul)이라고 쓰인 금빛 영문판은 눈부신 햇빛을 받아 반짝였다. 어쩐지 그 기세에 눌리는 것만 같아 시선을 반쯤 내리 감고 말았다. 귓가에 찌를 듯 날카로운 매미 울음소리가 가득 들려왔다. 커피숍으로 올라오라던 시준의 말을 뒤로하고 백화점 앞 벤치에 앉았다. 가방 속 휴대전화를 찾는데 손에 자꾸만 시계가 잡힌다. 외면하고 싶은 사실을 마주한 것처럼 손에 잡히는 시계가 거치적거린다.

휴대전화를 꺼내 들어 시준에게 문자를 보내고 10여 분 가까이 마음을 졸이며 기다렸다. 마치 한 점에 꽂히기라도 하듯 시준이 열고 나올 유리문을 뚫어지게 쳐다보았다. 백화점 유리문이 열릴 때마다 심장이 조금씩 빠르게 뛰었다.

몇 분이 더 흘렀을까, 유리문 건너편에서 정장을 입은 키 큰 남자가 성큼성큼 걸어 나왔다. 시준이다. 그의 얼굴을 보자마자 맥이 풀린다. 언제나 같은 그다. 어제와도 다름없는 그. 세림이 이제껏 알아온 그.

어느새 세림 앞에 선 시준이 잠시 호흡을 고르다 옆에 앉았다.

"얼굴이 왜 또 그 모양이야. 무슨 일 있었어? 목소리가 안 좋아서 걱정했잖아."

멀뚱히 시준을 올려다본다. 평소와 다름없는 시준인데 꼭 처음 본 사람처럼 낯설게 느껴진다. 원래 이 애가 이렇게 지나치도록 단정한 얼굴을 하고 있었나, 차분한 음색으로 말했던가, 조여 맨 넥타이처럼 빈틈없어 보이는 애였나……. 관찰하듯 그의 하나하나를 세밀히 살폈다.

시준이 엄지손가락을 들어 세림의 습기 서린 눈가에 대었다. 그녀가 고개를 반쯤 숙이며 피하자 이번에 놀란 건 시준이었다.

"왜 그래? 무슨 일인데. 말해봐."

"……."

"세림아……."

세림은 아무런 말도 못하고 고개만 수그렸다. 그녀가 또 뒷걸음질치려 한다. 예전이면 몰라도 이제는 안 된다.

시준은 세림의 팔을 당겨 품에 가두었다. 세림의 까만 눈망울이 미세하게 떨린다.

비겁해. 이러면 어떻게 물어보라고…….

"학원에서 속상한 일 있었어?"

시준은 세림의 뒷머리를 부드럽게 쓸어내렸다. 세림은 잘게 도리질 칠 뿐이다.

"자영이하고 싸운 거야?"

"아니."

세림은 잠긴 목소리로 대답하고는 그를 천천히 밀어냈다. 또다시 침묵이 이어졌다. 시준은 그녀가 말문을 열 때까지 차분히 기다리는 듯했다. 세림의 시선이 그의 셔츠를, 타이를, 구두를 잠시 휘돈다. 그리고는 무릎에 얹어둔 가방에서 시계를 꺼내 시준에게 내민다. 시준은 시선을 가만히 떨어뜨리며 세림이 건네는 시계를 받았다.

"시계 고장 났어?"

"시계…… 별로 안 비싼 거지?"

뜬금없는 질문에 시준은 잠시 의아한 표정이다.

"당연하지."

"셔츠 어디 거야? 타이는? 구두는?"

"세림아……?"

"백화점에서 일하는 거 후계자 수업이야?"

시준의 눈빛이 경직되었다.

"세림아."

"한남이 너네 거라며?"

짧은 한마디는 생각보다 울림이 무거웠다. 그 무게를 가늠하는 것일까, 시준은 한참 동안 대답하지 않았다. 세림을 내려다보는 새카만 눈동자에 놀람이 찰나적으로 스쳐 갔을 뿐이다. 흔들림도 없었다. 조금의 동요도 보이지 않는다.

세림은 화가 났다. 이제껏 억누르고 있던 불안함에 시준이 불씨를 당기고야 만 것이다.

"왜 얘기 안 했어? 내가 너한테 뭐 뜯어먹을까 봐 그랬어? 아니면 내가 우스웠어? 한 사람한테 절절하게 구는 내가 우스워서 나랑 놀아주려고 그런 거야? 그래서 나 좋아한다고 했어? 이런 비싼 시계, 선물한 거냐고!"

"세림아, 그런 거 아니야. 아니라는 거 누구보다 잘 알잖아. 화내는 거 이해해. 이해하는데, 비약하지 마. 내 마음 진심이야. 누구보다 너 좋아해. 너밖에 안 보인다고. 너 우습지 않아. 지금 나한테 제일 소중한 사람, 은세림이야."

"알아, 안단 말이야! 그래서 더 화나!"

이럴 때까지도 침착하고 다정하다. 나빠. 나빴어, 진짜. 기어코 눈물이 뚝뚝 떨어진다. 긴장이 풀려서, 저도 모르게 안심이 돼서, 화가 나는 데도 시준이…… 여전히 너무 좋아서.

시준이 그런 세림을 다시 단단히 품에 담았다. 세림의 이마에 옅게 맺힌 땀이 그의 턱 밑에 닿았다.

"울지 마라, 세림아. 너 울면 진짜 머리가 하얘진다. 네가 울면, 세상에서 내가 제일 나쁜 놈이 된 기분이야. 맞아. 한남, 우리 집 거야. 어떻게 말해야 될지 몰랐어. 한남 총수가 우리 할아버지고, 우리 아버지가 계열사 중 몇 개 갖고 있고. 그래서 나, 가지고 싶은 건 다 갖는⋯⋯ 넘치도록 많은 재벌집 아들이야. 이 말, 도대체 너한테 어떻게 해야 될지 몰랐어. 너 이렇게 화낼까 봐 말 못했어."

"응, 화나. 화나 죽겠어."

"분 풀릴 때까지 화내도 돼."

"정말 미워!"

세림은 공연히 심술이 나 주먹 쥔 작은 손으로 시준의 어깨를 힘없이 내려쳤다.

"응, 화내고 미워해. 대신 도망가지만 마. 어디도 가지 마. 너 도망갈까 봐 진짜 불안해 죽겠다."

눈물을 흘리던 세림은 눈을 꼭 감았다 떴다. 그를 밀어내고 손등으로 눈물을 닦아냈다. 불안하다고? 원망스러움과 미안함이 뒤섞인 눈으로 시준을 보았다. 시준이 곤란한 미소를 지으며 눈물을 닦아준다. 그런 시준과 마주한 눈을 떼지 않고 굳게 다문 입술을 연다.

"⋯⋯여기까지 오는 동안 나 너무 화났어. 말 안 한 게 괘씸해서. 내가 그것밖에 안 되나 하고. 그랬는데⋯⋯ 그래도 너무 좋아. 지금은⋯⋯ 헤어지고 싶지 않아."

"지금은? 그럼 나중엔 헤어지겠다는 거야?"

세림의 눈이 다시 젖어들려 한다. 참으려는 듯 마른침과 함께 눈물을 삼킨다.

시준의 집안 이야기를 듣는 순간 현실적인 끝이 보였다고 한다면 이 앤 어떤 표정을 지을까.

"말했잖아. 기억 못하나 본데, 헤어지지 않을 거라고. 난 너랑 헤어질 생각 조금도 없어."

"드라마에서 보면 재벌집 남자랑 사랑에 빠진 신데렐라한테 엄마가 돈 들고 찾아오잖아. 헤어지라고. 물도 막 뿌리고."

시준이 낮게 웃으며 세림의 머리를 가지런히 정리해 주었다.

"우리 엄마 그렇게 못된 사람 아니야. 따뜻하고 좋으신 분이야."

"너한테나 그렇겠지."

"정말이야. 너 분명 좋아할 거야."

시준이 하는 말에는 언제나 마법 같은 힘이 묻어 있었다. 그가 그렇다고 하면 정말 그렇게 될 것 같은 마법.

"……너 이제 정말 큰일 났어."

"왜?"

"남자친구가 부자라는데 누가 거절해? 돈 많지, 나한테 홀딱 빠졌지, 이렇게 못 헤어지겠다고 하지. 나 붙잡을 거야."

"그걸 이제 알았어? 바보네."

세림은 금세 시무룩해졌다.

"나…… 그런데 그거 때문에 너랑 사귀고 있는 거 아니야. 그런 사람인지도 몰랐어."

"알아. 알고 있어."

"예전에 그런 생각을 했어."

"어떤?"

"드라마 보면 재벌로 나오는 남자주인공을 여자주인공이 자꾸 밀어내잖아. '넌 나하고 안 맞아. 자꾸 건들이지 마' 하면서. 보면서 왜 저래? 나 같으면 좋겠다고 덥석 잡겠네 했단 말이야."

시준의 눈매가 깊어진다.

이 눈이다. 자신이 반할 수밖에 없는 깊은 눈. 한참이나 보고 있어도 너무나 좋을 수밖에 없는.

"그랬어?"

"응. 그런데 막상 현실이 되니까 알 것 같아. 이상해. 부담스럽고."

시준이 다시 곤란한 듯 한쪽 눈썹을 들어 올린다.

"부담스러워하지 마. 나 똑같아. 여전히 은세림밖에 모르는 이시준이야. 변함없이 은세림만 좋아하는 이시준이라고. 거기에 내 배경 하나 붙은 것뿐이야."

"너는 그렇게 쉽게 받아들일 수 있을지 몰라도 난 안 된단 말이야."

"은세림 촌스러운 건 알아줘야 돼."

"뭐야?"

"이래서 말 못한 거야. 말하는 순간 난 너한테 다른 사람 되니까. 다른 사람은 몰라도 은세림은 날 그렇게 볼 거니까. 그게 싫었어. 날 그냥 있는 그대로 받아들여 줘. 내가 넘치도록 많은 걸 가진 남잔 거 알았으니까 차라리 네 눈에 내가 더 멋져 보였으면 좋겠어."

"……."

"난 네가 원하면 뭐든지 다 해줄 수 있는 굉장히 멋진 남자야. 그런 능력 있는 남자가 널 좋아하고 있다고. 그러니까 부담스럽다고 밀어낼 생각 말고 옆에 딱 달라붙어 있어. 가지고 싶은 거 있으면 사달라고 조르고. 은세림 앞에서 난 눈뜬장님이니까. 되게 멋있지 않아?"

나직한 음성에 초콜릿처럼 달콤함이 묻어나는 말이 귀를 타고 사고회로를 녹여 버린다. 그대로 빠져 버릴 수밖에 없는 중독성을 가진 너는 정말 위험해.

그래서 그만큼 위태롭다.

다정함이 서린 곧은 눈빛을 받으며 생각했다. 그 눈빛에 자신이 모르는 씁쓸함을 느끼며. 세림은 시준의 커다란 손에 깍지 꼈다. 그의 큰 손에 작은 세림의 손이 안기는 것만 같다.

"난 그냥…… 밑도 끝도 없이 날 좋아해 주는 네가 좋아. 그런 너랑 같이 있는 게 좋고. 지금은 옆에 함께할 수 있다는 사실만으로도 행복하니까."

"……."

"미안해. 네가 너무 좋아진 것 같아."

"괜찮아."

"내가 사과해야 하는 거야? 네가 나빠."

"그래, 내 잘못이야."

둑처럼 가슴 가득 막고 있던 앙금이 녹아내리는 것 같아 안심이 되었다. 시준의 손을 꼭 잡는다. 땀이 배어도 좋다. 그만큼 서로를 향한 열기가 식지 않는다는 증거니까.

"이제 말하지 않은 거 더 없는 거지?"

시준은 말없이 세림을 보고 웃기만 하였다. 이번에는 시준이 잡은 손에 힘을 준다. 하고 싶은 말이 있지만 아직 꺼내지 못하겠다는 얼굴. 세림도 웃었다. 말하지 않아도 괜찮다. 이제 불안하지 않으니까. 언젠가 조금씩 차분히 말해줄 거라 믿으니까. 이시준은 그런 사람이니까.

세림이 허전한 왼손을 내밀었다. 시준은 들고 있던 시계를 그녀의 손목에 다시 채웠다. 와락와락 시끄럽게 울어대던 매미 소리가 잦아들었다. 비에 젖은 시원한 바람이 세림의 심장을 두드렸다. 떠다니는 공기에는 비 오기 직전의 습함과 답답함이 모두 사라져 있었다.

어느 여름날

한남동에 자리한 이 회장 자택은 남쪽으로는 한강이 흐르고 북쪽으로 남산이 휘 둘러쳐 있다. 지형 역시 높지도 낮지도 않아 풍수지리상으로도 아주 좋은 편에 속했다. 365일 내내 내리쬐는 태양은 집터를 품듯 더없이 아늑하였다. 하은의 아버지 임 회장은 이 회장의 집에 올 때마다 터가 좋다고 입에 침이 마르도록 감탄했다.

집터도 집터였지만 눈길을 끄는 곳은 바로 이 집 뒤뜰. 이 회장이 가장 신경 써 조경한 금강송의 장송들이 담장을 따라 하늘을 향해 거침없고 흔들림 없이 솟아올라 있다. 귀하디귀한 혈통이라 이름난 만큼 기개도 남달랐다. 덕분에 뒤뜰은 수림에 발을 들여놓기라도 한 듯 솔향기와 청결한 자연의 냄새로 가득하였다. 여름이면 무성한 초목이 아득하게 짙은 초록색을 띠었고, 찾아오는 사람들마다 찬사를 연발하였다. 특히나 동쪽에서 뜬 태양이 서쪽으로 질 때까지 우거진 장송들이 둘러쳐진 뒤뜰 사이로 사정없이 빛을 쏟아낼 때면 한 폭의 그림처럼 장관을 이루곤 하였다. 하여 이 집은 늘 햇볕이 모자라지도 과해 넘치지도 않았다.

임 회장은 본디 사업을 하는 집안에는 에너지가 있어야 한다며 부러움에 입버릇처럼 말하곤 했다.

거실 창 앞에서 앞뜰을 바라보던 하은의 입가에 잔잔한 미소가 걸쳐졌다. 하은이 시준을 처음 만난 것도 이 집 뒤뜰. 그녀는 열다섯, 시준은 열여섯이었다. 다소 거칠었던 시준이지만 마음만은 따듯했던 그 모습이 기억의 언저리에서 맴돈다.

"세상에, 하은아!"

반쯤 들떠 자신을 부르는 목소리에 몸을 돌렸다. 시준의 어머니 혜정이다. 그녀가 환한 미소를 품으며 2층으로 이어진 곡선 계단 중간쯤에 멈춰 서 있다가 천천히 내려왔다.

"어머니!"

지난 5월 뉴욕에서 보고 3개월 만이다. 오십이 넘었다고 하기엔 믿겨지지 않을 만큼 매끈한 피부와 눈부신 미모. 혜정은 여전히 아름다웠다. 그녀가 계단을 내려올 때마다 실크로 된 반소매 푸른빛 원피스가 우아하게 너울거린다. 반사된 빛도 함께 물결쳤다.

"시차 때문에 힘들었을 텐데 여기까지 굳이 왔니?"

"그래도 2년 만에 한국 들어왔는데 당연히 찾아봬야죠. 미래 시어머님 되실 분인데."

"원, 애도. 앉자."

하은이 생긋 웃었다. 그런 하은을 보며 혜정도 눈꼬리를 부드럽게 휘었다. 그녀는 하은의 손을 꼭 붙잡아 거실 정중앙에 위치한 크림색 소파로 데려가 앉혔다. 계단 앞에 공손히 서 있던 도우미 한 명이 두 사람 옆에 섰다. 혜정이 홍차와 과일을 부탁하자 그녀가 정중히 인사하며 주방으로 발걸음을 옮겼다.

"그래, 본 지 얼마나 됐다고, 우리 하은이 점점 예뻐지는구나."

"헤헤, 감사합니다."

"회장님하고 사모님 좋아하시겠다. 이렇게 예쁜 딸이 왔으니."

혜정의 눈은 더없이 따듯했다. 시준의 눈처럼 헤아릴 수 없을 만큼 깊은 강물과 별무리를 담고 있다.

"네, 좋아하세요. 그런데 2년 동안 어떻게 코빼기도 안 비칠 수 있냐고 얼마나 잔소리를 하셨는데요."

"잔소리라니, 부모로서 당연한걸."

혜정과 하은 앞에 그윽한 향이 퍼지는 홍차와 열대과일이 가지런히 담긴 접시가 놓였다.

"마셔봐. 홍차는 지난번 영국에 갔을 때 얻어온 거야. 향이 아주 좋아."

"네. 참, 시준이 오빠는 여전히 가출 상태예요?"

"그래, 여전히 들어올 생각을 않는단다."

혜정이 자신 앞에 놓인 홍차를 들며 나직이 말하였다.

"걱정 마세요. 저 왔으니까 오빠도 집에 들어올 거예요. 제가 들어오게 할게요. 어차피 오빠, 다시 돌아가야 하잖아요."

홍차의 깊은 향에 혜정이 평온한 미소를 지었다. 시준이 레잔 아메리칸 스쿨에 들어갈 때까지 종종 이렇게 거실에 앉아 혜정은 차를 마시고, 그 아이는 피아노를 연주했었다. 거실을 울리는 시준의 피아노 소리는 늘 따듯하였다.

오른편으로 눈길을 두었다. 새하얀 그랜드피아노가 햇살에 싸여 있다. 어린 시준이의 연습곡 중 가장 좋아했던 건 쇼팽. 열두 살의 아이는 섬세하고 고도의 타건 스킬이 필요로 한 쇼팽을 완벽에 가깝게 소화해 냈다. 미스 터치가 있었다며 제 입으로 실토해도 어린 나이에 그 정도면 멋진 실력이라고 홍 교수는 항상 칭찬 일색이었다.

혜정은 입에 문 홍차를 넘기며 생각을 거두었다.

"시준이한테 왔다는 연락은 했고?"

"아니요. 아직요. 그런데 입국하기 전에 미영 언니한테 말해서 아마 지금쯤 알고 있을지도 몰라요."

"가서 맛있는 거 사달라고 해. 오랜만에 만났는데 그 정도도 못하면 내가 아주 혼을 내겠다고 전하고."

"네, 그렇게 할게요. 그리구요, 어머니."

"그래."

"오빠…… 여자친구 생긴 거 아시죠? 오빠가 되게 좋아한다는 이야기가 있어요. 이번에는 좀 진지해 보인다고 하던데."

하은이 조심스럽게 혜정을 살피며 물었다. 혜정은 들고 있던 찻잔을 천천히 테이블 위에 내려두었다. 찻잔 속에는 하얀 장미 꽃잎이 흐드러지게 피어 있다.

"시준이한테 사람 붙였니?"

"저 오빠랑 약혼할 사람이잖아요. 약혼자에 대한 일이라면 다 알아야 한다고 생각해요."

"그래, 나쁘지 않은 생각이구나. 하지만 아직 약혼 전이잖니. 부모인 우리도 웬만하면 그냥 두려고 해. 시준이 녀석이 워낙 모자라서 많이 불안하겠지만 믿어주면 안 되겠니?"

"오빠 믿고 있어요. 그런데 이번 오빠하고 제 약혼, 오빠에게나 한남에게나, 그리고 저희 재상그룹에 중요한 거 아시죠?"

"……."

"버릇없다 생각하지 말아주세요. 저 오빠한테, 또 한남가(家)에 힘 되는 며느리 될게요. 이번 한남건설 인수 문제도 아버지가 한 회장님께 부탁해 두셨대요. 아마 오빠랑 결혼하면 나머지 계열사 인수 문제도 걱정 없을 거예요."

혜정은 무의식적으로 손을 가볍게 쥐었다 폈다. 왼쪽 네 번째 손가락의 다이아 반지가 투명하게 빛난다.

"난 너하고까지 비즈니스 이야기하고 싶진 않은데. 시준이야 네가 좋으면 약혼하는 것에 망설임 없을 거다. 두 사람, 어렸을 때부터 많이 친했잖니. 우리 하은이 똑똑하니까 아줌마가 무슨 말 하는지 알겠지?"

"네, 잘 알겠습니다."

"그래, 그동안 어떻게 지냈어? 시준이한테 전화해 볼까? 참, 이번 금요일에 가족끼리 저녁 모임 가질 예정인데 너도 와서 같이 식사하자."

"그렇게 할게요."

하은은 싹싹하게 포크로 찍은 과일을 혜정에게 건넸다. 느긋한 오후, 햇살이 쏟아지는 거실에서 혜정과 하은은 소소한 잡담을 나누었다. 평온함 속에 보이지 않게 감춰둔 날카로운 공기가 거실

바닥에 소리 없이 밀렸다.

❖　❖　❖

　차는 지하주차장에서 입구까지 단숨에 밀고 올라왔다. 시준은 논현로 방향으로 차선을 타기 위해 핸들을 돌렸다. 여름 해는 무척이나 길다. 저녁 7시를 넘겼음에도 불구하고 늘어질 대로 늘어진 오렌지빛 햇살이 도로 위에 낮게 분사되었다. 짙었던 한낮의 그림자는 부옇게 흐려졌다. 자동차의 선팅된 앞 유리로 옅게 투과해 들어오는 햇빛은 퇴근길 정체되는 도로만큼이나 눈살을 찡그리게 하였다.

　도로는 도무지 풀릴 생각을 하지 않았다. 길가의 가로수 잎이 더위라도 먹은 듯 축 늘어졌다. 어딘가 눅눅해 보이는 잎이 미약한 바람에 힘없이 흔들린다. 문득 봄 아침 햇살만큼 상쾌하고 포근한 세림의 웃음이 떠오른다. 핸들을 쥔 손에 저도 모르는 힘이 들어간다. 움직이는 앞차를 따라 액셀러레이터를 꾹 밟았다. 아찔한 스피드를 느끼고 싶다는 충동이 저도 모르게 일어난다.

　시준은 지하주차장에 차를 대고 우편물을 찾아 아파트로 올라갔다. 문을 여니 한낮의 햇살을 고스란히 받은 집 안은 후덥지근한 열기가 공간을 빈틈없이 메우고 있었다.

　답답하다.

　우편물을 거실 테이블에 대충 던지듯 놓고 넥타이부터 끌러냈다. 시준은 에어컨을 켜고 바로 옷방으로 들어가 옷가지를 챙겨 욕실로 향했다.

찬 물줄기가 그의 정수리를 따라 뒷덜미, 매끈한 등까지 미끄러져 내린다. 속눈썹 끝에 매달린 물방울이 뚝뚝 엄지발가락 앞으로 떨어진다. 눈을 꾹 감는다. 정수리까지 차오른 열기를 식히기 위해 한참 동안 샤워기 앞에 서 있었다.

샤워를 마친 시준은 편한 옷으로 갈아입고 거실 소파에 앉았다. 젖은 머리를 타월로 감싼 채 대충 손으로 털어냈다. 잔뜩 붉어진 노을이 시준의 그리움 가득한 눈가에 담긴다. 그는 테이블 위의 우편물을 뒤적이다가 소파에 깊게 몸을 기대었다.

보고 싶어 미칠 것만 같다.

유독 그런 날이 있다. 목소리나 문자로는 그리움을 해소시킬 수 없는 그런 날. 키스할 때 긴장으로 바르르 떨리던 입술과 햇살같이 수줍게 웃던 얼굴, 이성의 끈을 놓아버리게 만들 만큼 사랑스럽던 자신을 쳐다보던 여린 눈동자, 목덜미에서 나던 살 내음, 혈관을 통해 흐르는 피가 한곳으로 격렬히 모여드는 감각은 견디기 무척 힘들었다.

그는 자리에서 일어나 주방으로 향했다. 포트에 커피 가루를 넣고 물을 부은 후 버튼을 눌렀다. 찬장에서 머그컵을 꺼내 기다리는 몇 분 사이 김 빠지는 소리가 나며 진한 카페 아메리카노가 내려진다. 시준은 커피를 머그컵에 따라 거실 창 앞에 섰다.

새하얀 구름이 노을 지는 태양에 빨려들어 가고 있는 것만 같다. 이미 동쪽 먼 곳은 파란 하늘이 감청색으로 바뀌었고, 서쪽은 아직 붉기만 하다. 하루 중 딱 두 번, 달과 태양이 서로의 얼굴을 잠시 마주하는 순간, 하늘은 아름다운 빛깔의 색들로 어우러진다. 그 하늘을 보고 있노라면 누군가를 향한 그리움이 가슴 가득 물씬 차오른다.

커피 한 모금에 입안 가득 깊은 카페 아메리카노 향이 퍼진다. 짙푸름은 이제 가까이 다가왔다. 멀리 있는 상가들은 어느새 간판 불을 하얗게 켜놓았고 도로의 가로등도, 자동차의 주홍빛 헤드라이트도 청색 어둠에 잠겨가는 도심을 밝힌다.

8시 15분. 지금쯤이면 자영과 누나들과 한창 술자리를 벌이고 있을 테지. 심장이 느릿하면서도 뜨겁게 뛰어올랐다. 세림이 보고 싶어 견딜 수가 없다.

그립다. 어서 세림이를 만나 품에 안고 키스해 주고 싶다.

그려본다. 세림의 향기를, 웃음을, 가슴에 안았던 그 느낌을.

그는 테이블에 머그컵을 올려두고 거실 한쪽의 콘솔로 걸어가 차 키를 집어 들었다. 현관문이 열리는가 싶더니 다시 묵직하게 닫히는 소리가 거실에 퍼진다. 테이블 위의 머그컵에는 아직도 뜨거운 김이 느릿하게 올라오고 있다.

❖ ❖ ❖

시준의 차가 한남동 이 회장 자택 앞에 멈춰 섰다.

하은이 한국에 돌아왔다는 소식을 듣자마자 이 회장을 만나려 했지만 좀처럼 만날 수가 없었다. 처음에는 아버지의 바쁜 스케줄 탓인 줄만 알았다. 그런데 망할 노친네. 자신을 피하고 있는 것이다. 정확히 말하자면 만나려고 하지 않는 거겠지. 초인종을 눌렀다.

막 샤워를 마치고 옷방에서 옷을 갈아입으려던 혜정은 문밖 정실장의 보고에 눈을 동그랗게 떴다. 그녀가 목욕 가운을 여미며 문을 열었다.

"누가 왔다고? 시준이가?"

시준은 거실 소파에 편하게 앉아 TV를 보고 있었다. 계단을 내려오다 오랜만에 보는 아들의 뒷모습에 걸음을 늦췄다. 너무나 자연스러운 풍경이 낯설기도 하고 반갑기도 하다. 추억이 어린 한 장의 사진을 보는 것처럼 그 자리에 잠시 서 있었다. 그리고는 곧 발소리를 내며 계단을 내려갔다.

가볍고도 우아한 걸음 소리에 시준이 고개를 돌렸다. 입가에 절로 미소가 떠오른다. 고상함은 어제와 다름없고 몸에 밴 품위는 고개를 끄덕일 정도로 변함없다.

"형 들어왔단 소리에 어지간히 놀랐구나? 이렇게 집까지 아버지 찾으러 들어온 거 보면."

혜정이 여유로운 웃음을 지으며 시준 앞에 마주 앉는다. 한참만에 엄마를 만난 반가움도 잠시, 시준은 금세 뾰로통한 표정을 지으며 TV 리모컨으로 채널을 돌려댔다.

"도대체 어딜 간 거야?"

"들었을 거 아니야. 아버지, 프랑크푸르트로 출장 가셨어. 그다음은 체코, 다음은 취리히. 금요일은 돼야 올걸?"

"진짜로 간 거야?"

"그럼 진짜지 가짜겠어? 아버지가 그런 거짓말할 만큼 한가한 줄 알아?"

혜정이 테이블에 놓인 허브 찻잔을 들어 올리며 새침하게 말했다.

여우 같은 노친네. 결국은 시간을 끌겠다 이거지.

짜증을 참아내지 못한 시준은 소파에 몸을 기대며 마른세수를 했다. 해준을 불러내고, 공식적인 가족 식사가 있기 전까지는 시준을 만나려 하지 않을 것이다. 만약 그전에 시준을 만난다면 가족 식사 날 나오지 않을 테니까. 시준은 분명 이 회장을 만나기 위해 가족 식사에 참석하고 말 것이다. 그러면 이 회장은 가족 식사를 빙자한 그 자리에서 그룹 수뇌부 임원들을 불러 자신과 하은의 약혼을 비공식적으로 내비치겠지. 두 사람의 약혼으로 한남건설 인수 문제는 공식화되고, 한남과 재상의 결합은 실질적이게 될 것이다. 그게 싫다면 시준은 참석하지 않겠지만, 그 이후 이 회장을 만날 수 없는 건 또 불 보듯 빤한 사실. 이 회장을 만나지 못해 손해 보는 건 시준뿐이다. 어떻게 해서든 지금 닥친 문제들을 해결해야 하니까. 치밀하고 비상한 노친네의 머리 회전에 시준은 존경스러운 생각마저 들었다.

아, 빌어먹게도 짜증 나는 노친네. 사기꾼이 따로 없다.

그가 자리에서 일어섰다.

"벌써 가려고?"

"배고파. 밥 차려줘요."

시준은 휘적휘적 주방으로 걸었다. 혜정이 빙긋 웃으며 따라 자리에서 일어나 주방으로 향하였다.

부엌은 갑자기 분주해졌다. 이 회장은 독일로 출장을 가고 해준도 제주도 호텔에 내려가 있다. 윤 이사 역시 본가 성북동 사모와 식사를 하고 온다고 했기에 아무것도 준비하지 않은 상태였다. 결국 식탁에는 간소한 반찬 몇 가지만이 올라왔다. 따뜻한 밥과 들기름에 볶아 만든 미역국, 몇 가지 여름 나물과 여름 김치들이 단아하게 차려졌다. 마지막으로 새하얀 접시에 야채 달걀말이가 얌전히 담겨져 나왔다. 시준은 젓가락을 들어 달걀말이부터 집었다.

"맛있니?"

시준의 맞은편에 앉은 혜정이 흐뭇한 얼굴로 물었다.

"어. 역시 엄마가 만든 달걀말이가 제일 맛있어."

"하도 오랜만에 하는 거라 감이 안 잡히더라. 요새 요리할 일도 별로 없고."

"맛있어요."

그가 젓가락으로 밥 한술을 크게 떠 입으로 밀어 넣었다. 어렸을 때부터 그랬지만 시준은 반찬 투정 없이 해주는 대로 무엇이든 잘 먹었다. 다만 자신이 차려준 밥이 아니면 잘 안 먹는다는 게 가장 문제였지만. 이렇게 마주 앉아 아들의 식사하는 모습을 보니 세 형제가 모두 집에 있던 예전으로 돌아간 기분이다.

"얼굴, 여전히 좋아 보여서 다행이다. 잘 지내는 것 같아."

식사에 여념이 없던 시준은 나긋한 혜정의 말에 입에 물고 있던 수저를 뺐냈다.

그러고 보니 반년이 지나도록 만나지 못했다. 작년까지만 해도 엄마만큼은 3, 4개월에 한 번씩 만났던 것 같은데. 시간이 언제 이렇게 지났지?

"윤 이사도 보고 싶었어. 예쁜 건 여전해. 울 엄마, 나이를 안 먹는단 말이야. 어디 나이 안 먹는 약이라도 잡쉈?"

"누가 이재환 씨 아들 아니랄까 봐 이렇게 능청스러울까?"

"그 유전자 어디 가겠어."

"말은 잘한다."

주방에 도란도란 모자가 나누는 이야기 소리가 부드럽게 스민다.

"너 요새 꽤 진지하게 만나는 애 있다며?"

혜정이 장난스럽게 말끝을 올리며 시준에게 물었다. 젓가락질을 하던 시준의 손이 잠시 멈추는가 싶더니 이내 아무렇지 않은 척 나물을 집어 밥공기에 얹는다. 긴장이라도 했는지 그가 옆에 있는 물컵을 들었다.

물론 아버지나 엄마가 모를 일이 있을까 싶었다. 세림과의 일도 언젠가는 알게 될 거라 생각했고. 그런데 이렇게 직접 얼굴을 맞대고 물어보니 좀 난감하다.

"언제부터 알고 있었어?"

"나 안 지는 얼마 안 됐어. 아들 사생활은 지켜주는 엄마잖아. 많이 좋아하니?"

"어, 뭐······."

조심스럽던 혜정이 이내 재미있다는 듯 눈을 반짝인다.

사춘기 무렵부터 사고를 쳐 걱정거리를 끊이질 않게 하던 아이였다. 그런 애가 한국에 와 대학교를 가더니 정신을 차린 모양이었다. 공부를 제법 열심히 한다는 말에 놀랐는데, 이번에는 연애를 한대서 또 한 번 놀랐다. 그냥 노는 정도가 아니라 '진지한 연애'라고 전해 받았다. 상대가 누군지, 어느 정도의 아이인지 궁금했으나 그렇게 되면 너무 시시콜콜한 아줌마가 될 것 같아 꾹 참았다. 그런데 꽤 참하고 단정한 여대생이라는 고모의 전화에 한시름 놓았다.

"어디가 그렇게 마음에 들었어?"

"그냥 뭐, 착하고 잘 웃고 그런 거. 설마 걔 찾아가서 내 아들이랑 헤어지라면서 돈 봉투 던질 거 아니지, 윤 이사?"

혜정은 눈을 동그랗게 뜨더니 이내 터져 나오는 웃음을 참지 못하겠다는 듯 입을 가리며 크게 웃었다.

온갖 사고란 사고는 다 쳐대고도 뻔뻔하게 아버지하고 얼굴 맞대고 식사하던 녀석이다. 그런데 얼굴까지 붉히면서 묻는 말이 뭐 어째? 자신의 웃음이 민망했는지 시준은 괜히 뒷목을 매만진다.

"아, 웃지만 말고."

"글쎄. 왜, 그 여자애가 네 엄마 못 쫓아오게 하래? 쫓아오게 만들면 너 가만 안 둔다고 그러디?"

"그런 애 아니거든?"

시준은 정색하며 대꾸했다. 혜정은 요거 봐라 하는 얼굴로 등받이에 몸을 기댔다.

이래서 사내놈들은 키워봐야 소용없다는 말이 있나 보다.

"첫째, 난 품위 있는 여자니까 그런 격 없는 행동은 내가 싫어. 둘째, 하지만 해야 하는 상황이 온다면 좀 더 깔끔한 다른 방법을 찾겠지. 셋째, 처신 잘하라고 해. 그럼 그런 일 없겠지. 됐니?"

얄미우리만큼 명료한 대답에 시준은 괜히 코웃음 쳤다. 하지만 일리 있는 말이라 수긍하듯 고개를 끄덕인다. 혜정이 입꼬리에 걸린 미소를 지우지 않으며 자신 앞에 놓인 찻잔을 들었다.

"걔가 그렇게 좋아?"

"……."

시준은 대답 없이 밥공기를 비워냈다. 장난기가 발동한 혜정이

'손은 잡아봤어? 뽀뽀는 해봤구?' 하고 짓궂은 질문들을 해댄다. 시준은 시큰둥한 표정을 지으며 노코멘트로 일관했다. 혜정은 궁금한 게 많았다. 그녀가 팔꿈치를 테이블에 두고 상체를 앞으로 내밀었다.

"너."

시준이 힐끗 눈동자만 던졌다.

장난 반, 진심 반 섞인 일침은 때론 좋은 약이 되기도 하지.

"그거 관리 잘해라."

테이블에 팔꿈치를 댄 손으로 그녀가 화살표를 만들어 어딘가를 가리켰다. 시준의 눈동자가 손가락 끝을 따라 천천히 떨어졌다. 그가 입을 다물지 못한다.

"윤 이사!"

혜정은 그저 웃었다.

장난기 많고 다정했던 아이가 누구나 그러한 나이부터 반항을 하기 시작했다. 모든 애들이 겪고 지나가는 사춘기라고 하기엔 시준은 한국에 돌아오고 나서도 건조하고 날카로웠다. 조금 더 어른이 되면 나아지겠거니 포기하고 있었는데, 8개월 만에 만난 아들은 정말 분위기가 한결 누그러져 있었다. 아직도 곤두서 있는 부분이 없지 않아 있지만, 올 초까지의 모습에 비하면 많이 나아진 것이다.

그 아이 덕분인가? 고개를 갸웃하며 식사를 마쳐 가는 아들을 바라본다. 다행인 것 같아 안심이 되다가도 다른 한편으로는 그저 어린 날 스쳐 지나가는 소꿉장난이길 바란다. 정말 깊어져 헤어질 수 없다고 난리라도 치면 곤란해지니까. 자신은 막내아들인 시준을 사랑하는 엄마이기도 하지만 그전에 한남가의 며느리이기도 했다. 모진 사람은 아닐지라도 필요하다면 모질게 굴어야 할 날이 올지도 모른다. 자식의 가슴에 상처를 남기는 엄마가 되는 건 그리 유쾌한 일이 아닐뿐더러, 유쾌하지 않다.

시준이 그릇들을 깨끗하게 비우자 뒤쪽에 서 있던 도우미들이 테이블을 정리하기 시작했다. 디저트로 커피와 과일이 준비되었다. 커피를 마시던 시준이 휴대전화를 꺼내 문자를 쓴다. 아이 얼굴에 어린 날 보았던 웃음이 번진다. 혜정은 시름이 묻어나는 한숨을 작게 내쉬었다.

세찬 바람을 동반한 장맛비에 볼품없이 져버린 꽃잎을 보는 건 몹시 가슴 아픈 일일 테니까.

❖　❖　❖

신호가 바뀌길 기다리던 시준은 힐끗 옆자리에 시선을 두었다. 세림이 숨소리도 없이 조용히 잠들어 있다. 차창에 머리를 기댄 채라 목이 직각으로 꺾여 있다. 그대로 두면 상당히 아플 것 같아 제대로 가눠준다. 뒤를 돌아보니 자영의 양옆에 앉은 단아와 해나 역시 곤한 잠에 빠져 있었다. 물놀이가 즐거웠는지 네 사람 모두 피곤을 견디지 못하고 차에 오르자마자 그대로 잠들어 버렸다.

카오디오에서 FM 클래식 음악방송이 흐르고, 간간이 가로수 잎에 매달려 있던 빗방울이 차 천장에 토동토동 부딪치는 소리가 조용히 스며들었다. 카오디오 볼륨을 줄인다. 차의 앞 유리에 떨어지는 작은 빗방울이 규칙적으로 움직이는 와이퍼 사이로 맥없이 뭉개진다. 주황색 가로등 불빛이, 자동차의 붉은 후미 등이, 그리고 하얀 헤드라이트가 빗속에서 부옇게 번진다.

세림은 오늘 누나들과 워터파크를 갔다 왔다고 했다. 워터파크라니…… 속이 조금, 아니, 아주 많이 쓰리다. 제주도 여름 바다에서도 수영복은 구경조차 할 수 없었다.

해나가 시준을 보자마자 '오늘 세림이 비키니 입었는데' 하고 슬쩍 운을 떼었다. 그 순간 시준의 얼굴에 스쳐 지나가는 묘한 억울함이란 단아와 해나 둘만 보기 참 아까운 것이었다. 시준이 단아와 해나에게 디지털카메라에 담긴 사진 몇 장을 요구하였다. 순순히 줄 그녀들이 아니라고 생각했다. 단아와 해나는 장당 한 번의 소개팅으로 거래를 요구했다. 예과 학생 말고 본과 학생으로 빠방하게. 그럴 줄 알았지. 시준이 고개를 끄덕이며 두 사람의 제안을 받아들였고, 세 사람의 거래는 성공적으로 성립되었다.

단아와 해나 먼저 두 사람이 사는 동네에 내려주고 자영도 아파트 단지 앞까지 바래다준 다음 시준은 차를 공원으로 몰았다.

추적추적 내리던 비는 어느새 그쳐 있었다. 세림이 차 문을 열고 내리자 비 온 뒤의 상쾌한 바람이 얼굴에 스민다. 사방을 떠다니는 바람에 청량한 공기, 비에 젖은 흙냄새, 나뭇잎 냄새가 흠뻑 뒤섞여 있다. 숨을 한껏 들이켜니 머릿속을 휘돌아 온몸에 가득 퍼지는 자연의 신선하고 풍요로운 기운. 세림은 눈을 감고 모든 감각을 일깨웠다. 입가에 맑은 미소가 걸린다.

시준이 세림의 작은 손을 잡고 기다란 가로수 나무가 놓인 인도를 천천히 걸었다. 비가 와서인지 공원엔 사람이 거의 없었다. 비

내린 후의 수증기 때문에 가로등의 주홍빛이 부옇게 번져 있다.

몸이 자연의 향으로 물들어간다.

시준은 세림의 팔을 잡아 자신의 품에 담았다. 한 손으로는 그녀의 어깨를 감싸고 다른 손으론 머리를 받쳤다. 세림은 밀착된 그의 품에 자연스레 얼굴을 묻었다.

따뜻하고 넓은 시준의 가슴이 좋다. 한껏 숨을 들이쉬면 시준의 옷자락에서 나는 향수의 옅은 향이 콧속으로 희미하게 스며들었다. 안심이 되는 시준의 품 냄새, 가슴께에 귀를 대면 들리는 숨소리. 나른하게 미소 지으며 두 팔로 시준의 넓은 등을 감쌌다.

세림을 한가득 품어 안은 시준의 턱 밑에서 샴푸 향이 바람을 따라 너울거린다. 풍성한 플로럴 향이 세림의 살 냄새와 섞여 아득하게 느껴진다. 향에 취할 것만 같다. 참을 수 없는 자극이 혈류를 따라 천천히 전신으로 퍼진다. 세림을 안은 시준의 팔에 힘이 들어갔다.

물에 젖은 아기수건같이 부드러운 바람이 얼굴을 스치고 지나간다. 시원하다. 바람이 불 때마다 초록이 짙어진 나뭇잎들이 이리지리 쓸리면서 쏴아아, 빗소리를 냈다. 저들끼리 맞부딪친 잎들이 무거운 빗물을 툭툭 떨어뜨린다.

"오늘 워터파크 가는 거 왜 얘기 안 했어?"

여전히 세림을 품에 담고 시준이 나직이 물었다.

비 온 뒤의 공원은 상쾌하고, 차갑고, 자연의 향으로 가득하고, 두 사람의 마음은 더없이 애정으로 넘친다.

"그냥."

"비키니 입었다며. 사진 보여줘."

"싫어."

"왜?"

"싫어, 이 변태야. 왜 보려고 해?"

"내 여친 수영복 사진 보겠다는 게 변태야?"

"응."

세림이 고개를 끄덕인다. 시준이 낮게 웃으며 그녀를 내려다보았다.

예쁘다. 모든 것이 그저 예뻐 그녀의 발그레한 볼에 애정을 담아 입 맞췄다.

"어차피 미니홈피에 올릴 거잖아. 가서 봐야지."

"그래도 넌 못 보게 할 거야."

눈동자에 가득 어리는 예쁜 세림을 시준은 더없이 사랑스럽다는 듯 내려다보았다.

시준이 그런 눈동자로 자신을 볼 때마다 세림은 가슴이 뛰었다. 수줍게 뛰었다. 시준이 천천히 고개를 내려 평소보다 붉어 보이는 도톰한 입술에 입을 맞췄다. 잠시 떼었다가 다시 포개고, 한참 동안 그렇게 입술만 맞대었다. 어느 순간 시준이 혀 앞부분으로 앞니를 톡톡 건드린다.

"하지 마."

입술을 맞댄 채 나직이 말했다. 그래도 시준은 또다시 혀로 톡톡 앞니를 자극했다. 입술 안쪽 보드라운 살에 닿는 시준의 혀 때문에 기분이 이상해진다. 전율 같은 소름이 살을 파고든다.

"하지 말라고, 이 바보야."

세림이 심통 난 얼굴로 입술을 비죽 내밀었다. 시준의 눈매가 기분 좋게 가늘어진다. 심통 난 세림도 귀엽기만 하다. 그는 커다란 손으로 얼굴을 부드럽게 감싸며 입 맞췄다. 아랫입술을 보듬듯 깨물고 안달이 날 정도로 느릿하게 윗입술을 혀와 함께 베어 물었다.

연약한 바람이 세림의 아랫입술에 잠시 내려앉았다가 사라졌다. 바람에 시준의 온기가 옅어진다. 괜스레 그 기분이 싫어 세림은 숨을 불어 넣듯 다시 입을 맞췄다.

푸딩보다 부드럽고,

초콜릿보다 달콤하고,

농염하게 익은 딸기보다 맛있는 시준의 키스.

세림은 자신의 얼굴을 감싼 시준의 커다란 손을 잡았다. 그의 손목에서 쉴 새 없이 빠르게 뛰는 맥박이 느껴진다.

비의 시간

　은색의 슈퍼카 한 대가 호텔 입구에 모습을 드러냈다. 슈퍼카
치고 제법 젠틀한 바디 라인이다. 차는 물 흐르듯 유려하고 매끈
한 움직임으로 로비 앞에 멈춰 섰다. 이어 운전석 문이 열리며
시준이 차에서 내린다. 그는 차 문을 잡고 서서 잠시 비가 쏟아
지는 도로를 바라보았다. 밤처럼 어둑하고 굵은 빗줄기가 떨어
지는 도로에는 붉은 후미 등을 밝힌 채 신호가 바뀌길 기다리는
차들로 가득했다. 떨쳐 내지 못한 미련이 서린 얼굴로 도로를 응
시하던 시준은 곧 자신 앞에 선 호텔 주차 직원에게 차 키를 넘
겼다.
　로비의 엘리베이터에 올라 23층을 누른다. 엘리베이터는 미끄
러지듯 소리 없이 위로 올라갔다. 저녁 식사는 6시. 15분 지각이
다. 상관없다. 원래대로라면 오늘 세림을 만났을 시간이다. 이제

껏 노친네 농간에 휘말렸다면 지금부터는 아니다. 애초부터 한쪽이 우위를 점한 채 시작하는 게임은 불리하고 재미없다. 거기다 이미 초반부터 마지막까지 견적이 나온 게임이라면 더욱. 승부사는 불 보듯 뻔한 판에 배팅하지 않는다. 하지만 그래도 해야 한다면 일방적으로 흐르는 판세부터 잘라내야겠지.

크림색 나무문이 밀리며 객실 안에 있던 사람들의 시선이 한꺼번에 쏟아진다. 시준은 짧은 숨을 뱉어냈다. 객실에 이재환 회장과 윤 이사, 김정환 원장 내외를 비롯해 해준과 하은, 그리고 한남의 유통과 리조트호텔의 수뇌부 임원들이 함께하고 있다. 객실에 정적이 감돌았다.

조촐한 가족 식사 같은 소리.

"늦었다."

테이블에 자리를 잡고 앉으려는데 이 회장의 굵직하고도 무거운 목소리가 실내를 울렸다. 8개월 만에 만나는 아버지는 여전히 육중한 산 같은 위압감이 느껴졌고, 보기 좋은 풍채에서는 누구도 쉬이 범접할 수 없는 기세를 내뿜고 있었다. 회장으로서의 위엄이리라.

"비 때문에 차가 막혀서요."

"앉아라."

시준의 시야로 울긋불긋 꽃불이 번진 아름다운 한강의 야경이 들어왔다. 그는 김 원장을 비롯한 회사 임원들에게 간단히 인사하며 자리에 앉았다. 바로 옆에 앉은 하은이 처음부터 줄곧 시준에게 눈길을 떼지 않고 있다. 마치 인사 건넬 타이밍을 찾듯이.

"오빠, 오랜만이야."

그녀는 테이블에 올려둔 시준의 손등에 슬쩍 손을 포개며 작게 소곤거렸다. 웃음기 머금은 입매가 자연스럽게 밀려난다. 전체적으로 시원스러운 인상은 변함없다. 시준은 그저 고개만 끄덕였다. 그런 시준을 보며 하은은 다시 식사를 이었다.

디너룸에는 식사를 하는 것인지 회의를 하는 것인지 모를 정도로 비즈니스적 화제만이 오갔다. 주로 한남건설 인수 문제를 두고 모자라는 금액에 대해 한빛은행에서 얼마만큼의 자금을 조달해 줄 수 있는가 하는 내용이 낱낱이 쏟아져 나왔다. 매각 일이 11월로 잡힌 만큼 조금의 긴장도 늦출 수 없는 이 회장이었다. 화제는 이어 자연스레 백화점 경영으로 넘어갔다.

"해준이는 백화점 돌아본 건 어땠냐?"

"본점은 제가 말씀드릴 정도로 흠잡을 데는 없었습니다. 직원 서비스 교육도 훌륭했고, 시즌 인테리어도 충동적 물품 구매를 하기에 좋은 촉진제가 됐구요. 이번에 새로 오픈한 분당점은 백화점 특유의 고급스러움을 고객들에게 잘 어필했습니다. 특히 타 기업 백화점의 초우량 구매 고객까지 끌어들인 이탈리아 명품 피나이더의 독점 런칭은 독보적이라 할 수 있었습니다."

"그래? 그럼 일산점은 너 보기에 어떠냐. 근처 임페리얼 백화점 때문에 매출 계속 뚝뚝 떨어지는데. 걔들은 만날 무슨 명품 이미지 앞세우는데 무슨 놈의 명품 이미지고."

"확실히 임페리얼 백화점이 고급스러움으로 일산 주변은 물론 타 지역 구매자들까지 끌어모으고 있긴 합니다. 또한 강조한 명품 이미지를 고수하며 초우량 구매 고객들을 끌어당기고 있고요. 휴식의 테마를 얹은 별관은 공연 기획관이 함께 있어 주말 매출이 평일 매출의 27퍼센트까지 증가했습니다."

"그걸 누가 몰라 물어? 그래서 우리 방향은 어떻게 하자고. 우리도 엔터테인먼트 사업 벌일까? 걔들은 이번에 엔터테인먼트도 벌여서 시네마고 영화·공연 기획, 제작도 한다더만. 한 사장은 어떻게 생각하시오?"

디너룸 안은 어느새 포크와 나이프가 교차되는 소리도 들리지 않을 만큼 고요해졌다. 임원진의 표정도 눈에 띄게 굳어졌다. 백화점 한 사장은 긴장한 얼굴로 입을 열었다.

이럴 줄 알았다.

시준은 입맛을 다시며 와인이 담긴 크리스털잔을 들었다. 가족 식사를 빙자한 오늘의 자리는 이 회장에게 있어 여러모로 중요한 비즈니스의 연장선이었다. 겉으로는 오랜만에 가족들이 모인 김에 한남에서 긴 시간 일한 임원들과 오붓한 식사 시간을 갖는다는 게 명목.

그러나 이 회장의 속내는 따로 있었다. 먼저 시준과 하은을 한 자리에 앉히는 것만으로도 공공연하게 퍼진 두 사람의 약혼 문제는 수뇌부 임원들 사이에 기정사실화가 될 것이다. 그로 이어지는 한남과 재상의 결합, 그리고 안정적인 한남건설의 인수. 이것이 언론에 퍼지면 한남, 한남건설뿐만 아니라 재상의 주식은 상한가를 치고, 세 그룹의 결합은 막대한 시너지를 창출해 낼 것이다. 이것은 그룹뿐만 아니라 그룹을 경영하는 사장단에게도 당연히 플러스 요인으로 작용될 사안이다. 그리고 오늘 이 회장의 또 다른 목적은 최근 입국한 해준을 최고 간부인 임원들에게 보이며 그의 존재를 각인시키려는 것. 이것은 해준의 공식적 행보가 얼마 남지 않았다는 뜻이었다.

욕심 많은 노친네. 두 마리 토끼를 다 잡으려는 심산이다.

"그럼 그쪽 매출이 임페리얼보다 오를 것 같고?"

"일산점 임페리얼 자체가 고정 고객이나 충성도 높은 고객 확보를 제대로 해놓은 상태입니다. 때문에 그 이후의 파장에 대해서는 확신하기 어렵지만 돌파해 볼 가치는 있습니다."

"돌파해 볼 가치라……. 이보, 한 사장, 내일 지점장들 집합시키시오. 내 직접 보고받겠소."

"예, 알겠습니다, 회장님."

객실 안의 분위기는 딱딱하게 굳어져 있다. 경직된 분위기를 풀기 위해 옆에 앉은 혜정이 이 사장의 안색을 살피며 한마디 거들었다.

"사장님, 오랜만에 편한 자리예요. 여기에서까지 딱딱하게 하시면 임원분들 질색하겠어요. 게다가 김 원장님 내외분하고 시준이랑 하은이까지 왔잖아요. 분위기 좀 바꿔요, 우리."

"맞아요, 아저씨. 저 오랜만에 아저씨 봐서 반가운데, 우리 식사 자리 너무 딱딱해요."

이번에는 하은이가 싹싹한 목소리로 혜정의 말을 거들었다. 그녀의 귓불에 걸린 투명한 다이아몬드 귀고리가 조명에 반짝인다.

"하이고, 그러셨어요. 안부 물어볼 게 뭐 있나. 지들 사람 붙여놔서 모르는 거 있어?"

"저한테도 사람 붙이신 건 아니잖아요."

하은이 귀엽게 애교를 섞어가며 눈웃음을 지었다. 그 미소에 이 회장은 너털웃음을 흘렸다.

늘 생각하지만 참 맹랑한 여자애다.

"그래, 안부 묻자. 하은이는 가서 공부 열심히 했고? 못 본 사이에 숙녀가 다 됐구만."

"저 이제 시준이 오빠랑 결혼해도 되겠죠? 약혼 건너뛰고 결혼부터 시켜주셔도 돼요."

"아가씨, 한참을 앞서 가십니다. 아주 자신감 넘치는 아가씨구만. 그 패기, 참 마음에 드네요. 그럼 이참에 결혼부터 시킬까?"

"네! 오빠랑 저 결혼시켜 주세요! 저 조강지처 될 준비 끝났어요, 아저씨."

이 회장이 호탕하게 받아치자 하은이 신나하며 시준의 손을 잡았다. 그를 따라 임원진도 긴장을 늦춘 듯 낮게 웃었다. 테이블 위의 공기가 한층 누그러졌다. 그러나 시준은 하은이 잡고 있는 손을 빼며 와인이 담긴 크리스털 잔을 들었다. 이 회장 역시 시준에게 시선도 주지 않은 채 와인잔을 들어 빙빙 돌린다.

"당장 날짜를 잡아야 할 판이구만. 시준이 너는 어떠냐? 하은이면 너한테 과분하지."

시준은 들고 있던 포크와 나이프를 접시 위에 올려두었다. 이 회장과 시준 사이에 굳은 기류가 팽팽하게 흐른다. 그것을 눈치채기라도 한 듯 혜정은 마음을 졸이며 시준을 보았다. 시준의 얼굴이 서늘하다.

"전 당분간 약혼도, 결혼도 생각 없습니다."

단호한 그 한마디에 객실이 당황스러움으로 술렁였다. 표정에 변화가 없는 건 이 회장을 비롯한 가족들뿐이다.

"어차피 둘이 미국 가면 같은 집에서 살 거 아니야. 약혼을 해서 가든 결혼을 해서 가든 그 후의 일은 너희 몫이라는 거다. 아니면 네가 목매는 물건 달고 미국 가고 싶은 거냐."

이 회장의 목소리에는 장난스러운 기색이 가셔 있다. 거역의 의사는 조금도 용납 못한다는 듯 차가운 눈빛으로 고기를 썰어낸다. 테이블 아래 시준의 주먹이 꾹 쥐어졌다. 눈빛이 푸르게 변한다.

예상한 일이다. 하지만 이런 식으로 세림을 도마 위에 올리는 건 죽어도 싫었다.

"그것 때문에 집에도 안 들어오고 학교도 포기할 생각이야?"

"그것 아니고 은세림입니다."

테이블에 다시 잔 파도가 밀려들었다. 하은도 놀란 듯 심호흡을 하며 힐끗 시준을 본다.

그 여자애를 시준이 꽤 마음에 들어한다는 것은 전해 들어 알고 있었다. 하지만 이런 자리에서 직접적으로 언급할 줄은 생각도 못했다. 수뇌부 임원들이 모인 자리야. 자칫 얘기가 새어 나가기라도 하면 주가 떨어지는 거 몰라?

그녀가 낮게 코웃음 치며 테이블에 올린 손을 살며시 쥐었다.

"내가 그 이름 알아야 할 이유 없다. 떼어놔라."

"시준아, 그만해라. 회장님, 그만하세요."

혜정은 불안함이 서린 얼굴로 중재에 나섰다.

"전에도 말씀드렸듯이 전 이곳에서 학교 졸업할 겁니다. 합격된 학교들, 들어갈 생각 전혀 없어요. 지금 다니고 있는 학교도 대한민국에서 내로라하는 위치에 있어요. 예과, 본과 마치고 국시까지 합격해 부끄럽지 않은 의사 될 테니 걱정하지 마세요. 그리고 이 문제랑 별개로 세림이랑 헤어질 생각 조금도 없으니 새겨들으세요. 뭐라고 하셔도요."

평생 옆에 두겠다고 덧붙이려다 말았다. 앞뒤 안 가리고 결혼하겠다고 덤비는 임하은만 없었어도……

"헤어질 생각 조금도 없으니 새겨들으라? 그럼 그 물건이랑 살림이라도 차리겠다고?"

"19만 사원 통솔하는 회장님입니다. 물건이니 살림이니 하는 단어 사용이 적절하지 않은 것 같은데요. 게다가 임원분들도 계신 이 자리에서 꺼낼 만큼 가벼운 화제도 아니고요. 공과 사는 구분해 주시죠, 이 회장님."

"뭐라?"

이 회장은 기어코 미간을 일그러뜨렸다. 자칫 숟가락이라도 집어 던질 태세다. 시준이 자리에서 일어났다.

"오빠!"

"시준아!"

혜정은 놀란 듯 시준의 이름을 날카롭게 외쳤다. 객실 분위기가 심상찮게 돌아갔다. 몇몇 임원들은 불쾌한 기색을 여지없이 드러냈다. 어린놈이 호기 부리는 모양새가 영 마땅찮은 것이다. 혜정이 적당히 하라는 듯 눈짓으로 만류하였다. 그러나 시준은 그런 혜정의 시선을 가볍게 무시하였다.

"그리고……"

시준의 시선이 하은에게 향했다.

"나하고 약혼하는 것과는 별개로 임 회장님께서 이 회장님 도와주시리라 믿는다. 그런 걸로 일 어그러뜨리실 만큼 통 작으신 분, 아니잖아?"

하은은 잊고 있었다. 이 회장님만큼 시준도 만만치 않은 상대라는 것을. 냉기를 머금은 미소가 그의 입가에 걸린다. 정수리부터 등줄기까지 싸늘함이 단숨에 밀고 내려온다. 하은은 탄식 같은 한숨을 뱉어냈다.

"앉아라."

"약속 있어서 먼저 가보겠습니다."

"앉으라고 했다."

굵은 이 회장의 목소리가 한층 더 무겁게 깔린다. 객실에 냉기류가 거침없이 흘러들었다. 시준은 조금의 머뭇거림도 없이 간단히 목례를 하고는 객실을 빠져나갔다. 쾅 하고 닫히는 문소리가 객실의 차가운 공기를 깨뜨린다.

"저, 저……!"

이 회장은 객실 여기저기서 술렁이는 소리를 무시하며 어이없다는 얼굴로 혜정을 보았다. 얼굴에 노기가 가득하다.

"저놈의 싸가지는 어째 갈수록 저 모양이야? 머리 굳히면서 싸가지도 같이 굳히고 있어? 자식이 싸가지에 유도리도 없어."

"회장님이 너무하셨어요. 시준이가 알아서 처리할 개인적인 일이에요."

"개인적인 일? 저한테 개인적인 일이 어디 있는데!"

"그래도 오늘은 시기가 나빴어요."

"제가 가보겠습니다."

분을 삭이지 못하는 이 회장의 말에 해준이 슈트 앞단추를 잠그며 자리에서 일어섰다. 이 회장은 여전히 흥분한 얼굴로 혜정에게 쏘아댄다.

"내 이러는 거 어디 하루 이틀인가!"

"아저씨, 너무 화내시지 마세요. 오빠 이번에도 잠깐 만나는 걸 거예요. 저 오빠랑 같이 들어가려고 나왔잖아요. 저도 오빠 따라가 볼게요."

하은 역시 자리에서 일어나 객실을 빠져나갔다. 이 회장이 투덜거리며 혜정을 본다.

"저 아는 쪼매난 계집애가 볼수록 참 여우다, 여우야. 불여우."

그리고는 고기를 썰어 입으로 넣었다. 테이블에 웃음소리가 작게 터졌다. 혜정은 갈수록 단어 선택이 거침없어지는 이 회장을 보며 곤란한 표정으로 그의 손목을 잡았다.

"회장님."

"왜요, 마누라님."

"임원분들 함께 계세요."

"혜정아."

"네, 회장님."

이 회장이 새침한 얼굴로 식사하는 혜정의 모습을 빤히 바라보았다. 혜정은 시선도 주지 않고 있다.

"니 지금 시준이한테 뭐라 했다고 삐쳤나."

"……."

"그래 새침한 얼굴 하고 있지 마라. 피가 끓는다, 끓어. 오늘 밤 잠 못 잘 것 같다, 내."

이 회장의 말에 객실이 온통 웃음바다가 되어버린다. 성격도, 입담도 거침없기로 유명한 이 회장이다. 덕분에 언론에도 이리저리 오르내리니 뒷수습하느라 고생인 건 비서실이었다. 하지만 거침없는 입담과 성격만큼 일에도 저력이 있어 기업인들 사이에서는 높은 평가를 받는 회장으로 꼽히기도 했다.

혜정은 얼굴이 금방 발갛게 달아올라 이 회장의 손등을 꼬집었다.

"잘됐네요. 밤새 회사 일 열심히 하시면 많은 분들의 귀감이 되겠어요."

가족 식사는 늘 이런 식이었다. 식사 자리라고 불려 나가면 죄다 비즈니스에 지루한 얘기뿐이거나 근황을 보고하는 형식이다. 어차피 다 알고 있으면서, 노친네. 짜증스러운 얼굴로 엘리베이터를 기다리며 층수를 확인하였다. 오늘 저녁 식사 때문에 세림이도 보지 못했다.

"오빠!"

더디게 올라오는 엘리베이터를 불만스럽게 쳐다보던 시준은 자신을 부르는 소리에 고개를 돌렸다. 어느새 따라 나왔는지 하은이 홀 입구에서부터 쪼르르 시준이 있는 곳까지 걸어왔다. 그녀가 자연스럽게 그의 팔에 자신의 팔을 감아 밀착시켰다.

"오랜만에 보는 건데 꼭 그렇게 냉정하게 말했어야 했어?"

"……."

"사람 무안하게. 대꾸 정도는 좀 해주시지?"

"너 여기 뭐 하러 왔어?"

시준은 눈길도 주지 않은 채 귀찮다는 듯 팔을 뺐냈다. 하은이 작은 탄식을 내뱉다가 그를 귀엽게 노려보았다.

까칠한 성격은 여전하다.

"정말 말 한번 정떨어지게 잘해. 그동안 어떻게 지냈냐고 물어보지는 못할망정 여기 뭐 하러 왔냐고? 바보가 아닌 이상 내가 여기 뭐 하러 왔는지 모르는 거 아니잖아."

"부탁이니까 조용히 있다 가. 너 아니어도 앞으로 머리 시끄러워질 일 천지야. 너까지 일부러 거들지 마."

"오빠, 정말 그런 소리만! 오자마자 왜 들여보낼 생각부터 해? 나 어떻게 지냈는지 안 궁금해? 어쩜 레잔 뜨자마자 연락도 한 번 없고!"

"얼굴 보니까 그동안 잘 지냈겠고, 내가 연락 안 해도 미영이랑은 꾸준히 하잖아."

"이런 말 말고, 나 보고 싶지 않았어? 난 오빠 진짜 보고 싶었단 말이야."

"나 생각할 시간에 공부나 해."

그가 손가락으로 그녀의 이마를 살짝 밀었다. 하은은 비죽 입을 내밀지만 싫지만은 않은 얼굴이다. 그녀가 이마를 만지며 심술 난 입술에 미소를 보였다.

"치, 오빠 생각 하면서 공부하고 있거든? 얼마나 열심히 하고 있는데. 신부 수업! 기대되지 않아? 미래 임하은 신랑 이시준 씨, 친히 모시러 왔으니까 튕기지 마."

"임하은, 말했잖아. 나 너랑 결혼 안 해."

그가 차분히 말했다. 하은을 내려다보는 얼굴에 더 이상의 장난스러움은 없다. 새카만 눈동자에 비춰진 하은은 이미 타인이었다.

처음부터 손에 닿지 않는 곳에 있던 시준이다. 그런데 지금은 훨씬 더 멀리 가버린 모양이다.

"그 말…… 진심 아니길 바랄게."

"진심이야."

예리하게 날 선 검으로 베어내듯 그는 단정적으로 대답했다. 하은은 바람 빠지는 소리를 내며 웃었다.

이제 시작이다. 시작부터 기운 뺄 필요는 없다.

"……들어오는 건 혼자였어도 나가는 건 오빠랑 같이 갈 거니까 기대해."

"이시준."

하은의 마지막 말에 시준이 무어라 덧붙이려다 흘러드는 낮은 목소리에 고개를 돌렸다. 해준이 걸어오고 있다.

하은보다 먼저 나온 해준은 레스토랑에서 가족들과 식사하던 회사 간부들에게 붙잡혔다. 한남유통과 호텔리조트 계열의 명실 상부한 유일한 후계자, 아니, 일만 잘 성사된다면 한남건설, 또는 한남자동차의 차기 후계자가 될지도 모를 이다. 그때 주요직을 꿰차려면 지금부터 잘 보여야 한다. 그들은 해준을 붙잡고 입바른 말들을 늘어놓았다. 그런 너구리들이 짜증 났을 테지만 해준은 불편한 기색을 전혀 내보이지 않았다. 정중하고 예의 바르게 이 회장의 후계자다운 모습을 가감 없이 보여줬다.

"오빠, 시준 오빠 좀 봐요. 나한테 자꾸 미운 소리만 해."

해준이 슬쩍 미소를 보이며 그녀의 어깨를 토닥인다.

"하은이 넌 들어가 있어라. 난 시준이 데려다 주고 올게. 식사하고 아버님, 어머님하고 같이 들어가."

"알았어요."

"어른들만 있는데 불편하게 해서 미안하다."

"에이, 이 정도로 뭘요."

하은이 시준의 팔을 두 손으로 꼭 잡으며 생긋 웃었다.

"이제 한남의 막내며느리 될 거고, 그러면 시댁 어르신 되실 분들인데요. 미리 신부 수업하면서 점수 따야죠."

"그래, 들어가. 어른들 기다리신다."

"네."

하은이 시준을 돌아보았다. 그의 시선은 여전히 엘리베이터 숫자판에 가 있다. 그녀가 옆구리를 쿡 찌르자 시준이 작게 인상 썼다.

"오빠, 잘 가. 우리 조만간 데이트하는 거다? 전화할게."

그녀가 고개를 가로로 하고는 손으로 전화 모양을 만들어 귓가에 살랑살랑 흔들어 보인다. 하은이 몸을 돌리자 경쾌한 멜로디와 함께 엘리베이터 문이 열렸다. 해준은 뚜벅 안으로 걸어 들어갔지만, 시준은 탈 생각을 않고 그를 보기만 하였다. 안에 서 있던 해준이 열림 버튼을 누르며 고갯짓한다.

차라리 형보다 아버지를 상대하는 게 낫다. 제아무리 자신이라도 해준의 말만큼은 거역할 수가 없다. 말 없이도 사람을 잡는 형만의 특유의 분위기가 싫었다.

시준은 마른 입술을 삼키다가 천천히 엘리베이터 안으로 들어섰다. 엘리베이터 안이 답답한 공기로 채워졌다.

시준은 있는 대로 짜증이 났다.

최근 일주일 동안 세림을 본 게 고작 세 번이다. 오늘도 오지 말까 한참을 버티다가 참석하긴 했는데, 젠장, 세림에게 가는 길에 통화조차 허용되지 않는다.

"집으로 들어와."

해준의 시선은 여전히 정면을 향한 채다. 바삐 움직이는 와이퍼 사이로 빗방울이 더덕더덕 달라붙는다. 시준은 그럴 줄 알았다는 듯 잔뜩 부은 얼굴로 불만 섞인 숨을 내뱉었다. 앞차와의 간격을 적당히 유지하며 운전하는 해준의 표정에 변화가 없다.

"싫어."

"스물하나야. 너 이제 열일곱 철없던 애 아니다. 더 이상 어린애처럼 구는 거 내가 용납 못해."

서늘하면서도 위협적인 말투. 해준을 흘깃 쳐다보았다.

시준이 불같으면서도 냉철한 이 회장의 성정을 꼭 빼닮았다고 하면, 해준은 무서울 정도로 차갑고 이성적이다. 임원들이 수군거리길 많은 손자들 중 이태영 회장과 가장 성격이 비슷하다고 했다.

형이 어렸을 때부터 몹시 예뻐하던 할아버지였으니 둘의 성격이 똑같지 않을 수 없다.

"치기 어린 행동 그만하고 아버지 일 제대로 배워."

"노친네, 욕심도 많아. 하나 정도는 내놓을 법도 한데 셋 다 옆구리에 끼려고 하니."

"이시준."

"세 아들한테 회사를 다 물려주겠다고? 그러다가 서로 원하는 거 갖고 싶어서 싸움이라도 나면 책임지실 건가? 아니면 할아버지처럼 회사를 공중분해라도 시키려나."

"……."

"그런 생각 안 해봤어? 하긴 장남이니까 당연히 아버지 사업 바로 물려받을 거라고 생각했겠지. 쭉 그렇게 달려왔으니까. 그런데 어느 날 연준이 형이나 내가 치면, 그땐?"

"내가 너한테 사업이나 뺏길 놈으로 보여?"

해준이 피식 웃으며 그제야 시준에게 시선을 던졌다. 시준은 인상 쓰며 차 시트에 몸을 묻었다. 해준이 커다란 손을 뻗어 시준의 머리칼을 헝클어뜨렸다.

"아, 하지 마."

시준은 해준의 손을 탁 쳐냈다. 해준의 입가에 동생을 향한 미소가 걸려 있다.

"유통업 맡아."

"싫어."

"연준이가 바라고 있어."

"……."

불현듯 검은 연기가 머릿속에 차올랐다.

시준의 눈동자가 초점을 잃고 떨렸다. 그런 시준을 흘깃 보며 해준은 작은 숨을 소리 없이 뱉어냈다. 차 안의 공기가 답답하다고 느꼈는지 운전석 창을 조금 내린다. 거친 소음과 함께 작은 빗방울이 차 안으로 들이쳤다.

"의사 되는 거, 네 꿈 아니었잖아. 어려서부터 입에 침이 마르도록 아버지 같은 회사 경영인이 되겠다고 했던 놈이."

"순진하네. 사람이 살다 보면 장래희망 정도는 수십 번씩 바뀌는 법이야."

"혹시라도 연준이에 대한 죄책감으로 그런 거면 그만해. 연준이는 걱정할 필요 없이 잘 지내고 있어. 네가 연준이 삶 대신 살아주지 않아도 돼."

시준은 대답이 없었다. 차 안에 정적이 평행을 이뤘다.

"……맞아, 처음 시작은 그랬지. 그런데 공부하다 보니 적성에 맞아. 난 지금까지 한 걸 굳이 뿌리치고 갈 이유가 없어."

"우리한테 이유 따윈 중요하지 않아."

"이건 내 인생이야. 형이라도 간섭할 권리 없어."

"네 인생? 네 인생이 뭔데? 한남에서 양손에 부와 권력을 쥐고 태어난 이상, 너나 나나 선택권도 인생도 없어. 집안 대대로 이어지는 가업을 잇고 불리는 게 우리가 태어난 목적이다. 그게 이 집에 태어나 주어진 네 의무야!"

"그러니까 집안에 대한 권리 포기하겠다고."

"너 언제까지 어머니 힘들게 할래? 이제 그만하면 됐다 싶지 않아? 네가 철없이 굴수록 힘든 건 아버지가 아니야. 너 자신이다. 집안에 대한 권리를 포기하겠다고? 네가 버려지거나 선택되는 건 아버지 의지야. 그런 권한은 너한테 없어!"

시준은 자조적인 숨을 토해냈다. 차 안이 싸늘해진다. 해준은 들릴 듯 말 듯 긴 한숨을 내쉬며 차창을 올렸다. 빗방울 떨어지는 소리가 요란히 차 안을 울린다.

"그러니까 이제 그만해. 아무도 너 원망 안 해. 연준이도 잘 지내고 있고. 너만 제자리에 돌아오면 옛날 그대로인 거야."

"차 세워."

시준의 눈시울이 붉어졌다.

"차 세우라고!"

말끝에 거친 욕설을 씹어내듯 뱉어낸다. 시준은 해준이 차를 멈추기도 전에 벌컥 문을 열고 나갔다. 매섭게 쏟아지는 빗줄기를 맞으며 자신의 차로 성큼성큼 걸어간다.

"이시준!"

시준은 더할 수 없이 주먹을 꾹 쥐었다. 새하얗게 힘이 들어간 주먹이 부들부들 떨린다. 차가운 빗줄기 아래 푸른 핏줄이 터질 듯 선명히 변해갔다. 김 비서가 놀란 듯 재빨리 차에서 내렸다. 시준은 김 비서를 지나쳐 차에 올라 소리 나게 차 문을 닫으며 액셀러레이터를 거칠게 밟는다. 순식간에 열을 받은 자동차는 사나운 배기 음을 내며 퍼붓듯 쏟아지는 빗줄기 사이로 사라졌다.

해준은 깊은 한숨을 내쉬며 젖은 머리를 쓸었다. 하늘이 번쩍 빛나더니 으르렁거리며 야수처럼 포효하였다.

차는 맹렬히 쏟아지는 빗속을 거칠 것 없이 질주했다. 아스팔트에 차오른 빗물과 바퀴가 마찰할 때마다 격한 물보라가 일었다. 칠흑의 밤과 내리치는 빗줄기에 시야가 확보되지 않음에도 차는 점점 가속이 붙어 미끄러지듯 내달렸다. 최대 출력까지 몰아붙이려는 듯.

차 천장을 사정없이 내리치는 폭우에 멀미가 나고 고막이 찢길 듯하다. 아직도 눈 감으면 망막에 선명히 맺히는 그날의 기억. 밑바닥에 가라앉은 검은 앙금은 몇 번이고 다시 차올라 밤마다 꿈속

을 헤집었다. 빠져나올 수 없는 늪 속에 빨려드는 것처럼 꿈자리
는 사납고 화마처럼 잔인한 잔영을 남겼다. 꿈에서 깼을 때는 불
쾌할 정도로 온몸이 늘 땀에 절어 있었다. 서로 뒤엉킨 기억과 꿈
은 마치 떨어지지 않겠다는 듯 절은 땀에 달라붙어 다시 몸속으로
스며들었다. 그래서일까. 시간이 지날수록 기억은 어제 일처럼 선
명해지기만 했다.

불쾌하고, 조악하고, 가증스러웠다.

시준 그 자신이.

붉은 입술로 사이로 내뱉던 알코올 섞인 한숨, 온몸을 전율시킬
만큼 나긋하던 웃음소리, 주문처럼 부르던 자신의 이름, 나른한
눈동자, 신경을 타고 전신으로 강렬히 퍼지는 음성과 웃음, 눈빛
이 자신만을 향하던 그때,

창밖에는 눈이 내렸고, 시간은 짙은 새벽에 멈춰 있었다. 모두
가 잠들고, 세상에 둘만 갇혀 있는 것만 같던 그날, 술에 취해, 테
이블을 비추는 조명에 취해, 이야기와 시간에 취해 그 붉고 아름
다운 입술에 키스하였다.

그리고 입술을 떼는 순간 보게 되었다. 흔들리는 투명한 눈동자
에 담긴 절망을. 그때 깨달았다. 모두가 안간힘을 쓰며 닫아두었
던 판도라의 상자를 자신이 열었다는 걸.

차 안이 온통 깊은 수심에 빨려들어 갔다. 숨을 쉴 수가 없다.
시야가 어지러이 흩어진다. 급브레이크를 밟으며 핸들을 틀었다.
차바퀴가 빗물에 미끄러져 급커브를 돌았다. 운전석을 급하게 박
차고 나온 시준은 고속도로 벽을 잡고 속을 게워냈다. 붉은 와인
에 물든 고깃덩어리가 거침없이 쏟아져 내린다. 그러나 더럽고

추악한 검은 앙금은 그대로였다. 피 칠을 한 연준과 소은의 모습처럼.

그것은 형의 연인을 오랫동안 해바라기한,

절대로 뱉어낼 수 없는, 그가 잊지 말고 짊어져야 하는 기억이었다.

❖ ❖ ❖

저녁 8시부터 하늘은 불빛으로 번쩍이고 무너지는 소리로 가득했다. 화를 내기라도 하듯 빗줄기마저 억세고 거칠었다. 바로 앞도 보이지 않을 만큼 무자비한 비세례. 수만 개의 화살처럼 줄기차게 내리꽂히던 비가 순식간에 잦아들기 시작한 건 그로부터 30분 정도가 지나서였다. 마치 참회의 시간을 끝내기라도 하는 것처럼.

시준에게 전화가 걸려온 것도 아마 그쯤이었을 것이다.

굵은 빗줄기가 후드득, 툭툭, 소리를 내며 우산 위로 떨어졌다. 알록달록 분홍빛 장화를 신은 세림이 비가 고인 길을 잘도 걷는다.

집에서 가족 식사 약속이 생겨 오늘은 만나지 못할 거라더니 한바탕 비가 쏟아진 후 전화한 시준은 집 근처 커피숍이라고 했다. 입술을 샐쭉거리며 길을 걷다 커피숍 유리창 너머 앉아 있는 시준을 발견한다. 뜨거운 커피라도 시켰는지 머그컵에서 모락모락 김이 나고 있다. '여름에 웬 뜨거운 커피?' 하다 어깨를 움츠린다. 비가 오니 기온이 뚝 떨어져 바람도 차다. 하긴 긴 카디건을 걸치고 나왔을 정도니까. 시준이 자신을 보고 빙긋 옅은 웃음을 짓는다.

웃지 마. 괜히 두근거리잖아.

공연히 얼굴이 달아올라 아랫입술을 반쯤 삼키며 커피숍 문을 열었다.

핫초코는 따뜻했다. 머그잔을 입에 대고 한 모금 마시자 핫초코의 달달하고 따뜻한 기운이 식도를 지나 가슴에까지 퍼졌다.

"맛있어?"

"응."

세림은 손바닥까지 끌어 내린 카디건으로 머그잔을 쥐었다. 눈길은 창밖을 향해 있다.

우산을 쓰고 지나가는 사람들도 보이고, 도로는 오렌지빛 헤드라이트를 컨 자동차들이 수시로 오갔다. 커피숍 창가에 시준과 나란히 앉아 세상이 비에 젖어가는 모습을 함께 감상하고 있자니 은근한 온기가 퍼진다. 창밖 풍경을 말없이 바라보며 마냥 앉아 있는 이 시간이 참 좋다. 따뜻한 핫초코만큼이나 차분하게 흐르는 음악도 좋고.

"집으로 들어가게 될 것 같아."

시준에게 고개를 돌렸다. '집?' 하는 표정으로 빤히 쳐다보았다. 시준의 눈이 피로에 지친 듯 움푹 들어갔다. 처음에는 몰랐는데 얼굴도 평소보다 파리해 보인다. 어딘가 아픈 사람처럼.

"지금 살고 있는 아파트 말고 본가로. 조만간 정리해야 될지도 몰라."

"아……."

세림은 별생각 없이 고개를 끄덕였다. 하긴 집이라면 그 유명한 성북동이나 평창동 등 부자 냄새 나는 곳에 있겠지. 얼마 전에 형이 들어왔다더니.

시준이 세림의 머리칼을 귀 뒤로 넘겨주었다. 언제나처럼 부드러운 손길에 세림은 얼굴이 붉어진다. 잠시 시선을 피하던 그녀가 다시 흘깃 시준을 바라본다.

피곤에 지친 시준의 눈동자가 오늘따라 안타깝다. 그러고 보니 비라도 맞았는지 그의 머리칼 끝이 젖어 있다.

"힘들어?"

"어?"

"오늘 되게 피곤해 보인다. 집으로 가지 왜 여기까지 왔어."

세림은 시준의 손을 꼭 잡았다. 자신을 향한 마음만큼이나 따뜻한 손. 무엇이든 이뤄내고 말 것 같은 강인함과 믿음직스러움이 배어 있는 손. 그 손을 꼭 잡고 세림은 조금 웃었다. 답하기라도 하듯 세림이 잡은 손을 감싸듯 쥐며 시준도 조금 웃는다. 그가 천천히 세림의 볼을 손등으로 쓸어준다.

"보고 싶었어. 보고 싶어 죽겠더라."

"나도 보고 싶었어."

"……진짜?"

세림이 '응' 하고 대답하며 고개를 끄덕인다. 그녀의 입술 사이에서 나직한 숨이 흘러나온다.

평소답지 않게 지쳐 있는 시준이 너무나도 생소하다. 가슴이 괜스레 뻐근해진다. 세찬 폭우를 혼자 맞은 사람처럼 수습하지 못한 얼굴. 피로에 눌린 단단하고 넓은 어깨를 끌어 꼭 안아주고 싶다. 비에 젖은 그가 온기를 느낄 수 있게.

"스물한 해를 살면서…… 나에게 주어진 것들이 단 한 번도 불편한 적 없었어. 내겐 당연한 거였으니까."

"……."

"그런데 오늘은 다 벗어 던지고 싶을 만큼 거추장스러워. 싫다."

세림은 걱정스럽게 미간을 모아 세웠다.

"왜…… 오늘 식사하면서 무슨 일 있었어?"

"……."

시준의 입매 끝으로 비에 젖은 웃음이 걸렸다. 깊고 그윽한 카페 아메리카노 향이 피어오르는 머그잔을 들어 입가로 가져간다. 그 느긋한 행동이 외려 가슴에 조바심을 조여 당겼다.

"시준아…… 할 말 있잖아."

"나 곧 미국 들어가게 될지도 몰라."

심장이 공기의 압박에 뒤로 쑥 밀렸다.

"여행 가는 거 아니고."

그리고 불쑥 갈비뼈에 부딪칠 듯 불규칙적으로 뛰어오르기 시작했다. 무척이나 덤덤한 말투다. 아니, 장난기까지 묻어났다고 한다면 과한 표현일까.

두 사람의 눈동자가 한동안 서로를 뚫어지게 응시하였다.

"어쩌면 안 가게 될지도 모르지."

세림이 탄식하듯 한숨을 내뱉었다.

달짝지근한 핫초코 향 때문인지 자꾸 긴장의 끈을 놓게 된다.

어쩌면 시준이 너무 덤덤하게, 혹은 장난인 듯 아무렇지 않게 툭 던져 놓듯 말해서인지도 모르겠다. 한남이 시준이 아버지네 회사란 걸 알게 된 이후로 그다지 놀랄 일은 이제 없었다.

그런데, 그런데……

"무슨 소릴 하는 거야……."

"가더라도 너 떼어놓고 갈 생각은 없어."

"……"

"같이 가자."

피식 괜히 웃었다. 시준에게 잡힌 손이 부르르 떨렸다. 왠지 모르게 그 느낌이 싫어 손을 빼려 했지만, 그가 힘을 주는 바람에 다시 잡히고 만다.

"아마 이번에 들어가면 7, 8년 정도……."

"……"

"오래 걸리게 될 거야."

"……"

"……"

"우리…… 헤어져야 되는 거야?"

"말했잖아. 가더라도 너 놓고 갈 생각은 전혀 없어."

커피숍 유리창에 드리워진 초록색 차양 위로 아까보다 더욱 굵어진 빗줄기가 세차게 부딪쳐 내린다.

투두둑, 투두둑.

커피숍에는 여전히 가슴이 설렐 정도로 감미로운 음악이 흘렀다. 다음 주부터 여름 장마가 시작된다고 한 것 같다.

❖　❖　❖

저녁때보다 약해진 빗줄기가 나뭇잎과 아파트 화단에 부딪쳐 추적거리는 소리를 낸다. 비에 젖은 기척들이 방 안에 스미듯 조용히 흐른다. 세림은 침대에 바르게 누워 어둠의 장막이 내린 방 안을 멀뚱멀뚱 바라보았다. 창밖 놀이터에서 새어드는 희미한 가로등 불빛이 어둠과 섞였다. 방안의 모든 익숙한 것들이 윤곽만 확인 가능한 어둠 안에서 몹시 낯설게 느껴진다.

눈길만으로 하염없이 방 안을 배회하는데 입술 사이로 눌린 숨이 희미하게 새었다. 잠을 이룰 수가 없다. 안개처럼 머릿속을 뿌옇게 메우는 생각 때문이다. 숨을 쉬지 않으면 풍선처럼 부풀어 오르는 생각 때문에 머리가 터질 것만 같다.

세림은 결국 자리에서 일어났다. 무게가 느껴지지 않는 여름 이불이 가볍게 밀린다. 불을 켜고 화장대에 아무렇게 던져 둔 머리끈으로 가슴께에 아무렇게나 흐트러진 머리칼을 가지런히 모아 하나로 묶어 올린다. 문득 아픈 사람처럼 창백해 보이던 시준의 얼굴이 떠오른다. 언제나 헤어지기가 무섭게 전화하던 시준이 오늘은 집에 잘 들어갔다는 문자를 보낸 것 빼고는 연락이 없다. 목소리가 듣고 싶어 전화를 해볼까 침대 머리맡에 놓인 휴대전화를 집어 들었지만 생각해 보니 벌써 새벽 1시가 훌쩍 넘었다. 안 그래도 피곤해 보였는데 잘 자고 있는 사람 공연히 깨우는 게 아닌가 싶어 폴더를 조용히 접는다.

귓가에 추적추적 떨어지는 빗소리가 가만히 들린다. 방은 정체된 고요함에 사로잡혔다. 잡념과 진정되지 않는 감정들이 한데 뒤엉켜 작은 너울을 일으킨다. 새벽은 으레 그랬다.

미니 오디오의 채널을 93.1에 맞추고 볼륨을 적당히 줄인다. 고요함이 무겁게 가라앉은 방 안에 음악이 산소처럼 떠다닌다. 그제야 좀 숨통이 트인다. 숨을 깊게 들이마시며 다이어리나 정리해야겠다 싶어 책상 서랍을 열었다. 그런데 크지도 작지도 않은 서랍이 머릿속만큼 어수선하다. 서랍장 자체를 꺼내 바닥에 늘어놓았다.

한 움큼이나 되는 영화 티켓들은 고무줄로 묶어 서랍 안쪽에 넣었다. 그 옆으로 다이어리를 세워둔다. '그다음은……' 하다가 무심결에 사진이 담긴 봉투에 시선이 갔다. 봉투를 집어 들자 바스락대는 소리가 난다. 내용물을 꺼내보면, 영우 생일 파티, 제주도에 놀러 갔을 때, 데이트할 때 간혹 남겨둔 두 사람만의 사진들. 기껏해야 열 손가락에 꼽을 정도다. 사진을 넘기던 손이 허공에서 움직임을 멈추었다. 서로의 어깨와 허리에 팔을 두른 자신과 시준의 뒷모습. 얼핏 보이는 시준의 얼굴에는 변함없는 다정함이 서려 있다.

툭 내던지듯 말하는 시준에게 묻고 싶은 것이 많았다. 어차피 다시 가게 될 미국인데 굳이 한국으로 오게 된 이유는 무엇이며, 경영대학이 아닌 의대를 다니고 있는 건 왜인지, 그리고 이렇게될 줄 알았으면서 그동안 왜 아무 말도 하지 않았던 건지…….

목구멍에서 궁금증으로 뒤섞인 문장들이 서로 먼저 나가겠다고 아우성쳤다. 하지만 꾹 눌렀다. 묵묵히 평정을 유지하고 있었지만 시준은 고단한 기색이 역력했다. 그 순간조차도 흔들림 없이 의연한 눈동자에는 빛이 나고 있었다. 호기심을 앞세우는 것보다 부푼 의문을 잠재우고 그저 안아줘야 한다는 순수한 두근거림이 생동했다. 빈틈없는 널따란 가슴에 분명 아주 작은 입자가 파고들 만한 공간이 있을지도 모른다. 그 공간에 찬바람이 새어 들어가지 않도록 꼭 안아주고 싶었다. 그곳에 온기를 나누어 지치지 말라고 심장의 소리를 들려주고 싶었다.

세림 자신과 사귀며 시준은 어쩌면 너무나 많은 것과 싸울 준비를 해야 할지도 모르겠다는 생각이 들었기 때문에.

다만 꼭 한 가지만 물었다. 왜 한국으로 들어왔던 것인지. 그냥 그것이 궁금했다.

시준은 곤란하게 웃었다. 해외로 유학을 가게 된 건 그쪽 아이들에게 흔한 일. 외국에서 학사와 석사를 모두 마치고 나올 예정이었다고 한다. 그런데 마주하고 싶지 않은 사람이 생겼다고 했다. 아니, 마주할 수 없는 사람이라고. 그 말을 꺼내는 시준의 낯빛에 지금껏 보지 못한 미세한 균열이 흐릿하게 스쳤다. 조금은 괴로운 듯도 보였다. 그의 큰 손을 부드럽게 쥐었다. '그만해도 돼' 하고 가만가만 가느다란 손가락으로 손등을 감싸듯 쓸었다. 그리고 희미하게 웃었다. 울상을 짓고 있었을지도 모르겠다.

빗소리가 조금 더 거세어졌다. 커피숍에서 시준과 함께했던 순간도 형체를 잃고 한기처럼 방 안에 스몄다.

어떻게 해야 할지 모르겠다. 장난처럼 함께 가자고 했던 시준의 말. 어쩌면 장난이 아닐지도 모르겠지만. 아니, 그 애는 정말 어디까지가 진심인지 모르겠다니까. 힘없이 웃고 만다.

함께 갈 수 없는 게 당연할지도 모른다. 그렇다면 기다려야겠지.

"아마 이번에 들어가면 7, 8년 정도."

지나칠 정도로 덤덤했던 시준의 음성. 그래서 더 아득하게 느껴지는 기나긴 시간. 사람의 마음은 시간처럼, 물처럼 멈추지 않고 계속 흐른다. 흐르다가 잠시 고이기도 하지만 그것도 잠시다. 누군가의 손길에 의해 길이 트이기도 하고, 넘쳐서 다른 곳으로 흐를 수도 있다. 사람이기에 관계에 대한, 감정에 대한, 믿음에 대한 변치 않는 영원을 부르짖고 싶어 하며, 인연의 끈을 계속적으로 이어가려 한다. 그러나 그런 바람은 늘 시간이 지나며 바래지게 되고 어느 한쪽에서 놓게 되는 날이 온다. 때문에 그 어떤 것도 영원한 것은 없다. 사람이라서 영원을 원하지만 그 바람은 늘 쉽게 틀어진다.

넘치는 따뜻함과 다정함, 애정 서린 시준의 눈길. 그 모든 것이 떨어져 있을 긴 시간에 변치 않으리란 보장은 없을 것이다. 그 순리가 시준을 비켜가리란 보장도. 눈동자가 시큰해진다. 머릿속이 뿌연 연기로 자욱했다. 틈도 없이 꽉 막혀 들이쉬는 숨조차 통하지 않는 것만 같다.

세림은 사진들을 봉투 속에 집어넣었다. 바닥의 서랍을 정리하고 창가로 걸어가 로만셰이드를 걷고 창문을 열었다. 쌀쌀한 비바람이 물살처럼 밀려든다. 그녀의 머리칼이 공중에서 미약하게 너울거린다. 맑간 빗소리 사이로 쇼팽의 녹턴이 오디오의 스피커를 따라 흐른다. 비에 젖은 풀잎의 초록 내음과 섞여드는 맑은 피아노 선율, 바람결을 따라 진중하게, 유려하게 울리는 현악

기의 화음.

숨을 쉬었다.

짙어가는 새벽, 그나마 혼자가 아니라 다행이었다.

24.

너를 마음에 담다

"죄송하지만, 고객님⋯⋯."

레스토랑 계산대 앞에 선 직원이 조심스러운 목소리로 시준에게 카드를 다시 건네었다.

"거래 불가 카드입니다."

직원의 말에 시준은 미간을 모았다. 세림이 그런 그를 올려다본다. 시준은 카드를 받아 들고 지갑에서 다른 카드를 찾아 건넸다. 직원이 단말기에 카드를 긁더니 다시 묘한 표정을 지으며 눈치를 보았다.

"고객님, 이 카드도⋯⋯ 거래 불가입니다."

직원이 어색하게 웃는다. 세림은 시준의 안색을 살폈다. 표정이 걷혀 있다. 확인하듯 다음 카드를 내민다. 역시 거래 불가. 늘 거리낌 없이 긁어대던 네 개의 카드가 모두 거래 불가. 개인 명의로 된 카드도 거래 불가.

시준은 한쪽 눈썹을 슬며시 구기는 것으로 불유쾌한 감정을 내비쳤다. 계산대 직원은 긴장한 기색이 역력하다. 그건 세림도 마찬가지다. 기분이 좋지 않을 땐 최소한의 제스처로 주변 공기 흐름을 단번에 바꿔놓는 건 그만의 특유한 버릇. 그걸 세림은 여지없이 감지하였다. 시준은 지갑에서 10만 원짜리 수표 넉 장을 꺼내 건넸다. 직원이 단말기를 눌러 계산하는 사이, 그는 세림의 손을 잡고 레스토랑을 빠져나가 버렸다.

시준은 신속하게 휴대전화를 들어 번호를 찍고 통화버튼을 눌렀다.

〈고객님의 계좌번호를 입력해 주십시오.〉

지나칠 정도로 정중한 목소리다. 시준은 침착하다 못해 질린 표정을 하고 있다. 그가 휴대전화 숫자판에 계좌번호를 찍고 비밀번호를 입력한다.

〈조회하신 계좌의 잔액은 0원입니다.〉

그의 입에서 싸늘한 웃음이 터졌다. 예민한 신경을 긁듯 거슬리는 웃음소리다. 먼 곳을 보는 시준의 눈동자가 금세 냉랭하게 변해 세림은 저도 모르게 심장이 쿵 내려앉았다.

시준과 사귀면서 아직까지도 적응되지 않는 눈빛이다. 얼음장처럼 차갑고 섬뜩하다.

"왜 그래? 무슨 일이야?"

예민한 감각을 세우며 시준의 팔을 붙잡았다. 시준이 내려다본다. 평소와 다름없는 온화함이 담긴 눈이다. 가끔 이런 시준이 더 무섭다. 표정을 자유자재로 바꾸며 그 어떤 내색도 하지 않을 수 있다니.

시준은 곤란하게 웃으며 손을 들어 세림의 앞머리를 정리해 주었다.

"아무것도 아니야."

대수롭지 않다는 듯 평온한 음성. 시준은 버릇처럼 세림의 뒷머리를 쓸어내렸다. 세림은 그 부드러운 손길에 긴장으로 굳어진 심장이 다시 나직이 움직이기 시작했다. 그러나 마음은 편치 않다. 카드 다섯 개가 죄다 거래 불가로 떴다. 아무것도 아닐 리가 없다. 더 이상 묻지 않으며 시선을 반쯤 떨어뜨렸다.

시준이 커다란 손으로 하얗고 작은 그녀의 손에 깍지 꼈다. 자신이 웃고 넘어간다고 따라서 아무렇지 않게 생각할 세림이 아니다. 그렇다고 꼬치꼬치 캐물어볼 세림도 아니다. 그저 혼자 끙끙 속앓이하겠지. 그걸 시준은 누구보다도 잘 알고 있다. 그가 나직이 숨을 내뱉는다.

정말이지, 너무나도 말 잘 듣는 똥강아지다.

"아버지가 계좌를 전부 막았어. 아무래도 이번엔 아파트도 같이 정리됐을 것 같아."

"아파트도?"

"어."

"그럼 가봐야 하는 거 아니야?"

"괜찮아. 나중에. 어차피 본가로 들어갈 생각이었어. 우리 영화시간 다 된 것 같다. 가자. 늦겠어."

"지금 영화가 문제야? 아파트 일부터 확인해 봐."

어깨에 두르려던 시준의 팔을 잡으며 세림이 작게 인상 썼다. 밤에도 후끈한 열기가 가시지 않는 도심에 미풍이 불어온다. 불쾌하게 끈적거리던 긴장을 누그러뜨린다. 시준은 옅게 웃으며 바람에 미세하게 날리는 세림의 머리칼을 다정스레 귀 뒤로 넘겼다. 애정 서린 습관이다.

"됐대도."

"난 신경 쓰여서 영화 못 봐. 해결하고 봐."

시준이 양쪽 입꼬리를 밀어올린 채 잠시 미간을 모았다.

하여간 쓸데없는 배려다. 보고 싶다고 일주일 전부터 그렇게 노래 부르던 영화면서. 가끔은 '나만 생각해 줘' 하며 고집 피워도 되는데.

세림은 차라리 자기가 속으로 곪았으면 곪았지 속상하거나 힘든 일이 생겨도 결코 표를 내지 않는다. 나중에 쌓이고 쌓여서 현실을 도피해 버리는 게 흠이라면 흠이지만. 그게 세림과 사귀면서 가장 곤란한 부분 중 하나였다. 물론 세림에 대한 거라면 민감한 부분까지 모두 캐치해 내는 자신의 센스로 균형을 유지해 가고 있기에 문제될 건 없지만. 요새는 독심술의 대가가 될 지경이었다.

"나 걱정하지 말고 가."

그리고 쓸데없이 고집도 세다.

결국 시준이 먼저 손을 든다.

"집까지 데려다 줄게."

차를 운전하며 세림을 집에까지 바래다주는 시준은 평소와 다름없었다. 잘 웃고 짓궂은 농담도 하고. 그러나 사이사이 무심코 변하는 눈빛. 세림은 조금도 안심되지 않았다. 그녀가 할 수 있는 일이라곤 고작 옆에서 걱정하며 지켜보는 것뿐. 어떤 도움도 되지 못한다는, 오히려 발에 걸린 돌부리가 된 것만 같은 사실이 세림을 무력감에 젖어들게 하였다. 이쯤 되니 여자친구로서의 자격에 의심을 품게 된다.

"밤에 다시 연락할 테니까 걱정하지 말고 있어."

"응."

시준이 손을 들어 세림의 앞머리를 만졌다. 그러나 고개를 끄덕 거리며 대답하는 세림은 여전히 걱정을 거두지 못하고 있다.

"얼굴 펴. 아버지랑 늘 있어온 기 싸움이야. 1년에 한두 번 꼭 그래. 오늘이 그날인 것뿐이고."

그가 손가락을 구부려 세림의 이마를 살짝 톡톡 쳤다.

충동적이었다. 시준의 입술에 입을 맞춘 건. 입술보다 떨리는 숨결이 시준에게 먼저 닿았다.

시준이 놀란 듯 눈을 내려뜨다가 완전히 감았다. 그가 세림의 얼굴을 큰 손으로 천천히 감쌌다. 음미하듯 조심스러우면서도 다정하게 입술을 훑듯이 잡아 물었다가 뗀다. 보드라운 입술과 떨리는 숨결이 어느 때보다 사랑스럽다.

세림은 감은 눈을 떴다. 깊은 시준의 눈매가 좋다. 손으로 시준의 턱을 살살 쓸어냈다.

"기운 내. 그런데 아버지랑 싸우지 않았으면 좋겠어. 응?"

"싸우지 않으면 내가 갖고 싶은 걸 가질 수 없어."

"……갖고 싶은 게 뭔데?"

"너. 다른 건 다 가져가도 좋아. 아버지가 원하면 꼭두각시 노릇도 해줄 수 있어. 타협도, 양보도 할 수 있어. 그런데 너만은 절대 포기 못해. 네 손, 내가 못 놔."

눈가에 뜨거운 기운이 서렸다. 금세 시준의 얼굴이 부풀어 오르는 것 같아 비스듬히 고개를 돌렸다. 눈을 반쯤 크게 뜨다가 다시 시준을 본다. 물기 어린 눈동자에 시준이 가득 담긴다.

"물어보고 싶은 게 있어."

"응, 말해."

시준은 여전히 온화한 얼굴로 세림의 눈가를 닦아주었다.

"미국 가게 될 거, 왜 그동안 나한테 얘기하지 않았어?"

"말할 필요가 없었어. 너한테 말해서 신경 쓰이게 할 만큼 중요한 문제가 아니었어. 지금 학교에 만족하고 있고, 네가 내 옆에 있고, 다시 들어갈 생각은 애초부터 없었고. 굳이 말할 이유가 없잖아? 내 의사는 분명하니까."

"이제 더 말하지 않은 건? 전에는 네가 말하지 않은 게 있어도 언젠가 말해주겠지, 지금 네 말처럼 말할 필요 없는 문제겠지 생각했는데……. 지금은 내가 모르는 일이 너한테 일어나는 게 싫어. 내가 바보가 된 기분이야. 그러니까 말해줘. 중요하지 않은 것들도 괜찮으니까 그냥 전부 말해줘."

간절함이 담긴 눈빛과 말에 시준은 묘한 미소를 입가에 지었다. 그가 세림의 이마에 짧게 입 맞췄다.

"너 누가 이렇게 예쁘게 말하라고 가르쳐 줬어? 가슴 설레게."

"말했잖아. 앞으로 감동받는 일 많이 해줄 거라고."

시준은 바람같이 웃었다. 세림이 그의 커다란 손을 다시 꼭 잡았다. 자신이 따뜻한 만큼 시준도 따뜻함을 느낄 수 있게.

그가 공백을 두다 무겁게 입술을 열었다.

"약혼하게 될지도 모를 애가 있어. 내 의사랑 상관없이 부모님들끼리 멋대로 정한."

그리 길지 않은 문장이 가끔은 귓전에 닿기도 전에 홀연히 사라질 때가 있다. 세림은 방금 시준이 한 말을 더듬더듬 되짚었다.

"부모님이 정해준 거면…… 따라야 하는 거 아니야?"

"왜 내가 부모님이 멋대로 정해준 애랑 약혼하지 않으면 안 되지? 난 약혼하고 싶은 사람 따로 있는데."

그가 나직이 웃으며 다시 세림의 머리를 쓸어주었다. 세림은 말없이 시준을 들여다보다 아랫입술을 삼켰다.

"정말 어렵다, 너랑 사귀는 거."

"……."

"투정부리는 거 아니야. 내가 어려운 만큼 아마 너도 어려울 거니까. 그러니까 어렵다고 피하지도, 겁내지도, 힘들어하지도 않아. 내가 그러면 네가 너무 힘 빠지잖아. 너 지치지 않게 응원할게. 내가 잘하는 건 없지만 너한테 힘 되는 일이라면 뭐든지 할 수 있어."

세림은 야무지게 큰 결심이라도 한 것처럼 시준을 똑바로 바라보았다. 그런 세림이 귀엽다는 듯 시준은 웃는다.

"나한테 힘 되는 일이라면 뭐든지?"

그가 눈동자를 빛내며 능청스러운 표정을 지었다. 세림이 '으이구!' 하며 그의 팔을 아프지 않게 때렸다. 안심이 되어 세림은 괜히 시준의 품에 파고들고 싶었다. 입가에 미소를 띠며 시준의 어깨를 끌어 목에 팔을 두른다. 시준이 천천히, 그러나 단단히 세림을 품에 안았다.

얼마 전까지만 해도 밤잠을 이루지 못할 정도로 더웠는데 요 며칠 비가 와서 그런지 유난히 바람이 많다. 공원 벤치에 앉아 푸르게 둘러진 자연의 기운을 한껏 들이마시고 짧게 내뱉었다. 단 한 번의 흔들림도 없는 시준. 곧고 강하고, 믿음직스럽고, 못해낼 거 없는 자신감으로 넘치는 남자. 오늘도 마찬가지다. 혼자서 어쩌면 벅찰지도 모를 일에 아무렇지 않은 얼굴로 자신을 안심시켰다.

생각했다.

서로를 갈구하는 이끌림에 대해, 넘치도록 충만한 마음이 언제까지나 지속될 날들을. 그의 곁에 있도록 허락받은 지금 이 순간, 마음껏 그를 좋아하고 싶다. 아직 아껴둔 마음이 가슴에 넘치도록 가득한데. 시준과 어디까지 갈 수 있을지는 모르겠다. 힘든 일들이 눈앞에 겹겹이 닥쳐오고 있음을 몸으로 느낀다. 진흙탕을 걷듯 발등 위에 어려움이 질척질척 엉겨 붙는 것만 같다.

그렇지만 그런 힘든 길임에도 불구하고 시준이 자신의 손을 놓지 않는 것이, 어떻게든 지키려고 애쓰는 그 마음이 고마워, 기뻐서, 좋아서 물살처럼 빠른 속도로 번지는 그 애에 대한 이 마음을 이제는 어쩔 도리가 없다. 혼자서 고군분투하는 시준을 먼발치에서 구경만 하고 싶지 않다. 시준만의 일이 아니다. 자신도 시준의 커다란 손을 놓지 않게 꼭 잡고 걷고 싶다. 언젠가 함께 구경할 벚꽃 길을.

바람이 불어왔다. 귓가에 무어라 속삭이는 것처럼 다정하게. 눈을 감는다. 시준을 향한 애정이 새삼스레 가슴에 차올랐다. 이 설레는 마음을 빨리 시준에게 남김없이 모두 주고 싶을 정도로.

❖　❖　❖

1층 단지 앞에 차를 아무렇게나 세워두고 아파트로 급한 걸음을 옮겼다. 엘리베이터를 타고 7층에 위치한 자신의 집 문을 여는 순간, 어이없는 숨을 뱉어냈다. 예상했던 대로 집 안은 기본 옵션 가구들을 빼고 정리가 싹 된 상태였다. 최소한의 살림만 꾸려놓았던 아파트지만 그마저도 빠지니 휑하다.

자조 섞인 헛웃음을 터뜨리며 입가에 손을 올린다. 웃음소리가 사위 없이 적막하게까지 느껴지는 텅 빈 집 안에 흩어졌다. 그을음처럼 남아 있는 가구 자국을 좇다가 거실 창 앞에 서 자신을 보고 있는 여자와 공중에서 눈이 맞았다.

"아까 오후에 사람이 와서 집 계약하고 갔어. 내일 들어올 거야. 덕분에 오빠 짐은 전부 처분됐고."

낭랑한 목소리와 함께 구두 굽 소리가 빈 거실에 메아리치듯 울린다.

"그렇게 해준 오빠가 들어오라고 했을 때 들어왔으면 이런 일 없었잖아. 오빠, 더 버티지 마. 회장님하고 싸워서 손해 보는 건 오빠야."

하은은 시준의 바로 앞까지 걸어와 간곡하게 어르듯 말했다. 그녀는 너무도 당연하게 그의 손을 잡았다. 시준이 낯선 감각을 뿌리치며 몸을 돌렸다. 이대로는 안 되겠다는 듯 하은이 시준의 팔을 재빨리 잡아챈다.

"오빠! 지금 이 바닥에서 오빠하고 약혼시키고 싶어 하는 어른 들 있다고 생각해? 없어! 지금 한남에서 오빠 위치 뒷받침해 줄 사 람, 나밖에 없다고! 다른 여자애들? 오빠하고 즐기고 싶어 하는 애 들은 많겠지. 그런데 그쪽 집안 어른들이 허락할 것 같아? 그래, 한남이란 배경 때문에 약혼시킬 여지는 있겠지. 그런데 가능할까? 나 임하은이 있는데?"

"잘래? 너 나랑 자고 싶어?"

"아니. 오빠를 가지고 싶어, 전부 다."

하은은 목소리를 차분하게 낮추며 말끝을 묘하게 끌었다. 시준 의 한쪽 입꼬리가 사선으로 밀린다.

"미친 소리 하지 마."

"오빠랑 자고 싶다고 말하는 것보단 덜 미친 소리지."

"천재지변이 일어난다 해도 너하고는 결혼 안 해. 아니, 못해."

"왜? 왜 못하는데?"

"……."

"오빠가 우리 언니를 좋아했기 때문에?"

시준의 얼굴이 싸늘하게 질렸다. 그가 하은의 팔을 뿌리치며 현 관을 나섰다.

"오빠! 시준 오빠!"

시준은 그대로 복도를 성큼성큼 걸어 비상계단을 빠르게 내려 갔다. 시준을 부르짖는 하은이 뒤를 다급하게 따랐다.

떠올리고 싶지 않은 오래된 기억의 조각이 퍼즐처럼 하나하나 자리를 찾기 시작했다. 가장 구석에 숨겨두었던 작은 조각 하나까지 고개를 내미는 순간, 몸 안을 도는 신경 세포들이 격렬하게 요동쳤다. 분노는 타오르는 불길처럼 전신을 빠르게 발열시켰다.

시준은 아파트 단지 앞에 세워둔 차에 올랐다. 그의 뒤를 뛰듯 따라온 하은 역시 보조석 문을 연다.

"타지 마!"

시준이 안에서 위협적으로 소리쳤다. 하지만 하은은 조금도 아랑곳하지 않고 보조석에 올라 문을 닫았다. 그가 분을 삭이며 숨을 골랐다.

"내려."

"못 내려."

"내려!"

"오빠!"

"네 말대로 이 바닥에서 나하고 연 맺어주고 싶어 하는 어르신들 없어. 집에서도 손 놓고 있을 정도야. 할아버지 눈 밖에 나서 아버지 일 물려받을지도 불투명해. 도대체 왜 이러는 건데? 한남의 며느리 자리가 탐나?"

"말했잖아. 난 어려서부터 항상 오빠였어! 내가 원하는 건 한남의 며느리가 아니라 오빠의 여자가 되는 거라구! 그리고 할아버지 눈 밖에 났다구? 천만에! 할아버지, 오빠 포기 안 하셔. 연준 오빠보다 차라리 오빠를 욕심내 하셔. 우리 아빠도 오빠 믿고 있단 말이야. 그런데 왜 본인만 자꾸 엇나가는 건데?"

"그만해."

"친구끼리도 돌려 사귀다 결혼하는 게 이 바닥이야. 형 여자친구를 좋아한 게……."

"입 다물어."

"실수였잖아! 그때 그 사고도 오빠 잘못이 아니야. 누구의 잘못도 아니었다고. 연준 오빠도……."

시준의 눈빛이 서슬 푸르게 변했다. 하은은 저도 모르게 숨을 삼키며 입을 다물었다. 등줄기가 서늘해지며 금세 척척한 땀이 밴다. 순식간에 시준을 겉도는 공기가 비정상적으로 팽창하기 시작했다.

위험하다.

뼛속까지 시려오는 손등을 어떻게 할 수가 없어 주먹을 꾹 쥐었다. 가슴이 철렁 내려앉을 만큼 위험한 눈빛이다. 미친 사람처럼 날뛰던 시준을 그 누구도 제어하지 못했던 당시의 모습. 얼음장처럼 차디차게 서린 광기가 그때 당시와 조금도 변함이 없다.

"한마디만 더 하면 정말 죽여 버릴 수도 있어."

수심 깊은 곳으로 끌어 내리는 것만 같은 음성에 하은은 몸을 바르르 떨었다.

"오빠……!"

"내려."

"……알았어. 한마디만 할게. 이건 명심해야 될 거야. 오빠가 죽기 전까지, 모든 걸 뿌리치고 도망간다고 해도 오빠는 영원히 한남가 사람이야. 부정할 수 없는 현실이지."

"……."

"언제가 되든 오빠는 나하고 결혼하게 될 거야. 그건 단순히 선택의 문제가 아니라 오빠가 한남가의 사람으로 해야 할 의무란 것만 알아둬. 실컷 놀아. 뭐라고 안 해. 여자들하고 사랑을 하던 잠을 자던 상관없어. 결국 오빠의 마지막은 나니까."

"아니. 죽어도, 무슨 일 있어도 너랑은 결혼 안 해. 세림이랑 헤어지게 되더라도 너는 아니야."

"그건 오빠가 결정할 수 있는 게 아니란 걸 알잖아?"

"내가 결정할 수 없는 문제라면 너랑 결혼하느니 차라리 임소은하고 하겠어."

하은의 눈꺼풀이 미세하게 떨렸다. 조롱을 빙자한 웃음이 시준의 입술 끝에 걸렸다.

"사랑하지 않는 여자보다 한때 사랑했던 여자가 낫잖아? 어차피 형도 기억을 잃었겠다."

"……."

"내려."

하은은 원망 섞인 눈을 거둘 수가 없었다. 주먹 쥔 두 손이 하얗게 변한다.

시준은 자신을 쳐다보는 임하은의 눈동자가 어떻든 시야에 들어오지도 않는지 도로만을 응시했다. 하은이 차에서 내리고, 핸들을 틀며 미끄러지듯 도로를 탔다.

불쾌할 정도로 두근거리는 심장 소리가 귓가에 왕왕 울려댄다.

❖ ❖ ❖

"멜론 맛, 좋구만."

"이번에 뉴질랜드 최 사장 과수원에서 얻어온 거예요. 물건이 좋더라고요."

"어, 그래?"

혜정의 적당히 휘어진 눈꼬리를 보며 이 회장은 허허롭게 웃었다. 거실 소파에 앉아 담소를 나누는 두 사람 주변으로 TV 소리가 배경음처럼 낮게 깔린다. 이 회장이 손에 들고 있던 신문을 넘기며 테이블에 놓인 리모컨을 집어 든다. 그사이 집 안에 초인종 소리가 울린다. 도우미 한 명이 인터폰으로 확인하고는 두 사람 옆으로 공손히 다가온다.

"막내 아드님이세요."

"빠르기도 하지."

"여보……."

"혜정아, 쓸데없는 참견할 생각 하지 마라."

이 회장이 표정의 변화 없이 위압적인 말투로 말하였다. 그가 다시 신문을 넘긴다.

뒤이어 소란스러운 소리를 내며 시준이 성큼성큼 집 안으로 들어섰다. 거실 흐름이 급격하게 굳어진다.

"잘하셨어요. 아버지가 어차피 그렇게까지 하지 않으셔도 집에 들어올 생각이었습니다."

"그럴 줄 알고 정리했다."

"유학도 갑니다."

이 회장은 바로 앞에 선 시준을 흘깃 올려다보았다. 앞뜰 창을 바라보고 있는 시준은 결의하기라도 한 듯 단호해 보였다.

"원하시면 전공도 바꿉니다. 단, 세림이는 포기 못합니다. 그래도 하은이랑 결혼시킨다고 하시면 저 한남에 관한 모든 권한 포기합니다. 저를 아버지가 원하는 대로 살게 할 건지는 아버지께서 결정하세요."

신문 너머의 시준을 무심히 쳐다보던 이 회장은 신문을 접었다. 툭 소리가 나며 신문이 테이블 위에 떨어졌다.

"고작 그 정도 카드로 날 협상 테이블에 앉히겠다고?"

"……"

"너무 약해. 난 흥미 없다. 이시준이 네가 후계자로서 경영 수업을 받는 건 당연한 거고. 이 거래로 내가 얻는 게 뭐냐? 거래라는 건 쌍방이 이득이 있을 때 이뤄지는 거다. 그런데 거기에 난 얻는게 없어. 내가 이 거래에 응할 것 같으냐? 똑똑한 머리, 그것밖에 굴릴 줄 모르지."

"맞아요. 아버지가 말씀하신 대로 저 똑똑한 놈이에요."

이 회장이 무슨 말을 하냐는 듯 한쪽 눈썹을 들어 올린다. 그가 테이블에 둔 찻잔을 입가로 가져간다.

"제가 유통업 맡게 되면 아버지가 제게 투자하신 이상의 수익 뽑아내 드릴게요. 약속하죠. 못한다면 그때 세림이를 내치세요. 받아들이겠습니다. 이 정도면 충분히 이득될 만한 거래 아니에요? 실제로 잘 아실 텐데요."

"자신만만하구만. 그래, 주식으로 투자도 하고, 구멍가게 운영으로 수익 좀 내봤다 이거지. 인정해. 네 나이에 쉽게 이익 낼 수 있는 금액은 아니지. 그런데 사업이란 건 그렇게 호락호락하지가 않아. 개인적 능력에는 한계가 있는 법이야. 재상하고 결합하면 플러스알파로 얻는 수익이 어마어마해. 유통업은 아마 한남을 넘지 못할 거다. 게다가 지금 너보다 중요한 건 한남건설 인수야. 건설 인수 못하면 니 할애비한테 한남그룹이며, 자동차 경영권 못 넘겨받아. 그거 중공업 쪽으로 넘어간다고. 건설 인수, 임 회장 없으면 어렵다."

"하나만 하세요. 저를 후계자로 키우시든지, 아니면 저를 버리시든지."

이 회장이 껄껄 웃는다.

"듣자 하니 재밌는 말을 하는 놈일세. 그래, 네 능력으로 승승장구 좀 해봤다고 이 집에서 나가도 그렇게 될 거라 생각하는 거냐."

"어떤 횡포를 부리실지 모르겠지만 지지 않습니다."

"나도 지지 않을 생각이다. 난 네 녀석이 필요해. 넌 일당백을 하는 놈이야. 난 널 놓칠 이유가 없어. 너도, 건설 인수도 포기하지 않으련다."

시준은 아랫입술을 바싹 깨물며 두 주먹을 쥐었다. 이 회장은 한 치도 물러날 기미를 보이지 않았다.

"협상 결렬이네요."

"……"

"제가 죽어도 하은이랑 결혼시키실 거예요? 아버지가 필요하신 건 자식 아닌 협상 가능한 물건으로서의 저잖아요."

"협박하냐?"

"협박인지 아닌지는 두고 보면 아시겠죠."

이 회장이 '허!' 하고 숨을 내뱉다가 실소를 터뜨린다.

시준의 눈동자가 여간 심상치 않다. 그 모습이 어딘가 우습기도 하고 마음에 들기도 한다. 무언가 하나에 꽂히면 사정없이 달려드는 저 모습이 자신을 닮아 매우 만족스러웠다. 으레 사업하는 사람은 밑도 없는 패기와 달려드는 근성이 있어야 한다고 늘 생각해

왔다. 그런 점에서 시준은 아들로서가 아니라 기업을 이끄는 인재로서 욕심나는 놈이다.

잘만 키우면 물건 하나 나오겠구만.

"네가 그럴 마음이 있다면 진작 그랬을 거고. 죽는 건 네 마음이다…… 만, 그전까지는 내가 하라는 대로 해야지."

"해준 아버지!"

이 회장은 말없이 차를 한 모금 마셨다. 따스한 정원의 맛이 그대로 입안을 풍부하게 적셨다.

시준은 그런 이 회장을 보다가 주먹을 쥐었다. 이대로는 기 싸움만 오갈 뿐 어떤 해결도 나지 않는다. 아버지는 자신이 반신불구가 되거나 죽지 않는 이상 포기하는 일이 없을 것이다. 그렇다고 정말 반신불구가 될 수도 없는 노릇이고. 그는 몸을 돌렸다.

"그 아이, 은세림이라고 했지, 아마."

돌아선 시준의 어깨 너머로 이 회장은 심상치 않게 미끼를 던졌다. 시준이 멈칫 그 자리에서 움직이지 못하고 이 회장을 돌아본다. 이 회장이 여유롭게 시준과 눈을 마주하였다.

"아버지가 임페리얼 제과 부장이라고. 꽤 성실한 모양이야. 어머니도 평범한 전업주부이고, 그 아이 언니도 졸업 1년 남긴 대학생이고. 그 정도면 평범한 중산층의 가정이라고 할 수 있지. 그런데 그 집이 한순간에 나락으로 떨어진다면 그건 누구 탓일까."

시준은 손바닥이 새빨갛게 변할 정도로 힘 있게 주먹을 쥐었다. 손이 부들부들 떨린다. 자신에게도 사람을 붙이는 아버지이니 세림이에 대해 알고자 했다면 아마 전부 다 알아낼 수 있을 것이다. 그 집안 가계, 생활 수준, 심지어는 친척 누가 어느 정도의 땅을 소유하고 있는 것까지도.

"그 애의 앞길도 순탄치 않을 거고."

"협박하시는 겁니까?"

"협박인지 아닌지는 두고 보면 알겠지."

이 회장이 능청스러운 웃음을 흘리며 자리에서 일어섰다.

"그럼 저 진짜 목숨 내놓습니다. 세림이 포기하라고 하는 거, 저 죽이셔야 가능합니다. 협박인지 아닌지 둘 다 눈으로 확인해 볼까요?"

"이거 완전 이기적인 놈이구만. 니는 그 집 가족은 생각 안 하나?"

"생각해서 제 한 몸 불사르는 겁니다. 아버지하고 제 일 때문에 그 집 가족은 끌어들이지 마시라고요."

"너 이래 극단적으로 나올래?"

"생각해 주십시오."

시준은 던지듯 싸늘히 말을 내뱉고는 집을 나섰다. 이 회장은 얼이라도 빠진 듯 그의 뒷모습을 멀거니 쳐다보고 있을 뿐이다.

"와, 저거 꼴통 새끼네. 저, 누구 닮아 저러는 거고? 어!"

"여보, 해준 아버지."

"몰라. 난 분명 경고했다."

"재환 씨."

"혜정아, 이 집안에서 저놈만큼 제멋대로 하는 놈 없다. 내가 저놈 망나니같이 구는데도 안 잘라 버리는 이유가 뭔 줄 아나. 내가 니를 사랑하기 때문이다. 니 연준이 산소호흡기 끼고 있을 때 반쯤 미쳐 있었지? 나 그 꼴 또 보기 싫어서 많이 참았다. 그런데 이제 더는 안 봐줘. 니도 그마해라."

혜정은 근심이 묻어나는 깊은 한숨을 내쉬었다.

4년 전, 차 사고로 한동안 혼수상태에 빠져 있던 연준이를 생각하면 가슴에 구멍이 생겼다. 엎친 데 덮친 격이라고, 가장 따르던 형이 사고를 당해서인지 시준도 함께 방황했다. 이 회장네는 4년 전 그 1년이 폭풍처럼 어지럽고 가족 모두가 괴로웠던 시간이었다. 그 폭풍 같던 시간을 견뎌내며 어머니로서 조금 더 강해졌지만, 자식들 일에는 늘 걱정이 끊이지 않았다. 한시름 놓은 것도 잠시, 이 일로 부디 더 큰 사고가 발생하지 않기를 바라는 게 자신의 마음이다.

이 회장은 출출한 것 같다며 자리에서 일어나 주방으로 향한다. 혜정도 그의 발걸음을 따랐다. 늘 그러하듯 혜정은 이 집안의 며느리로서, 이 회장의 부인으로서 남편을 따라야 함을 알고 있다.

아무래도 더 이상 어머니로서 시준이를 감싸주지 못할 것 같다.

❖　❖　❖

성북동 김 원장의 자택은 이태영 회장의 자택과 그리 멀지 않은 곳에 위치해 있었다. 집안 대대로 한남가의 주치의로 있는 탓도 있지만, 이태영 회장과 김 원장의 부친은 한남이 기반을 잡을 때부터 절친한 사이이기도 했다. 마치 친구인 것이 운명인 듯 한남가와 김 원장 집안은 오랜 시간을 함께 보내왔다.

태현은 큰 돌계단을 내려와 고풍스러운 대문 옆에 작게 난 검은 철제문을 밀었다. 끼익, 거슬리는 쇳소리와 함께 문을 열자, 집 앞에 주차된 미끈한 흑색의 슈퍼카 한 대가 눈에 들어왔다. 주인을 닮아 오만방자한 분위기를 여지없이 풍기는 녀석, 시준의 애마 페라리다.

시준은 태현이 집에서 나오는 것을 보며 차에서 내렸다. 입에 문 담배 연기 사이로 시준이 일렁인다. 담배 케이스를 들이밀자 태현이 한 개비를 꺼내 입에 문다.

"여전히 때깔 죽이네. 아예 돌려받은 거야?"

"사용 절도, 아니, 집에 들어오면 돌려준다고 했으니 돌려받은 건가?"

"집에 들어갔어?"

"그건 강제 수감."

담배를 잇새에 물고 시준은 씨익 입가에 웃음 지었다. 놀란 눈으로 그를 보던 태현 역시 낮은 웃음을 터뜨렸다.

언젠가는 붙잡혀 갈 줄 알았지.

두 사람은 잠시 말없이 담배만 태우며 하늘을 올려다보았다. 짙푸름이 내려앉은 밤하늘에 하얀 별들이 보석처럼 반짝거리며 빛난다. 시준이 하늘을 보며 천천히 입을 벌려 연기를 밀어냈다.

담배 연기에 별이 진저리 치듯 부르르 떠는 것 같다. 순간 새치름한 표정으로 자신을 쳐다보던 세림이 생각나 발치에 담배를 떨어뜨려 꾹 눌러 껐다. 손이나 옷에서 조금이라도 담배 냄새가 나면 가만 안 두겠던 세림. 그래도 끊으란 소린 안 한다. 세림의 얼굴이 눈앞에 잡힐 듯이 떠올랐다. 저도 모르게 만면에 미소가 어른거린다.

"차 가지고 나와."

시준이 차 문을 열었다. 흑색의 차가 밤빛에 매끈한 윤기를 뽐

낸다.

"이 밤에 어딜 가려고?"

태현이 시큰둥하게 마지막 담배 연기를 길게 내뱉었다. 시준이 여유롭게 웃음 짓는다.

"오랜만에 고속도로 타자."

두 대의 슈퍼카는 고속도로 위를 미끄럽게 내달렸다. 예민한 액셀러레이터와 브레이크, 넓은 차폭, 낮은 차체를 감당하기에 도심의 낮 도로는 몹시 초라하다. 합리적인 주행 속도도 슈퍼카에게는 고역이다. 주체할 수 없는 마력과 토크를 과시하고픈 슈퍼카에게 깊은 밤 고속도로는 그야말로 안성맞춤이었다. 두 차는 고삐 풀린 망아지처럼 속도에 제한 없이 넘치는 생명력을 마음껏 발산시키며 고속도로를 휘저었다.

시준의 차는 물 만난 고기처럼 흥분을 감추지 못하고 있었다. 서부간선도로를 타고 제물포 길로 빠지는 길목에서 시준은 가히 묘기에 가까운 기술로 턴하였다. 흑색 페라리는 평소 이상의 야성적인 사운드를 토해내며 커브 길에 뒷바퀴 자국을 선명하게 남겼다. 시준은 그대로 가속 페달을 밟으며 푸른 어둠 사이, 주황색 불빛이 어른거리는 고속도로를 폭풍처럼 뻗어 나갔다. 그야말로 달리기 위해 태어난 차다운 질주다.

뒤에서 시준을 따르는 태현은 걱정될 뿐이다. 지금 자신이 밟고 있는 속도도 어마어마한데 시준의 스피드는 거의 미친 수준이다.

4년 전 그 무렵의 시준은 도무지 통제가 안 될 정도로 날뛰는 짐승 같았다. 깊은 밤 친구들과 밤새 고속도로를 달리기도 하고, 사고가 나기도 하고, 다른 무리와 싸움이 붙기도 했다. 정말 어떻게 손쓸 수 없을 정도로 시준은 미쳐 갔다. 시준이 안정을 찾은 건 큰 사건이 있고 나서. 눈에 서린 광기는 깊은 심해로 가라앉았다. 가끔 제어가 안 되는 건 여전했지만, 그나마 사고를 치진 않으니 다행이었다. 건조한 모래바람처럼 까칠하던 그의 분위기는 세림을 만나며 훨씬 부드러워졌다. 심적으로도 안정되는가 싶었는데 또 이 모양이다. 도저히 눈 뜨고 지켜만 볼 수가 없다.

한 시간쯤 지나 두 대의 차는 서해 바닷가 어디쯤에 닿았다. 차는 해안가가 보이는 도로 근처에 대충 주차해 두고 근처 편의점에서 맥주 두 캔을 사 돌계단에 앉았다. 밤바다는 아무것도 보이지 않는 암흑뿐이었다. 파도가 거칠게 부서지는 소리만이 모래사장에 선연히 울린다.

"너는 미영이 앞에서…… 한 번이라도 자신의 무능력함을 느껴 본 적 있어?"

바닷바람에 시준이 뱉어낸 하얀 담배 연기가 재빨리 옆으로 바스러진다. 멍한 시선은 새카만 바다를 향해 있다. 태현이 자신의 옆에 놓인 캔맥주를 든다.

"무슨 소리야?"

"세림이에 대한 감정이 깊어가면 갈수록 내 힘으로 해줄 수 있는 것에 한계를 느껴. 나 원래 이렇게 무능력한 인간이었어?"

"해가 서쪽에서 뜨겠네. 자신감으로 중무장한 놈이."

태현이 맥주 한 모금을 마시며 비웃듯 피식 웃었다.

"생각해 보면 내가 가진 건 별로 없어. 수천만 주씩 있는 주식도 어차피 종이 쪼가리고. 계좌 막히면 어디서든지 자유의 문을 열어주던 카드들도 무용지물이고. 차도, 아파트도. 다 뺏기고 나니까 빈털터리야. 난 가진 거, 아무것도 없어."

"네가 따로 주식 해서 불려놓은 거 꽤 되잖아. 지금 백화점에서 일하면서 월급도 받고 있고. 계좌 따로 만들었을 거 아니야."

"모르냐, 우리 집안 스무 살만 되면 죄다 강제 계약 맺는 거? 만 24세 전까지 개인명의 계좌는 부모가 관리한다. 동의하지 않을 시, 만 24세까지 단 한 푼도 지원해 주지 않는다. 또한 재산 상속 시 그 순위는 가장 마지막으로 밀려나며, 후계 목록에서도 빠질 수 있다는 그야말로 을(乙)에게는 아주 엿 같은 계약."

태현이 소리 내어 웃는다. 맞다. 그랬지.

"이 말 같지도 않은 계약으로 망나니같이 설치는 것들 통제하려는 줄은 알았지. 그래, 까짓것, 내가 손해 볼 게 뭐 있겠냐 싶었는데. 와, 이 상황에서 이렇게 발목 잡힐 줄 누가 알았겠어."

"그래서 몰래 2금융권에 또 만들어놨잖아?"

"노친네가 그 계좌에 있는 돈도 죄다 막아버렸다. 노친네가 뭔들 모르겠어. 몰래 만든다고 진짜 모를 리 없지. 모른 척해주는 거지. 죄다 자기 손바닥 안인데. 젠장 맞을 영감탱이."

시준은 기막힌 한숨을 토해내며 단숨에 맥주를 넘겼다. 태현의 얼굴에 황당함이 묻어난다.

이 회장님이 대단한 줄은 알았지만, 도망갈 구멍조차 모두 막아버릴 줄은 생각도 못했다. 정말 집념 강한 아버지시다.

"결국 날고뛴다고 해도 돈으로 꼼짝없이 묶이니까 난 고등학교 졸업장 하나밖에 없는 스물한 살의 무능력한 인간이었어. 연애 한

번 하기가 왜 이렇게 힘드냐. 난 세림이를 내 옆에 두고 싶을 뿐인
데. 그런데 집안 비즈니스로 인한 약혼이니 뭐니……."

"……."

"생각할수록 쪽팔려. 그딴 같잖은 이유 때문에 휘둘리고, 내가
하고 싶은 것조차 할 수 없어. 내가 가진 모든 걸로 날 구석으로
모는 아버지한테 할 수 있는 최선이 뭔지 알아? 초등학생들도 할
수 있는 목숨을 건 협박. 왜 그렇게 없어 보이냐. 무능력하고 가진
거 없는 거 바로 들통 나는 순간이지."

시준의 말을 듣고 있던 태현이 한쪽 눈썹을 사선으로 밀어 올렸
다. 자연스레 미간에 주름이 잡힌다.

"뭣 때문에 답답한 줄은 알겠는데, 그렇게까지 비관적이 돼야
해?"

태현의 말에 시준이 시원스런 웃음소리를 낸다. 바닷바람이 거
칠게 불어와 담배 연기를 사정없이 흩트려 놓는다. 태현 역시 담
배 한 개비를 집어 입에 물고는 연기를 피워냈다. 담배 한 모금 길
게 삼키며 후드 티셔츠 주머니에 손을 집어넣는다. 주머니에 넣어
둔 휴대전화가 몸을 부르르 떤다.

〈어디야? 이 밤에 누구랑 바람을 피우고 있는 거야! ―미영〉

태현이 웃으며 입에 문 담배를 손가락 사이에 껴 빼냈다.

"방법이 없네. 다 버리고 은세림한테 가. 네가 행복하다면 그 길
로 빠지는 거지. 회장님이 가만둘지는 모르겠지만."

"그런 생각도 했어. 다 버리고 세림이를 선택했을 때…… 세림

이라면 내가 아무것도 가진 거 없는 놈이라도 날 사랑해 주지 않을까."

"그건 모를 일이고."

"세림이 다이어리에 이런 내용이 있었어. 자기는 다 필요 없고 영우 한 사람만 있어도 행복할 것 같다고. 마냥 행복할 수 있겠다고."

"그게 말처럼 쉬운 일은 아니지."

"말처럼 쉽지 않대도 순간 박영우가 부럽다는 생각이 들었어. 괜히 열받대."

"왜?"

"난 어떤 여자한테 이런 사랑을 받아본 적이 있나. 이 애가 날 좋아한다면 더 많은 걸 주면서 행복하게 해줄 수 있는데. 진짜 여자의 행복이 뭔지 알게 해줄 수 있는데. 한편으로는 나랑 있기만 해도 행복하다면 평생 이 애를 옆에 두고 싶다는 생각도 들었고."

"그래서 욕심났냐?"

'어쩌면'이라는 시준의 대답이 바람에 실려 방향을 잃고 날아가 버렸다.

사실이다. 다이어리를 보면서 구닥다리 신파를 찍는 세림이 답답해 보이기도 했다. 하지만 아무것도 원하는 것 없이 오직 영우와 함께 있어 행복하다면, 자신과 있으면 더 행복하게 만들어줄 자신이 있었다. 보고 싶었다. 자신을 보고 행복해하는 세림의 모습을.

"평생 옆에 두고 싶다."

태현이 흘끗 시준을 보았다.

"은세림."

"이 기회에 일 한 번 저지르는 거지. 선녀와 나무꾼 몰라? 애부터 만들어. 그 범죄성 다분한 마초적 동화가 이럴 때 도움이 된다니까."

"미친 새끼. 노친네가 그런 걸로 흔들릴 위인으로 보여?"

"아무것도 안 하고 있는 거보단 낫잖아. 막내아들 위하는 어머니가 편들어줄지도 모르지. 현명한 방법일 수 있어."

"너나 그렇게 해. 난 연인의 의사를 존중하는 점잖은 남자거든."

"3개월 만에 기억상실증 걸렸냐? 그리고 나는 그렇게 하지 않아도 미영이랑 늙어 죽을 때까지, 무덤에 들어갈 때까지 함께할 거야. 너는 나랑 경우가 다르잖냐."

"개새끼."

두 사람 사이로 실없는 웃음이 오갔다. 웃음소리가 어둠에 서서히 잠길 때쯤, 시준이 다시 입을 떼었다.

"악몽처럼 생각나."

"……."

"그 무렵의 일들이 아직도."

"4년이나 지났어."

"그래도 꿈에서는 생생해. 피 칠을 하고 있는 연준이 형하고…… 소은이 모습."

"기억에서 지우지 못해서 그런 거야."

"그래서 형은 기억을 잃어버린 건가? 소은이의 흉터가 자기 때문이라는 감당할 수 없는 괴로움 때문에. 사실은 나 때문인데."

"네 잘못도, 연준이 형의 잘못도 아니었어, 그 사고."

"그래, 그렇게 생각해야 편하겠지. 안 그러면 미칠 테니까."

모든 감정을 쓸어내고도 시준의 안에 남은 것은 자책감과 쓸쓸함뿐이었다. 혼자서 감당하지 못할 그 죄의식에 시준은 무력하게 잠식되어 갔다. 많이 나아졌다고는 하지만, 시준은 지금 역시 4년 전의 시간에서 방향을 잃은 배처럼 표류하고 있었다. 아마 시준이 서 있는 곳은 당사자와 제삼자 그 어디쯤일 것이기에 더욱 괴로웠을지도 모른다.

"시준아, 너 충분히 미쳐 있었어. 그만하면 됐으니까 이제 벗어나."

"……."

"세림이나 만나러 가라. 어리광은 거기 가서 피워."

태현이 맥주캔으로 건배하듯 시준의 머리를 가볍게 쳤다. 통 하고 경쾌한 소리가 난다. 심각하던 시준의 표정도 금방 풀어졌다. 바람에 소금기 밴 비릿한 바다 냄새와 육지로 쏟아지는 파도의 부서짐이 사방을 둘렀다. 현실 세계와 동떨어져 있는 듯 단절된 어둠에서 평온함이 물밀듯 밀고 온다. 그 평온함 속에서 간절히 생각나는 오직 한 사람.

세림이 미치도록 보고 싶다.

25.

좋아해

"수고했어, 은 선생. 조심히 들어가."

"네, 먼저 가보겠습니다."

세림은 미풍 같은 목소리로 밝게 인사하며 학원 유리문을 밀었다. 가방에서 휴대전화를 꺼내려다 바로 내려오는 엘리베이터를 후다닥 잡았다. 퇴근 후에 기다림 없이 엘리베이터를 잡는 건 기분 좋은 일이다. 세림은 신이 난 얼굴로 손에 쥔 휴대전화의 전원을 켰다. 로딩이 되고, 경쾌한 멜로디와 함께 메시지가 연달아 들어온다. 메인 화면에는 부재중 전화까지 떠 있다.

시준이다.

아니, 수업할 때 전원 꺼놓는 거 알고 있으면서 일부러 전화하는 건 뭐야?

세림이 잠시 입을 비죽거리다가 금세 해사하게 웃는다.

〈아직 수업 중? 보고 싶다. 일 끝나면 전화해. —시준〉

〈애들 말 안 들으면 나한테 일러. 내가 혼내준다 그래. —시준〉

〈전화 안 받네. 배고프다. —시준〉

별 쓸데없는 문자나 보내고. 그래도 마냥 좋다. 괜히 가슴이 설레서 저도 모르게 입매가 활짝 밀린다. 참으려고 오므려도 보지만 결국은 새하얀 치아를 드러내 보이며 웃음 짓고 만다. 문자 리스트를 확인하다 눈을 껌벅였다. 웬일인지 미영에게 메시지가 와 있다.

〈세림, 학원 몇 시에 끝나? —미영〉

의아한 얼굴로 메시지를 보다가 시각을 확인했다. 문자 도착 시각이 오후 1시 10분. 한 시간 가까이 지났다. 재빨리 손가락을 움직여 글자판을 눌렀다.

〈미영, 나 수업하느라 휴대폰 꺼놓고 있었어. 지금 끝났어. 왜? 무슨 일 있어? —세림〉

메시지를 전송시키고 나니 엘리베이터가 1층에 도착했다. 문이 활짝 열리자 빌딩 밖에서 새어 들어오는 샛노란 햇살이 부시다. 그때 문자를 보내고 손에 쥐고 있던 휴대전화가 지잉 몸을 떨었다. 메시지인가 싶었는데 다름 아닌 미영의 전화다. 고개를 갸웃하며 휴대전화를 귓가에 대었다.

"응, 미영."

〈세림아, 어디야?〉

"나? 지금 학원 빌딩. 이제 막 퇴근했거든."

빌딩 밖으로 나오니 여름 햇살이 유달리 따갑다. 살랑살랑 불어와 앞머리를 덮은 이마에 가볍게 입 맞추는 바람은 무척이나 부드러웠다. 이마에 손을 대 그늘을 만든다.

〈어? 보인다.〉

수화기 속 미영의 말에 세림은 어리둥절한 표정으로 주위를 두리번거렸다. 미영이 갓길에 세워진 병아리 색의 예쁜 자동차에서 나오며 반갑게 손을 흔들었다. 그녀가 쓰고 있는 까만색 선글라스 위로 강한 여름 태양빛이 반사됐다. 미염한 호피 무늬가 인상적인 미영의 시폰 원피스 자락이 발길을 뗄 때마다 무릎 위에서 하늘거렸다. 그 아래로 신은 굽 높은 하얀 샌들의 조화는 런웨이에서나 볼 법한 모델 같다.

"미영! 웬일이야? 여기에 무슨 볼일 있어?"

세림이 여름 오후의 햇살을 튕겨내며 환하게 웃었다. 미영 역시 선글라스를 벗으며 세림과 반갑게 얼굴을 마주한다.

"아니. 너 보러 왔어."

"나를?"

"그래. 우리 오늘 데이트하자."

"데이트?"

세림은 가만히 눈을 껌벅였다. 가끔 생각하는 거지만 미영은 어딘지 모르게 엉뚱한 구석이 있었다. 물론 세림은 그게 미영의 가장 큰 매력이라고 생각했다. 그 엉뚱함에서 나오는 유쾌함이 무척 재미났기 때문이다.

"응. 왜? 내가 데이트하자는 게 이상해?"

"아니야. 좋아! 그렇지 않아도 나도 너한테 연락하려고 했었지."

"오, 정말?"

"응."

"밥부터 먹자. 밥 먹었어?"

"아니, 못 먹었어. 우리 맛있는 거 먹으러 가자."

"응응, 맛있는 거 먹으러 가. 나 오늘 너랑 데이트하려고 차까지 끌고 왔다?"

"저게 네 차야?"

미영이 자랑스럽게 고개를 끄덕거린다. 세림은 그녀의 어깨 너머로 보이는 차에 시선을 던졌다. 깜박이를 켠 채 갓길에 세워둔 딱정벌레 모양의 귀여운 자동차는 도로에서 단연 돋보였다.

"운전 잘 못해서 안 끌고 다녔는데, 오늘은 좀 끌고 나오고 싶었어."

"운전을 못해?"

잠시 멍한 얼굴로 미영을 본다. 미영은 그저 생긋 천진하게 웃을 뿐이다.

도로는 그야말로 엉망진창이었다. 미영이 급브레이크를 밟다가 앞차를 박을 뻔하고, 차선을 바꿀 때에는 자리에 멈춰 서더니 중간에 걸치고 말았다. 덕분에 뒤차와 잘 가던 옆차들까지 클랙슨을 빵빵 누르며 난리다.

"몰라! 운전 안 해! 견인차 불러!"

결국 학원에서 1킬로미터쯤 갔을 때 미영은 차를 견인시키고 태현에게 가지고 오라며 전화를 했다. 수화기에서 조금 놀란 태현의 목소리가 새어 나왔다.

〈견인시켰어?〉

"응, 도로에서 난리들을 피우니까 운전을 못하겠잖아!"

〈…….〉

"이따 차 빼와. 난 세림이랑 놀고 있을 거니까 그렇게 알고."

〈알았어.〉

"됐어. 끝! 마무리됐다. 밥 먹으러 가자. 괜히 시간 낭비했더니 배 너무 고프다."

미영이 쏙 들어간 배를 만지며 세림의 손을 잡았다. 세림은 여전히 정신이 하나도 없었다.

"진짜 대단하다니까. 어쩌자고 차를 끌고 나온 거야."

패밀리 레스토랑 2층 창가에 앉아 식사를 하고 있던 두 사람은 결국 웃음을 참지 못하고 터뜨렸다. 세림이 조금 민망한 듯 미간을 모으며 입매를 밀었다. 미영은 새치름한 표정으로 오렌지에이드를 길게 들이마셨다. 분홍색 빨대 끝에 그녀의 반짝이는 핑크빛 입술이 겹친다.

"요 며칠 우중충하고 비만 오더니 오늘 날씨 좋잖아. 바람도 시원하게 불고. 놀고 싶어서 태현이한테 드라이브 가자고 했더니 아버지 연구 논문 자료 찾아줘야 한다면서 나랑 놀 시간이 없다는 거야. 열받아서 그냥 내가 끌고 나왔지, 뭐."

"그래도 그 실력으로 용케 우리 학원까지 끌고 왔네?"

"말도 마. 나 하마터면 도로에서 미아 될 뻔했다니까."

두 사람은 마주 보며 기분 좋게 웃었다. 찬 얼음물에 띄워놓은 상큼한 레몬 향 같은 웃음소리가 공기 중에 퍼진다. 테이블 위에는 립스테이크와 상큼한 드레싱이 준비된 샐러드, 그리고 파스타가 함께 놓여 있다.

"생각보다 얼굴 좋아 보여서 다행이다."

"응?"

"시준이한테 얘기 들었지?"

미영이 말끝을 끌며 세림의 안색을 살폈다. 무슨 말을 하는지 알겠다는 듯 세림은 포크로 샐러드를 뒤적이다가 괜히 앞머리를 만졌다.

"들었어, 미국 가야 한다는 거."

"얘기했구나."

"응."

세림이 고개를 가만히 끄덕이며 미영의 얼굴을 빤히 바라보다가 눈길을 떨어뜨린다. 오른손 약지에 낀 헤리티지 링이 알록달록 예쁘다.

"묻고 싶은 말이라도 있어?"

미영은 은근히 눈치가 빠른 편이다.

"혹시…… 나 때문에 시준이 상황이…… 많이 곤란해?"

당황이라도 한 듯 미영은 입술을 살짝 벌린 채로 눈동자를 슬며시 피했다.

"미영아, 말해줘."

"시준이가 말 안 해?"

"아버지하고 사이가 안 좋은 것 같은 느낌은 들었는데 자세한 건 얘기 안 했어. 안 할 것 같고. 근데, 그래도 알아야 할 것 같아서. 약혼녀 있단 얘긴…… 들었고."

미영이 눈을 빠르게 깜박였다.

"그런 얘기를 해?"

"해줬어. 내가 궁금해서 이것저것 물어봤거든. 혹시 나 두 사람 사이에 잘못 낀 거야?"

이런 상황은 참으로 난감하다. 중요한 얘기를 제삼자가 하는 입장.

세림은 그런 미영을 이해하는 듯 말문이 트이길 차분히 기다렸다.

"그건 아니야, 세림아. 그 애, 우리 셋하고 친하지만 태현이도 나도 시준이 옆에 세림이 네가 있어야 된다고 생각하고 있어. 상황이 좀…… 안 좋긴 하지만……."

세림의 눈동자가 미세하게 흔들렸다. 습기 어린 막이 드리워지는 것 같기도 하다.

테이블 위로 떠도는 공기에 잠시 무게가 느껴진다. 세림이 길가에 죽 심어진 플라타너스를 바라보았다. 새뜻한 초록 잎이 무성한 플라타너스가 여름 바람결을 따라 물결치듯 일렁인다. 뜨거운 여름 볕 아래 이제 막 잠에서 깬 듯 나른한 움직임이다.

"진짜 바람둥이다."

지나가듯 무심코 흘려낸 말에는 감정이 담겨 있지 않았다. 미영이 애매하게 웃다가 포크로 파스타를 돌돌 말며 대꾸한다.

"그치? 걔가 그렇다니까. 여자친구 옆에 두고 약혼할 애 있단 얘기도 하고. 대놓고 바람피우겠다는 거지."

세림이 미영을 본다. 그녀의 얼굴이 장난스럽게 변해 있다. 세림은 그저 웃다가 포크를 집어 들었다.

"그렇게 해석할 수 있는 거야?"

"그럼. 현장 덮쳐. 같이 가줄게."

미영이 짐짓 태연한 표정으로 대답한다. 두 사람은 누가 먼저랄 것도 없이 동시에 웃음을 터뜨렸다.

점심 식사 후 세림과 미영은 커피숍에서 초코쉐이크와 아이스 카페 아메리카노를 사서 한 손에 들고 강남대로를 실컷 돌아다녔 다. 쇼핑광인 미영이 로드 숍에서 옷을 사대는 바람에 세림도 덩 달아 쇼핑을 하고 말았다. 반 충동구매에 조금 후회스럽기도 하지 만 어떠랴. 기분만 좋으면 됐지.

미풍 사이로 내리쬐는 한여름의 뙤약볕을 고스란히 받아대며 돌아다니던 두 사람은 결국 더위를 견디지 못하고 노래방으로 향 했다. 노래방 마니아들이 그러하듯 노래는 최신곡들로 시작했다 가 지난 유행곡에 상관없이 신나는 노래로 이어졌다. 두 사람은 오랜만에 정신을 놓고 방방 뛰며 노래를 불렀다.

❖ ❖ ❖

노래방에서 소리 지르며 스트레스를 날려 보내고 나니 또 배가 고파졌다. 세림과 미영은 삼겹살집에 들어가 고기로 배를 채우고 그대로 헤어지기 아쉬워 이태원 근처 칵테일 바를 찾았다. 바 안에 흥겨운 재즈 음악이 테이블 곳곳을 찾아 떠다닌다. 콘트라베이스의 무거운 현 소리가 낮은 음을 내며 공기를 튕겨내는 듯하다.

칵테일 첫 잔을 마셨을 때 기분이 살짝 들뜨는가 싶더니 둘째 잔에서는 마냥 좋기만 한 느낌이 든다. 알코올에 희미하게 물들어 가는 의식을 자유로이 내버려 두며 중세 유럽풍의 화려한 칵테일 바 내부를 감상했다. 그러다 미영에게 고개를 두었다.

"미영아, 나 한 가지 궁금한 게 있어."

"뭔데?"

미영이 수제 소시지 하나를 칼로 먹기 좋게 자르고는 포크로 찍으며 세림을 보았다.

"혹시……."

세림이 뜸을 들이며 미영을 살핀다. 미영은 뭔가 싶어 그녀의 말을 기다린다. 세림이 눈동자를 돌리다가 입술을 조그맣게 내민다.

조금 뜬금없기도 하고 이상하게 생각할 수도 있다. 그렇지만 전부터 꼭 물어보고 싶었던 질문이다. 그동안 기회가 되지 못했고, 물어봐도 되는 문제인지 용기가 나지 않았다. 시준이 했던 말이 사실이라면 여자친구로서 판도라의 상자를 열게 되는 것일 테니까.

그렇지만 그래도 궁금했다.

그냥 어느 날 그런 생각이 들었다. 자신에겐 영우가 첫사랑이고, 시준에게도 분명 어떤 여자가 첫사랑이었겠지 하다 세 사람 A, B, C의 이야기를 떠올렸다. 그 안타까운 얘기에 마음이 흔들려

시준을 따라갔다가 불쾌한 현실을 마주하는 낭패를 당했지만. 그 당시엔 그것만으로도 너무 화가 났기 때문에 시준의 그 말이 당연히 거짓인 줄로만 알고 있었다. 시준도 그다지 중요하지 않은, 상관없는 해프닝쯤으로 여겼던 것 같다. 당연히 진실인지 거짓인지의 여부는 그의 입으로 설명을 듣지 못했다. 하지만 최근 들어서야 새삼스레 세 사람 A, B, C에 관한 이야기의 실체가 문득문득 궁금해졌다.

정말 거짓말이었을까? 순간적으로 지어냈다고 하기엔 지나치게 리얼리티가 묻어 있었다. 곰곰이 생각해 보면 세 사람 A, B, C에는 태현과 시준, 미영이 꼭 들어맞았고, 진실이라면 미영이가 C가 되는 거니까. 아니면 종종 써먹던 수법인가 싶기도 하고.

아무튼 아무리 둔한 세림이어도 여자의 감이란 게 있다. 단순히 세림을 움직이게 한 구실이라고 여기기엔 어딘지 진실이 숨어 있을 것 같았다. 세림은 우물쭈물 움직이던 입술을 떼었다.

"시준이가…… 너 좋아했어?"

"응?"

미영은 무슨 말이냐는 듯 눈을 동그랗게 뜨더니 깔깔 웃기 시작했다. 시원스런 웃음소리에 바텐더는 물론 주변 테이블에 앉아 있던 사람들까지 세림과 미영을 주목했다. 재밌다 못해 유쾌하게까지 들리는 웃음소리다. 세림은 당황해서 얼굴이 확 달아올랐다.

"뭐, 뭐야? 왜 웃는 건데?"

"미안, 미안. 그런데 너무 웃겨, 세림아. 시준이가 날 좋아했냐니, 무슨 말도 안 되는 소리를 하는 거야?"

"말도 안 되는 소리?"

"그래. 그거 진짜 말이 안 돼. 어떻게 그런 생각을 했어? 시준이가 어렸을 때 날 얼마나 싫어했는데. 걔 진짜 웬수였어. 지금 생각해도 열이 뻗칠 정도라니까."

"웬수? 정말?"

"그래, 이 바보야. 아주 술이 확 깬다."

미영이 소시지를 찍은 포크를 흔들어대며 콧잔등을 애교 있게 찡그렸다. 세림은 고개를 갸웃했다.

진짜 아니었네.

세림은 창피해하며 칵테일을 벌컥벌컥 마셨다. 미영이 재미있다는 듯 빙글 웃었다.

"걔랑 친해지기 전까지 얼마나 사이 나빴다고. 난 이시준이 열여섯 살 때까지 게이인 줄 알았어."

"뭐?"

어느새 장난스러운 기색이 가득한 미영을 보며 눈을 동그랗게 떴다. 귀가 솔깃해지는 말이다. 열여섯 살 때까지 게이인 줄 알았다니, 그건 무슨 소리야? 호기심으로 눈동자를 반짝였다. 미영이 앞에 놓인 칵테일잔을 집어 들며 '후후' 하고 웃었다.

"시준이네 집안이랑 태현이네 집안은 옛날부터 알고 지냈단 말이야. 우리 집은 우리 아버지랑 태현이 아버지랑 친하시고. 덕분에 태현인 어려서부터 시준이랑도 친하고 나하고도 친했어. 암튼 이시준, 소유욕이 좀 심해? 걘 어렸을 때부터 싹이 보였다니까. 여자애들은 관심도 없고 오직 김태현. 오죽했으면 내가 태현이랑 친하게 지낸다고 글쎄, 내 팔을 꺾어서 인대 늘려놓고, 계단에서 밀고, 태현이네 집 놀러 갈 때마다 얼마나 괴롭혔는데. 우와, 웬수.

그런 웬수도 없었지."

"진짜? 시준이가 그랬어?"

"그래. 아주 내가 이시준 어렸을 때를 생각하면 아직도 화가 나. 걘 정말 딱 부잣집 막내 도련님 표본이었어. 지금도 변함없지만."

흥미로운 이야기에 세림은 결국 웃음이 터지고 말았다. 새로운 사실이다. 아니, 예전에도 시준에게 들은 적이 있지만 시준의 유년기는 그때 들은 것보다 훨씬 짓궂다. 사실 아직도 짓궂은 말장난을 즐기는 걸 보면 어릴 때 그대로인가?

문득 시준의 얼굴이 눈앞에 그려지듯 떠올랐다. 시준의 웃음, 자신을 부를 때 귓가에 녹아드는 그 낮은 음성. 두 뺨이 붉어지고 저도 모르게 수줍은 웃음이 난다.

미영이 눈을 지그시 뜨고는 그런 세림을 본다.

"내가 옛날의 이시준을 좀 아는데…… 궁금하면 좀 풀어볼까?"

"응, 궁금해!"

세림이 고개를 세차게 끄덕이며 얼른 대답했다.

어느새 자신이 했던 창피한 질문은 잊어버린 지 오래다.

"좋아, 내가 언젠가 올 오늘을 위해 이를 갈고 있었지. 이시준, 각오해. 내가 너의 치부를 오늘 낱낱이 세림이한테 불어버릴 거야."

입을 가리며 웃는다. 재즈 바에 흐르는 음악이 마음을 편안하게 만들고, 시준의 초등학교 때부터 고등학교 때의 일들이 눈에 잡힐 듯 그려진다. 설렘으로 요동치는 가슴을 안고 자신이 몰랐던 때의 시준의 세계에 한 발자국 다가선다. 왠지 모르게 그 시절의 시준에게 반갑게 인사하고 싶은 기분이 들어 참을 수가 없다.

눈동자를 반짝이며 시준의 이야기를 듣는 세림은 마냥, 마냥 행복하기만 하다.

❖　❖　❖

늦은 새벽, 부슬비가 도로 위를 적시듯 촉촉이 내린다. 곳곳에 놓인 가로등 덕분에 비 오는 거리는 까맣고 주황빛이다. 시준의 흑색 페라리가 공원 반대편으로 올라와 갓길에 멈춰 섰다.

유리창에 부딪치는 점막 같은 빗방울이 규칙적으로 움직이는 와이퍼에 쓸린다. 와이퍼의 움직임과 묽은 수채화처럼 보이는 차창 밖의 모습, 차 안에 흘러드는 재즈 음악, 그리고 세림의 숨소리가 공간에 스미듯 채워진다. 시간은 말없이 흐르고, 세상에 둘만 남겨진 것 같다. 세림이 술에 취해 잠들지 않았다면 최근 일주일 중 가장 행복한 시간이었다.

시준은 엎드리듯 핸들에 몸을 기대고 세림을 바라보았다. 왼편으로 머리를 기울여 고이 잠든 세림은 누구보다도 편안해 보였다. 한적한 휴식을 취하고 있는 것 같기도 하다. 잠든 세림을 더없이 사랑스럽게 바라보던 시준은 그녀의 이마에 입을 맞추고 미간에, 그리고 콧등에 천천히 키스하였다. 그러자 마치 왕자님의 정성스러운 입맞춤으로 잠에서 깨어난 공주님처럼 세림이 느릿하게 눈을 뜬다.

"잘 잤어?"

"여기……."

"집 근처 공원."

잠이 덜 깬 세림에게 시준의 나직한 음성은 희미한 웃음이 나올 만큼 달콤했다. 세림은 고개를 끄덕거리며 등받이에 몸을 묻는다. 술을 하도 섞어 마셨더니 머릿속에 회오리가 돌아다니는 기분이다. 눈을 감자 의식이 갈색의 늪으로 빠르게 빨려간다. 긴 한숨을 내쉬며 다시 눈을 떴다. 시준이 숙취 해소 음료와 꿀물을 들고 있었다.

"어느 거 먼저?"

"숙취 해소 음료."

세림은 눈매를 예쁘게 휘었다. 그럴 줄 알았다는 듯 시준이 숙취 해소 음료를 따 건넨다. 건네받은 음료를 천천히 목으로 넘기니 달짝지근하고 화한 액체가 식도를 지나 위를 적셨다. 속이 좀 덜 더부룩한 것 같다.

"술도 못 마시면서 왜 이렇게 마셨어."

"기분 좋으라고."

아직 술이 덜 깼는지 세림의 목소리에는 애교가 묻어 있다. 동공도 풀려 어둠을 한껏 삼킨 고양이 눈처럼 순하다. 그 새까맣고 말간 눈동자에 시준이 가득 담긴다.

시준이 좋다. 가슴이 뛸 만큼 자신을 예쁘게 봐주는 것도 좋고, 낮은 음성으로 자신의 이름을 불러줄 때는 심장이 녹아버릴 것만 같아 너무 좋다. 그런 시준을 위해 자신이 무언가 해주고 싶은 마음이 가슴 가득 차올랐다.

그래서 충동적으로 시준에게 전화를 걸었다.

❖ ❖ ❖

"그런데 열여섯 때까지 시준이가 게이인 줄 알았다고 했잖아. 그러면 혹시…… 그때 이후로 시준이가 좋아한 애가 있었어?"

칵테일 바에서 시준에 관한 이야길 듣던 세림이 조심스럽게 물었다. 순간적으로 미영의 눈동자에 당황이 스쳤고, 그것을 숨기려는 듯 웃음으로 얼버무린다.

"말이 그렇다는 거지. 게이인 줄 착각할 정도로 여자애들한테 별로 관심 없었다고. 음, 소시지, 오리엔탈 드레싱에 찍어 먹어도 맛있다."

"이미영, 말 돌리지 말고."

세림이 눈을 가늘게 떴다. 미영이 소시지를 입에 물고 있다가 꿀꺽 삼키고는 칵테일잔을 든다. 단순히 사귀던 여자애가 있었느냐고 물어보는 것뿐인데 괜히 양심이 뜨끔하다. 꼭 숨겨야 할 비밀을 떠밀려 털어놔야 할 순간이 온 것처럼. 어쩌면 숨겨야 될 비밀인지 아닌지도 모르겠다.

남녀 누구나 자유롭게 연애를 하는 시대이긴 하지만, 그래도 내 남자친구가 과거에 누굴 좋아했다거나 과거의 여자를 안다는 건 그리 유쾌한 일은 아닐 것이다. 그럼에도 불구하고 대부분의 연인들이 연인의 과거가 궁금해지는 건 어쩔 수 없는 문제일지도 모른다. 특히 여자들은 더욱. 그건 세림도 마찬가지인가 보다.

그리고 그것에 대한 시준이 떠안은 무게는 일반적인 사람들의 것보다 조금 더 무겁다.

미영은 칵테일을 넘기고 테이블에 내려놓으며 생각했다. 어디까지 말해줘야 할까.

"시준이네가 삼 형제인 건 알지?"

"……응."

"시준이가 둘째 형이랑 사이가 진짜 좋았어. 어머니를 닮아서 오빠 정말 상냥하고 따뜻한 사람이거든. 아저씨가 하시는 일에 염증을 느끼고 의사가 되고 싶어 했는데 집에서 반대가 심해서 아저씨하고 마찰이 잦았다고 했어."

자못 심각해지는 미영의 말투와 표정에 세림도 덩달아 진지해져 버렸다.

무슨 얘기를 하려는 걸까.

"우리 엄마가 음악원을 하시거든? 시준이 피아노 배운 건 알아?"

"응."

"그것도 둘째 형이 시작해서 한 거였거든. 음, 열두 살 때였지, 아마? 그 언니랑…… 시준이가 처음 만난 게."

그 언니? 세림은 버릇처럼 가슴께까지 내려오는 머리칼을 괜히 한 번 쓸어내렸다.

"그 언니도 집안 어른들끼리 알게 돼서 친해진 사람 중 하나였어. 그런데 그 언니가 진짜 성격이 괄괄했거든. 녹록하지도 않고. 시준이가 날 엄청 괴롭혔잖아. 음악원까지 와서 나 괴롭히는 거 보고 쪼끄만 게 그만 좀 까불라고 으름장을 놓는데…… 이시준이 깨갱할 성격이야? 둘이서 그 이후부터 만날 툭탁툭탁. 나랑 태현이, 연준이 오빠는 그거 보면서 매일 웃었지, 뭐. 둘이 완전 덤 앤 더머라고."

그 시절의 기억을 더듬는 미영의 눈동자에 추억이 아련히 빛났다. 그 추억 속에 자신의 자리는 없다. 까닭 없이 쓸쓸해지는 기분이 싫다.

정말 이상해. 자기가 먼저 물어봐 놓고선.

모순이다.

어쨌든 세림은 이야기를 듣는 걸 멈출 수 없었다.

"어쩌다 보니까 그 뒤로 연준 오빠, 그 언니, 시준이 이렇게 셋이 있는 시간이 많아졌지. 그러다 1년 후쯤 언니가 오스트리아로 유학 가게 되고, 연준 오빠랑 시준이도 스위스로 가게 되고…… 우리가 열여섯엔가? 시준이네 집에서 다시 만났지. 연준 오빠 스무 살 생일 파티 때. 그때 시준이는 언니를 보고 좋아하게 되고, 언니는 연준 오빠를 좋아하게 되고."

추억을 되새기던 미영은 세림을 보며 보일 듯 말 듯 미소를 보였다. 눈가에 쓸쓸함이 담겨 있다.

비슷한 이야기를 떠올리는 건 그리 어려운 일이 아니었다.

"아주…… 어려서부터 떼려야 뗄 수 없는 세 사람이 있었어. 집 안끼리 친분으로 이어져 함께 커오는 게 자연스러웠고, 떨어져 본다는 생각 역시 단 한 번도 한 적 없었고."

"언니가 시준이한테 그랬대. 연준 오빠를 좋아하게 된 것 같다고. 그런 마음 처음이라 낯설고 이상하다고, 연준 오빠 앞에서 어떻게 해야 할지 모르겠다고. 생긴 건 예쁘장해서 자기한테 하는 짓은 선머슴 같던 그 언니가 얼굴을 붉히면서 말하더래."

"A는 B에게 C가 좋아졌다고 말했지. A는 B한테 어떻게 해야 할지 모르겠다고 했어. C를 이성으로 볼 줄은 생각도 못했다며……. 어떻게 하긴 뭘 어떻게 해. 좋아하면 연애해야지."

"두 사람, 시준이가 이어줬어."

"그래서 A와 C는 사랑을 하게 되고, B는 그 두 사람을 지켜보게 되었습니다. 쭈욱."

"짐작했겠지만 내가 뭘 어쩔 수 있는…… 그런 선택의 여지는 없었어. 나도 내 마음보다 두 사람이 더 중요했으니까."

세림은 눈만 깜박거렸다.

A와 B와 C의 이야기는 사실이었다.

그쪽이 아니었다. 태현과 미영 쪽이 아니었다.

알 수 없는 답답함이 매연처럼 세림의 가슴을 그득 메웠다. 그녀는 칵테일을 천천히, 그러나 멈추지 못하고 들이켰다.

미영은 잠시 말을 끊고 한숨을 내쉬었다. 허공에 둔 시선을 옆으로 옮기니 테이블석의 스테인드글라스를 연상시키는 조명이 뿌연 담배 연기에 감싸였다. 시준은 그 뒤로도 소은에 대한 감정을 쉽사리 정리하지 못했다고 했다. 미영은 이해했다. 소은은 같은 여자가 보기에도 정말 예쁜 사람이었으니까. 게다가 마냥 조신한 사람이라고는 할 수 없이, 장난기 넘치는 시준을 잡을 정도로 그녀는 결코 만만한 상대가 아니었다. 그런 매력을 가진 소은은 여자도 끌릴 만큼 빛나는 사람이었다. 어쩌면 단순히 예쁘다기보다는 멋진 사람에 가깝다고 할 수 있겠다.

"연준 오빠랑 언니, 한 1년쯤 만났어. 예쁘게 사랑했는데 헤어질 즈음에는 좀 삐거덕거리고 싸웠고. 좋아하는 두 사람이 그렇게 싸우니 옆에서 보는 시준이가 많이 힘들어했대."

미영은 호흡을 고르듯 잠시 말을 멈췄다. 물 흐르듯 잔잔하던 재즈 음악에 무게가 느껴진다. 그에 맞추듯 들떠 있던 바 안의 사람들 말소리도 어느새 볼륨을 낮추었다.

"두 사람 화해시키려고 시준이랑 태현이, 승범이, 오빠 커플, 그리고 친구들끼리 오스트리아에 있는 스키장에 놀러 갔대. 그런데 거기서 또 싸우게 된 거야. 언니랑 오빠만 먼저 돌아가는 길에…… 사고가 났다고."

세림이 놀란 듯 눈동자를 반쯤 크게 떴다. 미영도 작년에서야 태현에게 전해 듣게 된 이야기다.

1년도 더 된 이야기는 아직도 머릿속에서 생생했다. 전해 듣게 된 자신도 이렇게 생생할 정도로 끔찍한데 당사자인 본인은 어땠을까. 새해가 지나고 얼마 안 됐을 무렵이었다. 사고가 났던 날은 유난히 눈이 펑펑 내렸다고 한다. 동이 틀 즈음의 하늘에 두꺼운 회색빛 구름이 낮게 깔렸고, 진눈깨비처럼 내리던 눈은 세찬 바람과 함께 쏟아지듯 하였다고.

기억을 잃은 연준도, 기억을 온전히 가지고 있던 소은도 그날 일에 대해서는 아무도 말하지 못했단다. 다만 경찰의 추측에 의하면 마주 오던 트럭을 피하면서 두 사람이 탄 차가 가드레일을 박고 비탈길 아래로 떨어졌을 거라는 것이다. 당시 연준은 뇌진탕과 함께 다리와 어깨뼈가 골절되고 갈비뼈 몇 개가 나갔다. 도저히 움직일 수 없던 지독한 상황에서도 기적같이 일어나 소은을 데리고 차에서 나왔다고 한다. 그 뒤 구급차와 시준에게 연락을 하고 긴장이 풀려 기절했을 거라며 경찰은 일련의 일을 아무것도 아닌 것처럼 늘어놓았다. 정말 유감스러운 일이라고 덧붙이던 경찰관은 헛헛하게 웃으며 고개를 저었다. 그 말에 혜정이 쓰러지고, 뒤이어 시준이 정신을 잃었다.

아무도 몰랐다. 사고가 났던 날 새벽에 무슨 일이 있었는지. 술자리 제일 마지막까지 남은 사람은 시준과 소은. 늦은 새벽까지 남다 보니 누구에게도 할 수 없던 깊은 이야기까지 나누게 되고, 분위기에 휩쓸려 시준이 먼저 키스하고 만 것이다. 소은은 울었다고 한다. 저도 모르는 사이 뒤늦게 시준을 좋아하게 됐고, 그때 동생 하은이 역시 시준을 좋아하고 있는 중이었으니까. 패닉 상태에 빠져 있던 소은은 이른 새벽에 혼자 스키장을 빠져나갔다. 뒤늦게 소은이 없어진 걸 안 일행 사이에서 크게 난리가 났고, 그 뒤를 연준이 따라갔다.

그리고 사고가 났다.

혼수상태에 빠져 있던 연준이 눈을 떴을 때는 사고 후 보름이 지난 후였다. 스물한 살 1년의 기억이 모두 지워진 상태였다. 소은을 사랑했던 기억도, 소은과 나누었던 사랑도 그 시간 모두를 잃었다. 그 이후 시준은 나락으로 떨어졌다. 모든 일의 원인이 자신인 것만 같아서.

"그래서 한동안 굉장히 많이 괴로워했대. 사고도 많이 치고 성격도 말할 수 없이 비뚤어지고 날카로워졌고. 정말 옛날하고 너무 달라져서 주위 사람들이 많이 놀랐대. 실제로도 그랬고."

미영은 뒷얘기만 빼고 세림에게 전부 말하였다. 세림은 가슴이 아릿해졌다.

하마터면 눈물을 흘릴 뻔했다. 단 한 번도 상처란 건 받아보지 않은 사람처럼 보이던 아이다. 제멋대로이고 지나치다 못해 넘칠 정도로 거만하기 이를 데 없는 남자친구인데. 그런데 오늘은 당장에라도 달려가 꼭 안아주고 싶었다. 시준의 상처받은 마음을 자신이 보듬어주지 않고는 견딜 수가 없었다. 가족을 잃을 뻔한 끔찍한 기억을 자신이 모를 리 없으니까.

"이런 말 하면 웃길지도 몰라. 시준이, 예전에 비하면 정말 좋아졌어. 난 세림이 네가 한몫했다고 생각해. 무엇보다 태현이가 안심할 정도니까."

"그렇게 말해줘서…… 고마워."

"고맙기는."

두 사람은 희미하게 웃으며 서로의 손을 잡았다. 맞잡은 손을 통해서 온기가 나눠지고 마음과 마음이 이어진다.

그건 친구만이 나눌 수 있는 무언의 대화였다.

❖　❖　❖

"왜 그렇게 빤히 쳐다봐?"

세림은 잠시 눈을 깜박이다가 생긋 웃었다. 너무 깊이 생각에 빠져 있었다. 피곤에 서린 단정한 시준의 얼굴을 손으로 부드럽게 쓴다.

"뽀뽀해 줘."

시준은 순간적으로 정신을 놓았다.

세림의 눈길이 평소처럼 수줍지 않다. 맑게 빛나는 눈동자가 무척이나 깊고 끈질기게 자신을 향해 있다. 고개를 가로로 하고 있던 세림이 이윽고 눈꼬리와 입술을 한껏 사랑스럽게 휘었다. 심장이 저도 모르게 덜컹 내려앉는다. 평균적인 속도로 흐르던 혈류도 빨라지기 시작했다. 묘한 분위기가 세림하고는 어울리지 않으면서도 자신을 참을성 없게 만들어 버렸다.

은세림한테 이런 분위기가 있었나?

곤란한데. 고작 뽀뽀 하나 해달라는 거 가지고 촌스럽게 가슴이나 두근거리고. 다리 위에 얹어둔 주먹에 힘을 쥐며 시준은 한쪽 눈썹을 묘하게 들어 올렸다.

"뽀뽀해 달라고?"

세림이 천천히 고개를 끄덕인다.

"응."

"후회할 텐데."

"왜?"

"두 가지."

그는 손가락 두 개를 펴 보였다.

"첫째, 하게 된다면 뽀뽀 아닌 키스야."

그저 귀엽게 입술을 죽 내미는 세림을 보고 한숨 같은 웃음을 흘렸다.

술만 먹으면 왜 이렇게 귀여운 거야.

시준이 손가락 하나를 접으며 다시 말을 잇는다.

"둘째, 키스도 그냥 키스가 아닌 딥키스."

"······."

"딥키스가 뭔 줄은 알지? 입술 아닌 혀로 서로의 타액을 섭취하는 행위. 이래도 하고 싶어? 딥키스 싫어하잖아."

시준은 눈을 가늘게 뜨고 하나 남은 손가락으로 능청스럽게 입술을 쓸었다. 곤란하다는 듯 세림이 미간을 모은다.

아마 더는 안 덤빌 거다.

"해."

"······."

"해. 왜, 해주기 싫어?"

"진짜 후회하지 않을 자신 있어?"

"진짜 후회까지 해야 할 일이야?"

"그 이상 더 나갈 수도 있는데?"

짓궂음이 묻어나던 시준의 눈빛이 금세 바뀌었다. 세림이 무어라 대답도 하기 전에 시준은 바로 앞까지 얼굴이 들이밀었다. 입술과 입술 사이 숨이 엉킬 때쯤, 시준의 혀가 먼저 입속으로 달려들었다. 움찔 놀란 세림이 몸을 뒤로 피하려 하자 시준이 손바닥으로 그녀의 뒷머리를 받쳤다. 그는 입을 더 크게 벌려 밀어 넣은 혀로 세림의 입천장을 쓸다가 윗니의 안쪽 치열을 핥았다. 매끄러운 타액과 함께 두 개의 혀가 질척하게 엉킨다.

호흡이 가빠져 세림은 그의 가슴을 슬쩍 밀며 급하게 숨을 삼켰다. 하지만 시준은 한시도 떨어지고 싶지 않다는 듯 그녀의 뒷머리를 세게 눌렀다. 그 바람에 두 사람의 앞니가 부딪친다. 찌르르한 통증이 세림의 앞니를 따라 코끝, 콧잔등을 타고 눈동자까지 밀고 올라온다. 뜨거운 기운이 감은 눈 속에서 느껴진다.

시준은 급하게 혀를 빨아 입속으로 당겼다. 세림의 도톰하고 부드러운 듯 까끌까끌한 혀의 감촉을 치아로 느끼는 사이, 다시 도망가듯 사라져 버린다. 술래잡기라도 하듯 서로의 혀가 입안에서 도망치고 잡히기를 반복했다.

세림은 낮은 신음 소리를 내며 조금 고통스러운 듯 미간을 찌푸렸다. 하지만 시준은 조금도 틈을 주지 않았다. 등을 감싸던 손이 척추를 쓸어내듯 허리로 내려간다. 몇 번이고 허리를 쓰다듬던 시준은 세림을 끌어당겨 다리 위에 앉혔다. 세림은 눈을 번쩍 떴다. 허리를 바싹 껴안자 두 사람의 복부가 닿는다. 시준이 노골적으로 느껴졌다. 술이 확 깸과 동시에 야릇한 감각이 단번에 골반을 민감하게 자극시켰다. 놀라 그를 밀쳐 내려 했지만 커다란 손은 완고하게 세림을 끌어안았다.

녹아내릴 것처럼 심장이 뜨거웠다.

달아오른 몸에 땀이 배는 듯하다.

시준의 어깨를 짚은 손에는 저도 모르게 힘이 들어갔다. 저릿함을 넘어 쓰라림이 느껴지는 손바닥엔 벌써 땀이 흥건했다. 기절할지도 모른다는 생각을 할 무렵 시준이 천천히 혀를 풀었다. 떨어진 두 사람의 입술과 입술 사이, 실 가락 같은 타액이 늘어진다. 반쯤 눈을 뜬 채로 시준은 세림의 아랫입술을 핥듯 물어냄과 함께 타액을 삼켰다.

차 안의 공기가 서로를 향한 열기로 터질 듯이 꽉 차올랐다. 시준의 눈가가 일그러졌다고 생각한 순간, 그가 두 팔을 교차해 세림을 힘껏 끌어안았다. 담배 냄새 사이로 감추지 못한 풍성한 샴푸 향이 머릿속을 어지럽게 만든다. 이대로 계속 세림과 함께 있다간 정말 덮칠지도 모를 것 같았다. 이성의 바닥이 적나라하게 드러나는 순간이다.

위험의 경계에 서 있는 두 사람 사이로 차창에 부딪치는 가는 빗소리와 나긋한 재즈 음악이 아득하게 새어들었다. 가쁜 숨도, 힘차게 뛰던 심장도 점점 제 속도를 찾아 잦아들기 시작할 때쯤, 시준은 신음 같은 한숨을 낮게 내쉬었다. 그의 품에 기대 있던 세림이 얼굴을 마주한다.

"왜……?"

시준은 조금 괴로운 듯해 보였다.

"자꾸 잡아먹고 싶어져서."

세림은 당황해 금세 얼굴을 붉혔다. 어쩔 줄 몰라 시선을 자꾸만 피했다. 그 이상 더 나갈 수도 있다는 시준의 말이 불현듯 떠올랐다. 세림이 침을 꼴깍 삼켰다.

"장난이야. 놀라지 마."

"……미안해."

"뭐가?"

"그냥…… 여러 가지로."

애매한 대답에 시준이 웃으며 세림의 머리칼을 귀 뒤로 넘겼다.

"뭐가 여러 가지로 미안한지 모르겠네."

"……."

"미안할 거 없어. 아무것도 미안해하지 마."

"그래도……."

"그래도는 무슨. 아니면 사실 덮쳐 주길 바라는 거야?"

세림은 금세 눈을 뾰족하게 하고서 시준을 노려보았다.

정말 못됐어. 짓궂다니까.

"장난이야, 장난."

부어 있는 세림의 볼을 집으며 시준이 장난스럽게 웃었다. 앞으로도 두 사람은 이렇게 조금씩 서로를 원하고 서로를 받아들이겠지. 세림은 시준의 새까만 눈동자를 하염없이 바라보았다.

볼수록 깊고 따뜻한 눈을 가진 남자다. 그 눈으로 자신만을 바라보는 남자.

다시 시준의 목을 끌어안았다. 두 사람의 얼굴이 서로의 어깨에 닿는다. 방송을 타고 카 오디오에서 유러피안 재즈 트리오의 [The Big Blue Overture]가 흘렀다. 음악과 어우러지는 빗소리를 들으며 그려본다. 새까만 밤, 초록 잎을 물들이는 빗줄기를. 싱그러움에 물든 자연의 향으로 금세 가슴이 설렐 것만 같다.

"빗소리, 음악 소리…… 듣기 좋다."

"네 심장 소리가 더 듣기 좋아."

시준이 세림의 귓가에 입술을 대고 속삭였다. 그리고 입술로 내려와,

"네 숨소리도."

하고 입 맞췄다. 다정하고 상냥하게. 입술로 내려앉는 시준의 숨결이 따뜻하다. 그 온기로 인해 무엇도 두렵지 않을 만큼 마음이 평온해졌다. 세차게 뛰던 두 개의 심장은 하나인 것처럼 규칙적인 리듬으로 함께 뛴다.

달콤한 이 순간을 어떻게 말하면 좋을까.

두 사람만의 세계에 익숙한 벨소리가 불쑥 끼어들었다. 세림의

가방에 든 휴대전화 벨소리다. 시준이 팔을 뻗어 조수석에 놓인 가방을 건네주었다. 세림은 민망한 타이밍에 부끄러워하며 가방 안쪽에서 주섬주섬 휴대전화를 꺼내 들었다. 엄마다. 그녀가 잠시 시준의 눈치를 보다 통화버튼을 눌러 귓가에 휴대전화를 댔다. 시준은 처음부터 끝까지 그런 세림에게서 눈을 떼지 않고 있었다.

집요한 시선이 얼굴 구석구석 떨어져 민망하다.

"응, 엄마."

〈어디야, 이 계집애야! 쪼끄만 게 새벽 1시까지 술을 먹고 돌아다녀? 너 요새 친구들이랑 여행이다 뭐다 엄마가 봐주니까 이젠 막 나가지? 앙!〉

엄마가 앙칼진 목소리로 꽥꽥 소리 지르며 윽박질렀다. 시준이 수화기에서 들리는 엄마의 고함 소리에 소리 없이 웃는다. 세림은 민망함이 한층 더해져 얼굴을 빨갛게 물들였다. 그녀가 귓가에 댄 휴대전화 음량을 빠르게 줄이며 기어들어 가는 소리로 말한다.

"엄마는…… 왜 소릴 지르고 그래……."

〈그럼, 내가 안 지르게 생겼어? 지금이 몇 시야, 몇 시! 새벽 2시가 다 돼간다. 얼른 안 들어와?〉

"알았어, 알았어. 가. 지금 공원이야."

〈공원? 밤늦게 공원은 왜 가 있어? 너 10분 내로 빨리 안 들어오면 내가 나간다!〉

"알았다니까."

세림은 앞머리를 옆으로 자꾸 넘기며 휴대폰 종료버튼을 꾹 눌렀다. 여전히 세림을 사랑스럽게 보던 시준이 그녀의 머리를 쓸어내린다.

"엄마?"

"응. 다…… 들렸어?"

"조금."

"하여간 창피해. 나 이제 그만 가봐야 해."

"응, 데려다 줄게."

세림은 눈을 번쩍 떴다.

"네가 왜?"

"뭐라고?"

"여기서 걸어가면 10분밖에 안 걸려. 됐어. 혼자 가도 돼."

시준이 미간을 힘껏 세웠다.

"은세림, 고집부릴 걸 부려. 10분 거리라도 지금 어머니 말대로
새벽 2시야. 바로 집 앞에서도 사고가 나는 위험한 세상이구만 쪼
그만 게 겁도 없이. 그리고 이 새벽에 여자친구가 집에 혼자 간다
고, 그래, 잘 가 하는 정신 빠진 놈이 어디 있어?"

"진짜 혼자 가도 된단 말이야."

"쓸데없이 자꾸 고집부릴 거야? 집에 못 들어가게 한다?"

"창피하니까 그렇지."

샐쭉 입을 내밀며 시준의 시선을 피한다. 그가 무슨 말을 하냐
는 듯 고개를 갸웃하였다.

"뭐가?"

"그냥, 그냥 네가 집 앞까지 바래다주는 거 창피해. 집 어딘지
알려주는 거 창피하다구."

"와, 이젠 별 이상한 걸로 고집을 부리네, 어?"

그는 세림의 볼을 꼬집으며 목소리를 굳혔다. 세림은 계속 시선

을 피하고 있는 상태다. 시준은 어이없는 한숨을 터뜨리며 웃었다.

고집쟁이.

"세림아, 내가 범죄자야? 스토커질이라도 할까 봐 그래? 뭐가 창피한데? 범죄를 저지르려면 널 납치했어."

"혼자 가는 것보다 네가 더 위험하네, 뭐."

"맞아. 사실 내가 더 위험해."

그가 빙글 웃자 세림의 눈동자가 일순 긴장하였다.

"동시에 가장 안전한 사람이기도 해."

"신빙성 없어."

"신빙성 없어도 신뢰성은 있어."

시준이 깊게 바라보았다. 세림은 부끄러워 눈길을 떨어뜨렸다.

"집 어디야? 아파트?"

"……."

"세림아."

"한남 이래온 1109동."

세림은 귓불까지 새빨개졌다. 시준이 한숨을 내쉬듯 웃으며 머리를 목받침에 기댄다.

"이제 보니까 운명이잖아."

비에 젖다

전날부터 내리던 비는 계속 이어졌다. 지하철역에서 나와 가로수가 늘어진 길을 따라 걷던 세림은 발걸음을 멈추고 하늘을 보았다. 하늘을 가득 채우는 잿빛 먹구름 사이로 굵고 가느다란 빗방울이 툭툭 떨어져 내린다. 기온도 떨어져 숨을 내쉴 때마다 입에서는 뿌연 입김이 공기 중에 너울을 그리며 퍼졌다. 차가운 기운에 얼굴이 얼얼하다. 손바닥까지 내려온 카디건으로 입을 가렸다. 숨으로 얼굴을 녹이던 세림은 다시 발길을 디디기 시작했다.

한 걸음 한 걸음이 어쩐지 무겁다.

한울(Hanul). 건널목을 건너려다 말고 호텔 앞 중앙 화단의 흑색 화강암에 새겨진 금색 영문판을 보며 소리 없이 중얼거렸다. 호텔 옆으로 빗물에 젖어가는 콘크리트색의 백화점이 보인다. 눈길을 거두며 다시 호텔 안쪽으로 걸음을 옮겼다.

세림은 엉거주춤 로비로 들어섰다. 입구에서부터 의지와 상관없이 위축감이 들었다. 로비 중앙에서 검은 정장을 입은 남자가 이쪽으로 성큼 다가왔다.

"룸에서 기다리고 계십니다."

검은 정장을 입은 남자의 안내를 따라 호텔 라운지 레스토랑으로 걸음을 옮겼다. 레스토랑 홀을 지나 룸의 문 앞에 다다랐을 즈음 가슴에 모래알 같은 것들이 굴러다녔다. 순간적으로 호흡이 갈라진다. 레스토랑 홀에 울리는 도란도란한 말소리와 마음을 편하게 해주는 클래식한 음악, 발끝에 닿는 폭신한 카펫이 굉장히 이질적이다.

남자가 룸의 문을 열자 테이블 의자에 등줄기를 곧게 펴고 앉아 있는 여자가 보였다. 세림이 가까이 다가가자 여자가 자리에서 일어섰다.

"임하은이에요."

팔부 자수 레이스 소매에 허리 라인이 예쁘게 들어간 크림색 원피스, 하얗고 가느다란 목선에서 빛나는 은색 나비 펜던트가 달린 진주목걸이, 자신의 위치를 숨김없이 드러내는 것만 같은 고급 화장품 특유의 짙은 향내와 거만한 향수 향, 흔들림 없이 곧은 시선.

현기증이 날 것 같다.

"은세림이에요."

"앉아요."

그녀는 몸에 밴 듯 정제된 움직임으로 조용히 의자에 앉았다. 일어설 때와 조금도 다름이 없다. 어디에 시선을 두어도 조금의 모자람 없이 완벽한 몸짓과 옷매무새. 우아하다고 생각했다. 스키니에 분홍색 블라우스, 그 위에 연한 풀색 카디건을 대충 걸친 자신과 대조된다. 아침에 너무 귀찮아 화장도 제대로 하고 나오지 못했다. 새삼 신경이 날카롭게 곤두선다. 아무리 봐도 작정하고 나온 것 같은 분위기가 하은에게서 강하게 느껴졌다.

이건 반칙이잖아.

보이지 않는 위협적인 분위기를 몸으로 체감하며 세림은 마음을 다스렸다. 상대가 어떤 말을 하고 싶어 불렀는지 짐작하고 있는 상황이니 더욱.

하은은 크림색 찻잔에 담긴 커피를 한 모금 마셨다. 그윽한 카페 아메리카노의 향이 세림에게까지 번져 왔다. 그 진한 향을 따라 눈길을 들어 올렸다. 찻잔 손잡이 부분을 잡고 있는 하은의 왼손 약지에 다이아가 간간이 박힌 은색 링이 자리하고 있다. 세림은 자신의 왼쪽 손목에 채워진 손목시계를 슬쩍 내려다보았다.

어딘지 우습고, 어딘가 유쾌하지 않은 복잡한 심정이다.

조금의 시간이 지나고 찻잔이 받침에 안착하였다. 자기 부딪치는 소리가 침묵 서린 공간에 또렷이 울린다.

"나, 시준 오빠하고 약혼할 사람이에요. 알고 있어요?"

"……알고…… 있어요."

하은은 황당한 웃음을 짧게 터뜨렸다.

"알고 있어요? 약혼할 사람이 있다는 걸 알면서도 아직까지 정리를 안 했다?"

"처음부터 알고 있던 건 아니에요. 나도 시준이한테 약혼할 사람이 있단 걸 알게 된 건 최근이었어요."

"어쨌든 알았으면 정리해야 하는 거 아니에요?"

"……."

"오빠랑 헤어져요."

간결하고도 명료한 단 한 마디. 당연하단 듯 태연한 말투.

어둑어둑한 창밖 하늘이 하얗게 번쩍이더니 뒤이어 와르르 조각나는 소리가 들린다. 빗소리가 거세지기 시작한다. 가방 안의 휴대전화가 진동한다. 아마 시준일 것이다. 무릎 위에 올려둔 손을 힘 있게 쥐었다.

"내가 왜……?"

"왜라뇨? 나 시준 오빠하고 약혼할 거라구요. 약혼의 의미, 모르는 거 아니잖아요. 결혼하기 위한 약속."

"알아요. 하지만 나 지금 시준이랑 아무 문제 없이 사귀고 있어요. 내가 이별의 말을 들어야 한다면 그쪽이 아니라 시준이어야 한다고 생각해요."

"뭐라고요?"

※　※　※

시준은 흐르는 물에 손을 씻고 페이퍼 타월을 꺼내 물기를 닦았다. 와이셔츠의 옷깃이 흐트러지지 않게 모양을 다시 정돈하고 팔꿈치까지 접어 올린 소매를 내려 커프스버튼으로 고정시켰다. 소매 부근은 시계를 덮지 않게 만졌다. 그는 차분히 옷매무새를 정리하는 거울 속 자신을 타인인 듯 바라보았다. 소매 부근에서 손을 떼지 못하고 세면대 선반에 둔 휴대전화로 시선을 옮긴다.

세림과 통화가 되지 않는다. 몇 번을 해보아도 마찬가지다. 시간은 이미 오후 2시가 훨씬 지나가고 있다. 지나친 기우다. 학원 선생님들과 점심 식사라도 하는 중이겠지. 다시 휴대전화를 들어 문자 메시지를 남겼다.

김 원장을 만나는 건 지난번 가족 식사 자리 이후로 처음이다. 그날 버릇없이 자리를 떴던 행동에도 김 원장은 나무람 없이 흔쾌히 시간 할애를 승낙해 주었다. 손을 뻗어 서류 봉투를 집어 들고 내용물을 꺼냈다. 세림의 학적 사항이 관련된 서류들과 공인어학 증명서, 이사장단 추천서가 준비되어 있었다. 그리고 바지주머니 안의 USB. 그는 처음과 같은 상태로 서류를 다시 봉투에 집어넣으며 화장실을 나섰다.

❖ ❖ ❖

하은은 발톱 세운 고양이처럼 눈을 치켜떴다. 순진하게 생긴 것 치고는 고집스러운 면이 있는 여자다. 그녀가 미간을 좁히며 입매를 밀었다.

"뭘 많이 모르시네요. 네, 모르니까 그렇게 당당하게 말할 수 있겠죠. 그래요, 오빠한테 들어서 오빠네 집이 어떤지는 알겠고. 그래도 오빠랑 계속 사귀고 싶단 생각이 들었어요?"

"사귀지 못할 건 없다고 생각해요. 시준이랑 나랑 서로 좋아하는 건 변함없으니까."

"그랬…… 어요? 하긴 오빠랑 사귀어서 그쪽이 손해 보는 건 없겠지. 그럼 지금 오빠네가 어떤 상황인지도 알고 있나?"

"……"

"그건 모르나 보네. 하긴 그쪽이 비즈니스에 대해 뭘 알겠어요. 안다고 도움되는 것도 아니고. 오빠네 그룹 계열사가 전부 분리된 건 알죠? 유통, 호텔리조트, 건설, 자동차, 중공업, 운수, 그리고 본사. 오빠네 소유는 그나마 수입이 좋은 유통하고 호텔리조트예요. 한남건설은 1년 전 돌아가신 오빠네 작은아버지 소유, 지금은 빚 때문에 채권단에 넘어간 상태죠. 중공업은 시준 오빠네 큰아빠 소유. 큰집하고 오빠네 둘 다 거의 공중분해 직전에 있는 한남건설사 인수 준비에 있어요. 경매에선 인수 자금의 변수가 크기 때문에 막대한 계좌 지원이 필요하죠. 한빛은행, 한국 금융업계 2위. 거기하고 우리 집, 친분이 있어서 오빠네하고 연계해 주고 있어요."

긴장으로 마른 입술을 삼키던 세림은 앞에 놓인 물잔을 입가로 가져갔다. 하은이 지금 무슨 얘기를 하는지 도통 이해가 되지 않았다. 중요한 건 시준이네가 한남건설을 인수하는 데 저 아이 집안이 큰 도움을 주고 있다는 건가.

하은이 하얗고 가느다란 손가락으로 테이블을 톡톡 쳤다.

"한남의 전체 매출 중 30%를 자동차가 차지하고 있어요. 그러니까 자동차 경영권을 소유한 쪽은 한남의 실세가 되는 거죠. 그쪽은 아직 할아버지가 경영하고 있어요. 만약 이번 건설사 인수, 오빠네가 못하면 중공업으로 넘어가고, 중공업 쪽에서 자동차 경영권 인수, 잘못하면 지금 오빠네가 가지고 있는 유통도, 호텔리조트도 먹힐 수가 있죠. 한 그룹의 계열사들이 분리되면 이어지는 건 피 터지는 밥그릇 싸움. 그만큼 건설하고 자동차, 중공업, 한남에서 빼놓을 수 없는 핵심이에요. 이번 약혼, 어그러지면 건설사 인수는 과연 누가 하게 되는 걸까요?"

세림은 굳은 표정을 감추지 못하고 새근새근 숨만 내쉬었다. 모종의 거래가 얽힌 약혼. 그 이해관계에 대한 맺어짐을 자신이 얼마나 알아들었는지 모르겠다. 딱 하나 시준과 그의 집에 중요한 일이란 것을, 그리고 그 순간에 자신이 걸림돌이 되고 있다는 것은 쉽게 알 수 있었다.

하은의 입가가 묘하게 올라갔다. 마치 자신의 승리를 예감하기라도 하는 것처럼.

"내가 무슨 말을 하는지 이제 이해되나요? 괜한 고집부리지 말아요. 그쪽 때문에 오빠네 집안 비즈니스가 어그러져야 되겠어요? 도움은 주지 못할망정 피해는 주지 말아야죠."

아무런 대답도 할 수 없다. 이제야 겨우 시준의 옆에서 힘이 되어주고 싶다는 생각을 하게 됐는데, 너무 좋아져 어쩔 수 없게 되어버렸는데 지금 자신은 시준을 위해 아무것도 할 수 있는 게 없단다. 헤어지는 게 최선이란다. 급격한 무력감이 파도처럼 덮쳐온다.

하은이 옆자리에 놓아둔 백에서 카드 하나를 꺼내 세림에게 내밀었다.

"이게 뭐예요?"

"오빠네 과 한 학기 등록금 얼만 줄 알죠? 그 정도는 될 거예요. 필요한 거 사세요. 오빠에 대한 감정이 사랑이든 돈을 노리는 거든 헤어질 때 위자료는 제대로 쳐줘야죠. 오늘 나 만난 거 다행으로 알아요. 오빠네 변호사님이나 해준 오빠 만났으면 더 상처받았을 테니까. 나라서 이 정도로 끝나는 줄 알라구요."

그녀는 깔끔하게 정리하며 선심 쓰듯 웃어 보였다. 세림의 심장이 차갑게 굳었다.

순간적으로 눈앞이 어지럽고 머리가 지끈거린다. 고속버스의 기름내가 코앞에서 진동하는 것 같아 속이 울렁거렸다. 한 사람을 좋아한다는 이유만으로 이런 굴욕적인 일을 당해야 하다니.

내가 도대체 왜?

쓸데없이 자존심 세우는 일을 좋아하지 않았다. 하지만 이렇게 볼품없이 뭉그러지는 꼴을 당할 이유도 없다. 미세하게 떨리는 손을 꾹 쥔다. 손바닥에 손톱이 배기는 것 같다.

"두 사람……."

"네?"

"두 사람, 결혼만 하면 되는 거 아닌가요?"

"그거…… 무슨 뜻이에요?"

세림의 말속에 담긴 의미는 분명하지 않았다. 하은이 미간을 일그러뜨리며 세림을 보았다. 나약하기만 하던 눈동자가 어느새 곧게 자신을 향하고 있다. 좀 전과는 다른 분위기다.

"나…… 시준이하고 헤어지고 싶지 않아요. 우리가 헤어지는 건 둘 중 하나가 싫어졌을 때일 거예요."

"이제껏 내가 한 말 못 알아들었어요? 보기보다 이해력이 부족한가 봐?"

"아뇨. 충분히 알아들었어요. 그쪽, 시준이하고 약혼해요. 결혼도 하고. 안 말려요. 나도 걔랑…… 즐기는 거거든요."

떨리는 목소리를 감추지 않았다. 그러나 단호하게 말했다. 덧붙인 말이 우스워 하은은 입을 다물 수가 없었다. 무섭지도 않은 반격이었지만 하은에게 아까와 같은 여유는 찾아볼 수 없었다. 눈가가 심하게 일그러진다.

"약혼 날짜 잡히면 말해요. 그때까지는 내가 시준이 옆에 있을 거예요. 그쪽이 시준이랑 사귀고 있던 것도 아니고 엄연히 말하면 여자친구 있는 남자 가로채는 거잖아요. 그렇다고 내가 걔한테 욕심이 있는 건…… 아니에요. 단지 지금 시준이 옆에 있어야 할 사람, 그쪽이 아니라…… 나니까."

발칙한 대답에 하은의 눈동자에 불꽃이 일렁인다. 원피스 자락을 틀어쥔다. 기다란 손톱이 새틴 소재의 원피스를 흠집 냈다. 입술 사이로 흐트러진 숨소리가 미끄러지듯 샌다. 흥분하되 흥분한 꼴사나운 모습 따위 보이지 않을 것이다. 하은은 원피스 자락을 놓으며 왼쪽 엄지손가락으로 약지에 낀 반지를 천천히 돌렸다.

태연히 웃는 하은을 보며 세림은 소름이 돋았다. 과장된 초연함에서 무서울 정도로 절제된 분노의 감정이 고스란히 전해진다. 어쩌면 시준은 저 아이보다 더한 사람들에게 둘러싸여 있을지도 모른다는 막연함이 가슴을 짓눌렀다. 시준이 발을 담고 있는 세계가 갑자기 생각하고 싶지 않을 정도로 두려워졌다.

"들었던 것보다 참 재밌는 사람이네요. 좋아요. 마음대로 해요. 오빠 옆에 있어줘야 할 사람? 글쎄, 그 자신감 좋네요. 실컷 즐겨요. 사랑을 하든 섹스를 하든 오빠라면 다 이해해 줄 수 있으니까. 다 이해할 수 있는 사람, 나밖에 없거든요. 그런데 당신, 지금 이거 되게 어린애 같은 행동 아닌가요?"

"어린애 같은 행동? 그럼 하은 씨가 말하는 어린애 같지 않은 행동은 뭔가요? 시준이 대신 이 자리에 와 헤어지라고 카드 내미는 거? 남의 것을 뺏으려 하면서 자신의 행동이 당연한 거라고 선심 쓰듯 얘기하고 있는 거? 그건 어른스러움이 아니라 오만이고 무례인 거죠. 하은 씨는 시준이 친인척도 아니고 말 그대로 약혼녀도 뭣도 아녜요. 한마디로 오늘 행동, 굉장히 실례였다는 거예요. 걱정하지 마세요. 유치하게 시준이한테 이를 생각은 없으니까."

세림은 자리에서 일어났다. 후들거리는 다리와 떨리는 몸을 간신히 다스려 최대한 흐트러짐 없이 문 앞 손잡이까지 걸었다. 임하은의 시선이 노골적으로 느껴졌다. 응축된 공기가 룸에 빽빽이 차올랐다. 문이 열리고, 객실을 나왔다. 탕, 하고 닫히는 소리와 함께 꼬리처럼 딸려 나온 굳어진 공기 무리가 와장창 깨지며 세림의 살갗에 사정없이 떨어져 내렸다.

호텔 로비를 나온 세림은 입구에 서서 비가 내리는 도로를 마냥 쳐다보기만 하였다. 바람을 따라 비에 젖은 흙내와 나무 냄새가 한껏 몰려온다. 빗줄기가 변덕스럽게도 가늘어졌다 굵어지기를 반복한다. 하늘은 여전히 요란한 소리를 내며 갈라지고 있다. 우산을 펴 빗속을 걷는다. 바닥으로 떨어지는 빗방울이 반원을 그리며 튀어 올라 운동화를 적신다. 운동화 앞부분에 흐릿한 때가 묻어 있다.

운동화 사야겠다.

호텔 옆으로 보이는 백화점에 원망스러운 시선을 주다가 몸을 돌렸다. 반대편 지하 몰로 돌리는 발걸음이 서서히 빨라졌다. 심장이 좌표를 정하지 못하고 빙글빙글 떠돈다. 발걸음을 우뚝 멈추었다. 발아래, 인도 곳곳에는 비에 젖은 플라타너스 잎이 짓겨진 채로 널브러져 있다. 우산을 잡고 있는 팔이 덜덜 떨렸다. 눈가가 한껏 붉어졌다.

곧 장대비가 쏟아지고 바람도 거세졌다. 우산을 쓰고 있는 것이 무의미할 정도로, 비에 젖어갔다.

화장실 칸막이 문 뒤에 지친 듯 기대섰다. 텅 비어 있는 눈동자에 서러운 눈물이 차올랐다. 차마 삼켜내지 못한 눈물이 뺨을 타고 주르륵 미끄러져 턱에 닿는다. 아슬아슬하게 매달려 있던 눈물은 버티지를 못하고 풀색 카디건에 떨어져 방울을 맺었다. 뒤이어 비슷한 자리에 굵은 물방울이 툭툭 떨어지고, 가방 끈을 꼭 쥐고 있는 손등 위로도 떨어졌다. 터지지 못하고 있는 눈물이 가슴에 꽉 막혀 출렁출렁 넘치기 일보 직전이다. 작은 가슴을 들썩인다. 숨을 들이쉴 때마다 끅끅 눈물 참는 소리와 함께. 후들거리는 다리를 가눌 수가 없어 결국 자리에 주저앉는다. 온몸에 핏기가 가셔 부들부들 떨리고 숨은 쉴 수가 없다. 심장이 귓가에서 두방망이질 쳤다. 눈물이 자꾸 줄줄 흐른다. 코를 훌쩍였다.

울면서 콧물까지 같이 흘리는 거, 정말 꼴불견인데.

쥐고 있던 가방의 지퍼를 급하게 열었다. 손이 덜덜 떨려서, 참아내지 못한 뜨거운 눈물은 자꾸 눈앞을 가리고, 굳어진 심장 때문에 호흡은 제대로 되지 않고. 이대로는 숨이 막혀 죽을 것만 같아 천천히 심호흡하였다.

한 번 숨 들이쉬고 흐느끼고,

두 번 숨 들이쉬고 흐느끼고,

흐느끼고…….

마음을 다잡으려는데 조각조각 나 여기저기 흩어진 감정을 주워 담는 게 너무나 힘들다. 도저히 뜻대로 되지 않아 괴롭다.

잡히지 않는 감정만큼이나 가방 속 휴대전화가 자꾸만 손을 빠져나간다. 괜히 신경질이 나 가방을 뒤집었다. 교재, 파우치, 지갑, MP3, 휴대전화, 필통이 아무렇게나 뒤섞인 채로 가방 안에서 우르르 쏟아져 나왔다. 손바닥으로 눈가를 밀듯 닦아내고 바닥에 떨어진 휴대전화를 주워 들었다. 눈물이 두 뺨을 타고 끊임없이 흐른다.

휴대전화 액정에 부재중 전화가 떴다. 무시하고 전화부를 뒤지는데 누구한테 연락을 해야 될지 도무지 모르겠다. 지금 이 순간은 이시준이라는 이름이 너무나 낯설고 멀기만 하다. 통화버튼을 누를 수가 없다. 휴대전화를 가슴에 안았다. 숨죽여 눈물만 흘려내다 결국 봇물 터지는 감정을 어쩌지 못하고 소리 내어 서럽게 엉엉 울었다. 차디찬 화장실 바닥의 기운이 혈관을 타고 심장을 얼게 만드는 것만 같았다.

27.

우리가 걷던 그 여름

시준의 차는 일방통행 길을 따라 공원 주차장으로 향했다.

아침까지 우중충한 하늘에서 비가 내리더니 오전이 조금 지나면서부터 햇빛이 기세등등하게 반짝인다. 대기는 끈적임 없이 깨끗했다. 후덥지근한 태양 볕의 열기만 아니라면 데이트하기 딱 좋은 날씨다. 주차장 안쪽으로 핸들을 돌리던 시준의 낯빛이 굳어졌다. 어제 종일 전화기를 꺼놓고 있던 세림이 마음에 걸린다. 세림과 연락이 된 건 퇴근 후. 그것도 한참이 지나서였다.

〈학원 끝나고 쇼핑했어. 이것저것 사고 싶은 거 있어서. 그래서 전화 온 줄 몰랐어. 집에 오니까 너무 피곤해서 잠들었는데, 배터리가 나갔나 봐.〉

"정말이야?"

〈응.〉

"……어디 아픈 덴 없고? 목소리가 안 좋다."

〈자고 일어나서 그래. 아픈 데 없어.〉

"학원 끝나고 문자라도 넣어주면 좋았잖아. 걱정했어."

〈생각 못했어.〉

생각 못했다는 말에 한숨만 쉬었다. 아픈 데 없다면서 곱고 낮았던 세림의 음색이 꺼끌꺼끌하게 갈라져 있었다. 불현듯 감기몸살로 호되게 앓았던 제주도 여행이 떠오른다. 괜히 화가 났다. 그렇다고 세림에게 화를 낼 수도 없는 노릇이고.

"감기 든 거 아니야?"

〈아픈 데 없다고 했잖아. 그냥…… 컨디션이 안 좋은 것뿐이야.〉

"혹시 그날이야? 너 이쯤 그거 하잖아. 통증도 심하고 두통도 있고. 컨디션도 안 좋고."

〈응, 그날. 시준아.〉

"어, 말해."

〈우리 내일 만나. 데이트해.〉

"그래, 데이트하자. 일 끝나면 연락할게."

〈아니. 하루 결근하면 안 돼?〉

마우스로 모니터에 뜬 프레젠테이션 자료를 성의 없이 휙휙 넘기던 시준의 손가락이 멈칫하였다. 마지막 장에 '전달 사항'이라고 쓰인 문구가 눈에 들어왔다. '하반기 주요 행사 정리, 반드시 내일까지 마무리 부탁드립니다'라고 되어 있다. 시준은 '알았어. 그렇게 해'라고 대답하며 프레젠테이션 화면을 종료시켰다.

공원 주차장에 차를 세워두고 운전석 문을 열었다. 햇살이 지나 치다 싶을 정도로 부시다. 눈가가 자연스레 찌푸려졌다. 공원 산 책로를 따라 걸었다. 싱그러운 초록 잎 사이로 여름빛이 분사되어 떨어진다. 세림은 이 산책길을 무척 좋아한다. 이 길을 따라 걷는 것도, 이 길에 따라 놓인 벤치에 한참 동안 앉아 있는 것도 몹시 좋아한다. 멀리 세림이 보인다. 귀에 이어폰을 꽂고 바람에 잔물 결처럼 너울지는 나뭇잎을 하염없이 바라보고 있다. 천천히 큰 걸 음으로 세림 앞에 섰다.

시준의 등 뒤로 보이는 태양에 눈이 부신지 그녀가 손을 들어 그늘을 만들었다. 세림의 입가가 생긋 예쁘게 밀렸다.

"어서 와."

시준은 세림 옆에 앉아 그녀의 하얀 손을 잡았다. 생기를 잃은 얼굴이 하얗다 못해 질려 있다. 그녀를 품에 안았다. 가슴에 닿는 어깨뼈가 바스라질 듯 가늘다.

"얼굴이 이게 뭐야."

세림이 시준의 어깨에 얼굴을 걸쳐 놓고는 옆구리 밑으로 손을 둘러 그의 등을 꼭 감싸 안았다.

"미안."

"배 많이 아팠어?"

"이제 괜찮아."

시준은 날숨을 길게 내쉬다가 세림과 얼굴을 마주했다. 투명함 이 말갛게 서려 있던 눈동자가 지쳐 있다.

"조만간 한의원 가자. 한의사한테 상담받고 한약 지어 먹자고.

여자들 몸에 좋다는 걸로."

세림은 말없이 미소만 보이고는 등을 곧게 세우더니, 옆에 놓아
둔 커다란 쇼핑백을 집어 건넨다. 뭔가 싶은 표정을 짓고 있는 시
준에게 세림이 확인해 보라는 듯 눈짓하며 또다시 옅게 웃음 지었
다.

안에는 신발 상자와 또 다른 작은 쇼핑백이 있다. 신발 상자에
는 빨강색 컨버스 운동화가 들어 있고, 작은 쇼핑백에는 검정색
칼라 반소매 셔츠가 얇은 비닐에 밀봉되어 있다.

"이거 뭐야?"

"선물. 이거로 옷 갈아입고 신발은 그거 신어. 발 사이즈 280
맞지?"

시준이 세림을 보았다. 무릎 위로 올라오는 진스커트에 검정색
칼라 반소매 셔츠, 그리고 신고 있는 빨강색 컨버스 운동화, 생일
날 선물해 준 분홍색 숫자판 시계. 무슨 생각을 하는지 알겠다는
듯 시준의 입매가 부드럽게 말린다.

"맞아. 그런데 무슨 바람이야? 이거 커플인 거 완전 티 팍팍 내
네."

"좋아?"

"그래, 아주 좋아 죽겠다. 이 여자 내 여자입니다, 하고 알아서
광고해 주는 거잖아."

산뜻한 초록색의 나뭇잎들이 겹겹이 싸여 만들어진 자연 차양
아래 연약한 바람이 세림의 웃음을 따라 흐른다. 시준은 망설임
없이 그 자리에서 입고 있던 셔츠를 훌러덩 벗었다. 당황한 세림
이 토끼처럼 눈을 크게 뜨고는 고개를 후다닥 돌렸다.

"여, 여기서 벗으면 어떻게 해!"

두 볼이 자두처럼 붉어진 세림을 보며 시준이 씨익 웃었다. 그가 쇼핑백에 올려놓은 반소매 셔츠를 들어 머리부터 쑥 집어넣는다.

"하여간 창피한 줄도 몰라."

"여자친구가 사준 옷, 그 자리에서 갈아입는 게 창피한 일인가? 어때, 잘 어울려?"

샐쭉한 표정으로 흘깃 훔쳐보던 세림의 얼굴빛이 금세 환해진다. 그녀가 고개를 비스듬히 하고 시준을 찬찬히 살핀다.

"응, 잘 어울린다."

"내 여자친구가 한 안목 하거든."

"그런가? 모델이 멋있어서 그런 게 아니고?"

"……."

"왜?"

"그거 알아? 은세림 나랑 만나고 4개월 만에 처음으로 멋지다고 말했어. 오늘."

"내가…… 그랬어?"

"응, 기분 완전 좋은데?"

"앞으론 더 많이 해줄게. 우리 남친한테 멋지단 말, 많이많이 해줄게."

세림은 웃으며 시준의 등 뒤로 팔을 넣어 품에 얼굴을 기대었다. 시준은 가슴에 안긴 세림을 단단히 담으며 손으로 그녀의 뒷머리를 받쳤다.

오늘의 세림은 조금 이상하다.

"세림아, 무슨 일 있었어?"

순간 세림의 눈동자가 흔들린다. 그녀가 눈을 깜박이며 짐짓 아무렇지 않은 목소리로 대답한다.

"아니. 무슨 일? 왜?"

"아님 말고. 너, 사람이 갑자기 달라지면 적응 안 된다."

"그게 갑자기 달라진 거야? 나 그동안 되게 못된 여자친구였나 보다."

"그 정도는 못된 축에도 못 껴. 새침한 게 은세림 매력이지."

"그럼 내일부터는 원래 모습으로 돌아가야겠네."

"다시 홀딱 반하겠는데?"

두 사람은 낮게 웃었다. 죽 늘어선 나뭇가지들이 미풍에 하늘하늘 흔들린다. 빛 받은 나뭇잎 그림자가 땅바닥에서 느릿느릿 춤춘다. 세림은 시준을 살며시 밀어냈다.

"이제 가자."

"그래, 가자. 어디로 갈까? 어디 가고 싶어? 주차장에 차 있어."

"아니. 버스 타고 가. 우리 버스 타고 가자."

"버스?"

시준은 눈썹을 들어 올리며 세림을 내려다보았다. 그녀가 자리에서 일어나 팔을 잡아끌었다.

두 사람은 여름 태양에 달궈질 대로 달궈진 버스 뒤편 자리에 앉았다. 청포도색 잎의 은행나무가 죽 늘어선 길을 지날 때마다 잎사귀 그늘이 건너편 좌석에 드리워진다.

생각이 유독 많을 때, 머릿속이 어지러울 때, 그래서 아무것도 못하고 현실에서 벗어나야 했을 때 세림은 혼자 버스를 타고 음악을 들으며 한참 동안 멍하니 있곤 했다. 정신 놓고 풍경을 바라보다 보면 쓸리는 풍경에 감당하지 못할 만큼 차오른 생각들이, 어지러운 마음이 함께 버려지는 기분이었다. 빈틈없을 정도로 빽빽이 들어선 감정의 덩어리가 비워지고 나서야 겨우 현실로 돌아올 수 있었다.

어제 그가 그날이냐고 물어봤을 때 얼결에 '응' 하고 대답했다. 전화를 끊고 달력을 확인했는데 정말 그쯤이다. 그런데 시작을 않고 있으니 이번 달은 그냥 건너뛰는 건가 싶었다. 돌아서다 다시 달력을 보았다. 자신도 잊고 있던 날짜를 시준이 기억하고 있었다.

세림이 시준을 보며 그의 커다란 손을 꼭 쥐었다.

"좋다. 이렇게 같이 버스 타니까 좋아."

"그래, 그럼 앞으로는 가끔 버스 타고 데이트해."

"응, 그렇게 하자."

빛에 싸인 세림을 보며 시준이 따스하게 웃음 짓는다.

창을 통해 살갗을 파고드는 여름 태양이 몹시 뜨거웠지만, 그런 건 생각할 겨를도 없이 세림은 마냥 좋았다. 코엑스까지 가는 한 시간 동안 봇물이라도 터진 듯 신나게 떠들어댔다. 본인이 하는 이야기에 본인이 빠져 소리 내어 웃기도 했다. 재미있었던 건지, 아니면 단순히 맞장구를 쳐주는 건지 시준은 그런 세림을 보며 같이 웃었다.

무역센터 앞에 도착한 두 사람은 지하 계단을 통해 몰에 있는 영화관으로 향했다. 저번에 세림이 보고 싶어 하던 영화를 다시 예매하고, 근처 아이스크림 가게에 앉아 아이스크림 한 통을 비웠다. 홀에 앉아 영화 입장을 기다리던 세림이 이번에는 팝콘과 음료를 사달라고 졸랐다. 좀처럼 먼저 뭘 해달라거나 하자고 조른 적 없던 세림을 보며 시준은 웃었다. 세림이 오늘따라 더 사랑스러워서.

영화는 볼만했다. 괴물에게 잡혀간 딸을 구하기 위한 한 가족의 고군분투를 담은 영화였는데, 한국 영화치고 CG도 괜찮았고 시나리오도 나쁘지 않았다. 그러할 수밖에 없는 가슴 아픈 장면들 빼고 결말은 결국 해피엔딩이었다. 하지만 세림은 또 펑펑 울어주셨다. 그렇게 펑펑 울 정도로 슬프진 않았던 것 같은데.

영화가 끝난 후 오리지널 사운드 트랙을 들으며 상영관을 빠져나왔다. 세림의 두 눈이 토끼처럼 새빨개졌다.

"이거 멜로 아니잖아. 무슨 눈물을 그렇게 흘려."

곤란한 듯 세림의 두 볼을 양손으로 붙잡고 엄지손가락으로 눈물을 닦아주었다. 별것도 아닌 걸로 눈물을 흘린다니까.

"슬프잖아. 결말이 저게 뭐야? 난 공감 못해. 완전 슬퍼."

"결국은 가족이 평범한 일상을 되찾았잖아. 어쨌든 해피엔딩이야."

"해피엔딩으로 가기까지가 왜 그렇게 슬퍼? 너무 가슴 아파."

세림이 훌쩍거리며 손등으로 눈동자를 지그시 눌렀다. 그가 어쩔 수 없다는 듯 바람 빠지는 소리를 내며 세림의 머리를 헝클어뜨린다.

"머리 헝클어지잖아."

"얼굴 펴. 못생긴 얼굴 자꾸 못생겨진다."

입술을 불만스럽게 내밀고 못마땅하게 시준을 쳐다보던 세림의 시선이 그의 어깨 뒤로 향했다. 시준이 세림의 눈길을 따라 몸을 돌린다. 캐릭터 숍이다.

세림은 시준의 팔을 끌고 캐릭터 숍 쇼윈도 앞에 섰다. 눈동자가 쇼윈도 너머를 가만히 응시한다. 그 너머 전시된 토토로 인형, 마론 인형, 아기자기하게 꾸며진 인형의 집, 그 위를 덮고 인조 숲이 자리해 있다. 꼭 어릴 때 본 동화책 속의 정경을 옮겨다 놓은 것 같다.

"여기는 몇 년이 지나도 안 변해."

"몇 년 전부터 이게 있었어?"

"응, 영우랑 왔을 때."

은은한 미소를 머금으며 말하던 세림은 아차 싶어 입을 다물었다. 힐끗 시준의 눈치를 보다 다시 쇼윈도로 고개를 돌린다. 세림 쪽으로 몸을 돌린 그의 눈이 옆으로 가늘게 길어졌다.

"그러니까 지금 예전에 짝사랑하던 남자랑 온 데를 나랑 또 왔다? 이거이거, 바람둥이네. 같은 장소, 같은 코스 도는 거 바람둥이들이 하는 건데."

"말도 안 되는 소리 하지 마."

"말이 안 되는 소리가 아니지."

"그럼 너는 그게 바람둥이들 코스인지 아닌지 어떻게 알아? 너야말로 바람둥이 아니야? 네 전력은 이미 옛날에 뽀록났거든?"

"말했잖아. 난 기준이 까다롭고 명확하다고. 먼저 누구를 찾아본 적도 없지만 만난다고 해도 스타트 라인이 높았다니까."

"그러서? 스타트 라인이 높아도 그 기준에 부합되면 만났겠네."

세림은 질 수 없다는 듯 쏘아붙였다. 그녀가 획 몸을 돌려 걸었다.

시준이 뭐라 말하려고 하는데 왠지 할 말이 없었다. 하지만 이대로 물러서는 건 억울하다. 그가 큰 걸음으로 세림을 쫓아 손을 잡아챘다.

"박영우랑 여기 와서 뭐 했어?"

"글쎄."

"맞춰볼까? 같이 버스 타고 와서 몰 둘러보고, 영화 보고 밥 먹으러 갔겠지. 오늘도 그 코스? 어쩐지 먼저 데이트 코스 정할 때부터 알아봤어야 해. 남자 한 번 만나본 적 없는 애가 뭘 안다고."

시준은 괜히 이죽거리다가 잡고 있는 세림의 손을 비틀어 쥐었다. 손을 틀어쥐는 힘에 세림은 아파 눈을 찡그렸다.

"내가 남자를 한 번 만나본 적이 있는지, 없는지 네가 어떻게 알아?"

"딱 보면 알지."

"어머, 어쩌나 예감이 틀려서."

시준에게 잡힌 손을 빼내며 눈을 가늘게 흘긴다.

"그거 무슨 말이야?"

세림은 시준의 말을 무시하고 옷 가게 안으로 들어섰다. 앤티크 풍으로 장식된 가게 안은 샹들리에라든지 크림색의 가구들이 멋스러웠다. '어서 오세요' 하고 세림을 무심히 스쳐 지나가던 여직원이 시준을 보며 생긋 웃는다. 시준은 눈길조차 주지 않고 그대로 세림의 뒤를 따른다.

"은세림! 똥강아지!"

옷걸이를 넘기며 원피스를 보고 있던 세림의 팔을 시준이 우악스럽게 잡았다. 그 힘에 세림은 금세 이맛살을 찌푸렸다.

"아파!"

"누구야? 어떤 놈을 만났는데? 그놈이랑 어딜 갔냐고."

"아프다고, 멍청아!"

반대편 손으로 시준의 팔을 강하게 내려쳤다. 그 손아귀에 뼈가 으스러질 것만 같다. 시준이 팔을 놓는다. 사실 시준의 표정은 장난스러웠지만 눈빛만큼은 진지해서 덜컥 겁이 나기도 하다.

그런 눈 좀 하지 마.

"질투해?"

"엄청, 무지, 장난 아니게. 그러니까 빨리 말해."

세림은 '흐음' 하고 노래하듯 묘하게 흥얼거렸다. 그녀의 눈빛이 재미있다는 듯 반짝인다.

이시준, 평소에는 조금도 흐트러짐 없이 건방진 얼굴을 하고선 가끔 이렇게 변할 때가 있단 말이야. 부러 새침하게 옷걸이에 걸린 옷들로 시선을 돌린다. 파란색 바탕에 하얀 도트가 들어간 민소매 원피스가 눈길을 끈다. 허리 부근에 분홍빛 리본이 여성스럽게 매어져 있다.

'예쁘네' 하고 중얼거리는 그녀에게 이미 시준은 안중에도 없다. 시준이 팔짱을 끼며 입매를 삐뚜름하게 굳혔다.

"은세림."

"응."

"와, 뻔뻔해. 이봐, 말로만 일편단심이지 마음의 방에 여러 사람이 있어."

"그래도 너처럼 같이 있으면 행복하고 좋았던 사람은 없었어."

"……."

"제일 멋있고."

잔뜩 토라져 있는 시준을 돌아보며 세림이 짐짓 아무렇지도 않게 흘려 말했다. 별로 예쁜 거 없다며 그녀는 시준의 손을 잡고 가게를 나왔다.

이제는 먼저 손잡는 것도 어찌나 자연스러운지. 시침 뚝 떼고 있는 세림을 보며 터지려는 웃음을 참았다. 가끔 보면 순둥이 같은데, 또 이런 때 보면 영락없는 고양이라니까. 깜찍하기도 하지.

"시준아."

"어."

"여기 나하고만 와야 해?"

세림이 발길을 뚝 멈추고 뜬금없이 새끼손가락을 들어 올렸다. 물살처럼 느릿하게, 혹은 빠르게 흘러가는 인파 속에서 그를 마주하고 섰다. 시준의 깊은 눈동자를 올려다보며 세림은 마음과 마음이 이어지길 바라는 강력한 텔레파시를 보낸다.

"여길 너 말고 또 누구랑 오라고."

"약속해. 여긴 나하고만 오는 거야. 응?"

장난 같은 말에 시준은 웃어넘기려고 했으나, 세림의 목소리에 어딘지 모르는 간절함이 서려 있었다. 여린 눈동자에 이유를 알 수 없는 물기가 오르는 것 같다. 왜 그렇게 불안한 눈을 하고 있는 거야. 시준은 세림의 얼굴을 손등으로 어르며 새끼손가락을 걸었다.

"약속."

세림은 그제야 안심하고 두 뺨에 연한 홍조를 띠었다.

가슴 밑바닥에서 울컥하는 기운이 밀고 올라와 눈에 번졌지만 그뿐이다. 행복할 땐 눈물을 흘리는 게 아니라 웃는 거야. 적막하던 가슴에 작은 물결 같은 울림이 번진다.

두 사람은 강남으로 이동하기 위해 지하철역으로 향했다.

퇴근 시간이라 그런지 플랫폼에는 엄청 많은 사람들로 붐볐다. 지하철은 한 번도 타보지 않았을 것 같은 시준을 데리고 다니려니 어색하고 신경 쓰였다. 자신에겐 이런 풍경이 지극히 자연스러운데 사람이 많은 걸 싫어하는 시준은 불편할 수도 있었다. 시준을 배려하지 못한 행동에 잠시 후회가 밀려온다. 괜히 대중교통을 이용했나 싶다. 시준 말대로 택시를 타고 이동할 걸 그랬나 싶다. 고개를 든다.

역시나 시준의 미간에 보일 듯 말 듯 주름이 잡혀 있다.

플랫폼에 벨소리가 울리며 안내 방송이 흘렀다. 이윽고 지하철이 들어오고 문이 열리니 사람들이 파도처럼 쏟아져 나왔다. 나오는 사람들 때문에 세림의 어깨가 밀리자 시준이 그녀를 팔로 감쌌다.

유동 인구가 많은 구간이라 지하철 안에도 사람이 많았다. 시준은 세림이 사람들 사이에 끼일까 봐 한쪽에 세워두고 자신이 울타리가 되어주었다. 기껏해야 네 정거장인데 사람들이 탈 때마다 두 사람 사이가 그만큼씩 더 좁혀진다. 서로의 거리가 조금씩 좁혀질 때마다 세림은 가슴이 낮게 떨렸다.

시준의 숨소리가 바로 이마를 덮은 앞머리로 내려앉는다. 미묘한 공기의 흐름에 심장이 크게 부풀어 오른다. 힐끗 시준을 올려다본다. 시선을 느끼기라도 하듯 시준이 한쪽 입꼬리를 묘하게 밀어 올리며 고개를 가만히 내린다.

"이렇게 대중교통 이용하는 것도 괜찮네."

귓가에 나직이 스며드는 시준의 음성에 얼굴이 빨개졌다. 덜컹거리는 지하철 탓에 무게중심이 자꾸만 흔들린다. 온 신경이 어깨에 닿은 시준의 손에, 앞머리에 내려앉는 숨결에, 자꾸만 닿는 서로의 품에 마구 흩어졌다. 그 은밀한 감각들이 척추를 지나가지처럼 뻗어난 중추신경 줄기를 따라 전신에 퍼졌다. 찌릿찌릿한 전기가 세포들을 자극한다. 정신이 하나도 없어서 기절할 것만 같다.

강남에 도착한 두 사람은 배부르게 저녁을 먹고 또 거리를 돌아다녔다. 생각해 보면 시준의 차를 타고 여기저기 가봤지만 막상이렇게 종일 걸어 다닌 것은 처음이다. 새삼스럽게 설레는 기분이든다. 하루의 마지막 노을이 시준의 머리 위에 내려앉았다. 붉음과 푸름이 뒤섞인 하늘은 티 없이 맑고 지나치게 깨끗했다.

똑같은 색, 똑같은 모양의 티셔츠를 입고 똑같은 운동화를 신었다. 누가 보더라도 커플이라는 걸 단번에 알 수 있는 차림이다. 그럼에도 지나가는 여자들은 시준에게 무의식적으로 시선을 던진다. 어딘가 서늘하면서도 반듯한 얼굴, 깊이 있는 눈동자, 시준을 둘러싼 공기에서 느껴지는 차분함과 여유로움까지도 그 어느 것하나 눈길을 끌지 않는 것이 없다. 무의식적으로 시준의 팔을 잡아당겼다.

시준이 세림을 내려다보자 그녀가 방긋 예쁘게 웃어 보였다. 말하고 싶다.

이 사람, 내 남자예요. 나밖에 모르는 진짜로 멋진 내 남자.

하얀색 털이 북슬북슬한 좌판에 간이 조명을 받아 반짝이는 귀고리, 반지, 머리띠를 구경하기도 하고, 캐릭터 숍에 들어가 개구리가 입을 벌리고 수증기를 뿜어내는 우스꽝스러운 가습기를 보고 웃기도 했다. 정신없이 돌아다녔더니 배가 금세 출출해진다. 길 한쪽에 즐비한 손수레에 빨간 천막이 드리워진 길거리 포장마차가 눈에 띄었다. 세림이 시준의 팔을 당겨 그 앞에 섰다. '저녁 배부르게 먹고 또 먹어?' 하고 시준이 묻자 세림은 고개를 끄덕거리며 떡볶이 1인분과 튀김 1인분을 주문했다. 그리고 자기가 쏘는 거라며 지갑에서 3천 원을 꺼내 주인아저씨에게 내민다.

"하이고, 여자친구가 예쁘게도 생겼구마. 도망 못 가게 꽉 잡으라고!"

인자하게 생긴 주인아저씨가 접시에 떡볶이를 담으며 너스레를 떨었다. 시준이 의기양양한 얼굴로 세림의 어깨에 팔을 걸쳤다.

"그렇지 않아도 꽁꽁 숨겨두려구요. 어디 도망 못 가게."

시준의 능청스러운 대답에 가게 주인아저씨와 아주머니가 재미있는 친구라며 호탕하게 웃는다. 붉은 양념에 윤기 도는 떡볶이는 매콤하면서도 달달하니 맛있었다. 단 걸 별로 좋아하지 않는 시준은 거의 먹지 못했다. '그럴 줄 알았지' 하며 세림은 장난치듯 기다란 이쑤시개에 떡볶이를 찍어 시준에게 내밀었다. 곤란하게 웃던 그가 떡볶이를 받아먹더니 이쑤시개를 물고 놔주질 않는다.

"빨리 안 놔?"

"능력껏 빼가."

정말이지 얄미울 정도로 능청스럽다. '하여간 못 말려' 하며 새 이쑤시개를 빼 들었다.

"새 거 꺼내면 되지."

새 이쑤시개로 떡볶이 하나를 쿡 찍으며 세림이 새침하게 눈빛을 반짝였다. 그 모습이 너무나 예뻐서 시준은 저도 모르게 세림의 볼에 뽀뽀를 쪽 하였다. 주인아저씨가 아무 데서나 애정 행각 벌이지 말라고 핀잔이다. 옆에 있던 아주머니는 다정해 보여 좋기만 하다며 주인아저씨 등을 밉지 않게 타박했다.

❖　❖　❖

두 사람은 도로 중앙 정류장에서 한남대교 전망대로 향하는 버스에 올랐다. 대교 전망대 정류장에서 내린 세림은 한껏 숨을 들이쉬었다. 동쪽엔 청색 어둠이 밀려오고, 서쪽은 빨갛게 물들어 있다. 세림이 시준의 손을 잡고 천천히 계단을 내려갔다.

"나 요전부터 물어보고 싶었던 게 있어."

그녀가 낮은 음성으로 그를 돌아보았다. 그가 눈을 마주한다, 다정하게.

"유기견 보호소에 있던 복돌이…… 입양된 거, 네가 한 거지?"

시원한 습기 머금은 강바람이 불어와 세림의 머리칼을 날렸다.

시준이 부드럽게 미소 지으며 바람에 흔들리는 세림의 머리칼을 정리해 주었다. 두 사람은 손을 꼭 잡고 강변 산책로를 천천히 걸었다. 칠흑 같은 물결 위로 울긋불긋한 불빛이 아름답게 떠다닌다. 가족들과 산책을 나온 이들, 자전거를 타고 나온 아저씨들, 걷기 운동을 하는 아주머니들, 세림과 시준처럼 데이트하는 연인들. 손님을 맞이한 여름밤 강변은 몹시 분주하다.

"정확하게 말하자면, 선물로. 우리 할아버지께서 개를 많이 좋아하시거든. 복돌이 예쁘게 생겼다고 마음에 들어 하셨어."

세림은 마음이 벅차올라 시준의 손을 힘껏 움켜쥐었다.

"고마워, 그냥 그런 짐작이 들어서…… 궁금했어."

"그랬어?"

"응."

수줍은 대답은 바람에 실렸다. 그리고 다시 말없이 걷기를 아주 잠시,

"시준아, 나……."

강변을 걷던 세림은 그대로 자리에 섰다. 미풍이 불어오자 다시 잔머리가 공기 중에 미약하게 흔들린다.

"너랑 같이 가고 싶어."

말갛고 여리기만 한 눈동자에 별빛이 담기는 듯하다. 목소리는 더 이상 떨리지 않았다.

"……."

"너 정도면 나 데리고 가는 일 어렵지 않을 거 아니야."

세림은 조용히 미소 지으며 바람이 불어오는 방향으로 얼굴을 돌렸다. 수면의 흐름처럼 고요하다고 시준은 생각했다. 티 내지

않았지만 얼마나 신경 썼을지 알고 있다. 그 문제에 대해서 세림도, 자신도 직접적으로 언급하지 않았다. 아마 세림은 자신이 생각하는 것보다 배로 불안함을 느끼겠지. 어떻게 할 것이라 확신을 주지 않아 더더욱.

"그런데 지금 당장 간다는 건 아니야. 학교 문제도 있고, 우리가 사랑만 먹고살 수 있는 건 아니잖아? 졸업하고 갈게. 그전까지는 나도 거기서 일할 수 있을 만큼 뭔가는 이뤄놓고 있을 테니까……."

시준은 세림의 팔을 천천히 잡아끌며 그녀를 품에 단단히 안았다.

"그런 거 걱정하지 마."

"어?"

"미안해. 내가 말을 너무 늦게 꺼냈어. 나랑 같이 가자. 우리 학교랑 자매결연 맺은 학교에 이사장단 추천서가 있으면 학생을 받아주는 제도가 있어. 성적만 잘 받으면 전액 지원 장학금도 있어. 못해도 절반은 도와주고. 나머지는 내가 알아서 할 테니까."

세림은 눈을 깜박거렸다. 그의 어깨를 잠시 밀어내며 고민하듯 눈동자를 굴렸다. 늘 느끼는 거지만 시준은 급작스러운 말을 아무렇지도 않게 한다.

"하지만, 하지만…… 이사장단 추천서는 어떻게 받는데?"

"내가 태현이네 아버님한테 부탁해 놨어."

"태현이네 아버님?"

"어. 있는 배경 좀 활용해 봤지. 그런 건 원래 이럴 때 쓰라고 있는 거니까."

시준이 장난스럽게 빙글 웃었다. 세림은 머릿속을 꽉 메우고 있던 안개가 순식간에 걷히는 기분이 들었다. 개운한 한편 또 여러 가지가 마음에 걸린다. 현실적인 일들이 너무나 많다.

"하…… 아니, 약혼할 애는? 그 애는 어쩌고?"

"그런 건 신경 쓰지 마. 내가 알아서 해."

"그래도 그 약혼……."

"그건 내가 해결해야 할 일이야. 네가 신경 쓸 필요 없어."

네가 신경 쓸 필요 없단 시준의 말에 세림은 입을 다물었다.

대학 졸업 전까지 남은 3년 동안 두 사람이 어떻게 될지 모르겠다. 하지만 시준과 변함이 없다면 계속 그의 옆에 있어주고 싶었다. 시간이 허락된다면 허락되는 그 순간까지 그의 옆에 있으려 했지만.

"지금 당장 결정하라는 건 아니야. 부모님 허락도 필요하고, 결과가 바로 나오는 것도 아니고. 아마 잘하면 이번 주 내에, 늦으면 다음 주 초쯤 알 수 있겠지. 추천서 통과되면 면접 봐야 하는데, 형식일 뿐이야. 결과 나오면 부모님한테 말씀드리자. 같이 가자."

시준과 함께 있을 수만 있다면 더없이 행복할 것이다. 하지만 외부적인 일들을 무시할 수 없다. 자신은 시준한테 해줄 수 있는 게 아무것도 없으니까. 그런데 사실 그런 건 신경 쓰고 싶지 않았다. 그런 일 따위, 진짜 신경 쓰지 않을 수 있다면 좋을 텐데.

"생각해 봐."

시준을 한참 동안 올려다보던 세림이 그의 목덜미를 꼭 끌어안았다. 시준의 등이 휘어진다.

"시준아."

"응."

"이시준."

"그래."

"……."

"사랑해. 사랑해, 은세림."

암청색 하늘이 일렁인다. 보석처럼 하늘에 박혀 있던 별이 뭉개지는가 싶더니 조금 전보다 훨씬 선명하게 반짝인다. 차가운 강바람이 불어온다. 눈가에 이슬처럼 맺혀 있던 눈물이 볼을 타고 시준의 어깨를 적셨다. 그를 시작으로 눈물이 쉼 없이 흘러내린다. 참아야 한다는 생각과 별개로 자꾸만 눈물이 흘러 미칠 것만 같다. 숨이 턱까지 차오른다. 멀리 보이는 대교에 간간이 세워진 가로등 불빛이 안타깝고, 귓가를 울리는 풀벌레 소리는 아득하다. 시준의 품에 얼굴을 묻었다.

응, 나도. 말할 수 없을 만큼. 입으로 말해 버리면 네 등에서 날개가 솟아나 천사처럼 날아가 버릴까 봐 무서워. 그러니까 말 못해.

이제 난 네가 없으면 정말로 안 되니까.

28.

언젠가, 먼 훗날 우리

"활을 쏠 때는 이래 하체에 중심을 딱 잡고 비정비팔(非丁非八) 자세에서 시위를 팽팽히 당기는 기 가장 중요하다."

이태영 한남그룹 회장은 왼쪽 눈을 지그시 감고 과녁 정중앙을 응시하였다. 날카로운 화살촉 역시 그의 미세한 감각에 따라 과녁 정중앙에 조준된다. 그는 더 이상 당길 수 없을 때까지 활시위를 팽팽히 당기고 같은 힘으로 활을 밀어내 힘의 균형을 맞추었다.

"그라고 화살촉을 과녁 중앙에 놓은 담에 정신을 집중하믄서, 주위의 풍경도 안 뵈고 암 소리도 안 들릴 때, 오로지 내 정신이 과녁에만 갔을 때."

현에 건 깍지 낀 엄지손가락과 검지로 잡고 있던 화살 끝 날개 부분을 놓는다. 핑, 하는 소리와 함께 활시위를 떠난 살이 공중에서 파도치며 촘촘한 진공을 힘차게 갈랐다. 화살이 과녁의 작은 점에 꽂혔다. 화살촉이 정중앙에 박히는 순간까지도 그의 매서운 눈은 과녁을 떠나지 않았다.

주위에 있던 인사들은 박수를 치며 이태영의 활솜씨에 예의의 말들을 던졌다.

"활쏘기 할 때는 그 어떤 잡념도 용서가 안 되는 기라. 잡념이 대갈바리를 비집고 들어온 순간 화살은 이미 엇나가는 기야."

그는 관자놀이 부근을 손가락으로 톡톡 치며 바로 뒤에 서 있는 이재환 회장에게 말했다.

서울 인왕산 끝자락에 위치한 황학정은 조선시대 때부터 이어 져 온 활터이다. 조금 더 올라가면 전통 무예로 유명한 택견 훈련 터가 나오니 이곳은 자연히 무예를 수련하려는 무인들이 즐겨 찾 기로 유명했다. 이태영 회장 역시 주말이면 이곳에 올라 활쏘기 하는 것을 잊지 않았다.

나이 마흔 즈음부터 생각이 흐트러질 때마다 과녁 정중앙에 화 살을 꽂으며 이성의 중심을 다잡았다. 화살로 과녁 정중앙을 조준 하고 시위를 일직선으로 팽팽히 당기는 만작 행위를 반복하면 할 수록 마음은 차분해지고 머릿속은 지독할 만큼 이성적으로 변했 다. 어떤 잡념도 용납하지 않은 채 정신을 오로지 과녁의 정중앙 에만 쏟았다.

이태영 회장이 다시 살을 집어넣고 만작하였다.

"사냥도 그래 하는 기다. 어데로 튈지 모른다꼬 초조해지지 말 고 잠시 쉬는 틈을 노리라. 맴을 가다듬고 팽팽히 당긴 시위를 화 살촉에, 그라고 촉이 맞을 어느 한 부분의 느낌을 대갈바리로 그리는 기라."

그는 다시 쏘아보듯 과녁에 정신을 집중하였다. 후드득, 건너편
에서 비둘기 한 마리가 날아올랐다. 시위가 날아가는 비둘기로 방
향을 튼다. 비둘기가 처마 위로 날아가는 찰나, 이태영은 놓치지
않고 주저 없이 화살을 놓았다. 정통으로 화살을 맞은 비둘기가
땅 위로 픽 떨어졌다.

우레와 같은 박수 소리와 감탄 섞인 말이 쏟아졌다. 이태영은
나직한 웃음으로 대꾸하였다.

"집중력이다. 집중력이 단번에 사냥감의 모가지를 뚫어버리는
기다."

윤이 나는 은색 개량한복을 곱게 차려입고 있었지만, 그에게서
풍기는 최고 경영자의 기운은 쉽게 숨겨지지 않았다. 그는 들고
있던 활을 비서에게 건네며 계단 하나 높이쯤 되는 나무 단에서
내려왔다. 정결한 자세로 서 있던 이재환 회장이 그의 뒤를 따른
다.

활터를 중앙으로 나 있는 등산로 코스는 깔끔하게 정돈되어 있
었다. 가지가 많은 장송들이 하늘을 향해 고고하게 뻗어 한여름의
뙤약볕을 막아주었다. 가는 잎 사이로 태양이 일직선으로 떨어진
다. 태양은 뜨거웠지만 사방을 두르는 숲 기운 덕분에 더위는 한
결 누그러져 있었다.

"시준이 글마는?"

"일전에 들어왔십니더."

이재환 회장보다 한 뼘 정도 키가 작다고는 하나, 이태영의 기
골은 여전히 혀를 내두를 정도로 위풍이 당당하다. 여든을 훌쩍

넘긴 노인의 눈동자는 눈두덩이의 주름처럼 힘을 잃었지만, 눈빛만큼은 한남 호랑이라는 별명이 무색하지 않을 만큼 날카로운 섬뜩함이 선연히 살아 있다.

"니 글마 망나니짓 하는 거 언제까지 두고 볼끼가."

"이제 잡힐 겝니다."

"내치라, 고마."

이재환 회장은 일언반구 대꾸도 못하고 미간부터 구겼다. 그가 무어라 말을 하려는 찰나, 이태영이 다시 입을 열었다.

"어제 하은이가 찾아왔데이."

자신보다 반걸음 앞선 이태영을 보는 이재환 회장의 눈빛이 예사롭지 않게 변했다.

"아침 일찍부터 찾아와서는 할부지 며칠 새 건강은 으뜨세요, 하고 생글생글 웃대. 그라더니 갑자기 펑펑 우는 기야. 글믄서 하는 말이, 할부지 지는 시준 오빠 없으면 몬 살아요. 시준 오빠랑 결혼할 수 있음 전부 다 할 수 있어요. 한남가 며느리로 정말 잘할 거예요 카대."

"……."

"글서 내가 니 그 망나니 같은 자식 우데가 그래 좋노 캤다. 그랬더니 그양 다 좋대. 그냥 시준이라 다 좋다 카더라. 내 소파에 앉아 있는데 내 무르팍을 붙잡고 섧게 울면서 말이다."

"……."

"쪼매난 아가 만다꼬 그란 문디 자슥 앓이 하는 게 안쓰럽대. 그라 내 운을 뗐제. 글믄 니 큰집 막내아들 경준이는 으뜨나 하고 말이다."

이재환 회장의 눈빛이 서늘하게 경직되었다. 그 서늘한 기운을 느끼기라도 했는지 이태영은 힐끗 대충 시선만을 던지다 거두었다.

"그라 캤더니 경준인 싫대. 내가, 와? 시준이보다 잘생겼제, 니랑 같은 하바드 다니제, 우등생이제, 착하제. 와 시준이가 더 좋나 캤다. 그라도 지는 시준이 아이면 안 된다 카드라."

이태영이 자신보다 큰 아들을 올려다보았다. 이재환 회장의 눈살이 찌푸려졌다.

"근데 재환아, 내는 같은 값이면 더 나은 쪽을 택할 기라."

산책로를 걷던 이태영은 한쪽 무릎을 세워 앉았다. 흙 한 줌을 들어 손가락으로 비비더니 바닥 이곳저곳에 아무렇게나 자란 잡초를 뽑아냈다. 잡초를 속아내는 손길이 예사롭지 않다.

"니 잡초는 와 뽑는 줄 아나."

"원래 키우는 식물의 영양을 빨아먹고 자라서 그라는 거 아입니까. 쓸데없는 데 영양 뺏기지 말고 잘 자라라꼬."

"그래, 니 말이 맞다. 이놈들은 쓸데없는 종자 주제에 영양분은 잘 받아먹는데이. 그런 종자는 미리 솎아내지 않으면 근간을 흔들고 마는 기라. 그라기 때문에 이래 제대로 뽑아야 하는 기다."

투둑, 투둑, 주변에 난 잡초들이 이태영의 억센 손아귀에 뽑혀 나간다.

"아부지, 시준이 인제 곧 마음잡고 미국 갈 겝니다."

"니 그 말 한 지가 을매나 됐나? 필요 없다고 생각하는 종자들은 일찌감치 버리는 기라. 글마 같은 아들은 나중에 쓸데없이 골치 아프게 한다. 글마 제대로 처리 안 하믄 내가 황 변호사 시켜

내칠 거래이."

이태영은 손에 묻은 흙을 털며 이재환 회장을 올려다보았다. 대부분의 경영 일선에서 물러났다 치더라도 그는 아직 건재한 한남의 총수였다.

"니가 건설사를 인수해도, 내 글마가 해준이 메꾸로 욕심난다 해도 망나니같이 구는 아한테는 회사 절대 하나도 안 물려줄 끼라. 내 말 무슨 말인지 알아듣나? 정신 단디 차리게 해라."

"명심하겠십니더."

"욕봐라."

"그란데 아부지, 지는 뺏기고는 그냥 순순히 안 물러납니더."

"……그란 패기 좋다. 내 기대하겠꾸마."

이태영은 몸을 돌려 다시 산을 타기 시작했다. 뒤에서 물러나 있던 수행원들이 그를 따랐다. 멀어져 가는 이태영 회장을 지켜보던 이재환 회장이 한탄 섞인 숨을 내뱉었다. 굉장히 더운 날씨다. 등에서 솟는 땀에 와이셔츠가 흠뻑 젖어가고 있다. 그가 슈트 앞 단추를 끄르며 양손을 골반에 걸쳤다. 답답하다는 듯 하늘을 올려다보는 얼굴이 한참 찡그려져 있다.

"와, 할배, 숨넘어갈 때까지 회사를 쥐고 안 놓을라 카는구만. 아이고, 혜정이 또 졸도하게 생겼다. 양 실장아, 이해준이한테 전화 좀 걸어라."

한 걸음 물러나 있던 양 비서실장은 바로 전화를 연결했다. 이재환 회장은 큰 걸음으로 나무 계단을 타고 내려오며 슈트 안쪽주머니에서 담배 케이스를 꺼냈다. 그가 담배 한 개비를 입가로 가져가자 대기하고 있던 경호원 한 명이 신속한 걸음으로 와 불을 붙였다.

"회장님, 연결됐습니다. 이해준 팀장님입니다."

그의 걸음이 한층 더 빨라지기 시작했다.

"어, 이해준이. 회사냐? 이번에 한남건설 인수 못하면 평생 자동차 못 가진다. 그거 중공업으로 넘어간다고. 죽 쒀서 개새끼 퍼주는 꼴 되는 기야! 니 이시준이 그거 빨리 미국에 처넣어라!"

❖ ❖ ❖

세림은 손으로 부채질하며 막 단지를 걸어 나왔다.

아침부터 푹푹 찐다. 비가 내린 뒤의 더위는 습기로 가득해 온몸을 옥죄듯 무겁게 짓눌렀다. 숨 막히는 공기가 목구멍으로 불어닥쳤다. 이제 막 집에서 나왔는데 벌써부터 땀이 난다. 손등으로 대충 땀을 훔치다가 발랄하게 울려대는 휴대전화 벨소리에 가방을 뒤적였다. 누그러들 줄 모르고 쏘아대는 햇빛에 눈가를 찌푸린 채 누군지 확인하지도 않고 귓가에 전화기를 갖다 댄다.

〈세림!〉

따가운 햇살에 일그러진 눈동자를 바로 뜬다. 미영이다. 경쾌한 목소리가 무척이나 듣기 좋은.

세림의 눈가가 자연스레 휘어진다.

"미영, 잘 지내고 있었어?"

〈그럼! 세림아, 좋은 소식이야!〉

지하철역으로 가기 위해 가로수 길을 따라 걷던 세림이 눈썹을 부드럽게 들어 올린다. 풍성한 플라타너스 초록 잎들이 살인적인 햇빛을 가려준다.

"무슨 소식?"

수화기 건너편의 미영은 요상한 웃음소리를 내며 즐거워했다. 세림도 따라 피식 웃었다. 횡단보도 앞에 선 세림은 땅에서 솟는 열을 보며 기겁했다. 공간이 더위라도 먹어 늘어진 듯 구불구불하다. 한 걸음 뒤로 물러나 나무 그늘에 섰다. 차들이 지나갈 때마다 후덥지근한 공기가 얼굴에 몰아쳤다.

〈너 됐어! 우리랑 같이 갈 수 있어!〉

미영의 말에 세림은 눈을 크게 떴다. 그녀가 믿을 수 없다는 듯 멍한 얼굴로 허공을 쳐다보다가 빠르게 지나가는 시끄러운 버스 소리에 퍼뜩 정신 차린다.

"정…… 말? 나, 너희랑 같이 미국 갈 수 있어?"

〈응! 금방 태현이한테 연락 왔는데, 태현이네 아버지가 추천서 써준 거 통과될 것 같대! 어제 교수님들끼리 서류 심사 했는데 합격자 명단에 올라왔다고 학사행정 부장님이 전화 주셨대. 면접은 형식이니까 이미 갈 수 있는 거나 마찬가지야!〉

"진짜?"

〈그래!〉

미영은 마치 자신이 갈 수 있게 되기라도 한 듯 세림보다 훨씬 흥분해서 목소리를 높였다.

가슴이 은밀한 흥분으로 뛰어올랐다. 갈 수 있다. 헤어지지 않아도 돼. 눈시울이 괜스레 뜨거워진다. 자신보다 더 좋아할 시준이 잡힐 듯 눈앞에 선명히 그려진다. 빨리 그에게 알리고 싶다.

〈시준이한테는 아직 말 안 했어. 네가 직접 알려주라고. 전화

해 봐.〉

"응, 알았어. 미영아, 정말 고마워. 태현이한테도 고맙다고 꼭 전해줘."

세림은 반쯤 잠긴 목소리로 울먹이듯 말했다. 미영이 웃는다.

〈고맙기는. 친구로서 해줄 수 있는 일인걸. 너무 잘됐어.〉

"응, 정말."

자동차 신호등이 주황색으로 바뀌고, 세림은 횡단보도를 건너가기 위해 그늘에서 나왔다.

검정색 고급 세단이 세림 앞에 섰다. 보행자 신호가 파란색으로 바뀌고 건너가려던 찰나에 운전석에서 슈트를 단정히 차려입은 30대 정도 돼 보이는 남자가 내렸다.

"은세림 씨?"

〈내일 면접 끝나고 파티하자!〉

"······."

가득 채워진 모래를 막으로 덮은 덤프트럭 한 대가 굉음에 가까운 소음을 내며 달려왔다. 얼굴에 잔모래가 훅 끼치는 것 같아 눈을 찡그리고 말았다. 어쩐지 좋지 않은 예감이 뇌리에 불쑥 자리 잡는다. 길가 은행나무에 숨은 매미들의 울음소리가 선명해지는 것만 같다.

〈세림아?〉

"한남그룹 비서실에서 나왔습니다. 잠시 저와 함께 가시죠."

〈여보세요?〉

"아, 응. 미안. 도로가 시끄러워서. 아무튼 고마워, 미영아. 이따 수업 끝나고 다시 전화할게."

〈응, 알았어. 다시 통화하자.〉

"응."

비서실에서 나왔다는 사람은 자동차의 뒷좌석 문을 열었다. 분명 이 차는 시준이 있는 곳으로 가진 않겠지. 직감적으로 생각했다. 하지만 그런 생각은 멀리 밀어둔 채 순순히 차에 올랐다. 시준과 만나면서 자신이 피할 수 있는 일들보다 견뎌내야 할 일들이 더 많을 것이므로.

❖　❖　❖

시준은 매섭게 차를 몰았다. 도로 신호등이 막 빨간불로 바뀜에도 주저 없이 액셀러레이터를 밟았다. 검은 불꽃 같은 분노가 마구잡이로 튀어 오른다. 컵 홀더에서 휴대전화를 꺼내 신속히 외조부 변호사의 번호를 찾아냈다. 망설임 없이 통화버튼을 눌렀다. 통화는 몇 번의 신호음 끝에 이루어졌다.

"네, 박 변호사님. 저 시준입니다. 다름이 아니고 제 앞으로 차명계좌 두 개만 터주세요. 아무도 모르게요. 그리고 내일 북유럽으로 출발하는 비행기 표도 두 장 예약해 주세요. 나라나 도시는 상관없습니다. 가장 빠른 시간으로요. 무슨 일인지는 묻지 말아주시구요. 부탁드립니다."

통화를 끝낸 그는 다시 목록을 뒤져 어딘가로 다시 전화를 걸었다.

"이시준입니다. 세림이, 은세림, 되도록 빨리 찾아내요. 흥신소를 이용하든 사람을 풀든 당장 찾아서 내 앞으로 끌고 오란 말입니다!"

기어이 화를 참지 못하고 소리를 지르던 시준은 폴더를 접어 그대로 보조석에 던져 버렸다.

오후 5시가 이미 훌쩍 넘은 이 시각까지 세림의 전화기가 꺼져 있다. 이제 면접밖에 남지 않아 미영과 통화하던 세림이 그렇게 기뻐했다고 했는데. 행복하게 웃고 있었을 세림을 생각하자 목구멍에 격한 통증이 일었다.

오전 9시. 미영이 출근 전에 문자를 보내왔다. 좋은 소식을 세림에게 들으라는 내용이었다. 오늘이면 대충 합격자 명단이 나왔을 거란 생각은 했다. 같이 기뻐할 마음으로 연락을 기다렸지만, 세림은 도통 감감무소식이었다. 먼저 전화를 해봐도, 메시지를 남겨봐도 마찬가지였다. 처음에는 그저 학원 수업 때문인 줄로만 알았다. 퇴근쯤 놀라게 해주려고 그러나 보다 했는데. 유독 오늘만은 오후 2시까지의 시간이 평소보다 배는 느린 걸음으로 흘렀다.

"혹시 모르니까 세림이한테 사람 붙여줘."

2시를 한 시간 정도 남겨두고 태현에게 전화를 걸어 부탁했다.

그리고 2시.

〈오늘 세림이 학원에 안 나왔다는데? 뭐가 잘못된 건가?〉

불안감이 밀려왔다. 아니, 이미 배터리가 나간 상황에서부터 불쾌할 만큼 신경이 곤두섰다. 분명 무슨 일이 있는 거라고. 재킷 안 주머니에서 차 키를 꺼내다가 지갑을 떨어뜨렸다. 사진 케이스 안에서 햇살처럼 웃고 있는 세림을 보며 생각했다. 아버지를 만났나? 하지만 겨우 이런 일에 아버지가 움직이진 않을 것이다. 수많은 경우의 수가 머릿속에 가지처럼 뻗어갔다. 자신을 다독였다. 자신이 어떤 생각을 하는지 세림도 알고 있기 때문에 분명 연락할 것이다.

'미안해. 머리가 복잡해서 생각 좀 하느라고' 하는 식의.

그렇게 믿었다.

운전하며 다시 세림에게 전화를 걸었다. 휴대전화에서는 여전히 음성사서함 안내 멘트만이 흐를 뿐이다. 가만히 가늠해 보았다. 전원이 꺼진 이유에 대해, 세림이가 학원을 나가지 않은 이유에 대해. 생각이 깊어질수록 잠식된 불안이 심장을 팽창시켰다. 불쾌한 심장의 팽창감을 잠재우기 위해선 전원이 마지막으로 꺼진 곳을 찾는 게 가장 먼저였다.

〈마지막 위치는 한강대로 52길 17미터 부근이었다고 합니다.〉

한강대로 52길 17미터 부근? 세림이 살고 있는 동네와도, 학원 근처와도 상관없는 곳이다. 태블릿 PC로 지도를 확인했다. 얼마 떨어지지 않은 곳에 위치한 한올호텔을 찾아내는 건 그리 오래 걸리지 않았다.

시준의 눈동자가 푸르게 서렸다.

그 순간부터 미친 사람처럼 세림을 찾아다녔다. 전화를 수십 통쯤 하고, 문자를 하고, 음성 메시지를 남겼지만 세림과 도무지 연결이 이뤄지지 않았다. 자영, 단아, 해나에게 전화를 걸었다. 역시 야속한 통화음만 흐를 뿐이었다. 세림의 집에서도 학원 선생님들과 단합회를 간다고 했단다.

미리부터 그냥 지나가지는 않을 거란 예상은 했다. 그래도 서류만 통과되면 그 후의 일은 어떻게든 밀어붙이면 될 것이라고,

그때 해결하면 되는 문제라고 행동부터 옮겼다. 하지만 그건 시준만의 안일한 생각이었다. 그리고 몇 분 전 해나에게서 문자가 왔다.

〈세림이한테 칼자루를 쥐어준다면 결과는 마찬가지 아닐까, 시준아? 이거…… 세림이가 해결할 수 있는 문제니?〉

빌어먹을. 이해준!

시준의 발걸음이 24층 경영기획팀 안쪽으로 향했다. 그가 기획팀 사무실 문을 열었다. 사무실 안에 있던 사람들의 이목이 전부 시준에게 달려들었다. 시준은 개의치 않다는 듯 다시 안쪽 사무실 문을 노크 없이 벌컥 열었다.

"하반기 행사와 콘셉트는……."

소파에 마주 앉아 해준에게 설명하던 마케팅팀 팀장이 고개를 돌린다. 시준은 그에게 시선도 주지 않고 해준을 뚫어지게 노려보았다. 팀장이 당황스러운 듯 무테안경을 손가락으로 밀어 올린다. 해준은 왜 그러는지 알겠다는 듯 보고 있던 서류를 테이블 위에 올려놓았다.

"이 문제에 대해서는…… 30분 뒤에 다시 이야기하죠."

"아, 알겠습니다."

팀장은 영문을 알 수 없다는 얼굴로 사무실을 나갔다. 그가 나갈 때까지 두 사람은 말이 없었다. 해준이 자리에서 일어나 데스크로 걸어간다. 시퍼렇게 서린 시준의 눈동자는 얼음처럼 차가워져 있다. 주먹 쥔 손이 파르르 떨린다.

"이렇게 소란스럽게 날 찾아온 건 이유가 있어서겠지?"

자리에 앉은 해준은 마케팅팀 팀장과 검토했던 자료를 다시 넘기며 확인하기 시작했다.

"어디 있어."

"뭐가?"

"은세림."

"그 애를 왜 나한테 와서 찾는 거야?"

"형이 숨긴 거 다 알고 있어."

"숨겨? 내가?"

자료를 넘겨보던 해준은 황당하단 듯 코웃음 쳤다.

"빨리 말해. 세림이 어디 있는지."

"글쎄, 어딘가에 잘 있겠지. 그 애가 없어졌다면 너한테도 잘된 일이야. 이제 그만 정리하고 아버지 말 들어. 출국 날짜 잡혔다."

이번에 어이없는 웃음을 터뜨린 건 시준이다. 그는 주머니에서 휴대전화와 차 키, 지갑을 차례로 꺼내 해준의 책상 위에 올려놓았다. 해준이 눈썹을 들어 올리는 것으로 의아함을 표시했다.

"안타깝게 됐어. 이재환 회장님 막내아들, 오늘부로 한남에 관한 모든 권리 깨끗하게 포기야."

해준은 미간을 모으다가 넘기던 자료를 덮었다. 오피스 체어에 등을 기대고 시준을 올려다본다. 절대적인 확고함이 묻어나는 눈동자다. 시준은 더 이상 할 말이 없다는 듯 한 발자국 뒤로 물러서며 몸을 돌렸다.

"무척이나 간단하구나. 일이 그렇게 쉽게 해결될 거라 생각할 만큼 네가 순진한 놈은 아닌 줄로 알고 있는데."

시준은 도중에 발걸음을 멈춰 고개를 돌렸다. 해준이 팔을 뻗어 책상 서랍을 연다. 그는 서랍 안에 집게로 집은 한 뭉치의 서류를 책상 위로 던졌다. 책상 위로 떨어지는 둔탁한 소리가 시준에게 예사롭지 않은 경고를 하는 것만 같았다. 책상으로 다가선 시준이 서류에 눈길을 던진다.

"뭐야?"

"뭔지는 네 눈으로 직접 확인해 봐."

경계 서린 눈초리를 거두지 않으며 서류 뭉치를 집어 들었다. 서류를 넘기던 손길이 중간에서 움직임을 멈췄다. 눈동자에 힘이 들어간다.

"아버지가 설마 그냥 넘어갈 거라 생각했다면 지나친 판단 미스였어."

서류에는 세림을 비롯해 그의 가족 관계 및 신상 정보가 세세히 들어 있었다. 자영과 단아, 해나, 그리고 영우 가족에 대한 것도 마찬가지다.

해준은 책상 한쪽에 놓인 전화기를 들어 어딘가로 전화를 걸었다.

"김 비서님? 이해준 팀장입니다. 조사하신 그 건 때문에."

시준의 눈동자에 핏발이 섰다. 서류 뭉치를 집어 든 손이 분노로 떨린다. 해준의 눈동자가 곧게 시준을 향하였다.

"네, 임페리얼 제과 인사부에 전화 넣으세요. 은승호 부장님……."

시준은 후크 스위치를 거칠게 눌렀다.

"지금, 뭐 하는 거야……!"

"보는 대로. 네가 움직이지 않으니 움직이게끔 만드는 게 내 역할이다. 전화 다시 해야 할 필요 있는 거야?"

시준은 어금니를 꽉 깨물며 사나운 숨을 참아냈다. 그러나 터져 나오는 분노는 쉽게 가라앉지 않았다. 그가 나지막한 욕설을 내뱉으며 전화기를 사무실 벽으로 집어 던졌다. 플라스틱 전화기 몸체가 벽에 부딪쳐 파열음을 내더니 바닥으로 곤두박질치며 박살 났다.

"뭐 이딴 개 같은 경우가 다 있어!"

감정이라곤 조금도 없는 해준의 눈동자를 시준이 잡아먹을 듯 쏘아보았다. 두 개의 날 선 시선이 공중에서 스파크를 튀겨냈다. 두꺼운 서류 뭉치들이 시준의 손아귀에서 맥없이 구겨져 갔다. 시준은 들고 있던 서류를 바닥에 집어 던지며 그대로 몸을 돌렸다.

"연준이."

발걸음이 뚝 멈췄다.

"모레 들어온다. 같이 들어가. 갔다 온 후에도…… 그 애에 대한 마음이 변함없다면 그때 다시 시작해. 네가 후일을 기약한다면 오늘 일, 이자로 쳐서 갚아줄게. 이 말이 지금 내가 너한테 형으로서 해줄 수 있는 최선이야."

"개 같은 소리 그만해."

싸늘한 음성은 허공을 머물다가 문이 열림과 함께 사라졌다. 시준이 한쪽 눈썹을 굳힌다. 문 앞에 건장한 남자 네 명이 주르르 서 있었다. 아직 퇴근하지 못한 사무실 직원들이 경직된 표정으로 사무실의 상황을 살폈다.

시준은 어이없는 듯 웃었다. 살얼음처럼 차가운 냉기 섞인 웃음이었다.

❖　❖　❖

직사각형의 하얀 테이블이 놓인 객실에 투명한 여름 햇살이 한가득 무리를 이루며 비쳐들었다. 세림은 하얀 격자무늬로 된 창앞에 섰다. 먼 창밖으로 줄기를 따라 흐르는 짙푸른 한강과 크고 높은 빌딩이 미니어처럼 보인다. 창밖으로 보이는 풍경이 손을 쥐면 그 안에 다 잡힐 것만 같다. 창가에 얼굴을 가까이 댄다. 창에 어린 세림의 얼굴은 이전과 다른 조숙한 분위기가 풍겼다.

"풍경이 마음에 드나?"

낯선 목소리에 고개를 돌렸다. 말끔한 슈트를 차려입은 키 큰 남자가 문을 연 채 서 있다. 그가 손을 뒤로 하고 느릿하게 문을 닫았다.

"앉지."

그는 검지로 테이블 의자를 가리켰다. 세림이 자리에 앉으며 힐끗 올려다본다.

역시 형제는 형제인가 보다. 훌쩍 큰 키나 날렵한 얼굴 선, 차분한 몸짓까지 시준과 비슷하다. 다른 것이 있다면 시준보다 조금 더 차가운 분위기.

이름이 이해준이라고 했나…….

"아가씨가 지금 이 자리에 왜 불려 나왔는지 알고 있겠지?"

그는 거두절미하고 본론으로 들어갔다.

"네."

"그럼 내가 아가씨에게 더 해야 할 말이 있나?"

메마르고 차가운 냉기가 가슴 깊숙이 파고든다. 떨리는 가슴을 진정시키며 작은 숨을 골랐다. 무슨 말을 해야 할까 머뭇거리다가 이내 용기를 짜내듯 치맛자락을 쥔다.

"저, 시준이한테 잘할게요. 미국에 가서도 시준이 공부하는 거 귀찮게 하지 않을 테니까 옆에만 있게 해주세요. 하은 씨와의 사이, 그 어떤 방해도 하지 않을게요."

해준이 곤란하다는 표정으로 몸을 의자 깊숙이 묻었다.

"아가씨, 뭔가 착각하고 있는 모양인데, 이건 아가씨가 시준이 옆에서 방해를 하고 말고의 문제가 아니야. 하은이에게 전해 들어 알겠지만, 집안끼리의 중요한 비즈니스지."

"시준이랑 결혼시켜 달라는 거 아니에요. 잠시만요. 잠시만 시준이 옆에 있고 싶어요. 걱정하시는 일은 절대 없을 거예요. 아주 잠시만 시준이 옆에 있게 해주세요. 부탁드릴게요."

객실 안에 정적이 내려앉았다. 짧은 침묵을 깬 건 객실 문을 두드리는 노크 소리였다. 문이 열리며 호텔 직원이 은색 카트를 조용히 밀고 들어왔다. 테이블 옆으로 카트를 댄 직원은 해준 앞에는 커피를, 세림 앞에는 허브차를 놓았다. 커피와 허브차 향이 차분하게 객실 안에 스민다. 호텔 직원은 들어올 때와 마찬가지로 조용히 객실을 나갔다.

"아가씨, 그거 알고 있나? 우리에겐 태어나기도 전에 의무인 양 일방적으로 정해지는 인생이 있어. 생후 몇 개월도 되지 않은 아이 앞으로는 수천, 수억 원의 주식이 주어지지. 앞으로 물려받을 유산과 함께 말이야. 그건 지금까지 일궈놓은 기업의 울타리를 지키라는 보상 같은 일종의 운명인 셈이야."

"풍족한 삶이…… 꼭 행복하다는 보장은 없잖아요……."

세림은 시선을 옆으로 돌리며 말끝을 흐렸다. 해준이 낮게 웃는다.

"순진한 아가씨네. 풍족한 삶이 꼭 행복할 순 없더라도 행복을 쉽게 가져다줄 수는 있지. 행복은 특별하지 않아. 누구나 쉽게 가질 수 있는 물건과도 다를 바 없어. 특히 우리 같은 사람들은 가진 게 많으니까 원하는 것도 손쉽게 가질 수 있지. 갖지 못하는 걸 바라만 보면서 노력하는 사람보다 훨씬 쉽게."

해준은 말끝을 끌며 커피잔을 집어 들었다. 세림의 낯빛이 흔들린다.

그의 목소리에는 어떤 감정도 담겨 있지 않았다. 잔인하다. 소름 돋을 만큼 잔인하다. 하은도 그랬지만 해준 역시 잔인한 말을 아무렇지도 않게 내뱉는다. 이 남자는 하은보다 훨씬 더 무서웠다.

"아가씨는 시준이에게 어떤 인생을 살게 하고 싶나. 갖지 못하는 걸 바라만 보게 하면서 살길 원해? 그 녀석이 괴롭더라도? 그게, 아가씨의 사랑법인가?"

"아니…… 요!"

떨리는 시선을 바로 하고 옷자락을 거세게 쥐었다. 손바닥에 배어 있는 땀 때문에 옷자락이 축축하게 젖어간다.

"그래, 그렇게 대답하는 게 현명하지. 아마 시준이가 집을 나간다고 해도 아버지는 쉽게 포기하지 않을 거야. 그 녀석을 구석으로 몰아넣고 손 내미시겠지. 녀석이 더 이상 피할 수 없을 때까지 밀어 넣고. 아마…… 그 미끼는 아가씨가 될 수도 있을 거야. 아가씨가 시준이에게 괴로운 존재가 될 거라고."

세림의 눈이 차갑게 굳었다. 그런 세림을 보며 해준은 찻잔 손잡이 부분을 엄지손가락으로 닦듯이 쓸어내렸다.

"쐐기를 박아볼까. 만약 시준이가 자신이 가진 모든 걸 포기하고 평범한 삶을 선택한다고 가정해 보지. 아버지는 본인이 갖지 못하면 차라리 망가뜨리는 분이셔. 아가씨를 빙자해 시준이 인생을 망쳐 놓을걸. 어떤 식으로든. 아가씨를 납치한다거나, 아가씨 주변 인물들을 괴롭게 한다거나, 혹은 신체적인 것이든 외부적인 것으로든 시준를 힘들게 만든다거나."

담담한 어조는 겁을 주기에 충분했다.

"어떤 예가 충격이 될 수 있을까. 아, 저번에는 갈비뼈를 부러뜨려 놓은 적이 있지. 이번에는 팔다리 하나쯤 나가려나. 아니, 어떤 사고를 빙자해 반신불구를 만들지도 몰라. 아니면 사지 멀쩡한 패배자가 더 괴로울 수도 있겠지."

세림은 안색이 새파랗게 질렸다. 아무리 아버지지만 자식을 반신불구로 만드시는 분이 어디 있단 말인가. 믿기지 않다는 눈으로 해준을 보았다.

말도 안 돼.

순한 눈동자가 그렇게 외쳤다.

"비겁하다는 생각이 들 수도 있어. 하지만 아가씨가 사귀고 있는 남자의 아버지는 그런 사람이야. 사실인지 아닌지는 확인해 봐도 좋아. 하지만 난 아가씨가 현명한 선택을 했으면 좋겠어. 아가씨가 아닌 시준이를 위해."

세림의 눈동자에 초점이 사라졌다.

짧은 순간 시준과 자신의 미래를 그려봤다. 어차피 헤어질 수밖에 없는 두 사람이었다. 이뤄지는 게 불가능한, 다른 삶과 다른 세계에 놓인 두 사람. 잠시 잠깐 옷깃이 스쳤다 치자. 손을 잡았다 치자. 그러나 언젠가는 잡은 손을 놓을 수밖에 없는 두 사람이었다.

그 시기가 빨리 오느냐, 늦게 오느냐의 차이였을 뿐이다.

"헤어……."

목이 메어온다.

"헤어지겠습니다. 헤어질게요."

"아주 말을 잘 알아들어서 다행이야. 며칠 쉬다 오는 건 어때? 유럽 여행이라든가. 원하면 친구들과 함께 가도 좋아. 경비는 우리 쪽에서 대주지."

"아뇨. 괜찮습니다."

"며칠 쉬다 오는 게 시준이와의 정리가 훨씬 수월할 거야. 출국 날짜가 정해졌어."

눈시울이 뜨거워졌다. 눈가에 눈물이 서린다. 목소리가 잠기는 걸 애써 삼켜냈다. 눈가에 어린 눈물방울 하나가 소리 없이 뚝 떨어졌다.

"그 부분은 제가 알아서 할게요. 걱정하실 일은 없을 거예요."

"그렇게 말해줘서 고마워. 아가씨를 믿지."

해준은 자리에서 일어나 객실을 나섰다. 조용히 떨어지는 눈물을 닦을 생각도 않고 세림은 햇살에 담겨 느릿하게 춤추는 작은 먼지 입자들을 하염없이 바라보았다. 시간이 멈춘 듯 공간에는 움직임이 없다. 얼마 지나지 않아 눈물은 금세 말랐다.

❖　❖　❖

약속 장소까지 태워다 주겠다는 한남그룹 측 비서의 말에도 고개를 저으며 언덕을 내려와 지하철역까지 걸었다. 무척 더운 날씨였다. 이마에 맺힌 땀방울이 헤어 라인을 따라 귀밑머리로 흘러내렸다. 손등으로 아무렇게나 땀을 닦아내고 휴대전화를 들었다. 부재중 전화와 문자 메시지가 와 있었다. 한참이나 액정을 바라보다가 종료버튼을 눌렀다. 그리고는 해나에게 전화했다. 이상하게도 가장 잔인한 요구에 응했는데도 생각만큼 그렇게 가슴이 아리고 눈물이 떨어지진 않았다. 그저 썰물이 빠져나간 갯벌처럼 허무할 뿐이다.

세림은 지하철을 타고 해나가 아르바이트하고 있는 디자인 학원 앞 커피숍을 찾았다. 그녀는 해나를 만나자마자 어떻게 했는지도 모를 만큼 긴 이야기를 두서없이 늘어놓았다. 커피숍 테이블 위에 쏟아지는 말이 아무렇게나 넣어둔 박스 안의 물건들처럼 어질러졌다.

"나…… 여행 가고 싶어."

"……."

마지막 말끝에 덧붙였다. 해나는 고개를 가만히 끄덕이며 단아와 자영에게 전화를 걸었다. 커피숍 밖으로 분주히 걸음을 옮기는 사람들의 모습이 보인다.

저 사람들은 어디로 가는 걸까.

※ ※ ※

네 사람이 춘천의 너른 호수가 보이는 단아네 펜션에 도착한 건 해질 무렵이었다. 새벽에 이따금 안개가 낮게 깔리는 호수와 그 뒤로 보이는 바위산은 한 폭의 수묵화 같았다. 단아의 부모님은 네 사람을 반갑게 맞아주었다. 왜 이렇게 오랜만에 왔느냐며 아이들 등짝을 밉지 않게 찰싹찰싹 때리는 단아 엄마의 손길에는 애정이 묻어나 있었다. 그리고는 먼 데까지 오느라 고생했다며 두껍게 자른 돼지 등심과 해산물, 야채를 굽기 시작했다. 아이들도 저녁 준비를 도왔다. 호숫가 근처에 그릴을 놓고 테이블 위에 찬을 준비하였다. 단아 엄마는 남자친구들은 있냐고 짓궂은 질문을 하기도 했다. 아이들이 까르르 웃으며 너나 할 것 없이 자신의 근황을 풀어놓았다.

금방까지 석탄불에 달궈져 고기를 구워내던 그릴과 소란스러운 웃음소리가 가득했던 호숫가는 쓸쓸함이 느껴질 정도로 적막하였다. 풀벌레 울음소리와 호수 근처, 어쩌면 바위 사이에 숨어 있을 개구리 울음소리가 빈 공허를 채우듯 호숫가를 서글프게 울렸다.

휴대용 담요를 몸에 두른 세림은 자박자박 자갈밭을 느리게 걷다가 테이블 의자를 빼내 앉았다. 그녀는 멀리 하늘에서 반짝이는 별들을 바라보았다. 도시와 떨어진 한적한 곳이라 그런지 하늘에는 셀 수도 없는 많은 별이 반짝이고 있었다. 비릿한 호숫가 바람이 불어온다.

해나를 만나러 갈 때부터 전화 전원을 꺼놓고 아예 배터리까지 분리시켜 가방 속 깊숙이에 넣어두었다.

헤어지겠다고…… 했다.

아직도 잘한 걸까, 너무나 이기적인 선택을 한 건 아닌가 하는 생각에 머릿속이 어지러웠다. 헤어지겠다고 말한 사람의 마음이 어쩜 이렇게 담담할 수 있을지. 자신이 이상했다. 마치 오래전부터 준비했던 것처럼, 아니, 사실은 이미 미국에 들어가야 한다는 시준의 말을 들었을 때부터 어느 정도 예상한 일이었는지도 모르겠다. 불안하고 또 불안하고 미치도록 불안한 마음이었는데, 막상 현실이 되니 눈앞에 보이는 호수처럼 이상하게도 잠잠했다. 아마 그 불안의 불씨를 임하은이 활활 태워 버렸기 때문이겠지. 남은 재에서 어떻게 불씨가 피어오를 수 있겠는가.

냉정하게 말하자면 자신만 상처받은 것 같다는 생각이 들었다. 부재중 전화와 제발 연락하라고, 그 누구의 말도 듣지 말라고, 자신의 말만 들으라는…… 이기적이기만 한 이시준의 문자 메시지를 확인하는 순간 화가 났다. 억울했다. 이시준을 좋아한다고, 그 애가 너무 좋다는 이유만으로도 어째서 그 애의 주변 사람들에게 이런 대우를 받아야 하는 거냐고. 그래서 조금도 미안한 마음이 들지 않았다. 그 문자 메시지를 보고 이시준이 싫어졌다. 네 말을 들어서 난 이렇게 됐다고. 미웠고, 싫어졌다. 정나미가 떨어져서 다시는 보고 싶지 않았다. 이시준 같은 거, 재수 없었다. 지나치게 잘나신 집안의 아들, 이렇게까지 당하면서 굳이 만나고 싶지 않았다. 손에 쥐고 있던 전화를 던져 버리고 싶은 충동까지 들었다.

하지만 그래도……

미안했다.

가슴이 아팠다.

보고 싶었다.

헤어진다는 말을 하는 순간에도 시준이 터무니없이 그리워져 견딜 수가 없었다.

춘천으로 오는 열차 안에서도 이시준만 생각하면 목구멍까지 눈물이 들어차서 숨 쉬는 것조차 힘들었다. 누구의 눈치도 보지 않고 마음껏 울고 싶었다.

세림은 깊은 숨을 내쉬었다. 짙은 고요가 숨 막히게 불어온다. 도대체 뭐가 그 애를 위한 일인지 모르겠다. 아마 자신은 어떤 선택을 하든, 어떤 게 그 애를 위한 일인지 모를 거다. 그 애 옆에 있겠단 선택을 했더라도 어쩌면 그 애를 위한 일이 아니었다고 생각할 수도 있으니.

어떻게 이별을 이렇게 담담히 결정할 수 있는 걸까. 희미한 코웃음이 터졌다. 평생 잊지 못할 것 같던 영우다. 시준과 사귀면서 한 번도 그 애를 생각하지 않았다면 거짓말이지만, 그 애가 그리운 적은 없었다. 서글픈 일이다. 그런데 시간이 흐르면 이시준도 그렇게 잊힐지도 모르겠다.

눈물은 더 이상 나오지 않았다.

❖ ❖ ❖

춘천에서 이렇게 빨리 올라올 예정이 아니었다. 어차피 이시준도 없을 서울에 올라와 혼자 남은 기분 같은 거 체감하고 싶지 않았다. 그쪽 바람대로 이왕 간 김에 일주일쯤 없어져 줄 생각이었다. 그런데 아침에 시준이 보냈다고 하는 남자가 나타나 데리러 왔다며 함께 올라가자 했다.

기가 막혔다. 자기들이 어디로든 가 있으라며, 그런데 왜 또 서울로 같이 가자는 거야. 싫다고 했다. 하지만 시준이 보냈다는 오직 그 말 때문에, 어쩐지 더 이상 버티고 있을 수가 없었다.

차에서 내리며 집 앞까지 태워다 준 남자에게 고맙다고 인사하였다. 세림은 지친 걸음으로 단지 앞에 들어섰다. 긴 한숨을 내쉬며 아파트를 올려다본다.

한남 이래온.

이제 보니까 운명이라던 살짝 들뜬 듯한 시준의 음성이 전신에 물들 듯 번져 갔다. 그의 말에 정말 운명일까 하는 생각을 하며 은근히 설레었다. 여자라면 '운명'이란 낭만적인 단어를 가볍게 받아들일 사람이 없을 테니까. 한 번쯤 의미를 부여해 보고, 기대해 보고, 그래서 떨리는 심장을 움켜쥐고 행복해하고.

운명이 정말 있기는 할까.

세림의 눈빛이 다시 반쯤 죽는다.

손을 들어 머리칼을 귀 뒤로 넘겼다. 시선 끝에 누군가의 실루엣이 닿는다. 고개를 숙이고 보도블록에 걸터앉은 그 모습이 위태롭다. 발치에 제멋대로 널브러진 담배꽁초들. 설마 하고 살피던 눈동자가 흔들렸다. 굳게 마음먹었던 결심과 함께 다급하게 시선을 거두며 발걸음을 떼었다.

"은세림!"

그리웠던 시준의 낮은 저음이 단지에, 세림의 마음에 울렸다. 스산한 바람이 불었다. 춘천에 있는 동안 햇볕 쏟아지는 날씨가 연속이었다. 삼복더위가 지나고 한풀 꺾인 여름은 잠시 산뜻했다. 살갗에 닿는 공기에서도 열기가 사라진 듯했는데, 뉴스에서 태풍이 빠른 속도로 북상하고 있다는 소식을 알려왔다. 남부지방은 내일부터 종일 비가 내리고 당분간 전국에 비가 쏟아질 거라 하였다. 어쩐지 하늘이 기이하고 현기증 날 만큼 깨끗한 파랑이었더라, 생각했다. 다시 불어오는 바람이 젖어 있는 듯하다.

힘없이 시준을 내려다보던 세림의 눈동자가 크게 떠졌다. 시준의 눈가며 입가가 찢어져 있다. 싸움이라도 한 거야?

"이게 누구야. 은세림이네. 내 여자친구…… 은세림."

시준은 말을 느릿하게 끌며 희미한 웃음을 지어 보였다. 술에 취한 듯 가늘어진 눈의 눈빛이 나른하다. 그녀가 시준 쪽으로 천천히 발걸음을 움직였다.

"왜…… 여기서 이러고 있어? 차는? 설마 이러고 운전하고 온 건 아니지?"

"걱정 마. 대리 불러서 왔어."

자리에서 일어서려던 시준이 균형을 잡지 못하고 비틀거렸다. 세림이 팔을 붙잡자 그가 휙 뿌리친다. 왼쪽 손목에 붕대가 감겨져 있다.

"저번에는 갈비뼈를 부러뜨려 놓은 적이 있지. 이번에는 팔다리 하나쯤 나가려나. 아니, 어떤 사고를 빙자해 반신불구를 만들지도 몰라. 아니면 사지 멀쩡한 패배자가 더 괴로울 수도 있겠지."

문득 감정 없이 내뱉던 해준의 말이 떠올랐다. 세림의 얼굴이 경악으로 굳어졌다.

"왜, 혼자 힘으론 서지도 못할까 봐 그래?"

비웃듯 말하는 그에게서 술 냄새와 담배 냄새가 어지러울 정도로 가득 풍겼다.

"그게 무슨 소리야. 술에 취했으니까 당연히……."

"나 술 안 취했어."

시준의 눈동자가 초점을 찾았다. 하지만 정신은 아직 온전히 가누지 못하는 듯하였다.

"손은 왜 이런 거야? 얼굴은 또 왜 이러고? 누구랑 싸웠어?"

"아아, 이거? 하도 집에서 못 나가게 해서 악의 무리를 물리치고 오느라. 휙휙."

장난스럽지만 자조 섞인 목소리가 허공을 맴돈다.

"집에 가. 너무 늦었어."

"내가 그렇게 못 미더워?"

"……."

"그래. 나 가진 거 없어. 아무것도 할 줄 몰라. 너 하나 지켜주는 것도 제대로 못 해. 그런데 네가 옆에 있어주면 어떻게든 해결할 수 있을 것 같았어. 아니, 해결하려고 했어. 무슨 짓을 하든, 어디로 도망을 가든, 그렇게 하려고 했어. 너 하나만 있으면 난 뭐든 할 수 있는 사람이니까."

"시준아……."

"그런데 넌 어떻게 그렇게 쉽게 포기해? 내가 그 정도밖에 안 됐냐? 박영우는 5년씩이나 좋아했잖아. 그런데 난 겨우 두 달짜리 밖에 안 돼?"

세림은 시선을 떨어뜨렸다. 맑은 막에 눈물이 어른어른하다.

"너…… 진짜 잔인해."

떨리듯 흐트러지는 시준의 음색에 고개를 들었다. 물빛으로 변한 시준의 눈동자를 보며 두 손을 입가에 댔다. 살갗을 도려내듯, 날카롭게 조각조각 난 유리가 파고들 듯 심장이 아팠다. 자신의 눈에 눈물이 나는 것보다, 자신이 들은 그 어떤 말보다 상처받은 시준의 눈물이 훨씬 더 가슴을 아프게 했다.

춘천에 있는 동안 헤집어진 마음을 주워 모으고 또 주워 모았다. 누구나 한 번쯤 해보는 연애였다고, 그 연애 끝난다고 세상도 같이 끝나는 거 아니라고, 시준이를 위해서도 이게 제일 잘한 선택이니까 미련 가지면 안 된다고 했는데.

"미안. 미안해……."

네 발 달린 순한 동물처럼 여린 세림의 눈동자에 또 물기가 어렸다. 시준은 가슴이 메어왔다. 누군가가 심장을 꽉 움켜쥐고 있는 것처럼 숨을 쉴 수가 없다. 그가 손을 뻗어 세림을 끌어안았다.

"내가 더 미안해. ……미안해."

작고 연약한 어깨가 시준의 품에서 가늘게 떨렸다. 혼자서 흘리지 못한 눈물을 쉼 없이 흘려내는 것만 같다. 차오르는 슬픔을 억지로 눌러 참아 숨넘어가는 소리가 난다.

서러워서, 담담해질 수 없어서 괴롭다. 시준의 품에서 그가 가진 체취와 체열이, 짙게 섞인 담배 향이, 은은한 향수의 향이 뒤섞여 세림을 물들였다.

떨어지고 싶지 않은 그리운 품.

"세림아."

내가…….

"……응."

이 품을 버릴 수 있을까.

커다란 가슴에서, 자꾸만 파고들고 싶은 온기를 가진 가슴에서 참아내듯 이어지는 눈물 소리가 귓가를 잔뜩 적셨다.

그 눈물이 더 아프다.

"우리가…… 어른이 되어서도 사랑할 수 있을까?"

결국 울음이 터져 버렸다. 시준의 품을 놓고 싶지 않아 그의 옷자락을 꼭 쥐었다. 목구멍까지 비집고 올라오는 말을 차마 입 밖으로 낼 수 없었다. 그저 흐느낌으로, 멈추지 않는 눈물로만 대답한다.

맥조차도 짚이지 않는 여린 숨소리가 이따금 물결처럼 부는 바람에 흩날렸다. 세상은 푸르고 짙은 심연 같은 여름밤에 잠겨갔다.

한여름 밤의 짙고도 혼곤한 꿈.

깨고 나면 아득하게 느껴질,

그래서 더욱 애절하게 그리워지는,

환상 같은 한여름 밤의 꿈.

두 사람은 공원 주차장에 세워둔 차 뒷좌석에 앉아 잠이 들었다. 자리가 불편해 이따금 깨기도 했지만, 옆에 앉은 서로가 잘 자고 있는지 확인하며 다시 잠에 들었다.

몇 시간이 지나고 해저 깊은 곳에 가라앉았던 여름밤 하늘이 연푸르게 떠올랐다. 가끔씩 지나다니는 차 소리에 세림이 눈을 떴다. 조금 내려놓은 차창을 통해 나직한 새벽 햇살이 다소곳이 모은 손안에 담긴다.

꿈같았다.

언제부터, 어느 순간부터가 꿈이었을까.

세림은 망연히 손을 들어 눈가를 비볐다. 손안에 담겨 있던 햇살이 무릎으로 흘러내린다. 카 오디오가 오전 6시를 알리고 있다. 안타까울 정도로 여름의 밤은 짧다.

일 분 일 초가 애달프다. 할 수만 있다면 야속하게 흐르는 시간을 잡아내고 싶다. 들릴 듯 말 듯 짧은 숨을 내쉬다가 시준을 돌아보았다. 시준은 자신의 손을 꼭 잡고 평온히 잠들어 있다. 손에서 전해지는 체온이 새삼스레 소중해 미칠 것만 같다. 그의 앞머리를 정돈하다가 이마에 길게, 그 어느 때보다도 깊은 사랑을 담아 입맞췄다.

힘들어하지 마.

이렇게 힘든 거, 금방 지나갈 거야.

곧 아프지 않게 될 거야.

그러니까, 그러니까 조금만 힘들어해.

다시…… 괜찮아질 테니까.

2006년 8월 15일.

결코 길지 않지만 짧지도 않았던, 정확히 두 달 보름의 시간.

서로에 대한 애정은 설레는 봄처럼 물들 듯 번지다가, 강렬하게 내리쬐는 여름 태양빛처럼 숨도 쉴 수 없을 만큼 더웠다.

그리고 여름의 절정에 서서 몰아치는 장마가 끝날 무렵, 우리의 만남도 매듭을 짓게 되었다.

Epilogue

시간이 지나면
너의 슬픔들도 잊혀지리라 믿어.

―이루마, First Love, 『09. Time Forgets…』

　창을 통해 새벽이슬 머금은 아침 햇살이 대각선을 그리며 침대
머리맡에 부옇게 떨어졌다. 방 안은 온통 하얀 빛에 싸여 있다. 미
세먼지 입자들이 햇무리 사이에서 느릿하게 춤을 춘다. 잠에서 깬
세림은 아직도 꿈속인 것만 같다.
　어딘지 낯선 풍경.
　공간을 떠돌던 눈동자가 다시 의식에 남은 꿈속으로 숨어들었
다. 멀어져 가는 꿈을 좇아보지만, 의식 깊이 잠긴 꿈은 되돌아오

지 않는다.

조금 열어놓은 창 틈새로 미풍이 불어들었다. 결 사이사이를 파고드는 바람 때문에 커튼이 작은 원을 그리며 부풀어 오른다. 미끄러지듯 나뭇잎이 바람에 나부끼는 소리가 방 안에 청결히 새어들었다. 참새의 맑은 지저귐과 이따금 지나다니는 자동차 소리, 휴일을 맞은 유치원 아이들이 들떠 숨넘어가는 천진한 웃음소리도 뒤이어 물결처럼 공간에 퍼졌다.

삶이 움직이는 소리들은 고장 난 시계처럼 멈춰진 세상의 공백을 메웠다. 정체된 공간에 소음과 빛과 공기와, 의지와 상관없이 새어드는 시간들. 모든 것이 공간 가장 바닥에서부터 차오른다.

오늘만큼은 멈춰주었으면 하는 모든 움직임은 여지없이 채워지고 흘러가길 반복하였다. 잔인하게도.

눈을 떴다.

꿈은 마침내 끝났다.

❖ ❖ ❖

후덥지근하지만 대기가 젖어 있는 아침이었다. 활짝 열어놓은 창으로 촉촉한 여름 햇살이 반짝이며 옷방에 쏟아져 내린다. 시준은 거울 앞에 서서 옷매무새를 가다듬었다. 흘러들어 온 미풍이 앞머리를 슬쩍 건드리고는 공간에 숨어버린다. 셔츠의 후드를 정리하던 그는 대충 앞머리를 털어내 자리 잡게 하였다.

몸을 돌려 옷방 가운데 유리 테이블 서랍을 연다. 일렬로 줄 맞춘 장인의 시계들이 말끔한 모습으로 각자 쿠션에 기대 누워 있다. 몇몇 비어 있는 자리를 빼고. 시계를 고르던 손이 허공에서 맴돌다가 하나를 집어냈다. 오로지 시침과 분침으로만 디자인된 심플한 갈색 가죽 벨트 시계. 손목에 시계를 채우며 거울에 망연히 담긴 자신을 본다. 정신을 제대로 챙기지 못하고 있다는 게 얼굴에 그대로 드러나 있다. 시선을 창밖에 둔다. 싱그러운 초록 잎사귀가 창 앞에서 흔들흔들 햇빛을 뿌리며 아침 인사를 하고 있다.

더없이 느리고 더없이 지루한,

의미 없는 시간들.

지난 며칠 동안 그치지 않을 것처럼 폭우가 쏟아졌다. 여름의 끝자락이 가까워졌음을 알리듯. 덕분에 비행기는 결항되고, 코앞으로 다가온 사형 날짜가 미뤄진 사형수처럼 시준은 괴로운 시간을 보냈다. 무자비하던 폭풍우의 밤. 그 밤이 지나고 세상은 아무 일도 없었던 것처럼 부시도록 하얗고 진한 초록빛으로 마지막 여름의 영롱한 색을 더했다.

그 눈부심이 몹시 잔인하게 느껴질 만큼.

그러나 지금 세상은 이제 그만이 존재하는 곳이 아니다. 잔인하게 느껴지더라도 티 없이 맑은 날씨가 차라리 나았다. 신선함으로 가득 채워진 공기를 호흡하고, 투명하리만치 파란 하늘을 보고 위로받았으면 좋겠다. 햇빛에 투영된 초록 잎사귀를 보고 웃었으면 좋겠다. 말갛게 갠 날씨, 한껏 느끼며 행복해해도 된다.

이런 날을 그 누구보다도 좋아했으니.

노크 소리가 나고 방문이 열린다.

"이제 가야지. 하은이랑 연준이 밑에서 기다린다."

혜정은 조용히 들어오며 며칠 새 가칠해진 막내아들과 얼굴을 마주했다.

　많이 힘들어했던 것 같다. 전보다 더 괴로워했던 것 같다. 그럼에도 아들은 전과 달리 현실을 수긍하고 견뎌냈다. 묵묵히 어른이 되어가는 아들을 보며 혜정은 엄마로서 안타까워했다. 하지만 그뿐이다. 아이는 어른이 되는 과정을 겪는 것뿐이다.

　그녀는 최근 더 말라 핏줄이 굵게 도드라진 아들의 손을 잡았다.

　"괜찮니? 잠도 제대로 못 잔 얼굴이네."

　표정 잃은 아들을 보며 혜정은 걱정 섞인 숨을 나직이 내쉬었다. 시준이 엷은 미소를 짓는다. 부드러운 엄마의 손을 통해 온기가 전해진다.

　"우리 엄마, 보고 싶어서 어떻게 하나."

　"얼마나 떨어져 있는다고. 여름 지나면 또 쉬러 갈게. 아들들 얼굴 보러 가야지."

　지나가는 투로 웃으며 그가 말하자, 혜정의 눈꼬리가 살짝 휘어졌다. 어느 때보다 살갑고 따뜻한 미소를 보이며. 시준의 얼굴이 버석하게 메말라 갔다. 막연한 웃음만 봐도 누군가가 떠오를 정도로 이상한 착각에 빠져 버리고 만다. 그는 곧 표정을 정리하였다.

　"그래요."

　"내려가자."

　혜정이 앞서 옷방을 나서고 그 뒤를 시준이 따랐다. 두 사람 뒤로 뿌연 햇살만이 공간을 채운다. 손을 뒤로 하고 문을 닫으려던 시준은 잠시 옷방을 한 바퀴 돌아보았다.

　못다 한 시간이 그대로 멈춰진 채 공간 어딘가에 숨어 있는 것만 같다.

❖ ❖ ❖

찰박찰박 물 튀는 소리가 고요한 욕실을 울렸다. 세림은 얼굴에 묻은 거품을 구석구석 씻어내다 고개를 들었다. 가칠해 생기 없는 얼굴, 초점을 잃은 눈동자, 물빛으로 번진 눈가, 그리고 빛바랜 입술이 거울에 담겨 있다. 물방울 하나가 옆머리를 따라 턱밑까지 미끄러지듯 흐르더니 물이 찬 세면대에 퐁 떨어진다. 흔들리는 눈동자를 애써 모른 척하며 거울로 향한 눈길을 이내 거뒀다.

거품을 마저 씻어내고 서랍장에서 보송보송한 분홍색 타월 하나를 꺼내 물기 어린 얼굴에 지그시 대었다. 한참 동안, 한참 동안 그렇게 묻고 있던 수건에서 얼굴을 떼어낸다. 손과 손목을 닦고, 목을 닦아내고, 수건걸이에 수건을 걸어둔다. 물기 마른 새하얀 얼굴 위로 발개진 눈가만이 도드라진다.

"무슨 바람이 불어서 이렇게 일찍 일어났어?"

안방에서 나와 하품하며 주방으로 향하던 엄마는 세림의 방문이 열린 걸 보고 눈을 동그랗게 떴다. 주말만 되면 점심 먹을 시간까지 늘어지게 자던 애가 웬일로 아침부터 부지런을 떨고 있나 싶은 것이다. 그러나 아이는 엄마의 말에 대꾸도 없이 방을 나와 느릿하게 소파로 걸어갔다. 엄마는 괜히 샐쭉해져 주방으로 들어섰다. 찬장에서 뚝배기를 꺼내 정수기 물을 받고 가스레인지 위에 올렸다. 등 뒤로 TV에서 나오는 프로그램 소리가 들리더니 이내 뚝뚝 끊긴다.

또 정신없이 채널을 돌려대는 모양이다.

"TV 좀 그만 돌려대라, 지지바야. 정신없다."

"……."

"된장찌개 할 건데 괜찮아?"

"……."

여전히 대답이 없다. '네, 마음대로 하세요' 하고 냉장고 문을
연다.

무슨 일인지는 모르겠지만 요새 작은 놈이 꽤나 힘들어한다. 며
칠을 밥도 제대로 못 먹고 병든 병아리처럼 저렇게 맥없이 돌아다
니고 있다. 모양새를 보아하니 뭔 일이 있어도 단단히 있다 싶었
다. 큰애를 다그쳐 들어보니 남자친구가 있었는데 힘들게 헤어진
모양이란다. 그 말에 웃음 섞인 한숨이 터졌다. 어린 녀석들이 이
성 간에 느끼는 감정이 얼마나 애틋했겠느냐만 며칠 새 밥도 못
먹고 말라 버린 딸을 보니 걱정이 이만저만이 아니다. 달걀 한 판
이 그득 차 결혼을 목전에 둔 애도 아니고, 작은애가 저러고 있으
니 엄마는 괜히 마음이 더 기운다.

"엄마…… 오늘 어디 가?"

어린 딸이 나직이 물어왔다.

"절에. 요 며칠 꿈자리가 뒤숭숭하네."

고개도 돌리지 않고 대답했다. 도마에 호박과 감자를 올려놓고
익숙한 손길로 썰어냈다. 능숙한 소리가 주방을 울린다. 분주히
움직이던 손을 멈추고 뒤를 돌아보았다. 딸이 거실 소파에 늘어지
듯 누워 있다. 부연 햇살이 가득 찬 공간에 작은애만 외따로 떨어
져 있는 것 같았다. 자연스레 흐르는 시간과 상관없이 딸애의 주
변 움직임은 다른 곳을 향해 있다. 모든 것을 놓아버리기라도 한
듯 젊은 애에게서 느껴지는 안온함이라고 하기엔 무척 낯설다.

"너도 갈래?"

"……."

엄마는 나직한 숨을 뱉고 다시 썰다 만 호박을 손질하였다. 통통통 경쾌한 소리가 주방을 넘어 세림이 있는 거실로 섞여들었다.

세림은 멍한 얼굴로 리모컨을 눌러댔다. 진노란 햇살을 받은 투명한 갈색 홍채가 계곡물처럼 맑고 깊다.

휴일 아침 지상파 방송은 지루하고 재미가 없다. 70개나 되는 채널을 벌써 세 번이나 돌렸지만 마땅한 볼거리를 찾지 못했다. 공중파에 채널을 고정시켜 놓다가 다시 케이블로 채널을 돌렸다. 월화드라마가 재방송 중이고, 로맨스 코미디 영화가 방영 중이고, 음악 프로그램, 키즈 애니메이션…….

말간 얼굴에 TV 영상이 그려내는 색채가 어른거린다. 그녀는 결국 음악방송에 채널을 고정시켰다. 뮤직비디오에는 가사와 전혀 상관없는 내용의 영상이 브라운관을 채우고 있다. 애틋한 분위기 때문인지 뮤직비디오는 마치 한 편의 영화 같았다. 두 사람의 미묘한 만남, 외면하고 있던 서로의 감정, 그리고 애절한 키스.

사랑할 수 없는 두 남녀의 심정은 가수의 애절한 목소리와 노랫말 때문에 한층 극적으로 느껴졌다.

사물의 구심점이 사라진다.

눈을 떴을 때부터 감는 순간까지 눈물이 나던 날이 있었다. 수저를 입에 넣는 순간에도 목이 메어 그 이상 식사를 할 수 없을 만큼 순간순간이 애달프고 괴로웠다. 지난 기억들이 물빛에 젖어 흐려졌다.

그런데 어느 순간부터 눈물이 나지 않았다.

순간순간을 떠올려 봐도, 그리운 얼굴이 눈앞에 아른거려 가슴이 메어와도 눈물이 나지 않기 시작했다. 아무리 애절한 목소리로 부르는 이별의 노래에도, 슬픈 영화에도 그저 안타까울 뿐, 겨우 눈가가 촉촉해질 뿐 그 이상 눈물이 나지 않았다.

조금 이상해진 것 같았다.

슬픔이 아무렇지 않게 되었다.

슬픔을 관장하는 뇌의 한 부분이 고장이라도 난 걸까, 아니면 이렇게 덤덤해질 만큼 마음을 주지 않았던 걸까.

며칠 전, 자영과 언니들과 술 마시고 돌아오는 길에 비가 떨어지는 새카만 밤거리를 걸었다. 세상은 어둔 잠에 잠기고, 소리 없는 비에 젖어갔다. 혹시라도 누군가 뒤에서 나타나 어깨를 잡는 건 아닐까 하는 기대를 해보았다. 생각만 해도 왈칵 눈물이 쏟아질 것처럼 서러운 감정이 북받쳤다. 하지만 기대는 기대로 끝나고 눈물도 나지 않았다. 걸어온 길이 얼마쯤 될까 돌아보았다. 아득했다. 일렬로 쭉 늘어선 가로등은 점점 작아져 있었고, 가장 끝 보이지 않는 점에서부터 걸었다. 혼자서 지나온 길이 무척이나 멀었음에도 그사이 눈물은 단 한 방울도 나오지 않았다. 빗물을 머금은 바람이 차갑게 닿았다.

누웠던 소파에서 일어나 앉아 햇빛과 일상의 소음이 밀려드는 베란다 창밖을 물끄러미 바라본다.

이별은 이토록 쉬운 일인 걸까.

❖　❖　❖

에어컨이 가동되고 있는 공항과 달리 밖은 가늠할 수 없을 정도의 더위가 기승을 부렸다. 시준과 태현은 강렬히 내리쬐는 태양을 뒤로하고 공항 의자에 앉아 있었다. 가시지 않은 그 열기가 등허리를 뜨겁게 만든다. 한 줄 앞으로는 승범과 유정이 서로의 어깨에 기대어 잠시간일 이별을 달래고 있었다. 미리 들어간 미영과 하은은 이미 입국 심사를 거쳐 면세점에서 쇼핑 중일 것이고, 연준은 라운지에서 그들을 기다리고 있겠지.

시준의 시선이 아까부터 오른쪽에 위치한 에스컬레이터를 향한 채 움직이지 않는다. 누군가를 기다리듯 사람들이 올라오는 기척을 느끼기라도 하면 그 눈빛이 저도 모르게 흔들린다. 그가 손목에 채워진 시계를 내려다보았다.

10시. 출국 시간까지 얼마 남지 않았다. 이제 슬슬 일어나지 않으면 안 된다. 평소와 다른 시계의 초침은 달콤했던 그 순간보다 훨씬 더 빠르게, 시간을 재촉하였다. 태현이 자리에서 일어섰다.

"이제 들어가야 돼."

시준은 여전히 에스컬레이터에서 눈길을 떼지 못하였다. 가끔 누군가가 달려오는 것 같은 환청만 들릴 뿐 실제 모습은 보이지 않는다. 포기한 듯 깊숙이 묻어두고 있던 숨을 들리지 않게 내쉬며 자리에서 일어섰다. 그때, 에스컬레이터에서 급하게 올라오는 발소리가 들렸다. 고개를 돌린다. 에스컬레이터를 오르던 두 사람과 시선이 맞았다.

자영과 해나다.

그녀들의 뒤로 혹시나 하는 낮은 기대감이 부풀었다. 그러나 시준의 눈동자는 이내 실망감으로 변했다. 두 사람이 멀리 시준을 알아보고 달려왔다.

"늦어서 미안해."

자영이 숨을 골랐다. 시준은 그저 쓰게 웃었다.

역시 오지 않았다.

"이거 부탁했던 거."

자영이 손에 들려 있는 보라색 가죽 다이어리를 건넸다. 그가 올 6월 세림에게 선물해 준 다이어리. 시준은 다이어리를 말없이 바라보다가 받아 들었다.

"세림이는 몰라. 달라고 하면 안 줄 것 같았어."

"……고마워."

"잘 다녀오래."

"……."

시준의 눈동자에 생기가 꺼지고 말았다.

정말 마지막이다.

탑승 수속을 마치고 기내에 들어선 사람들은 하나둘 자리에 앉았다. 단 열 석밖에 없는 2층의 퍼스트 클래스는 좌석 공간이 여유롭다. 시준은 창가 좌석에 몸을 묻은 채 분주히 움직이는 기내를 응시하였다. 무언가 보기 위함이 아니다. 그저 시선 둘 곳이 필요했다.

기내에는 헤아릴 수 없을 만큼의 오전 여름빛이 들이쳤다. 흰색에 가까운 노랑. 시준은 한참이나 손에 쥐고 있던 다이어리를 내려다보았다. 겉 커버의 가죽이 새것처럼 매끄럽다. 온기의 흔적을 확인하듯 가만히 손바닥을 얹어두다 다이어리를 펼쳤다. 긴 이야기가 담겨 있는 소설책을 펴듯 한 장 한 장 넘기는 그의 손길이 조심스럽다.

　다이어리를 넘기다 중간에서 무언가 미끄러지듯 바닥으로 떨어졌다. 몸을 숙여 손을 뻗던 그의 움직임이 공중에서 멎었다. 깨알같이 작은 글씨가 쓰인 사진의 뒷면. 시준은 숨을 멈추고 바닥에 떨어진 사진을 주워 들었다.

　—2004년 6월 ? 고등학교 다니던 이시준.
　불량스러워. 폼 잡지 마!

　사진을 돌렸다. 언제 찍었는지도 기억나지 않는 열아홉 살 때의 자신이다. 이 사진이 왜 은세림한테 있는 거지? 입가에 손을 대고는 이내 쓸어내렸다. 다이어리 제일 마지막 표지 안쪽을 펴본다. 안쪽 주머니에도 두 장의 사진이 자리해 있다. 하나는 세림이 찍은 자신, 하나는 세림과 자신 두 사람의 사진. 눈시울이 붉어지고 만다. 읽기 전부터 가슴이 먹먹해진다. 결국 다이어리를 덮어버린다. 햇살에 반짝이던 웃음이 뇌리에 불쑥 떠올라 눈동자가 뜨거워졌다. 버릇처럼 손으로 이마를 쓸어냈다. 흐트러진 감정을 다독이며 다시 다이어리를 펼쳤다.

　—2006년 4월 19일.
　다이어리 잃어버린 날!

　세림을 닮은 귀여운 글씨체가 빈 공간에 뚜렷이 떠올랐다. 보기만 해도 정성 들여 쓴 문장이란 것을 단번에 알 수 있었다. 입가에 맥없는 미소가 그려진다.

—하루 종일 다이어리를 찾아다녔다. 나중에 알고 보니까 이시준이 가져간 거였다. 웬수 같은 이시준, 화상 이시준. 종일 울고불고 하면서 찾아다녔잖아! 소문나는 줄 알고! 완전 가슴 졸이면서. 죽었어……! 진짜 일주일 동안 쫄아 다닌 거 생각함 열받는데, 그래도 돌려줬으니까 용서함!

—2006년 4월 26일, 이시준 처음 만난 날.
미친놈처럼 나보고 사귀자고 했던 날. 처음 본 여자한테 사귀자고 한 이상한 남자. 어디 가서 나 말고 다른 애들한테도 그래! 진짜 가만 안 둘 줄 알아! 이시준을 처음 봤을 때의 느낌은, 와, 훈남이다! 그런데 입을 여니까…… 너무 재수 없어. 진짜 이날 최악이었다. 생각하기도 싫다. 그런데…… 처음 봤는데 사귀자는 말이 나올 정도로 나한테 반했어? 근자감 넘치는 남친 만나니까 나까지 이러나 보다. 아무튼 나 만날 땐 입 좀 다물어줬으면 하는 소망이 있었단다. 그리고 네 덕분에 완전 단짝 자영이랑 싸운 날이기도 했어. 나쁜 놈.

시준이 낮게 웃었다.

—아무튼 지금은 뭐, 쫌 좋은 남자친구지만 이 애가 너무 좋아질까 봐 그게 겁나기도 하다.

마지막 한 줄을 망연히 바라보다 쓴웃음을 지었다. 다이어리 한

장을 다시 넘긴다.

  —2006년 5월 2일.

  수업 듣기 전에 잠들어 있다가 깜짝 놀랐다. 이시준이 와서. 다이어리에 끼워뒀던 시간표를 확인하고 왔다는데, 아니, 예과생이 그렇게 한가해? 그러고 단아 언니랑 해나 언니랑 밥 먹는데 따라와서는 머리 끝부터 발끝까지 뭐? 완전 닭털 날리는 멘트 날려주시고. 거기다 스토커의 기본은 스케줄 확인이라고 하질 않나. 뭐, 스케줄 확인이 기본이긴 하지만 그전에 프로필 확인부터 필수로 했어야지. 이름, 생년월일, 신체 사이즈, 관심사, 가족 관계! 그런 거 몰래 조사해 와야지. 넌 나 따라오려면 아직도 멀…… 었어.

  —2006년 5월 9일.

  이시준이 찾아온 날이다. 커피숍에. 엄청 엄청 놀랐다. 지금 생각해도 앤 정말 사람을 놀라게 하는 데 탁월한 재주가 있는 것 같다. 여기저기서 번쩍번쩍. 네가 무슨 홍길동이야? 아무튼 정말 거짓말 안 하고, 진짜 놀랐어. 이때만 생각하면…… 흠, 솔직히 아직도 모르겠다 싶은 마음…….

  웃음이 나기도 하고 미칠 것처럼 숨이 답답한 것 같기도 하다.
  하지만 시준은 다이어리 읽기를 그만두지 못하고 빠져들었다. 처음 그녀의 다이어리를 주웠던 그날처럼. 이국땅으로 향하는 각자의 기대로 들떠 있던 기내가, 이른 아침 출국 준비의 피로 때문에 잠들 무렵에도 시준은 다이어리를 덮을 줄 몰랐다. 곳곳에 녹아 있는 세림의 미소가, 수줍었던 목소리가, 달콤한 입술에서 새어 나오던 작은 숨이, 무심코 던지던 눈길이, 자신과 있으면서 수십 번씩 변하던 표정들을 한순간도 놓을 수 없었다.

❖ ❖ ❖

이슬 젖은 산사에 아침 안개가 연기처럼 피어올랐다. 그 사이로 진노란 햇무리가 기다랗게 드리워진다. 햇무리가 마치 잔 파도처럼 너울대는 것만 같다.

한여름인데도 산사의 아침은 도심과 사뭇 다르게 차가웠다. 세림은 카디건을 파고드는 찬 공기에 팔을 감쌌다. 울창한 나무숲 어딘가에 살고 있는 산새의 청명한 지저귐과 뻐꾸기 울음소리가 산속을 말갛게 울린다. 짙푸른 소나무 숲으로 감싸인 산사는 바쁘고 정신없이 돌아가는 세상 흐름과 무관하다는 듯 고요하고 한가롭기만 하였다.

왠지 모르게 긴장이 풀린다. 차갑게 굳었던 심장도 느릿하게 뛰기 시작했다. 새삼스러운 두근거림이 가슴 안에서 조용히 살아난다.

절에서 키우는 강아지 한 마리가 대웅전 앞마당에 앉아 꼬리를 느릿하게 움직이며 방문자를 반겼다.

법당 안에 들어선 세림은 엄마를 따라 불상에 얌전히 반배했다. 엄마는 정성이 담긴 마음으로 향을 올리고, 세림은 법당을 돌아보았다. 왼쪽 벽에는 위패가 가득 모셔져 있고, 오른쪽에는 어딘가 무시무시해 보이는 불화가 선명하게 그려져 있었다. 정면에는 압도될 만큼 커다란 석가모니불을 포함, 삼존불(三尊佛)이 자리를 지

컸다. 세 분 모두 자애롭기도, 때로는 엄격해 보이기도 하지만 마음속에 스며드는 것은 알 수 없는 평온함이다.

엄마가 향에 불을 피우고 자리에 돌아온 것을 보며 두 사람은 가운데 석가모니불에 먼저 절을 올리고, 그다음 왼쪽에, 마지막으로 오른쪽 불상에 절을 올리는 것으로 마무리하였다.

"스님 뵈러 갈 건데, 너도 같이 갈래?"

"나 여기 좀 더 있을래."

세림은 불상에 눈길을 고정시키며 조용히 한쪽 자리에 무릎 꿇고 앉았다. 엄마는 그리 하라는 듯 대꾸 없이 법당을 나갔다.

혼자만 앉아 있는 법당은 그저 고요했다. 연기를 피워내는 향내가 법당 여기저기 스며든다. 심장이 조금씩 요동쳤다. 산속의 아침 기운을 모두 받으려는 듯 활짝 열린 법당 문밖에서 풍경 소리가 바람에 실려왔다.

눈물은 어느 순간 뚝 떨어졌다.

연이어 다리 위에 올려둔 손등으로 눈물방울이 금세 떨어져 내린다. 맥없는 눈물은 볼을 타고 하염없이 흘러내렸다. 숨이 차오르고, 심장도 달음박질친다. 여름날, 시준을 향해 뜨겁게 두근거리던 그때처럼. 눈에 어른거리는 지난날의 기억들이, 순간들이 초록 잎 사이에 숨어든 햇살처럼 반짝인다.

세림은 터져 나오는 눈물을 끅끅 삼켜내었다. 그렇게 울고 싶었는데 소리 내어 울지도 못한다. 억지로 삼켜대는 눈물 때문에 목젖이 심하게 떨려왔다. 서럽게 눈물을 참아내려 눈을 꾹 감고 한숨 같은 울음을 터뜨렸다. 손등으로 입을 막아보지만 도저히 참을 수가 없다.

여린 어깨가, 작은 새 같은 가슴이 애달프게 들썩인다.

시원한 바람이 잔물결처럼 퍼지던 공원에서의 그날,
떨어지는 굵은 빗줄기를 보며 내 마음 전하던 별장에서의 그날,
후덥지근한 바람을 맞으며 함께 걸었던 강변에서의 그날.

끝나지 않을 것처럼 이어지던 엘리베이터 안에서의 키스,
귓가에 조용히 내려앉는 미풍을 느끼며 나누던 달콤했던 입맞춤,
여우비 내리는 카페 거리에서 나누던 깃털만큼 가벼웠던 숨결,

햇살 무리와 함께 몽실몽실 섞이던 너의 포근한 피아노 선율,
앞으로 보낼 날들 속에 공유하던 시간,
너와 함께한 순간,
기억,
또 바람.

여름날 끝없이 내리던 비처럼 이어지는 모든 것에 결국은 바닥
에 엎드려 목 놓아 울고 만다.

부탁이야. 기억해 줘.
어느 여름날,
우리의 심장이 서로를 향해 끊임없이 뛰던 그때를,
그 두근거림을,
제발 잊지 말아줘.

서러운 울음소리는 바람을 타고 산사를 에워싼 숲으로 숨어들었다.

❖   ❖   ❖

깜빡 잠들었던 하은은 눈을 떴다. 벌써 해가 저물기 시작했는지 기내가 온통 다홍빛으로 젖어 있다. 창가에 앉은 시준 쪽으로 고개를 돌린다. 목화송이처럼 뭉쳐 있는 하얀 구름이 저녁노을로 새빨갛게 물들어 있었다.

건너편에 앉아 있던 그녀는 시준 쪽으로 몸을 기울이다가 멈칫하였다. 동그란 두 눈동자가 커다래진다.

오렌지빛으로 물들어가는 하늘을 바라보며 시준은 말없이 눈물을 흘리고 있었다.

아마 평생 잊을 수 없겠지.

햇살 같던 웃음,

너를 향해 끊임없이 뛰던 심장,

2006년의 여름,

그리고 그 한마디…….

너를 사랑해. 사랑합니다.

❖   ❖   ❖

2006년 8월 17일.

날씨는…… 비바람 엄청 몰아치는 중. 바람에 창이 털컹거리고, 놀이터 전등에 비친 나뭇잎의 그림자가 사정없이 휘둘린다. 그야말로 폭우의 밤.

지금 시각 밤 8시 40분이 조금 넘음.

그보다 훨씬 전, 8월 15일 아침 7시 21분. 우리는 온전히 눈을 떴다. 얼굴이 엄청 부어서 못 보여주겠다고, 창피하다고 했는데도 시준인 예쁘다고 해줬다.

근처 편의점에서 칫솔, 치약, 샴푸, 비누가 들어 있는 일회용 샤워 용품을 샀다. 폼 클렌저는 없네 하고 시준이가 말했다. '바보, 편의점에 그런 게 있겠어?' 라고 하자 시준이는 그냥 웃었다. 내 뺨을 쓰다듬으면서. 괜히 눈물이 날 것 같은 기분이 들었다. 고개를 숙였다.

차 안에서부터 우리 둘, 손 계속 잡고 있었어.

놓고 싶지 않아서 화장실 앞에서 한참 동안 서 있었다. 공원에 아침 햇빛이 잔뜩 쏟아져 눈부셨다. 저녁노을이 들기 전의 시간 같았다. 그때보다 조금 더 따뜻했지만. 부족한 수면 때문인지 빛에 번진 공원은 시간이 멈춰 있는 것 같았다. 이곳에 서 있는 게 체감되지 않을 만큼. 꼭 시준이 몸만 여기 있고 진짜 이시준은 가버렸을 것 같은 무서운 생각이 들었다. 그래서 시준이 손을 힘껏 쥐었다. 그때 이끌리듯 화장실로 들어섰다.

여자 화장실이었다.

'누가 들어오면 어떡해?' 하고 물어보고 싶었지만 시준이는 칫솔에 치약을 짜 내게 건넸다. 그 애가 건네는 칫솔을 말없이 받아 들고 양치를 했다. 시준이도. 나란히 서서 양치하려니 부끄러웠다. 그러고 보니 이렇게 같이 양치해 본 것도 처음이야. 우리 두 달이나 만났는데. 목이 메었다.

꼼꼼히 양치하고, 세수하고, 로션을 바르고. 해야 돼서 하는 게 아니라 그냥 일련의 흐름 같았다. 세수하고 난 시준이의 얼굴은 말끔했다. 남자치고 깨끗한 피부다.

되게 잘생겼다.

나도 모르게 소리 내서 말했다.

'그것도 처음 듣는 말이야' 하고 이시준이 말했다.

처음이자 마지막…… 나도 모르게 눈물이 후드득 떨어졌다. 싫었다.

아무렇지도 않게 헤어지고 싶었는데.

'오늘 뭐 할 거야?' 하고 시준이가 물었다.

'몰라. 졸려. 하루 종일 잘 것 같아' 하고 억지로 눈물을 닦아내며 대답했다.

'너는?' 하고 이번엔 내가 물었다.

'몰라. 나도 졸려. 하루 종일 잘 것 같아' 하고 시준이가 똑같이 대답했다.

엄지손가락으로 눈물을 닦아주면서. 눈물이 참을 수 없이 쏟아졌다. 감당이 되지 않았다. 그리고 시준의 품 안에서 한참을 울었다. 진정이 되고 나자 더 이상 그 자리에서 시준이랑 같이 있는 게 힘들어졌다. 마음을 가라앉혔다.

이렇게 힘들게 헤어지지 말자고.

눈물만 남는 거, 나중에 돌이켜 보면 엄청 후회할 테니까.

속으로 다독였다. 그랬는데도 또 눈물이 났다. 이젠 진짜 보내야 돼. 자꾸 시간 끌면 더 힘든 기억밖에 남지 않아. 웃었다. 눈물이 흐르는 것도 상관하지 않고.

'안녕. 잘 가……' 하고 말했다.

시준이가 한참이나 말없이 날 쳐다보았다. 안지도, 손도 잡아주지…… 못하고.

그리고 대답했다.

'그래, 내일 봐' 하고 웃으면서.

내일 봐…….

우리한테 내일은 더 이상 없었다.

시준이도 알고 나도 알고 있었다.

그런데 왜 그런 말을 했을까.

왜 내일 보자고 한 거야?

우리한테…… 내일이 오기는 할까?

집에 와서 그대로 쓰러지듯 침대에 누웠다. 금세 잠들었다. 그리고 너무 졸려서 하루 종일 잠만 잤다. 눈뜬 건 밤 9시가 넘어서였다. 화장실에 갔다가 다시 잠들었다. 그리고 오늘까지 계속 잠만 잤다.

마지막으로 하고 싶은 말을 끝까지 못했다. 잠결에 몇 번이나 되뇌었는지 몰라.

너를 사랑해, 사랑합니다.

ChocolateShake, Always in your Heart.

Special Edition 02.
1. 너 없는 동안의 난

2009년 7월 19일 오후 11 : 38. 캘리포니아주 남부 로스앤젤레스 카운티, 말리부.

내로라하는 대부호의 맨션과 서머 하우스들이 자리한 말리부. 숲처럼 울창한 나무들이 그 사이를 경계로 이루고 있다. 드넓은 면적을 자랑하는 저택들은 멀리 펼쳐진 태평양 연안의 조망을 독차지하였다. 그들 가운데 전형적인 북유럽 스타일의 자연친화적 저택 하나가 유독 눈에 띈다. 저택에서는 일렉트로니카 음악과 사람들의 함성이 울려 퍼졌다.

고풍스러운 백색 철제문 안팎으로 인종에 상관없이 건장한 체구를 가진 가드(Guard)들이, 조금 떨어진 곳에는 파파라치들과 연예계 카메라맨들이 대치하듯 서 있었다. 가끔 분주히 움직이는 헬퍼(Helper)들 말고 철제문 안의 상황은 보이지 않았다. 그야말로

철저한 경계 보안이었다. 그럼에도 파파라치들과 연예계 카메라맨들은 언제든 셔터를 재빨리 누를 수 있도록 긴장을 풀지 않았다.

2박 3일간 이어지고 있는 파티. 대부분 손님들은 저택에서 제공해 주는 잠자리와 식사를 마다하지 않았지만, 근처에 개인 소유가 있는 이들 역시 굳이 외출을 사양하지 않았다. 파티 주최 측에서 특별히 제작한 초대장을 가지고 있다면 출입이 자유로웠기 때문이다.

해서 이틀 동안 드나들었던 인물들은 도합 127명. 첫날 말끔한 차림으로 세단 뒷좌석에 앉아 출입한 인물들은 나올 때에도 완벽한 품위를 유지하지 못했다. 몇몇 인사들은 잔뜩 흐트러져 뒷좌석에 구겨지듯 실려 퇴장하기도 했고, 또 다른 이들은 초췌한 상태로 모자를 푹 눌러쓴 채 그나마 멀쩡함을 간신히 유지할 수 있었다. 파파라치들과 연예계 카메라맨들의 셔터가 바빠지는 순간이었다.

초대된 이들은 대체로 거물급 사회계층의 2세, 3세들이나 유명 배우, 가수들, 예술인들. 저명인사들의 모임은 이미 흔한 일들이니 사교계 모임을 가진다고 해서 화제가 되는 것은 아니었다. 하지만 그 주최자가 이제 막 세계 무대에 발돋움한 한국계 재벌 3세라는 것, 그럼에도 굵직한 초대객들이 모였다는 것이 가십 언론의 관심사였다.

철제문 안팎 가드들의 눈짓이 오감과 동시에 움직임이 분주해졌다. 수상한 낌새에 눈치 빠른 파파라치들과 카메라맨들이 카메라를 얼굴까지 들어 올렸다. 가드들은 신속히 철제문 양옆으로 바리게이트를 쳤다. 파파라치들과 카메라맨들은 곧 던져질 먹잇감을 기다리며 하이에나처럼 모여들었다.

곧이어 왼쪽 길목 끝에서 주황빛 헤드라이트를 비추며 검정색

대형 세단 롤스로이스 한 대가 미끄럽게 진입하였다. 몇 초 동안 셔터와 플래시가 정신없이 터졌다. 검정색 롤스로이스는 수백 장의 프레임을 남긴 채 유유히 철제문 안으로 들어가 움직임을 멈추었다. 뒷좌석의 문이 열리자 힐이 신겨진 가늘고 기다란 다리가 모습을 드러냈다. 또다시 셔터와 플래시가 짧은 간격으로 프레임을 이어갔다. 차에서 나온 여자는 철제문 밖에서 셔터를 눌러대는 파파라치들과 카메라맨들을 의식하듯 힐끗 쳐다봐 주고 저택 안으로 걸음을 옮겼다. 마치 하늘에서 번쩍거리는 번개처럼 셔터와 플래시세례는 여자의 뒷모습이 완전히 사라질 때까지 끝나지 않았다.

여자는 파티 주최자의 약혼녀였다.

❖　❖　❖

저택에는 지나치게 시끄러운 음악들과 지나치게 소란스러운 함성들로 가득했다. 하은은 입술을 꾹 다물고 잘 다듬어진 나무 계단을 오르며 소리가 울려 퍼지는 장소로 향하였다.

수영장 테라스.

정신없는 비트와 함성이 뒤섞인 이곳이 메인 파티 장소이다. 하은은 테라스에 오르자마자 우뚝 멈춰 섰다. 입술에서 조소 섞인 숨이 터졌다. DJ의 라이브 디제잉과 술병을 들고 춤추는 사람들, 수영장 안에서, 비치베드에 앉아 즐기는 부류들, 아니면 테이블에 모여앉아 술에 취해 주절거리는 인간들. 입꼬리에 걸렸던 비웃음이 차갑게 변했다.

이것이 한남을 이어갈 3세가 주최한 파티란 말인가. 거물급 2세, 3세들과 사회유명 인사들이 모인 파티라고 하기엔 수준이 떨어진다.

그녀는 시준을 찾기 위해 눈길을 돌렸다. 테라스에 그의 모습은 보이지 않았다. 이리저리 헤매는 시야로 나무와 나무 사이에 매달린 플래카드가 들어왔다.

―Happy Birthday To My Lovely Puppy Dog!

그놈의 퍼피(Pupy)는 세월이 지나도 개가 되진 못하나 보지. 지금쯤이면 누군가의 랩도그(Lapdog) 정도 돼 있지 않겠어?

속으로 비아냥거리지만 눈가는 언제나와 같이 바르르 떨렸다. 이제는 이력이 날 법도 한데 어제와 다름없이 그녀는 모래밭에 발길이 푹푹 빠졌다. 그도 하은도 오랜 줄다리기에서 한 치의 물러섬이 없었다.

「SJ에 대해 궁금한 게 하나 있어.」

「뭔데?」

「그는 왜…….」

헬퍼 한 명이 재빠르게 다가와 시준의 위치를 알려주려 할 때였다. 낭랑하고 매끄러운 특유 아메리칸 악센트를 구사하는 여자의 목소리가 들려왔다. 바로 앞 비치베드에 세 여자가 등을 받치고 나란히 앉아 있었다.

「도대체 왜 섹스를 하지 않는 거야? 그는 자체만으로 건드리고 싶은 남자야! 입술을 봐, 키스하면 왠지 환상적일 것 같지 않아?」

「동의하는 바야. 그 남자 눈빛 봤어? 항상 위험해. 기꺼이 빨려 들어가고 싶은 눈동자라고! 그런데, 왜 여자를 유혹하지 않는 거지?」

「혹시 거시기가 작은 거 아니야?」

칵테일을 마시며 잠자코 두 여자의 이야기를 듣고 있던 갈색머리가 킥킥 웃음을 터뜨렸다.

「아냐! 절대! 일반적인 아시안의 크기가 아니었어.」

처음 운을 떼던 금발이 단호하게 잘라 말한다. 그녀는 조금 기분 나쁜 듯도 보였다. 하은은 미간을 구겼다. 언젠가 저 여자를 본 적이 있는 것 같다. 이상하게 낯이 익는 얼굴. 하긴 이 나라에서 금발에 파란 눈은 한둘이 아니다.

「그런데 왜? 그럼 역시 소문대로 게이인 게 틀림없어. 양쪽의 루이드와 제라드의 사랑을 받는데 여자가 눈에 들어오겠어?」

「그래, 맞아. 루이드가 그의 운명의 상대는 SJ란 얘기도 했어.」

「이 세상에 잘난 남자들은 전부 게이거나 신부라니까!」

세 여자가 깔깔, 방정맞은 웃음소리를 냈다.

게이? 신부? 코웃음이 났다. 한심한 수다를 계속 들어줄 여유 따위 없었다.

「그런데 루이드는 이미 결혼을 했잖아. SJ의 피앙세는 레이나이고.」

발길을 옮기려던 그녀가 다시 멈춰 섰다. 시준에게 안내하려던 헬퍼가 그녀를 돌아본다.

「레이나는 치명적인 라이벌을 둔 거야. 소문에 따르면 그녀를 쳐다보지도 않다던데?」

「세상에, 가여워라. 재수 없긴 하지만 SJ에 대한 마음은 큰데 말이야. 마치 헤라처럼.」

세 여자들이 다시 깔깔 웃었다.

저 여자, 기억났다. 최근 CBS드라마 [Rose In The School]이 란 학원물에서 한창 주가를 올리고 있는 연기자. 기가 막혔다. 감히 이딴 우스운 입방아에나 오르내리자고 여기까지 온 줄 알아? 다시 실내로 발길을 돌리는 사이, 멀지 않은 거리에서 자신을 쳐다보고 서 있는 한 여자를 발견했다. 비교적 이 장소의 누구보다 정상적으로 보이는 정장 차림. 장신에 볼륨감 있는 몸매, 윤기 나는 풍성한 금갈색 머리칼과 대서양을 닮은 파란 눈동자. 누군지 알고 있었다. 얼마 전 시준과 염문을 뿌렸던, 그의 스위스 유학 시절 첫 여자친구였던, 말을 시처럼 읊는 여자. 프랑스 교육부 장관 바시니 르 루이스의 딸 끌로에 르 루이스.

「그 남자는 게이도 신부도 아니야.」

끌로에가 천천히 그들을 향해 걸어왔다. 구사하는 영어가 마치 불어와 같다. 금발의 연기자는 거칠게 말을 뱉어냈다.

「어떻게 알고 확신해? 아, 신부가 아닌 건 우리도 알고 있는 사실이야.」

갈색머리는 웃기지도 않은 농담을 해대며 호기심으로 눈빛을 빛냈다.

「그 남자, 한국에 엄청 사랑하는 강아지 한 마리를 두고 왔대.」

「그런데……? 그걸 모르는 사람이 있어?」

「그 강아지를 위해 순결을 지키고 있는 거래.」

「설마! 진심으로 하는 소리야? 그게 말이 돼? SJ 그런 취향이었다니.」

「자신의 고고한 영혼과 육체는 그 강아지 것이라나? 그 강아지를 다시 만나게 될 날까지 자신의 순결을 지켜낼 거라는데.」

끌로에의 말에 세 여자가 크게 웃었다.

「가끔 느끼는 건데 SJ 정말 이상해.」

「가끔이 아니라 항상이야. 그런데도 헤어 나올 수가 없다니까. 악마 같은 남자야.」

끌로에는 갈색머리 여자의 비치베드에 걸터앉았다. 그녀가 칵테일을 마시며 하은을 쳐다보았다. 하은은 몸을 돌리며 자리를 떴다.

「그래, 바로 그거야! 악마 같은 남자.」

「근데, 그 강아지는 종류가 뭐래?」

금발은 새침하게 물었다. 멀어지는 하은의 뒷모습을 보며 끌로에가 대답한다.

「말티즈.」

「알아! 왼쪽 팔에 그려진 타투!」

「그래.」

「그가 하는 말이 진심이라면 내가 강아지로 태어났어야 했어.」

갈색머리가 아쉽다는 듯 손가락을 튕겼다.

「난 가끔 샴 고양이 같다는 얘기도 듣는데. 고양이는 싫대?」

금발은 입술을 비죽거리며 외설적인 이름의 칵테일을 핥듯이 맛보았다. 작열하는 태양빛을 양껏 흡수한 열대과일의 상큼함이 입안 가득 번짐을 느끼며.

뮤직 박스의 음악은 1980년대 풍 재즈였다. 담배와 시가 연기가 자욱한 룸에서는 세븐포커가 한창이었다. 딜러가 서 있는 중앙 원목 테이블을 중심으로 둘러진 1인 소파에는 정확히 여섯 명이 앉아 있었다. 그들 옆에는 유니폼을 단정히 차려입은 헬퍼들이 각 한 명씩 대기하고 있다.

 「영화 포레스트 검프에 이런 대사가 나와 '인생은 초콜릿 상자와 같다. 먹어보기 전에는 어떤 맛의 초콜릿인지 알 수 없듯이 인생에서도 끝까지 해보기 전에는 무슨 일이, 어떤 결과가 나올지 아무도 알 수 없다. 어떤 초콜릿을 선택하느냐에 따라 맛이 달라지듯이 우리의 인생도 선택의 연속이고, 어떤 선택을 했느냐에 따라 쓴맛을 경험할 수도, 인생의 달콤함을 느낄 수도 있다. 하지만 비록 지금 내가 먹은 초콜릿이, 쓴 럼주가 들어 있는 초콜릿이라 해도 실망하고 낙담할 필요가 없다. 그만큼 달콤한 초콜릿들이 더 많이 남아 있을 테니까'.」

 짙은 자주색 샤워가운을 입은 채 가운데 소파에 늘어지듯 기대 누운 남자가 재미있다는 듯 중얼거렸다. 카타르의 왕자 셰이크 루이드 빈 하마드 알 타니. 딜러가 마지막 카드를 나눠주자 각자의 헬퍼들이 손이 되어 소파에 앉아 있는 이들에게 카드를 건넸다. 루이드가 카드를 받아 들며 헬퍼에게 윙크를 보낸다. 헬퍼는 자신의 자리에서 흐트러짐 없이 곧은 자세로 섰다.

 「설마 그 긴 대사를 전부 외운 건 아니지?」

 한 자리 건너편에 앉아 있는 금발의 녹스 미탈은 마지막 카드를 받아 들며 눈썹을 일그러뜨렸다. 이번 판도 물 건너간 듯하다.

 「처음엔 책장에 써놓고 여자들을 유혹할 때마다 읊어줬지. 다들 좋아하더군.」

「석유 왕자한테 작업 멘트가 필요해?」

「굳이 필요하지 않지만, 여자들은 로맨틱한 순간을 좋아하니까. 아무튼 읊어주다 보니 자연스레 외우게 된 거지.」

「그래서? 지금 옆에 있는 그녀를 유혹하고 싶어?」

이번엔 제라드 애딩턴이다.

「그럴 수도 있겠지.」

루이드가 언더록의 위스키로 목을 적셨다. 그의 한쪽 입매가 미끄러지듯 올라갔다.

「그러나 지금 이 대사를 읊은 이유는 바로 이거야. 제군들이 오늘의 세븐포커에서 연이어 진다고 해도 실망하지 말라는 의미. 난…… 풀 하우스.」

그는 이를 드러내 보이며 카드를 반대 방향으로 뒤집었다. 에이스 카드 두 장과 킹 카드 세 장. 자리에 둘러앉은 이들이 야유를 퍼부으며 카드를 내던졌다. 석유 왕자가 아니라 도박 왕자다. 이번만 네 번째다. 천만 달러에서 시작해, 벌써 일곱 배로 뛴 금액과 더불어 각자가 소유한 가액의 명화까지 걸었다. 마지막까지 자신만만하게 콜을 외쳤던 두 남자가 투덜거리며 테이블 위의 태블릿 PC를 들었다.

「친구들이여, 실망하지 말게나. 비록 지금 자네들이 먹은 초콜릿이, 쓴 럼주가 들어 있는 초콜릿이라 해도 실망하고 낙담할 필요가 없다네. 그만큼 달콤한 초콜릿들이 더 많이 남아 있을 테니까.」

「그럴지도 모르지…….」

루이드와 마찬가지로 소파에 완전히 기대 누운 시준이 시가를 입에 문 채로 중얼거렸다. 매캐한 연기가 그의 얼굴에서 어른거린다. 연기 아래 그는 웃고 있었다.

「그리고 그건 자네한테 해당될 수 있는 말이기도 해.」

그의 음성은 비장하기까지 했다. 금방까지 야유를 보내던 이들의 시선이 한곳으로 고정되었다. 그가 상체를 들어 올리며 부채꼴 모양으로 카드를 돌려 보인다.

「나는, 로열 스트레이트…… 플러시!」

시준은 느릿하면서도 의미심장하게, 웃음까지 머금은 여유를 보였다.

「You good guy, SJ!」

「Excellent.」

「Oh, god, SJ!」

루이드가 머리칼을 손으로 밀어 올리며 외쳤다. 시준이 손에 들고 있는 일곱 장의 카드는 정확히 스페이드 에이스와 다른 문양의 잭, 킹, 퀸, 그리고 다이아몬드 10이었다. 여기저기서 탄성과 동시에 웃음보가 터진다. 시준의 옆에 있던 녹스는 자리에서 일어나 힘차게 손바닥을 부딪쳐 왔다. 그가 괴성에 가까운 환호성을 지른다. 이래 패하나 저래 패하나 매한가지인데도 멤버들은 통쾌함을 감추지 못했다.

그러면 그렇지. 웬만큼 판이 커질 때까지 쌈짓돈(Penny Economy)에는 눈길도 주지 않는 사람이 SJ다.

「말도 안 돼!」

「때때로 말도 안 되는 일들이 일어나는 게 인생이야, 루이드. 방금 전의 대사는 네게 돌려줄게.」

시준이 킬킬거리며 태블릿 PC를 확인했다. 실시간 계좌 이체로
여섯 명이 배틀 걸었던 금액이 차례대로 문자에 찍혀 들어왔다.
그가 자리에서 일어나 입에 문 시가를 재떨이 위에 얹어놓으며 연
기를 내뱉었다. 독한 시가 연기가 공중에 한꺼번에 퍼지다 사라진
다. 하나로 묶어 올린 머리의 꽁지깃을 매만지며 다시 시가 연기
를 입안 가득 머금는다. 룸은 모두 파하는 분위기였다. 루이드는
아쉬움을 숨기지 못하는 듯했다. 아마 더하자 하고 싶어도 물릴
만큼 게임을 한 뒤인지라 말도 못 꺼낼 것이다.

「SJ.」

루이드가 심각한 얼굴로 시준을 불렀다. 그는 전형적인 중동계
왕자로, 구릿빛 피부와 뚜렷한 이목구비 덕분에 표정이 늘 선명하
였다.

「A매치 하자.」

「뭐?」

「하자, A매치.」

시준은 웃음을 흘렸다. 인종과 사용하는 모국어가 확연히 달랐
음에도 루이드의 승부욕 역시 시준 만만치 않았다. MIT 슬론에서
도 스포츠 광에 승부욕의 양대 산맥으로 통하는 두 사람이었다.
아마 두 사람이 친해질 수 있었던 것도 비슷한 기질 때문이었으리
라.

「노친네 허락 없으면 안 돼.」

「Mr. Lee는 내가 구슬릴게. 양국의 돈독한 스포츠 발전을 위
해. 장소와 시간은 네가 정해.」

시준이 나직이 웃었다.

「……우리가 카타르로 가지. 날짜는 네가 정해.」

「좋아, 토요일에 한국으로 전용기 보낼게.」

그가 주먹을 들어 보이자, 시준이 가볍게 맞댔다. 룸에 노크 소리가 울리며 문이 열렸다. 홀 안 이들의 시선이 일제히 쏠렸다.

임하은 레이나(Reina). 그다지 좋지 못한 표정이다. 이런, SJ는 또 바가지 긁히겠군. 룸 안의 이들이 눈짓을 주고받으며 자리에서 일어났다.

「어지간하면 말 좀 들어, SJ.」

「헤라의 질투는 끔찍하지.」

다들 한마디씩 하며 홀을 나가는 가운데, 루이드가 시준의 귓가에 속삭였다. 시준이 웃으며 손으로 얼굴을 쓸었다.

헬퍼들까지 모두 내보내고 마지막으로 나가던 루이드는 하은에게 눈을 찡긋했다. 하은이 나오지 않는 미소를 억지로 지으며 문을 닫았다. 룸에는 담배와 시가 연기가 머리 아플 정도로 자욱하였다. 시준이 협탁에 놓인 위스키를 들어 보이며 옆 소파를 가리켰다.

"앉아."

시준의 말에도 하은은 입구에 서서 곱지 않은 눈길로 그를 쳐다보았다.

경박하게도 수영복에 샤워가운만을 걸친 채이다. 제대로 여며지지 않은 하얀 가운 안에 탄탄한 상반 나신이 적나라하게 드러났다. 여자라면 누구나 한 번쯤 달려가 안기고픈 다부진 상체. 지난

3년간 미국 동부 햇볕에 그을린 피부는 붉은빛이 적당히 감도는 건강한 갈색이었다. 오늘도 안길 수 없는 그의 몸을 외면하며 절망에 빠진다.

"옷은 제대로 갖춰 입고 다녀. 품위 정도는 지키란 말이야."

"그 말 하고 싶어 온 거 아니잖아."

시준은 등을 돌려 소파에 앉았다. 하은이 그 앞으로 다가와 섰다.

"우리 아빠가 한국대사관 대사님 부부 초대한 자리였어. 미국 의원들이며, 한국 정계 인사들까지. 얼굴 내비추기만 하면 인맥으로 연결되는 자리였다고. 고작 이딴 파티나 하려고 그 중요한 자리를 불참했어?"

"말 안 통하는 중늙은이들 모아놓은 자리보다 고작 이딴 파티가 더 중요하니까."

"고작 개 한 마리 생일 파티야. 오빠 앞날보다 중요하지 않잖아!"

"릴렉스해. 극단적으로 몰고 가봤자 정신 건강에 해로워. 약혼자가 사랑하는 단 하나뿐인 똥강아지 생일이야. 흥분하면서 열 내지 말고 같이 축하해 줄 수 없어?"

"약혼자가 사랑하는 또 다른 여자 생일을 나보고 같이 축하하라고? 그런 잔인한 말 쉽게 할 수 있어?"

"아, 사람으로 생각하고 있긴 했나."

조롱 섞인 시준의 중얼거림에 아랫입술을 빨개지도록 깨물었다. 그놈의 똥강아지, 똥강아지. 지겹도록 시달려 왔다. 1년이 지나면 낫겠지, 2년이면 잊을 수 있겠지, 조금 더 지나면 나아지겠지. 한낱 지나가는 남자의 풋감정이라 생각했다. 하나 시간이 지날수록 그 감정은 점점 더 질척해져 자신을 괴롭혔다. 차라리 시준이 다른 여자를 안기라도 했으면 좋겠다. 그러면 적어도 굴욕적이진 않겠지. 그 여자를 위해 순결을 지킨다는 한심스러운 말들에.

누가 믿을 것인가. 이시준이 한 여자를 위해 순결을 지킨다는 말을.

여자들은 하은을 부러워했다. 재력과 능력, 외모, 신체 조건까지 두루 갖춘 시준을 약혼자로 삼은 것에 대해. 하지만 하염없이 해바라기하는 것이 자신이 아님을 차라리 다행으로 여기며 비웃음 섞인 눈으로 쳐다보았다. 그 눈빛에 담긴 말들은 굳이 입 밖으로 뱉어내지 않아도 생생히 들렸다.

"오빠 뜻대로 된 거 축하해. 난 이미 많은 사람들의 웃음거리가 됐어."

"유감으로 생각해. 안쓰러워 죽겠을 정도로."

"나한테 이러는 이유가 도대체 뭐야? 3년이나 지났잖아!"

"3년밖에 안 지났어."

"3년으론 성에 안 차? 그 여자가 오빠한테 뭘 해줄 수 있는데? 겨우 사랑? 우리한테 다 소용없는 원초적인 거야. 우리한테 필요한 건 그런 게 아니잖아. 난 오빠한테 재력, 권력 둘 다 가져다줄 수 있어. 오빠 옆에 있을 자격으로 따지면, 그 여자보다 우위에 있는 사람 나야! 그 여잔 오빠 옆에 있을 자격조차 안 돼!"

잠자코 있던 시준은 결국 비웃듯 바람 빠지는 소리를 냈다.

"다 했으면 그만 가봐."

"오빠……!"

"떼쓸 일이 아직 더 남아 있어? 말했잖아, 죽고 못 사는 감정 아니니까 약혼해도 비참해질 거라고. 오빠 동생으로 남아 가만히 자존심이나 챙기라고."

"결과적으로 우리 약혼했잖아."

"네가 한 선택이었어. 그 선택까지 내가 책임져 줘야 해?"

시준은 귀찮다는 듯 재떨이에 올려둔 시가를 들었다. 시가 커터로 무른 끝을 잘라내며 입으로 가져가 성냥으로 불붙이고는 연기를 흠뻑 빨아들였다. 입안에 돌아다니는 묵직한 맛을 음미하다 뱉어낸다.

하은은 저도 모르게 주먹을 힘 있게 쥐었다.

"오빠 마음, 정말이지 눈물겹다."

물기 배인 목소리가 바르르 떨렸다.

"왜, 떨어져 있어도 상대를 생각하는 순정에 감동받았어?"

"다른 남자를 만나는데도 한결같을 수 있어? 그 여자, 의외로 능력 좋더라? 오빠 이후로 만난 남자친구랑 금방 헤어졌는데도, 그 사람 아직도 그 여자 챙기던데. 대단해? 싫다고 하면서도 남자를 붙들어놓는 이상한 습성 있나 봐. 그런 여자애한테 순정 바치고 있는 거야, 지금?"

시준의 눈동자가 곧 싸늘하게 질렸다. 주변 기류도 순식간에 얼어붙는다. 사람의 숨을 옥죄는 그 특유의 분위기는 시간이 지나도 변하지 않는다. 그가 느릿하게 시가 연기를 불어냈다.

"알량한 호기심 때문에 사람들 함부로 다루지 마. 병원 신세를 지게 했잖아. 봐주는 건 두 번까지야. 세 번째는 그 사람들이 아니라 안 실장을 바다에서 건져 내야 할걸."

일상적인 대화를 하듯 아무렇지 않게 말하는 그를 보며 하은은 핏기가 가셨다. 주먹을 꾹 쥐었다. 손이 차다.

한참 동안 원망스러워하는 하은의 눈길을 마주하던 시준이 자리에서 일어났다. 이런 쓸모없는 감정 소모전은 피곤하다. 웃기지도 않는 코미디에 동참해 주는 것도. 오늘은 즐거워야 할 날이다.

"오빠…… 사랑해."

간절한 한마디가 룸에 퍼졌다. 울먹임이 담긴 목소리에 미간을 모은다. 자신만큼이나 지독하고 흉물스러운 감정을 품고 있는 여자애다. 듣고 싶지 않은 설교에 감성적 호소를 담는 건 질색이다. 오히려 더욱 역겨워진다. 하은을 돌아보았다. 눈물이 떨어지고 있었다. 임하은의 눈물과 슬픔은 공감할 수 없다. 안타깝지도 않다.

시준은 일말의 동정 없이 문을 닫고 테라스 쪽으로 성큼성큼 걸었다. 테라스에 가까워질 때마다 유리문을 투과해 들어오는 부신 조명이 사방을 에워쌌다. 유리문을 밀자 방음된 소리들이 한꺼번에 쏟아진다. 그의 시야로 나무에 걸어둔 플래카드 글귀가 들어왔다.

「신사 숙녀 여러분!」

시준은 크게 외쳤다. 테라스에 있던 사람들의 시선이 일제히 그를 주목했다. 현란하게 디제잉을 하던 DJ의 손동작이 멈춘다. 들리는 소리라곤 정신없는 음악에 묻혀 있던 풀벌레 울음소리와 먼 바다에서 선연히 들려오는 파도 소리다. 시준은 잔을 높이 들었다.

「오늘 밤, 내 사랑스러운 강아지를 위해 이 자리에 모여줘서 고마워!」

테라스에 있는 사람들 'Yeah!' 하며 함성을 터뜨렸다.

「당신들 축하에 그녀도 기뻐하겠지.」

사람들이 웃는다.

「미친 듯이. 신나게 즐겨! 아침이 오려면 아직 한참이나 남았거든. 하지만 그전에…… 평생 내 심장을 가질 단 하나의 사랑을 위해, Cheers!」

「Cheers!」

시준은 글라스에 담긴 위스키를 단번에 비워냈다. 깊숙이 빨아들여 입에 문 시가 연기를 심연처럼 어두운 밤공기 중에 뱉었다.

짙은 연기는 심장에 새겨진 너의 흔적처럼 오래도록 사라지지 않는다.

12시. 아까보다 더 흥겨운 디제잉이 시작되고, 테라스의 파티 분위기는 절정에 치달았다.

❖　❖　❖

2009년 7월 18일 오후 01 : 07. 한국.

"빨리!"

"알았다니까."

세림은 방으로 들어서며 현관에서 재촉하는 세아에게 대꾸했다. 발걸음을 옮길 때마다 시폰 원피스 자락이 무릎 위에서 미약하게 물결치며 그녀의 움직임을 쫓는다.

그걸 어디에 뒀었지. 바로 서랍장을 열었다. 도르래가 시원스럽게 구르는 소리를 내다 뚝 멈췄다.

세림은 움직일 생각도 못하고 서랍 안 한곳에 시선이 붙잡혔다.

감청색 시계 상자.

심장이 부피를 줄이는가 싶더니, 그대로 빠르게 진동하듯 두근
거렸다. 천천히, 반쯤 크게 호흡하며 의지와 상관없이 두근거리는
심장을 진정시키려 애썼다. 상자를 피해 각종 멤버십 카드들이 잔
뜩 들어 있는 파우치를 집어 들었다. 의식하지 못했는데 손이 미
세하게 떨리고 있다. 심지어 무언가에 세게 부딪혔을 때와 같은
아릿한 통증까지 느껴지기도 했다.

시계 상자의 존재가 마치 서랍을 지키는 사나운 짐승이라도 되
듯, 마주하고 싶지 않은 어떤 사실처럼, 혹은 세림을 감시하는 눈
길이라도 되는 양 꺼려졌다. 떨림은 좀처럼 멈추지 않았다. 결국
손에 힘이 풀려 들고 있던 파우치를 떨어뜨리고 말았다.

"은세림, 뭐 해!"

기다리다 지쳤다는 듯 세아의 외침이 다시 방문 사이로 날카롭
게 새어들었다.

"······찾고 있어······!"

세림은 자리에 주저앉아 바닥에 널브러진 멤버십 카드들 사이
에서 커피숍 스탬프 종이와 C영화관 멤버십 카드, 그리고 USB를
찾아 들었다. 나머지는 주섬주섬 챙겨 파우치에 주워 담았다. 카
드들이 파우치에 대충 담겨져 비죽비죽 솟아올랐다. 차분히 정리
할 시간이 없다.

파우치를 책상에 두고 서랍을 닫은 후 방에서 나왔다. 현관에
선 세아가 으이그, 하며 인상 썼다.

"나 빨리 나가야 된다니까."

세림이 건네는 USB를 클러치백에 챙겨 넣으며 세아가 핀잔하

듯 말했다. 세림이 입술을 비죽인다.

"나도 늦었거든? 빨리 나가기나 해."

"넌 오늘 몇 시에 들어와?"

"일찍 들어올 거야. 늦어도 9시, 10시?"

"일찍일찍 다녀. 갔다 올게."

세아는 마지막으로 동생의 귀가 시간을 확인하며 집을 나섰다. 현관문이 무겁게 닫히고, 자동으로 도어록 잠기는 소리가 고요한 집 안에 울렸다. 세림은 몸 안 구석구석 고여 있는 숨을 한꺼번에 털어내며 다시 방으로 들어갔다.

화장대에서 액세서리를 착용하고, 마지막으로 향수를 뿌려 준비를 마쳤다. 아까부터 전신이 기분 좋지 않게 떨렸다. 귓가에는 유쾌하지 못한 심장의 움직임이 왕왕, 울린다. 긴장이나 두려움, 무서움 같은 종류의 것이 아니었다. 살짝 들뜬 고동. 그 기분을 벗어내 버리기 위해 다시 크게 숨을 들이켜며 거울 속 자신을 바라본다.

괜찮다고 했는데도 우진은 굳이 생일을 축하해 줘야겠다며 나오라 하였다. 친구도, 사귀는 사이도 아닌, 전 남자친구가 챙겨주는 생일이라니. 마냥 좋지만은 않지만 그래도 거듭되는 거절은 예의가 아닌 것 같아 알겠노라 하였다. 화장대에 올려둔 휴대전화로 시각을 확인하니 벌써 약속 시각이 다 되어갔다. 백을 챙겨 서둘러 집을 나섰다.

그녀가 사라진 집 안에는 은은한 향수의 향만이 공기 중에 떠돌았다.

❖　❖　❖

우진은 저도 모르게 심장이 팽창하는 바람에 숨을 급하게 들이켜며 헛기침하였다. 살구색 바탕에 파랑 제비들이 날아다니는 시폰 원피스와 펌이 적당히 살아 있는 머리칼이 세림의 가슴 언저리에 자리하고 있다.

"어, 오늘…… 예쁘다."

무슨 말을 해야 할까, 사고회로가 느릿해진 머릿속을 더듬다가 입 밖으로 나온 건 상투적인 칭찬이다. 예쁘다는 말을 좀 더 그럴듯하고 근사하게 해주고 싶었는데. 이게 바로 경영학을 전공하는 남자의 한계인가. 자신의 모자란 표현력에 아쉬워하며 입술을 적셨다. 세림은 늘 그러하듯 조금은 수줍게, 그리고 순하게 웃었다.

"고마워."

보조석에 세림을 태우고 바로 서초동으로 출발했다. 평일 오후이긴 했지만 우면산 터널로 향하는 양재 인터체인지에는 시간에 관계없이 교통량이 많았다.

"오늘도 차가 많다. 그치?"

우진은 중얼거리듯 말하며 세림을 돌아보았다. 그녀가 조금 멍한 얼굴로 정면을 바라보다 같이 얼굴을 마주했다.

"그러게. 내가 좀 늦게 나왔지?"

"아니야. 시간 맞춰 잘 나왔어. 여기가 원래 차가 많이 들어서서 잘 막히는 구간이야."

정면 차들의 움직임을 주시하던 우진은 세림의 말에 얼른 대답했다.

그럴 리가. 세림이 늦게 나왔다고 해도 그깟 공연이 중요하진 않았다. 다시 슬쩍 그녀를 보면, 웃고 있다. 미리 생일 축하를 해 주려고 만난 날, 날씨가 하필이면 우중충해 괜히 속상했는데. 날씨와 상관없이 햇살처럼 웃고 있는 세림을 보니 심장이 뛴다. 주체를 못하고 자꾸 쿵쾅거려 미치겠다.

"3시 공연이라고 했지? 기대된다. 나 [로미오와 줄리엣] 너무 좋아."

세림은 조금 들뜬 얼굴로 천진하게 웃었다. 꼭 소풍을 코앞에 둔 열 살 여자아이같이. 그래서 우진도 같이 기분이 들떴다.

"근데 그거 결말이 슬프잖아."

"그렇기는 한데…… 그래도 두 사람이 사랑하는 동안은 순수하도록 열렬하고, 누군가를 두려움 없이, 목숨을 걸고 원한다는 게 참 멋있는 것 같아. 비록 슬프지만."

"음, 그래. 인생을 살면서 그렇게 사랑할 수 있는 사람 만나는 것도 흔치 않으니까. 그런 사랑 멋있게 보일 수 있지."

"그러니까. 그리고 영화로 봤을 땐 로미오가 레오나르도 디카프리오라서 더 몰입이 됐었고."

"사실은 그냥 레오나르도 디카프리오가 좋았던 거 아니야?"

"그럴지도 모르지."

귀여운 세림의 대꾸에 우진은 웃음을 터뜨렸다. 그런 우진을 따라 세림도 소리 내어 웃어 버렸다.

"참. 며칠 전에 [해리포터와 혼혈왕자] 개봉했던데, 알아?"

"그래? 몰랐지. 보러 가야겠다. 해리포터 시리즈도 진짜 재밌어."

"책 다 봤어? 못 봤으면 우리 집에 있는데 빌려줄까?"

"와, 그래 주면 고맙지. 나 아직 다 못 봤거든. 고마워, 오빠."

고마워, 오빠.

차분하면서도 나직한 세림의 목소리가 달음박질치는 심장에 가속을 가했다. 차 안이 자꾸 더워지는 것 같다. 운전석 에어컨 온도를 낮췄다. 아까보다 차가워진 바람이 소름 돋은 피부에 와 닿는다. 분리 냉난방 시스템이라 보조석 온도는 그대로다.

세림을 처음 만난 건 재작년 가을. 국문과를 다니는 친구놈과 함께 듣는 2학기 교양 수업에서였다. 세림은 슬로모션처럼 천천히 걸어와 친구의 옆자리에 앉았다. 살가운 표정, 차분하고 리듬이 조금 느린 것 같은 말투와 목소리, 항상 조심스럽고 작은 제스처. 그녀의 하나하나에 처음 볼 때부터 반했던 것 같았다. 아니, 처음 볼 때부터 반해 있었다.

"너 걔한테 관심 있지?"

술자리가 무르익어 갈 즈음이었다. 찬영의 물음에 우진은 뜬금없이 무슨 소리를 하느냐는 표정을 지었다.

"은세림."

그제야 아아, 하며 과일안주인 우진은 배를 젓가락으로 찍어 입으로 가져갔다.

"남자친구 없대."

여전히 관심 없다는 듯 배를 베어 물었다. 사각사각, 입안에서 씹히는 소리가 시원스럽다. 관심이 없기는, 아쉬운 건 자신이면서. 다시 슬쩍, 찬영을 보았다. 그가 그럴 줄 알았다는 얼굴로 세림에 대해 줄줄이 읊기 시작하였다.

"작년에 예과생 하나가 쫓아다녀서 만났다고 했는데, 금방 헤어졌나 봐. 근데 그 예과생 스펙이 꽤 괜찮았다는 거. 일단 예과생에서 반 먹고 들어가 주고, 키가 186cm에, 성격도 완전 서글서글하고, 은세림이 귀찮아했는데도 끊임없이 대시하는 근성에, 스타일이면 스타일. 암튼 기타 등등. 우리 과 여자애들이 한때 엄청 난리가 났다고들 하더라."

찬영은 자신이 말하고도 우스웠는지 웃음을 터뜨렸다. 우진도 따라 헛웃음을 흘린다.

"그래도 우리 서우진 씨가 달리는 게 있나. 신체 스펙이나 대내외적 스펙도 안 꿀리지. 얘기 들어보니까 성격도 너랑 비슷하더만. 너도 여자애들한테 살갑잖아. 별명이 경영학부 Mr. 신사. 키도 186인가?"

"83."

"3cm면 86이라고 해도 돼."

그 뒤 세림에 대한 찬영의 프로파일은 막힘없이 이어졌다.

"하나만 물어보자."

"뭐?"

"넌 은세림에 대해 왜 그렇게 잘 알아?"

"몰랐냐? 은세림 우리 과 남자애들한테 은근히 인기 있는 거. 철벽이 심해서 대놓고가 아닌 은근히라는 게 중요하지만. 너 걔랑 사귀려면 고생 좀 할걸."

그날 이후 우진이 세림과 친해지기 위해 노력하게 된 건 말 안해도 당연한 사실. 하지만 세림은 마치 사람을 경계하는 길고양이처럼, 겁먹은 순한 강아지처럼 우진을 부담스러워했다.

돌이켜보면 부담스러워한다기보다 피했다는 표현이 더 적절할 것이다.

확실히 방학이기도 하고, 금요일이라서 그런지 양재 인터체인지에서부터 시작된 정체는 우면산 터널, 예술의 전당 앞 교차로까지 이어졌다. 오페라 하우스 주차장은 만차가 되어 음악당에 마련된 임시 주차장을 이용해야 했다.

"시간을 너무 딱 맞춰 왔나 봐. 좀 더 빨리 만날걸 그랬다."

세림의 말투에는 미안함이 묻어 있었다. 오는 동안 줄곧 마음이 쓰였던 모양이다. 딱히 그녀가 미안해야 할 일은 아니었다. 교통 상황 같은 건 운전자가 예상하고 움직였어야 했으니. 우진은 오히려 오늘 같은 날 별것도 아닌 일로 신경 쓰게 해 속상하면서도 쓴웃음이 났다. 나름대로 애써주는 세림의 마음이 참 좋아서.

"에이, 괜찮다니까. 그렇게 마음 쓸 거 없어. 여기 원래 주말쯤 되면 교통량 많아. 예상 시간보다 일찍 나왔는데도 이러잖아. 약속 시각이 좀 더 빨랐어도 비슷했을 거야."

아무렇지 않게 세림을 얼렀다. 실제로도 아무렇지 않았지만. 그녀가 조금 웃으며 그런가, 하고 낮게 중얼거린다.

음악당 앞 임시 주차장에도 차는 꽤 많았다. 다음 차를 위해 앞차, 옆차와의 간격을 맞춰 주차하고 차에서 내렸다. 출발할 때는 하늘이 우중충하더니, 어느새 회색 구름들 사이로 햇빛이 쏟아진다.

"20분 남았다. 서두르자."

발길을 재촉하며 무의식적으로 세림의 손목을 잡았다. 순간 붙잡은 손목에 힘이 들어가는 걸 느꼈다. 세림을 돌아본다. 얼굴이 빨개져 있다. 공연히 웃음이 났다.

❖　❖　❖

가슴에 스크래치가 났다. 확실히 고의적으로 피하는 거다.

어느 순간부터 세림은 수업 시간 직전이나 출석을 부를 즈음 나타났고, 수업이 끝나고는 부리나케 사라지곤 했다. 다분히 고의적이었다. 얼굴 한 번 보려고 남의 과에 찾아가는 것도 민망하고.

"너 개랑 사귀려면 고생 좀 할걸."

찬영의 말이 떠올랐다. 그 예과생은 무슨 용기로 남의 과에 꼬박꼬박 출석 도장을 찍었던 걸까.

처음에는 그럭저럭 분위기가 좋았다. 감도 좋았고, 이대로 계속 친하게 지내면 한두 달 내에 사귈 수도 있지 않을까란, 희망이 보일 정도였다. 신찬영 그놈이, 그딴 소리만 하지 않았어도.

"야, 니들 진짜 잘 어울린다. 한번 만나봐. 그림 좋네."

찬영의 헛소리에 우진은 그냥 웃어넘겼다. 세림도 당연히 그런 줄 알았다. 그런데 한두 달 내에 사귀기는커녕, 한 달간 기피대상이 되어버렸다. 우진은 손바닥으로 얼굴을 거칠게 문질렀다. 개찬영 개놈, 쌍놈, 갈아 마셔 버려도 시원찮을 놈, 등등 고등학교 졸업 이후 입에 담지도 않았던 온갖 욕들을 한 바가지 퍼부으며.

거시경제학이라면 좀 해볼 만하겠다. 세림은 계량경제학처럼 접근이 난해하고 손쓰기 쉽지 않은 여자였다. 생각하노라면 그냥 책상에 머릴 박고 싶은 심정뿐인. 도무지 어떻게 해볼 도리가 없어 마음을 접어갈 무렵, 결국 찬영이 도움의 손길을 보태었다. 도움이라기보다 사고 친 결과의 수습이라고 해야겠지.

중간고사가 완전히 끝나고 뒤풀이를 빌미로 술자리가 마련됐다. 시험을 끝낸 학생들로 가득한 술집은 대화가 어려울 정도로 시끄러웠다. 과대 친구 겸 교양을 같이 듣는 학생으로 술자리에 참석한 우진은 의도적으로, 아무렇지 않게 세림의 옆자리에 앉았다. 술자리 내내 세림의 얼굴에는 '이 상황 무지 불편함'이라는 문장이 지워지지 않았다. 이렇게는 할 말도 안 나오겠다 싶어, 우진은 어느 정도 분위기가 탔을 즈음 숙취 해소 음료를 사온다는 구실로 세림을 데리고 자리를 슬쩍 피했다.

"요새 많이 바쁜가 봐."

야상 지퍼를 턱까지 끌어 올린 우진이 고개를 반쯤 숙이며 어깨를 움츠렸다. 겨울 문턱에 다다른 밤바람이 제법 차고 묵직하였다.

"아뇨, 별로 안 바쁜데요……."

세림 역시 보기에도 감촉이 좋을 것 같은 머플러를 얼굴까지 끌어 올리며 불어오는 바람을 막았다. 머플러 사이로 세림의 가느다란 목덜미가 보였다. 우진은 작게 헛기침하다 멈칫하였다. 차가운 날씨 탓에 머플러로 입가를 가린 하얀 손이 어느새 빨개져 있다.

"……영상산업과 기업의 이해, 시험 어땠어? 잘 본 것 같아?"

"네, 뭐…… 괜찮았던 것 같아요."

세림은 멀찍이 떨어져 지나친 단답형으로 대답했다. 이거야, 대화가 이어지질 않는다.

"저기, 혹시 나 때문에 이 수업 불편하게 듣는 거야?"

"네? 아, 아니요. 저 그 수업 듣는 거 별로 안 불편한데……."

말과는 달리 그녀의 얼굴은 전혀 안 불편해 보이지가 않았다.

"근데 최근에 얼굴 보기 힘들다. 말 붙일 틈도 없고."

"그게……."

"아니면 혹시 그날, 찬영이가 한 말 때문에 피하는 거야?"

"네? 어떤 말이요?"

세림은 놀란 토끼처럼 눈을 동그랗게 뜨고 되물었다. 눈빛은 우진이 한 질문의 뜻을 이미 알고 있었지만, 그녀는 애써 모른 척하는 것처럼 보였다. 우진은 뒷목을 긁적였다.

"그러니까 그 왜, 신찬영이 헛소리했던 거……."

"아, 그…… 아니에요, 선배님. 그런 거 아니에요. 그냥 좀, 그러니까……."

세림은 말을 잇지 못했다. 어떻게 대답하면 좋을지 고심하듯, 안절부절 눈동자를 굴리고, 보이지 않게 심호흡하였다. 그 모습이 귀여워, 우진은 공연히 웃음이 났다. 장난이 치고 싶었다.

"혹시 내가 부담스러워?"

"아, 아니요. 선배님 하나도 안 부담스러워요."

그녀는 고개를 절레절레 저으며 필사적으로 대답했다. 억지로 웃느라 입꼬리가 어색하게 올라갔다.

"그럼 내가 싫어?"

"아니요, 선배님! 자꾸 왜 그런 말씀 하세요……."

"나 안 부담스럽고, 안 싫으면……."

우진은 발걸음을 멈춰, 머플러로 입가를 가리고 있는 세림의 손을 잡았다. 세림이 붙잡힌 손에 힘을 주며 그를 올려다보았다. 그가 세림의 작은 손을 감싸듯 고쳐 잡았다.

얼얼하게 찬 손끝의 감촉이 손바닥에 서늘하게 스며들었다.

"나랑 한번 만나볼래? 너한테 잘해줄 자신 있는데. 겨울 내내 이 손 따뜻하게 해줄게."

한참 동안 세림은 말이 없었다. 그렇다고 붙잡힌 손을 억지로 빼내려 하지도 않았다. 자신의 말을 되새겨 보는 것인지, 거절의 말을 찾고 있는 것인지 알 수 없었다. 이 자리에서 바로 대답하지 않아도 되는데. 내색하지 않았지만 심장이 쿵쿵, 뛰었다. 겨울에 가까운 찬바람이 또다시 한꺼번에 몰아쳐서 뺨이 따가웠다. 이러다간 차일 수도 있겠다고 생각한 순간,

"선배님, 저 좋아하세요?"

꽤 대범한 물음이었다고 생각했다. 은세림답지 않게 빤히 쳐다보기까지 하면서.

❖　❖　❖

[로미오와 줄리엣]은 프랑스 3대 뮤지컬의 자존심이란 명성에 걸맞게 한국 최초로 선보이는 라이센스 공연 품질도 상당하였다. 화려한 무대 배경과 소품, 두 주인공 집안의 대립을 뚜렷이 보여주듯 대비되는 강렬한 색감의 무대 의상, 그리고 한국 최고의 배우들.

그럼에도 세림은 좀체 뮤지컬에 집중하지 못하였다. 유럽 여행으로 갔던 프랑스에선 상연이 끝났는지 어디에서도 볼 수 없었다. 해서 라이센스 공연을 한다고 했을 때부터 엄청 기대했었는데. 슬

쩍 곁눈으로 우진을 쳐다보았다. 우진은 진지하게 관람 중이었다. 지난 2년간 알아왔던 경험으로 미루어 저건 진짜 재미있어 빠져든 눈빛이었다. 그녀는 우진답다고 생각했다.

세림은 처음 본 우진을 기억했다.

자상하고, 다정하고, 상냥한 선배. 겉으로 드러난, 사람들이 보는 모습 그대로의 꾸미지도, 작위적이지도 않은 선함. 그 때문인지 이미 우진은 그가 전공하는 과에서 평판도, 인기도 좋은 것 같았다. 하지만 자신에게 있어 우진은 그렇게 단편적이기만 한 인물은 아니었다. 어딘가 필사적인 선함…… 이라고. 주제넘은 생각이었다. 그러니까 그런 생각을 하게 된 건, 주변에 항상 변함없는 자상함을 보였을 때. 그는 주변과 마찰을 피하기 위해 그저 그렇게 웃고 넘어가면서 자신을 곧잘 숨기곤 했다. 영우도, 태현이도 저렇게까지 착하진 않았는데. 영우나 태현과 비슷한 따뜻함과 배려를 닮아 있었지만, 그의 선함에는 의무적인 느낌이 들어 있었다. 그렇게 해야 하니까. 그래서 돌아선 후의 우진은 가끔 지쳐 보였다. 그리고 그걸 내색하지 않은 깊이.

그러니까 단편적으로, 단순히 그냥 '좋은 사람'이라고만 할 수가 없는 거다.

그런데 어째서 이렇게 그 애랑 겹쳐 보이는 건지 알 수가 없다.

공통점이라곤 없는, 전혀 다른 사람인데. 우진과 사귈 때면 병처럼 그 애가 보여서 그럴 때마다 당황스러워 미칠 것 같았다. 머릿속은 지진이 나고, 해일이 일고, 모래사막처럼 황폐해져 현기증이 일었다. 기도를 막아버리는 슬픔 때문에 격렬한 구토가 밀려오는 기분도 들었다.

그런 아픔과 별개로 우진 옆에서 실컷 심장이 뛰어보고 싶다고, 누구도 알지 못하는 그의 고단함을 달래주고 싶단 생각이 들었는데.

뮤지컬은 애달픈 두 사람의 운명에 마침표를 찍는 종막을 향하고 있었다. 죽음과 입 맞추고 영원히 잠들어 버린 로미오. 잠에선 깬 줄리엣이 좌절과 슬픔에 젖어 뒤따르겠단 노래를 부르는 장면이었다.

눈물이 났다. 어느새 손에 손수건이 쥐어졌다. 우진은 나직이 웃으며 바라보고 있었다. 이건 의무적인 행동과 다정함이 아니다. 손수건으로 조심스레 눈물을 닦았다. 그가 따뜻하게 손을 잡아준다. 울지 말라는 듯 잡은 손을 어르고 달래며.

그러니까 지금 눈물이 나는 건 딱히 뮤지컬이나 우진의 자상한 손길 때문이라고만은 할 수 없다. 하지만 그땐 이런 다정스러움이 너무 힘들어 헤어짐을 고했었다.

❖ ❖ ❖

세림은 단편적으로 알았을 때보다 훨씬 다채로웠다. 얌전하고, 감정을 드러낼 줄 모르는 여자아이라고만 생각했는데. 제법 새침한 면도 있고, 귀엽기도 하고, 까탈스러운 면도 있었다. 그러다 아주 가끔만 보여주는 애교와 자신이 지칠 때면 작은 어깨를 내어주는 따뜻함. 다른 이면을 알수록, 시간이 지나면 지날수록 세림을 옆에 두고 싶은 욕심이 커져 갔다.

두 사람은 북풍이 점점 더 날카로워지고 가을색이 바래져 갈 무렵의 11월부터 연인들을 가장 설레게 하는 12월, 새해가 지나, 2월을 보냈다. 그리고 어느새 3월. 목까지 움츠러들게 만들던 겨울이 가고 입는 옷들의 부피도 가벼워져 가는 봄이, 그렇게 왔다. 봄에는 좀 더 이곳저곳을 다니며 세림이와 행복한 시간을 보내야겠다고 우진은 생각했다. 이제 막 움트는 봄볕이 보듬듯 내리쬐는 커피숍에서 세림이 이별을 통보하기 전까지.

바로 앞에서 쏟아지는 햇살 때문에 시야가 하얗게 변하였다. 앞이 보이지 않아 눈동자를 빠르게 깜빡이며 고개를 옆으로 돌렸다. 시야를 가로막던 햇볕의 잔상이 사라지고 호흡을 가다듬었다. 이해할 수도, 납득할 수도 없었다. 세림과 사귀며 한 번도 싸운 적이 없을 만큼 두 사람은 잘 통하고, 잘 지내왔다고 생각했다.

"세림아. ……난 지금 이 상황이 이해가 안 돼."

"……."

"갑자기 무슨 일 있었어? 내가 뭐 잘못한 거 있어?"

세림은 말없이 고개만 내저었다. 당황스러워 무슨 말을 해야 할지 입술만 적시며 곤란하게 그녀를 쳐다보았다. 요사이 아프다며 줄곧 연락이 되지 않더니, 며칠 만에 만난 세림은 옷깃 사이로 쇄골 뼈가 앙상히 보여 안쓰러울 정도로 수척해져 있었다.

"세림아, 혹시 학교 다니면서 아르바이트하는 게 힘들어서 그래?"

세림은 그해 유럽여행을 떠날 생각이었다. 그래서 12월부터 상반기 말인 6월까지 돈을 모아 한 달에서 한 달 반 정도 갔다 올 계획이라 했고, 지금은 개강과 동시에 아르바이트를 하는 중이었다.

"아니……."

"그럼 무슨 말이라도 해봐. 난 지금 상황을 어떻게 받아들여야 할지 모르겠어. 너 혹시 나 말고 좋아하는 사람 생겼어?"

금방이라도 눈물을 쏟아낼 것만 같이 그늘이 드리워진 얼굴이 었다.

"그런 거 아니야."

"그럼?"

"그냥, 그냥 힘들어. 지금 내가 누굴 옆에 두고 있는 게 감당이 안 될 만큼 힘들어. 그냥 우리 그만해, 그만두고 싶어. 미안해, 오빠."

"그냥이란 건 이유가 안 돼!"

저도 모르게 언성을 높였다. 세림은 그제야 느릿하게 고개를 들어 눈을 마주했다. 맑고 깨끗한, 깊은 계곡의 물빛을 닮아 있던 홍 채에 들어찬 공허. 그곳에는 자신이 모르는 무언가가 어른거리고 있었다. 그 눈동자를 보고 더는 무어라 말할 수가 없었다.

바로 앞의 세림은 마치 정교하게 잘 만들어진 사람을 닮은 인형 같았다.

헤어지고 나서, 전해 듣기론 여름이 다가올수록 세림의 수척함 은 더해갔다고 했다. 우진은 학기 중 한 번 먼발치에서 인문대학 앞을 지나는 그녀를 봤다. 뜨겁게 달궈진 오후 햇빛 아래를 걷고 있는 세림은 가벼이 불어오는 훈풍에도 스러질 것만 같았다. 무언 가가 좀먹듯, 마치 겨울의 건조하고 찬 볕에 말라가듯 그녀에게 있던 생기는 사라져 갔다. 옆에서 보기 안타까울 정도로. 차마 위 로의 말조차도 꺼낼 수 없을 만큼.

여름 때문이다. 사람을 지치게 만드는 이 더위 때문이라고, 우진은 원망하였다.

그리고 여름의 끝자락, 세림은 한국을 떠 한 달 반이라는 시간 동안 유럽을 여행했다. 돌아왔을 때는 전보다 더 예뻐지고, 왠지 조금 당차진 얼굴이었다.

Special Edition o2.
2. 더 아름다워져

2009년 7월 18일, 오전 02:03. 캘리포니아주 남부 로스앤젤레스 카운티, 말리부.

"오후 1시 30분, 곧장 서초동 예술의 전당으로 이동, 예술의 전당 오페라 하우스에서 3시 공연 [로미오와 줄리엣] 관람, 마지막 장면 관람 도중 은세림 씨가 울었다고 합니다."

"울어?"

김 비서에게 브리핑을 듣고 있던 시준은 비식, 바람 빠지는 웃음소리를 냈다.

은세림답다. 어떻게 매일같이 자신을 실망시키지 않는 건지. 손가락 사이에 끼워둔 담배를 입으로 가져갔다. 입에서 하얀 담배 연기가 밀리듯 흘러나온다.

그는 생각하듯, 무언가를 기다리듯 허공에서 파문을 일으키는 연기를 가만히 바라보았다. 기다란 다리를 꼬고 소파에 비딱하게 몸을 묻은 채. 입고 있는 검정색 샤워가운 사이로 단단한 상반신이 얼핏 드러났다. 샤워를 한 지 얼마 되지 않은 듯 피부와 머리칼에 물기가 배어 있었다. 연기가 사그라져 갈 즈음, 시준은 손바닥 끝을 이마에 대고 계속하라 고갯짓하였다.

"뮤지컬 관람 후, 현재는 서우진이 저녁 식사를 예약한 서초동 이탈리안 레스토랑 '아이모 에 나디아'로 이동 예정 중이구요."

"병신."

김 비서는 다시 입을 다물었다. 응접실에 찬 침묵이 돈다. 시준이 낮게 내뱉은 한마디에는 통제된 감정의 울림이 들어 있었다. 맞은편 소파에 앉아 같이 브리핑을 듣고 있던 태현이 재떨이에 담뱃재를 털어냈다. 팔걸이에 얹어둔 시준의 손끝에서 담배 연기가 동요 없이 피어올랐다.

"생일 축하를 해주려고 만난 애한테 왜 그딴 뮤지컬을 보여줘."

시준의 눈동자는 전처럼 무료하면서도 삭막하고 감정이 결여돼 있었다. 그가 김 비서에게 나가보라는 듯 손을 휘젓는다. 조금 긴장을 내비치고 있던 김 비서는 가벼운 목례를 하고 응접실을 빠져나갔다.

작년 여름, 세림의 유럽여행을 함께했다. 함께했다, 고 하기보다 이쪽에서 그녀 모르게 따라다녔다고 하는 게 정확한 표현이지만. 유럽여행을 혼자 한다는 말에 기막혀 웃음이 났다. 덜렁이에 똥강아지처럼 타인을 금방 믿고 혹하는 사람이 그 넓은 대륙을 혼자 돌아다니겠다니. 말도 안 되는 소리다. 하룻강아지 범 무서운 줄 모른다는 말을 이럴 때 떠올리게 될 줄이야. 독일 북해의 섬 쥘트(Sylt)에서 여름휴가를 보내다 그 길로 런던으로 향했다.

세림을 실제로, 그것도 근거리에서 보는 건 2년 만에 처음이었다. 사진으로 봤을 때보다 그녀는 훨씬 더 마르고 야위어 있었다.

서우진이 세림에게 관심을 보인다는 얘기를 들었던 적이 있다. 언젠가 시간이 좀 더 지나면 세림이 다른 남자를 만날 수 있을 거란 생각은 했다. 아직은 어리고, 여자로 태어나 연애를 즐기기에 더없이 사랑스러운 나이니까. 하지만 짐작보다 시기가 일렀다. 자신과 헤어지고 이제 1년이었다. 1년이 누군가에겐 긴 간극이 될 수 있는 시간이지만 은세림에게는 아닐 거라 여겼다. 아니어야 했다. 그리고 그걸 증명하기라도 하듯 세림은 서우진을 피했다. 당연한 결과였다.

하지만 그럼에도 시준의 지옥에서 솟아오르는 불길은 크기를 가늠할 수 없이 자라났다. 조용히, 포악하고도 맹렬하게. 그것은 맹독처럼 전신 깊숙이에 녹아들었다.

서우진과 세림이 사귀게 됐단 얘기를 들었을 땐, 들고 있던 위스키 잔을 창으로 던져 버렸었던가.

시준은 고요한 망망대해를 집어삼킨 기분이었다. 지진이 일고 있지만 해수면 위로 드러나지 않는. 차를 몰았다. 땅덩이가 넓은 나라의 도로는 끊길 새 없이 이어졌다. 무작정 액셀러레이터를 밟았다. 목적지는 따로 정하지 않았다. 그저 스피드가 필요했다. 밀려오는 낭패감과 절망, 가슴을 이는 통증, 통제 되지 않는 분노. 자신이 갖지 못한 세림을 언젠가 서우진이 갖게 된다면……. 그 생각만으로도 머릿속에 폭격이 쏟아졌다. 서우진을 죽여 버리고 싶은 충동이 들었다.

타오르는 질투와 분노에는 브레이크가 걸리지 않았다.

뜨고 지는 태양을 보면서 심장을 태웠다.

겨울 추위는 삭막했고, 메마른 바람은 살갗을 사납게 할퀴었다. 그리고 찾아온 봄. 세림은 겨울보다 훨씬 혹독한 봄을 보냈다. 시준은 휘청거리는 세림을 힘껏 끌어안고 싶었다. 우린 뭐가 이렇게 힘들지, 위로하며. 그 애의 살내를 맡고, 적당히 서늘하면서도 부드러운 살결을 매만지며, 듣기 좋을 정도로 따뜻한 음성을 다시 들을 수 있다면 좋겠다고 생각했다.

하지만 이따금 고개 드는 분노에 그녀를 울려 버리고 싶은 비틀어진 욕망이 그를 잔인하게 만들었다. 오늘처럼.

"어떻게 울리면…… 제대로 울렸다고 소문나려나."

빈 잔에 얼음을 채우던 태현의 손길이 허공에서 멈추었다. 시준이 응접실 한 공간을 조용히 응시하며 온더록의 조니 워커를 핥듯이 조금씩 맛보았다.

"무슨 소리야?"

"은세림, 눈물 빼주려고. 아주 제대로."

"……미쳤어?"

"미친 거 하루 이틀인가."

"뭐 때문에 그렇게 심사가 뒤틀렸어."

"……."

시준은 자리에서 일어나 휘적휘적 창가로 걸어갔다. 담배 케이스에서 새 담배를 꺼내며 창밖을 올려다보았다. 새카만 어둠이 잠식한 하늘에 연노란색 보름달이 떠 있다. 달무리는 널따랗고 하얗게 퍼져 있었다.

"미친놈. 네가 이런 걸 알면 은세림이 퍽이나 좋아하겠다."

"상관없어. 자업자득이니까."

"어째 갈수록 성격이 삐뚤어지지? 너 때문이라도 정신과를 전공해 보고 싶어져."

"은세림, 사귈 때 초반에도 그랬어."

"뭐가?"

"사람 열받게 하는 거. 겉으로는 한눈팔지 않고 열심히 따르는 척하다가 뒤로 딴생각 잘했거든. ……그래서 꼭 한 번씩 울렸지. 그렇게 울리고 나면 더 열받으면서."

"죄책감에?"

"……."

대답하지 않았다. 인정한다는 뜻이다. 그는 몸을 돌려 담배 연기를 길게 내뿜으며 다시 천천히 테이블로 향했다. 허공에 뱉어놓은 담배 연기가 주홍빛 조명등 아래에서 커다랗게 너울을 그리며 희미해졌다. 시준은 허리를 숙여 집게로 태현의 술잔에 얼음을 떨어뜨렸다.

"처음엔 내 무신경함에 열받았고. 그다음은 그래도 날 좋아하긴 하는구나. 그걸 눈치채지 못한 내가 병신 같아서 열받고. 근데 그건 전적으로 은세림 잘못이야. 걘 나한테만 감정 표현이 야박했으니까."

물론 나중엔 미쳐 버릴 만큼 자신한테 집중했지만…….

올곧은 세림의 웃음, 눈빛, 제스처, 심장의 박동까지. 그 애가 말하지 않아도, 군이 입으로 듣지 않아도 전부 자신에게 향해 있었다.

은세림의 전부는 이시준, 자신의 것이었다.

시준은 술잔을 집어 들며 한쪽 눈썹을 구겼다. 태현이 웃으며 잔을 부딪치자 시준의 입가에도 쓴웃음이 걸린다. 그는 위스키를 단숨에 비워내고 협탁에 둔 휴대전화를 들었다.

"이미영 좀 빌린다."

"뭘 어떻게 하려고?"

"바람잡이?"

외려 묻는 듯한 그의 대답에 태현이 곤란하게 웃었다.

"그래, 뭐, 바람잡이로 쓰든 어차피 미영이가 알게 되면 후폭풍은 네가 감당해야 하니까. 그보다 정말 울리고 싶어?"

시준은 눈길을 피해 전화부 목록을 뒤졌다. 한참이나 대답 없는 그를 올려다보던 태현이 다시 말문을 열었다.

"울지 않을 수도 있잖아."

"그럴 수도 있겠지. 울거나, 울지 않는 건 은세림 몫이니까. 건드려는 봐야지."

"……"

"그런데…… 내가 아는 한 은세림은 울지 않고는 못 배겨."

시준은 몹시 지루한 얼굴로 말했다. 그가 하는 악의적인 장난에 흥미도, 즐거움도 느끼지 못하는 사람처럼. 생각하듯 한참 동안 대꾸가 없던 태현이 다시 입을 열었다.

"서우진이 달래줄 텐데, 그게 더 열받지 않겠어?"

"못 달래줄걸. 엄청 서럽게 울 거니까."

시준은 눈을 가늘게 뜨며 다시 담배 연기를 빨아들였다. 찾아낸 번호를 누르자 바로 통화모드로 연결된다. 그는 스마트폰을 귓가에 가져다 댔다.

"뒷감당은 어떻게 하게?"

"……나중에 백만 배로 사랑해 주면 돼. 어, 찬웅이 형? 나 시준인데. 그래, 나도 반가워. 나? 잘살고 있지. 나도 보고 싶어. 형, 나 부탁이 있어."

❖　❖　❖

식사가 끝나갈 무렵, 우진은 직원에게 케이크 상자를 건네며 식후 차를 함께 부탁했다. 세림의 시선은 창가를 향해 있었다. 레스토랑 밖으로 보이는 한적한 밤 전경이 아름답다.

"이르긴 하지만 생일 케이크는 먹어야지."

그가 웃음 지으며 입가심으로 와인을 한 모금 넘겼다. 세림은 조금 샐쭉하면서도, 반갑지 않은 얼굴이다.

"매년 먹는 생일 케이크, 맛있긴 한데 먹을 때마다 나이 먹는 것도 실감해서 좀 슬퍼."

"나이 먹는 김에 축하 노래까지 불러줄걸 그랬다."

"촛불까지 꽂아서 확인사살하자고? 그랬으면 극구 반대했을걸."

"이젠 촛불이 자꾸 많아지니까?"

놀리듯 조금 얄미운 우진의 농담에 결국 웃음이 났다. 세림은 눈길을 돌려 레스토랑 내부를 둘러보았다. 인테리어 포인트를 자연 친화로 잡은 듯 실내 곳곳에는 살아 있는 나무들이 심어져 잔가지를 뻗어냈다. 뒤편 테라스도 테이블들이 있었는데 상당히 멋졌다. 여름밤의 적당한 온도와 나무들이 배출해 내는 산소, 꽃향기, 주홍빛 조명과 간간이 들려오는 도심의 찻소리들이 어우러져 낭만적인 식사 시간을 연출했다. 낮에는 출판사 직원 식당으로 이용되고 저녁때만 일반 손님에게 오픈되는 레스토랑이라는데. 그렇게만 운영하기엔 상당히 근사하고 멋진 곳이다.

"여기 괜찮지 않아?"

우진이 세림의 눈길을 따라 내부를 둘러보며 물어왔다.

"응, 되게 괜찮다. 저녁때만 레스토랑으로 운영되는 게 아까울 정도로."

레스토랑 직원이 디저트가 담긴 쟁반을 받쳐 들고 다가왔다. 먹기 좋게 잘라 접시에 담은 케이크와 따뜻한 카페 아메리카노, 홍차가 각자의 앞에 놓여졌다. 남은 케이크가 들어 있는 상자는 세림에게 건넨다. 직원은 처음 올 때와 마찬가지로 가볍게 인사하며 자리를 떴다.

"출판사에 이력서 한번 넣어봐. 매일 점심, 저녁 여기서 멋있게 먹을 수 있을지 알아? 뭐, 그것도 할 수 있으면."

세림은 말도 안 된다는 듯 나직이 웃으며 디저트용 포크를 들었다.

달콤함을 연출하기 위해 뿌려진 윤기 나는 시럽이 입맛을 자극시킨다.

"이 오빠가 농담도 아니고 응원도 아니고, 큰일 날 소리하네. 송 교수님은 어쩌고. 나 연구조교거든?"

"교수님 방학인데도 그렇게 불러내신다며. 이럴 때 파업하겠다고 뻗대보는 거지."

그녀는 결국 소리 내어 웃으며 집어 든 포크로 케이크를 맛보았다. 생과일 요거트 수플레 케이크가 입안에서 눈처럼 달콤하게 녹아내린다. 어느 때보다도 기분이 행복해진다.

"그러다 손해 보는 건 결국 난데 내가 왜? 그래도 우리 교수님 계모처럼 부려먹을 땐 엄청 부려먹으셔도 잘 챙겨주셔. 일이 워낙 많으신 분이니까 어쩔 수 없지. 처음 한 학기는 진짜 정신없었는데 이젠 좀 여유가 생겼어."

"송 교수님, 일부러 강하게 키우신 거구나."

"그런 셈이지. 오빠는 RS증권 인턴으로 들어간다며?"

"2년 동안 교수님한테 잘 보였더니 운 좋게 그렇게 됐어."

"잘됐어. 축하해."

"그래, 고맙다. 참, 그리고⋯⋯."

우진은 무언가 잊고 있던 것이 생각났다는 듯 자신의 가방에서 크기가 작은 쇼핑백을 꺼내 세림에게 들이밀었다.

"생일 축하해. 선물."

전혀 생각지 못한 세림은 눈을 동그랗게 떴다. 그리고 난감하다는 듯 미간을 모아 웃으며 우진을 바라보았다.

"뮤지컬도 보여주고, 밥도 사주고, 생일선물까지? 왜 이렇게 대우가 후해. 무섭게."

"무서워하라고."

우진이 아메리카노를 마시며 나직이 웃었다. 그의 장난에 세림도 피식 웃음이 난다. 그녀는 테이블 가운데 놓인 쇼핑백을 거절하지도, 열어보지도 못했다.

"부담스럽게 생각하지 말고 받아."

"어떻게 부담이 안 돼."

"생일선물 겸 석사 시작 축하 선물이야, 받아. 너 석사 달고 취업하면 꼭 밥 얻어먹을 거니까 걱정 말고."

"요즘 석사가 벼슬이야? 그리고 취업하려면 아직도 멀었는데 이런 억지가 어디 있어."

"말했잖아, 겸겸. 그리고 간 게 있으면 오는 것도 있어야지. 나 경영학 전공했다? 계산은 확실해. 안 열어봐? 열심히 고른 사람 상처받아."

정말 어쩔 수가 없다.

손을 뻗어 쇼핑백을 집어 들었다. 조금 묵직하다. 내용물을 꺼내보니 시계상자다. 옅게 띤 미소가 얼굴에서 사라졌다. 상자 뚜껑을 열어보면 안에는 농그란 숫자판이 작고, 벨트가 가느다란 로즈골드빛 시계가 우아하게 자리해 있었다.

"……오빠."

"액세서리는 많이 착용하는데, 항상 시계가 없는 것 같아 허전해 보이기에. 지금쯤이면 시계 하나 정도는 필요할 것 같아서."

세림의 눈동자가 흔들렸다. 물기가 묻어 나오려는 듯 눈가가 젖어든다.

가슴 깊은 곳에 묶어두었던 감정들이 툭툭, 끊어지는 소리를 냈다. 건조하게 말라 버린 우물 바닥 같은 가슴에 뭉쳐 있던 감정의 잔해들이 너무나 쉽게 흐무러졌다. 목구멍을 메이게 만들고, 심장으로 흘러들며. 오랫동안 잠들어 있던 심장이 아프게 반응한다.

세림은 어찌할 수 없어 그저 웃음만 머금었다.

돌아가는 길은 올 때보다 도로의 흐름이 그나마 여유로웠다. 가로등의 불빛과 차 후미등, 반대 차선 헤드라이트의 밝은 빛들이

어두운 도로를 수놓는다. 멀리까지 시선을 두고 있노라면 그렇게 예쁠 수가 없다.

"내일은 자영이랑 단아, 해나 누나랑 만나겠네?"

잠시간의 정적이 이어지는 와중 우진이 먼저 말문을 뗐다.

"응, 오랜만에."

세림이 지나가듯 대꾸하였다. 그가 좋겠다, 하며 조금 아쉬움을 보여도 실바람처럼 웃기만 했다. 가방 속에 넣어뒀던 휴대전화의 벨소리가 울렸다. 그녀는 세아인가 싶어, 전화를 꺼내 확인해 보면, 미영이다.

"미영!"

귓가에 휴대전화를 댄 세림은 반가움에 목소리 톤을 높였다. 미영과는 미니홈피 방명록을 통해 안부를 주고받거나, 오늘같이 전화를 하기도 하고, 미영이 한국에 올 때면 종종 얼굴을 보기도 하였다.

〈세림, 잘 지내고 있었어? 이제 얼마 안 있음 생일이지?〉

"헤헤, 응."

〈생일 축하해. 매년 얼굴 마주하고 축하할 수 있으면 좋을 텐데, 그치?〉

"그런 소리가 어디 있어. 이렇게 챙겨주는 것만도 고마운데. 고마워."

세림의 나직한 말에 미영이 흐흐, 특유의 웃음소리를 냈다.

〈고맙긴. 그래서 내가 너 생일 축하해 주려고 이벤트 준비했지.〉

"정말? 뭔지 기대되는데."

〈그건 조금 있으면 알게 돼. 지금 실내에 있어?〉

"아 응, 집에 가는 차 안……."

세림은 말끝을 흐렸다. 마음이 물결에 가라앉는 듯하였다.

〈잘됐다. 그럼 지금 라디오 107.7에 맞춰봐.〉

"지금? 107.7에?"

슬쩍 우진을 쳐다보았다. 우진이 107.7? 하고 묻는 듯한 얼굴이더니 손을 뻗어 주파수를 맞추고 볼륨을 높였다.

미영은 세림의 생일을 축하하기 위해 라디오에 사연을 보냈다며 꼭 들으라고 신신당부하였다. 세림이 웃으며 알았다 하고 미영의 안부를 챙겼다. 통화는 길지 않았다. 우진이 세림을 바라봤다. 라디오에서 마침 생일 축하 팡파르가 울리며 사연이 공개되기 시작했다.

"친구? 생일 축하 사연 보냈대?"

어, 하고 대답하던 세림이 무어라고 말을 이으려는 찰나였다.

"네, 다음 축하 사연입니다. 이미영 씨. 안녕하세요, 소현 언니. 전 지금 미국 볼티모어주 메릴랜드에서 살고 있어요. 곧 있으면 한국에 살고 있는 친한 친구 은세림의 생일입니다. 너무너무 보고 싶은 사랑스러운 친구! 서로 멀리 떨어져 있어 올해도 얼굴을 못 보지만 엄청 사랑하고 있다는 거, 꼭 알려주세요. 사랑하는 세림아, 생일 무지무지 축하해! 노래는 신화의 [예쁘잖아] 틀어주세요! 네, 은세림 씨, 생일 무지무지 축하드립니다!"

세림이 우진과 마주 보며 웃었다.

"다음은 0720님. 돌아오는 20일은 제가 가장 사랑하는 똥강아지의 생일입니다."

"7월 20일? 너랑 생일 같네."

우진은 서행하며 중얼거리듯 말하였다. 우면산 터널과 도로를 막힘없이 달리던 차는 점점 속도가 느려졌다. 세림은 간격이 좁아지는 앞차의 붉은 후미등에 시선이 붙잡혔다. 우진이 카 오디오의 음량을 높였기 때문에 귀 기울이려 하지 않아도 사연은 아주 잘, 들렸다. 심장이 이유 없이 달음박질친다.

"한국에 두고 와서 이만저만 신경 쓰이는 게 아닌데요. 밥은 잘 먹고 다니는지, 연애는 좀 해보고 있는지, 아직도 절 잊지 못하고 시름시름 앓고 있는 건 아닌지……. 사실은 제가 똥강아지가 너무 보고 싶어 밥도 못 먹고, 연애도 못하고, 잊지 못해 시름시름 앓고 있지만요."

사연에 우진이 지나가듯 하하, 웃었다.

"3년이 지났지만 매년 여름이면 그 애와 같이 공유했던, 서로의 시간 속에서 존재하던 날들이 떠오릅니다. 똥강아지에게 마음을 담아 아직도 사랑하고 있다고, 생일날 했던 약속은 반드시 지키겠다고, 그리고 세상에 태어난 걸 축하한다고 전해주세요, 라고 합니다."

"이제부터 우리 두 사람, 같은 시간 속에서 같은 시간 공유하며 살아가는 거야. 네 시간 속에 내가 있고, 내 시간 속에 네가 존재하면서. 우리가 공유하는 시간은 멈추지 않을 거야, 세림아."

"겁내지 마, 걱정하지 마. 시계가 멈추지 않는 한 우리 함께일 거고, 우리가 함께인 이상 시계도, 시간도 멈추지 않아. 절대 헤어지지 않아. 말했지? 네가 싫어하게 되더라도 절대 놓지 못한다고. 그러니까 불안해하지 마. 날 믿어."

"재밌으신 분이네요. 여자친구분 애칭이 똥강아지였나 봐요. 음, 헤어진 여자친구에게 보내신 축하 사연이었습니다. 남자분의 순정이 정말 감동이에요. 네⋯⋯ 똥강아지님, 세상에 태어난 걸 축하드리구요."

노랑색 차양이 드리워진 커피숍, 쇼윈도 시폰 원피스, 의과대 도서관, 한남대교, 달무리가 번진 하늘, 기울던 햇살, I LOVE YOU 촛불, 회색빛 새벽, 비 내리던 거리, 빨간색 컨버스 운동화, 피아노 연습실, 노랗던 햇살, 귓가에서 들리는 Say You Love Me⋯⋯ 그리고 시계상자.

그 뚜껑이 열리면 쿠션에 자리한 메탈벨트의 분홍색 숫자판 시계.

"0720님이 신청하신 성시경의 [더 아름다워져], 그리고 이미영님께서 신청하신 신화의 [예쁘잖아] 두 분의 신청곡 띄워 드리며 인사드릴게요. 여러분 사랑합니다."

가둬두었던 기억들이, 묶어두었던 감정들처럼 한꺼번에 허물어진다. 뇌리에, 세포와 피부 사이사이 유착된 순간들이 앞으로 살날 동안 더 이상 떠올릴 수 없게, 더는 뗄 수 없을 만큼 뭉개놓고 있던 지난 나날들이 서로 떨어져 나가겠다고 아우성쳐 댔다. 심장이 도려지는 것 같은 아픔에 숨 쉬는 게 버겁다. 눈물이 넘쳐 뺨을 타고 떨어져 내렸다. 어찌할 수 없이 투둑, 투둑, 치맛자락을 움켜쥔 손등에. 일그러지려는 얼굴을 도무지 숨기지 못하겠다.

대체 얼마나 더 울어야 하는 걸까,

얼마나 더 많은 날들을 그리워해야 하는 걸까,

얼마나 더 가슴이 사무치도록 아파해야만 하는 걸까…….

이렇게 떠올리는 것만으로도 괴로워 죽겠는데, 보고 싶어 미칠 것 같은데. 도대체 언제야 이 힘들고 지독한 사랑을 지워 버릴 수 있으려나.

세림은 결국 노래가 흐르는 내내 목구멍을 막아왔던 아픔을 토해내고, 참아내지 못한 눈물을 쏟아냈다. 우진이 당황해 어쩌지 못할 만큼.

그 애 때문에 우는 건 오늘 하루만, 딱 오늘까지만 하자고 다짐하며.

지금 이 순간 간절히 내가 바라는 한 가지.

여느 때처럼 전화기 너머 네 목소릴 들으면, 보고파 얘기하는 일.

거짓말처럼 그렇게 돌아가고픈 한순간.

조용히 너의 무릎을 베고, 바라보던 하늘과 때마침 불어주던 바람.

사랑이란 게 어쩌면, 둘이란 게 어쩌면

스쳐 가는 짧은 봄날 같아서 잡아보려 할수록 점점 멀어지나 봐.

추억이란 자고나면 하루만큼 더 아름다워져.

잊는다는 게, 어쩌면⋯⋯.

지운다는 게, 어쩌면⋯⋯.

처음부터 내겐 힘든 일이라 손사래 쳐보지만,

시간은 자꾸 날 타일러.

사랑이란 게 어쩌면, 둘이란 게 어쩌면, 스쳐 가는 짧은 봄날 같
아서.

잡아보려 할수록 점점 멀어지나 봐, 기억은 늘 쓸데없이 분명
해져.

다시, 네 눈을 보면서 사랑해 가볍게 말할 수 있게 된다면,

어떤 사람을 만나고 어떤 노래를 듣고 또 가끔은 날 생각하기
는 하는지.

어느새 또 세상은 너 하나로 물들어.

추억이란 자고나면 하루만큼⋯⋯

더 아름다워져.

—성시경 『더 아름다워져』

격자무늬의 커피숍 유리문을 밀고 나오니 한껏 무르익은 감귤빛 가을볕이 거리를 가득 물들이고 있었다. 적당히 따스한 햇살과 적당히 서늘하게 흘러드는 순하디순한 미풍. 거리를 오가는 사람들. 진홍색 물감으로 채색해 놓은 듯 조금씩 물들어가는 나뭇잎들. 만지면 손에 묻어날 것만 같은 고운 색감. 천천히 눈감으며 깊은 숨을 들이마셔 본다. 풍성하게 익은 가을 공기가 가로수 나뭇잎 냄새와 뒤섞여 온몸에 스며들었다. 구석구석이 붉고 노랗게 물든다.

세림은 감은 눈을 떠 보도블록으로 내려왔다. 길어진 귤빛 햇살을 맞으며 골목길을 걸었다. 길어진 햇살만큼 그림자도 하늘하늘 기다랗다. 가을의 거리는 깊은 잠을 자고 일어난 이른 아침처럼, 혹은 기나긴 꿈을 꾸고 눈떴을 때처럼 몽롱하고 나른하였다. 때로는 무자비하게 더웠던 순간이 지나고 쉴 수 있는 휴식 시간 같은 기분도 들었다.

언제부터인지 모르지만 그런 가을이 기다려지기 시작했다.

가을은 땡볕에 잔뜩 가열된 보도블록 위를 걸을 때마다 녹아 흐르는 기분을 느끼지 않아도 되었고, 한여름 밤 특유의 아스라한 감각들에 휩싸이지 않아도 되었다. 땀으로 몸이 늘어지도록 젖어 몇 번씩 잠에서 깨지 않아도 됐으며, 무엇보다 침대에 눕는 순간부터 열대야로 잠 못 이뤄 뒤척이지 않아도 되었다. 가장 후련했던 건, 우산을 받쳐 들고 있음에도 젖을 정도로 쏟아지는 빗줄기가 연일 이어지지 않는 것.

그래도 휴가가 있고, 생일이 있고, 어떤 기대와 들뜰 수 있는 시간을 만들어내는 계절임에도, 무자비한 더위와 가혹한 폭우를 퍼붓는 여름에 이제는 더 이상 지치고 싶지 않았다.

세림은 발걸음을 멈췄다. 로드 숍 쇼윈도에 체크 셔츠블라우스에 카디건을 걸친 마네킹이 보인다. 맛있게 익은 감색과 하얀색 고운 털실이 차례대로 교차된 두꺼운 카디건. 날씨가 조금 더 추워지면 따뜻하게 입을 수 있을 것 같다. 오른손에 들린 분홍색 비닐백에 무게감이 없다. 아까 산 옷도 빨강색 굵은 털실을 짜 만든 니트였다. 하나 살까, 쇼윈도 앞에서 한참 들여 보고 있던 세림은 유리에 비친 자신과 마주하였다.

스물여섯.

스물일곱이 코앞인데 아직까지도 낯설기만 한 숫자. 늦은 것도, 어리지도 않지만 스물하나만큼이나 애매한 나이. 방향을 잡지 못한 미래에 조금씩 밀려오는 불안함을 스스로 감당해야 하는, 진짜 어른이 되는 길목에 놓인 기분이다. 스무 살의 자신은 스물여섯쯤 되면 먹은 나이만큼 더 인생을 알 수 있을 줄 알았다. 좀 더 성숙한 여자가 될 것 같았고, 똑 부러져 자신의 일을 제대로 처리하는 영특함을 배울 수 있을 줄 알았다. 직장을 가지고 독립된 여성으로 인생에서 자리매김할 줄 알았는데,

아직 모든 것이 서툴기만 한 20대다.

그래도 조금은 성장했다고 스스로를 가끔 뿌듯해한다. 한 모금도 입에 댈 수 없던 아메리카노를 어느 순간부터 그런대로 즐길 수 있게 되었다. 해나 언니가 말하길 커피를 입에 대기 시작했다는 건 나이가 드는 증거란다. 웬만한 일들에도 담담해지기 시작했다. 신기했다. 톡톡 두드리면 반응해 오는 일상이 점점 무뎌진다는 것이.

쇼윈도 앞에서 머뭇거리던 세림은 마음을 굳힌 듯 숍 안으로 들어섰다. 스물여섯 가을 그리고 곧 돌아올 겨울. 아직 헤매고 있기만 한 자신의 인생이 감기 걸리지 않도록 따뜻하게 감싸줄 선물을 하는 것도 나쁘진 않을 것 같다.

세림은 얼마 지나지 않아 손에 비닐 쇼핑백 하나를 더 들고 나왔다. 뿌듯한 기분에 발걸음도 가볍다. 가방에서 휴대전화 벨이 울렸다. 가을의 해는 오후 3시만 넘어도 금방 주홍빛으로 늘어지고 만다. 휴대전화 액정에 뜨는 이름은 다름 아닌 단아 언니다. 이제 태어난 지 7개월 된 아가와 매일매일 동분서주 정신이 없을 텐데. 때문에 좀처럼 얼굴을 보지 못해 전화 통화만이라도 반갑다.

세림은 액정을 밀어 통화모드로 바꾸고 전화를 귀에 댔다. 귓가에 인사보다 울음소리가 먼저 들렸다. 세림이 놀라 눈을 동그랗게 떴다.

"언니? 왜 그래! 무슨 일 있어?"

〈흐엉, 나쁜놈! 죽여 버릴 거야!〉

"왜? 무슨 일인데? 형부랑 싸웠어?"

단아는 한참 동안 말없이 엉엉, 울기만 하였다.

"언니, 진정하고 말해봐, 응?"

세림은 어르듯 걱정스럽게 말했다. 그렇지 않아도 단아는 요새 육아 문제며, 검사 특성상 야근이 잦은 남편과 티격태격하더니, 그게 결국 터진 모양이다.

〈나쁜놈……! 만날 야근하고, 술 먹고 들어오더니 나 또 임신 시켰어!〉

단아는 목청 높여 울음을 터뜨렸다. 세림은 깜짝 놀라 금방보다 눈이 훨씬 더 동그래졌다.

"진짜? 정말이야?"

〈나쁜놈, 사기꾼! 계획적으로 가족 만들자며!〉

절규와 같은 단아의 말에 세림은 웃음이 터지고 말았다. 하지만 단아는 정말 서러운 사람처럼 엉엉, 운다. 세림이 입을 가리며 웃음을 참았다.

"그래도 축하 먼저 할게. 언니, 진짜 잘됐어! 축하해!"

〈몰라!〉

그 뒤로도 단아는 한참을 목이 터져라 울어댔다. 바로 달려오라는 말에 세림은 알겠다며 전화를 끊었다. 처음 리원이를 임신했을 때, 산부인과 담당의는 엄마의 작은 체격과 좁은 자궁 때문에 아기가 잘 자랄 수 있을지 모르겠다며 걱정했다. 하지만 우려와 달리 리원이는 제법 무럭무럭 자라 건강하게 세상으로 나왔다. 얼마 전 조촐하게 100일 파티를 했는데, 금방 동생이 생겼네. 세림은 단아가 대견하다. 깜박거리는 휴대전화 액정을 보며 미소 짓는 사이 다시 벨이 울렸다. 액정을 확인하는 세림의 얼굴이 절로 환해졌다.

"네, 한중호 씨 여자친구 은세림입니다. 보고 싶어 전화하셨나요?"

귀여운 애교 섞인 멘트에 수화기 속 남자는 웃음을 터뜨렸다.

❖ ❖ ❖

"나쁜 자식, 내가 그렇게 안 된다고, 안 된다고 했는데……!"

단아는 새빨개진 눈을 하고서 티슈로 코를 감쌌다.

"피임 안 했어?"

잡지를 넘기던 해나가 카푸치노가 담긴 머그컵을 입가에 대며 물었다.

"술에 취해서 달려드는데 그럴 정신이 어디 있어? 그야말로 짐승처럼 달려들었어."

볼멘소리 섞인 단아의 말에 세림이 작은 웃음을 터뜨렸다.

단아와 해나, 세림이 한쪽 테이블을 차지한 카페는 짙은 나무색으로 전체적인 실내 색상에 통일감을 주었다. 푹신한 소파와 매끈하게 다듬어진 나무 테이블, 나무 의자. 은은한 주홍빛 조명과 잔물결처럼 흐르는 재즈는 편안한 대화를 나누기에 더없이 안락한 장소였다.

"그렇게 불안했으면 사후피임약을 먹지 그랬어."

이번엔 세림이 브라우니라떼가 담긴 머그컵을 두 손으로 쥐며 말했다.

울상이 된 단아는 아무 말도 못한 채 훌쩍였다. 피임약을 먹을 생각도 않은 모양이었다. 세림과 해나가 어쩔 수 없다는 듯 서로를 바라본다.

"그만 울어. 아기 가진 거 축하해야 할 일이지 울 일은 아니잖아."

"그래도…… 리원이도 그랬고, 아무것도 준비 안 된 상태에서 갑작스럽게 갖고 싶지 않았단 말이야."

단아는 여전히 속상함을 감추지 못했다. 엄마 품에 안긴 리원이는 새근새근 고른 숨을 내쉬며 순하게 잠들어 있다. 이제 막 7개월을 넘긴 리원인 골격이 좋은 아빠를 닮아 엄마가 안기 버거울 정도로 컸다. 아무리 독립한 어른들이라 한들 결혼 준비며, 출산 준비 같은 큰일을 한꺼번에 치르기란 쉬운 일이 아니었을 테니까. 기쁘기보다 속상함이 먼저 밀려오는 건 어쩔 수 없는 사실인가 보다.

"요즘은 신혼 부부 중에서도 불임이 많아서 한 번에 아기 갖는 것도 어렵대. 좋게 생각해."

"그래, 언니. 엄마가 그러는데 애는 원래 한꺼번에 낳아서 한꺼번에 키워 버리는 게 최고래."

세림과 해나가 위로의 말을 건네며 등을 토닥이자, 단아는 그제야 숨을 골랐다. 그녀가 빨개진 눈으로 따뜻한 레몬티를 넘겼다. 친구들의 위로에 마음이 가라앉는 모양이다.

"그나저나 세림이 넌 그놈 다시 만난다며?"

세림이 눈을 동그랗게 떴다. 놀란 사람은 그녀뿐만이 아니다. 해나가 무슨 말이냐는 듯 세림보다 토끼처럼 커다랗게 눈을 떴다.

"누구? 너 술 취해서 잠들었는데 차 안에서 그 짓 하려고 덤볐다던 놈? 너 어떻게 하려고 그놈을 다시 만나."

해나가 놈, 에 힘을 주며 말하자 세림이 배시시, 어색하게 웃어 버렸다.

"그냥, 그렇게 됐어. 오빠 좋은 사람이야."

"좋다는 사람이 잠든 여자친구를 덮치려고 해? 싫다고 했는데? 그거 성폭행으로 고소감이다."

"언니!"

"세림아, 진짜 잘 생각해라. 난 가끔 오빠가 무지막지하게 덮칠 때 경찰에 신고하고 싶더라."

단아의 기막힌 말에 세림과 해나가 소리 내어 웃음을 터뜨렸다.

"살벌하다. 신혼인데."

"상대가 싫으면 그럴 수도 있지 뭐."

해나가 잡지를 한 장 넘기며 심상히 말했다. 테이블에 짧은 침묵이 돌았다.

"내가 이상한 건가?"

의미가 모호한 질문에 단아와 해나의 시선이 세림에게 향했다.

"잠자리 피하는 거⋯⋯. 일반적으로 사귀는 사이면, 것도 성인인 연인들한테는 지극히 자연스러운 거잖아. 그런데 자꾸 피하는 거면 좀 이상해? 오빠를 좋아하지 않는 건 아닌데."

"별로 이상하다고 생각 안 해. 그런 사람도 있는 거지. 연인들의 모든 애정의 잣대가 잠자리로 설명될 순 없어. 네가 싫으면 하지 않을 수도 있는 거야."

"사귀는 사람마다 차이는 있어. 난 원래 욕정적인 거 안 좋아하잖아. 나도 오빠랑 사귀면서 좋았는데도 굳이 하고 싶은 생각 안 들었어."

두 사람의 말에 세림은 조용히 고개를 끄덕거렸다. 그녀가 두 손으로 감싸 쥔 머그컵을 괜스레 만지작거렸다.

"왜? 그 오빠가 아직도 뭐라고 해?"

해나가 살피며 묻자 세림이 빠르게 고개를 저었다.

"아니. 오빠 이제 안 그래. 그때 미안했다고. 자기도 모르게 어떻게 됐었던 것 같다고, 무릎까지 꿇으면서 사과했어. 헤어져 있는 동안 반성 많이 했대. 그 이후로 이제 안 그래."

"그런데?"

"그냥. 오빠 친구들 보면 여자친구들이랑 그런 거 자연스럽다고 하는데 나만 괜히 유별 떠는 거 아닌가."

"너는 어떻게 하고 싶은데?"

"난 아직…… 모르겠어."

세림은 반쯤 풀이 죽은 얼굴이었다.

"모르겠으면 아닌 거야. 그건 정말 개인차야. 네가 아니라면 굳이 억지로 할 필요는 없어. 나쁜 기억이 될 수 있으니까. 네가 확신이 서면 그때 해. 자영이는 뭐래?"

"자영이도 비슷한 말 하지 뭐."

"그럼 됐어, 신경 쓰지 마."

이번엔 단아가 거들었다.

"그래, 그러다 헤어져도 네 잘못 없어. 상대를 배려하지 못한 그 사람 잘못인 거지. 남자들 못 참는 거 아니래. 참으려고 하면 참을 수 있대."

"오빠도 그랬어. 네 잘못 없대. 한 번만 더 강요하면 거시기를 발로 차버리래."

단아의 말에 세림과 해나가 또다시 소리 내어 웃어버렸다.

"어? 애 김현아 아니야?"

잡지를 넘기던 해나가 놀란 듯 한 톤 높은 목소리를 냈다.

"김현아? 어디?"

"여기."

단아가 해나 쪽으로 몸을 기울였다. 해나는 손가락으로 사진을 가리켰다. 잡지에는 팜므파탈적 분위기를 콘셉트로 한 듯 보이는 모델의 사진이 실려 있었다. 두 페이지 정도 넘기니 인터뷰도 함께 있었다.

"어머, 진짜. 얘, 배우 한다더니 잘나가네, 요새. 초반에 주말드라마랑 요전에 월화드라마도 하나 찍지 않았어? 이번에 영화 한대."

단아가 인터뷰를 눈으로 훑으며 감탄했다.

"사람 인생이란 게 신기하다니까. 어떻게 김현아가 배우를 하게 됐지? 하긴 얼굴 예쁘지, 몸매 좋지, 연기 잘하지. 그런 애가 평범하게 사는 건 좀 불공평하겠지. 영우는 요새 뭐 한대? 자영이는 벌써 인턴인데, 아직 본과생이지? 군의관으로 빠져도 될 애가 김현아랑 헤어지고 군대까지 갔다 오고. 순정남이야."

"응, 영우는 한 학긴가, 1년인가 아직 남았대. 잘 지내고 있고. 세 살이나 어린 여자친구까지 생겼어."

세림이 부러 장난스럽게 대답했다. 단아와 해나가 잠시 눈을 마주하다 웃는다. 단아는 레몬티가 담긴 머그컵을 들었다. 아직까지 옅은 김이 오르고 있다.

"뭐야, 옛날에는 말도 못 섞더니 요새는 연락도 잘하나 봐? 너 걔 땜에 울고불고 난리쳤던 거 기억해?"

"에이, 벌써 한참 옛날 일이다. 나 화장실 좀 갔다 올게."

세림은 대수롭지 않게 대답하며 자리에서 일어섰다. 그녀가 화장실로 걸어가는 것을 보며 단아와 해나는 낮게 웃었다. 스무 살, 영우 생일날 울면서 술을 먹었던 애가 이제는 우스갯소리로 가끔 영우 얘기를 꺼낸다. 같은 동네에 사는 덕분에 자영과 종종 셋이 같이 만나기도 하는 모양이었다.

"자영이가 그러는데 그놈이랑 다시 만나기 전에 우진이한테 연락 왔었다나 봐."

잡지를 대충 넘기던 해나가 심상히 말하며 머그컵을 들었다. 해나의 말에 단아가 눈을 동그랗게 뜬다.

"누구? 서우진? 시준이랑 닮았다던 애?"

"응, 몇 번 연락하면서 밥 먹자고. 그래서 잠깐 만났다는데?"

"근데 왜 걔랑 안 만나고, 그놈이랑 다시 만나? 거 봐, 아직도 시준이 못 잊어서 그런 거 맞다니까. 혹시 우진이 때문에 그놈이랑 얼결에 다시 사귄 거 아니야? 시준이 생각나서."

"글쎄, 못 잊었다라기보다 굳이 떠올리기 싫은 거겠지. 그런데…… 시준이랑 우진이가 그렇게 많이 닮았나?"

"외형적인 게 많이 닮았지. 키 큰 거며, 생긴 것도 그쪽 스타일이고. 성격도 세림이한테 다정다감하잖아."

"그건 그런데. 미묘하게 다른 구석이 있지 않아? 우진인 좀 원래도 사근사근한 성격인데, 이시준은 세림이한테만 그랬잖아. 그리고 시준인 뭔가 걔만의 분위기가 있었어."

"시니컬한 까칠이."

단정적인 한마디에 해나는 가는 웃음소릴 흘렸다.

"그래도 대견하지?"

"그 정도면 진짜 많이 변한 거지."

세림은 이제 영우에 대한 것도 우스갯소리로 잘 떠들었다. 헤어진 우진과도 친구로 잘 지내며 종종 그의 소식을 전한다. 그러나 단한 사람, 네 사람 사이에서 아직도 언급되지 못하는 단 한 사람이 바로 이시준. 시준과 헤어지고서 세림은 지난 5년 동안 단 한 번도 그애의 이름을 꺼내지 않았다. 그건 시준이를 향한 세림이의 마음의 깊이. 파내어도 파내어도 끝이 보이지 않기에 생채기를 내가며 잊는 것보다 묻어버리는 것이 더 빠를 테지. 세 사람은 필사적으로 이겨내려는 세림 앞에서 그 이름만은 함구했다.

아마 우연으로라도 다시 만날 수 없기에, 그래서 더 유폐시킬 수밖에 없었을 것이다. 그리고 지금까지 제법 잘 지내왔다. 자신을 다스리며 기특할 정도로 산뜻하게.

자리에 돌아온 세림은 마치 미리 준비한 듯한 이야기를 화두로 꺼냈다. 단아와 해나는 모른 척 맞장구치며 이야기를 이어 나갔다.

2011년 10월, 5년은 상처를 지우기에 더없이 충분한 시간이었다.

❖ ❖ ❖

공항에 도착하니 김 비서가 차를 대기시켜 놓고 마중 나와 있었다. 시준이 뒷좌석에 오르자 그도 반대편 차 문을 열어 옆자리에 앉았다. 김 비서는 회사 오피스텔에 옷가지와 함께 출근 준비를 해놓았다며 바로 업무 보고를 시작했다. 전화가 왔다. 액정을 확인하던 시준은 웃음 지었다. 그가 손을 들어 보고를 중단시키고는 스마트폰을 귓가에 대었다.

"Yeahp, YJ. 이 늦은 시각에 전화를 다 주시고, 웬일이야."

시준의 음성은 날씨만큼 기분 좋은 것 같았다.

〈지금 여기 시간은 오전 11신데?〉

"어? 설마 지금 회사에 있어? 언제 온 거야?"

〈그래, 회사 네 사무실에 있다. 간만에 동생 얼굴 좀 보려고 왔더니 자리에 없으시네. 도착한 건 어제고.〉

"난 지금 버밍햄 공항. 사무실 들어가고 있는 중이야."

〈어제 출장 있었어?〉

"아니, 태현이 얼굴 보러 갔다가 지금 돌아오는 길."

〈인마, 마누라 보고 싶어 하는 만큼 형도 좀 보고 싶어 해라.〉

"형은 당연히 보고 싶어 하지. 우리 형인데."

〈자식이 애교는. 어서 와, 기다리고 있을게.〉

"알았어, 얼마 안 걸려."

시준은 끊어진 전화를 코트 주머니에 넣고는 창밖을 바라보았다. 하늘이 차가워 보일만큼 새파랗고, 높다.

가을은 어딘지 모르게 봄을 닮아 있었다.

지난 스물여섯 해 동안 얼마나 많은 가을을 지나왔을까. 스물한 살까지 수없이 많은 날들이 의미 없이 무료하게 계절이 바뀌면 잎사귀의 색을 바꿔야 하는 나무의 시간처럼 흘렀다. 여자를 만나고, 혼자서 충족하지 못하는 욕구를 채워가고 재미있던 일들이 재미없어져 갈 즈음이었다.

매년 돌아오는 봄이, 봄 같지 않던 2006년 4월의 어느 날. 무채

색이던 인생에 봄볕이 비쳐들었다. 첫사랑이던 소은을 좋아했을 때에도 느껴보지 못했던 심장의 떨림이 있었다. 순수하게, 아니, 이전보다 훨씬 본능적으로 은세림의 발끝에서부터 머리끝까지를 알고 싶었다. 드러난 목선을 만져 보고, 쇄골의 감촉을 확인하고, 가느다란 손목을 잡아보고, 달기만 할 것 같은 그 입술을 맛보고 싶었다. 모든 것을 내 것으로만 만들고 싶었다. 그 아이의 눈길이 향하는 곳이 자신이었으면 좋겠다고 생각했다. 그 작은 머릿속을 채우는 것들이 온전히 자신뿐이었으면 좋겠다고 생각했다.

은세림의 웃음이 나만의 것이었다면 좋겠다고 생각했다.

누구에게도 줄 수 없는 나의 봄. 줄곧 겨울뿐이던 메마른 내 인생에 찾아온 봄이기에…… 나는 너를 절대로 놓을 수 없다.

누구에게도 주지 않아.

—The End

그리고
또다시 찾아온 가을,
너를
만나다.

작가 후기

감회가 새롭습니다.

2010년 처음 연재했던 글이 이제야 세상 밖으로 나오네요. 후기를 쓰기 전에는 하고 싶은 말들이 아주 많았는데, 막상은 어떻게 다듬어서 써야 할지 잘 모르겠습니다.

다만, 초코쉐이크와 초코라떼를 쓰고 수정하는 동안 두근거리고 설레었으며 즐거웠습니다.

초코쉐이크는 스물한 살 세림이와 시준이의 풋풋하고 순수하면서도 애달픈 사랑이야기입니다. 성인이라고 하기엔 아직 현실적인 문제들을 제 뜻대로 다루지 못하는, 미숙한 성인들의 성장 연애. 20대를 지나온 분들이라면 한 번쯤 그 나이대의 풋풋하고 순수하면서도 어쩔 수 없이 이별하게 된 연애를 해보지 않았나, 하는 생각에서 그려본 글입니다.

그리고 연재 당시 독자분들께서 내 20대는 어땠나, 내 젊은 날을 되돌아보게 되는 글이라는 말씀을 많이 하셨습니다. 세상에 다시 내놓은 글에도 그러한 것들이 고스란히 스며들어 있었으면 좋겠습니다.

미숙한 성인이었던 세림이와 시준이. 어디까지나 제 개인적인 사심이 반영된 인물들인데요. 성장하는 단계의, 어딘가 결함이 있고, 미숙한 사람들이 있습니다. 저는 그들이 요행 없이 순수하게 노력하며 좀 더 나아지려는 모습에 감동을 받습니다. 그런 부분이 사랑스럽거나 예쁘기도 하고요. 그렇게 한 사람이 겪는 일들, 상처를 통해 한 단계 어른이 되어가는 과정을 그려보고 싶었습니다. (로맨스 소설에서 보기 드문 연애 성장기였다며, 담당 팀장님께서 초코쉐이크의 이러한 점을 좋게 평가해 주셨어요. 그래서 초코쉐이크가 책으로 나올 수 있었답니다. 흐흐.)

세림이는 영우와의 일들과 시준이와의 사랑으로, 시준이 또한 세림과의 사랑에서 배우고 성장했습니다. 초코라떼에서 좀 더 어른이 된 두 사람이 그려졌는데, 그것이 잘 표현되었는지는 모르겠습니다. 다만 저는 나름대로 대견합니다.

초코쉐이크와 초코라떼의 엇갈린 출간으로 적잖이 당황하시거나 혹은 유쾌하지 않으셨던 분들도 있으시리라 알고 있습니다. 이유는 단순히, 새로 쓰다시피 한 단권의 초코라떼가 어마어마한 분량의 초코쉐이크보다 먼저 수정이 끝났고, 출판사에서도 나름대로 제 건강 상태를 고려해 한 달간의 시간을 주신 것뿐입니다. (마감이란 이런 것이구나, 몸소 깨달으며 앞으로 운동을 게을리하지 않겠다고 다짐했지요.) 그래서 아직 겨울의 여운이 남은 3월에 초코라떼가 먼저 출간하게 되었답니다.

초코시리즈 출간하며 예쁜 표지 디자인해 주신 신현아 디자이너님, 찻잔은 정말 최고였습니다. 컵도 너무 예쁩니다. 감사합니다. 출간 작업 동안 초코시리즈만의 색깔을 지켜주시느라 무진 애쓰시고 고생하셨던 청어람 로맨스의 편집부 편집자님께도, 그리고 좀 더 아팠던 다른 손까지 양손을 따뜻이 감싸 잡아주셨던 능력자 손수화 팀장님께도, 진심으로 감사드립니다. 특히 저의 많은 요구에 마치 금 나와라 뚝딱, 은 나와라 뚝딱 요술 방망이 휙휙 휘둘러 주심에 정말 정말 감동받았답니다. 앞으로 제 글쓰기 생활 동안 손수화 팀장님께서 잡아주신 두 손과 배려해주신 일들은 잊지 못할 거예요.

초코시리즈가 연재되는 동안, 또 출간 후에도 변함없는 사랑과 응원, 격려를 아낌없이, 무한하게 주신 독자님들께도 진심으로 감사드립니다. 초코시리즈로 내내 따뜻하셨단 말씀에, 또 기쁨 드릴 수 있어 저 또한 따뜻했고, 행복했으며 즐거웠습니다. 앞으로도 더 나은, 좋은 글을 쓸 수 있는 글쓴이로 찾아뵙도록 하겠습니다.

글을 수정하는 내내 습관처럼 들었던 저녁 6시에서 8시 사이의 라디오 방송 '세상의 모든 음악'. 해 질 무렵의 감성을 소중히 어루만져 주던 시간도 잊지 못할 것 같아요. 가끔 베란다에서 노을 지는 하늘을 보며 마셨던 허브티와 얼굴을 스치던 바람, 잔잔한 카이의 음성과 음악들. 밋밋한 일상 중 가장 설레는 시간이었어요.

마지막으로 내 영혼의 안식처 단 하나뿐인 My Sister, 사랑합니다.

또다시 찾아온 봄 5월, 차해성.

 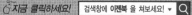

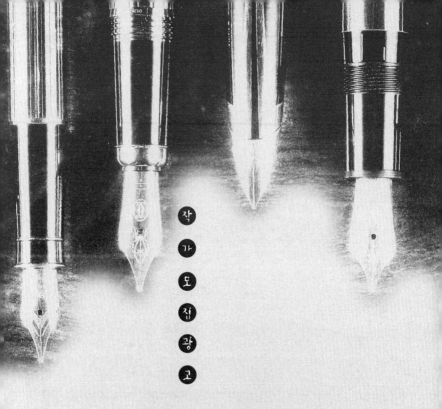

작

가

모

집

광

고

도서출판 청어람의 문은 항상 열려 있습니다.
실력있는 작가 분들의 많은 관심 부탁드립니다.

TEL:032-656-4452 • FAX:032-656-4453
http://www.chungeoram.com
e-mail:chungeorambook@daum.net